DROEMER

MICHAELA KÜPPER

DIE EDELWEISS PIRATIN

ROMAN

DROEMER

Besuchen Sie uns im Internet:
www.droemer.de

Aus Verantwortung für die Umwelt hat sich die Verlagsgruppe Droemer Knaur zu einer nachhaltigen Buchproduktion verpflichtet. Der bewusste Umgang mit unseren Ressourcen, der Schutz unseres Klimas und der Natur gehören zu unseren obersten Unternehmenszielen. Gemeinsam mit unseren Partnern und Lieferanten setzen wir uns für eine klimaneutrale Buchproduktion ein, die den Erwerb von Klimazertifikaten zur Kompensation des CO_2-Ausstoßes einschließt. Weitere Informationen finden Sie unter: www.klimaneutralerverlag.de

MIX
Papier aus verantwortungsvollen Quellen
FSC® C083411

Originalausgabe September 2021
Droemer Hardcover

Ein Imprint der Verlagsgruppe
Droemer Knaur GmbH & Co. KG, München

Redaktion: Clarissa Czöppan
Covergestaltung: ZERO Werbeagentur, München
Satz: Adobe InDesign im Verlag
Druck und Bindung: CPI books GmbH, Leck
ISBN 978-3-426-28253-3

2 4 5 3 1

TEIL I

GERTRUD

Montag, 17. Juli 1933

Jetzt haben sie ihn also mitgenommen. Nun doch.

Es war zwar nicht das erste Mal, und wir haben damit rechnen müssen, aber der Schock sitzt tief. Vor allem nach dem, was gestern passiert ist.

Es wird schon gut gehen, sage ich mir. Wir müssen jetzt stark sein und Geduld haben, alle drei. Also sitze ich hier und versuche, meine Gedanken zu Papier zu bringen, damit Hirn und Hände beschäftigt sind. Ich merke allerdings, mir fehlt ein wenig die Übung, denn nur so für mich selbst geschrieben habe ich zuletzt als Kind. Am Vormittag waren wir im Botanischen Garten und haben den Titanwurz bestaunt. Er blüht ein einziges Mal im Jahr, und das auch nur mit Glück. Die Blüte war wirklich imposant, verströmte aber einen so entsetzlichen Duft, dass unsere Bewunderung schnell verflog. An solche Sätze erinnere ich mich, oder: Herta und Friederike haben schon wieder meine Annelie im Wägelchen ausgefahren, obwohl ich es ihnen ausdrücklich verboten hatte. Warum spielen sie nicht mit ihren eigenen Puppen?

So klang mein Leben damals. Heute klingt es dagegen so: Zum Abendbrot kam die SA. Schwere Stiefelschritte auf der Treppe, Tritte gegen die Tür, und dann standen sie auch schon in der Küche: »Hausdurchsuchung!«

Sturmriemen unterm Kinn, gezückte Revolver, martialisches Gebrüll: Die SA will uns das Fürchten lehren, und dafür ist sie bestens ausgestattet. Einer kommt auf mich zu und schubst mich vom Stuhl, ich kann mich gerade noch fangen. Mucki schreit auf, verstummt aber augenblicklich, als er drohend den Finger in die Höhe reckt. Ich greife nach ihr, ziehe sie weg, und wir kauern uns in die hinterste Ecke. Auch Peter ist aufgestanden. Der Anführer fragt ihn, wo die Waffen seien.

»Wir haben keine«, antwortet er wahrheitsgemäß.

»Du kannst mir viel erzählen, Kühlem!« Der Kerl ist kaum dreißig und so dürr, dass ihm das Braunhemd um die Schultern schlackert. Aber wer die Macht hat, braucht weder Muskeln noch Manieren, das sollte uns ein für alle Mal klar sein. Und jetzt haben die Braunen die Macht.

»In diesem Drecksnest muss mal aufgeräumt werden!«, poltert er mit forscher Geste, und die Meute schlägt los. Schränke fliegen auf, Schubladen werden herausgerissen, alles wird zerwühlt und auf den Boden geworfen. Sie trampeln auf der Bügelwäsche herum, reißen meine Schlüpfer aus der Kommode, werfen sich mit anzüglichem Grinsen meine Büstenhalter zu und halten das für sehr männlich. Sie zerren die Bücher aus den Regalen und schlitzen Polster und Matratzen auf, dass uns die Federn und Fetzen nur so um die Ohren stieben. Natürlich finden sie nicht, wonach sie suchen, und aus Wut darüber beginnen sie, die Möbel zu zertrümmern. Nicht einmal vor dem Kinderzimmer machen sie halt.

Am liebsten würde ich schreien, auf sie losgehen, ihnen mit geballten Fäusten ins Gesicht schlagen, doch ich darf nicht. Auch Peter schweigt die ganze Zeit eisern, und das ist gut so – wer weiß, was ihm blühte, würde er den Mund aufmachen. Trotzdem nehmen sie ihn mit. Kein Händedruck, kein Abschiedskuss, nur ein Nicken mit starrem Blick, als hätten wir uns gestritten und könnten uns nicht zu mehr überwinden. Dann ist er auch schon fort.

Aber das Kind. Meine Mutterpflicht lässt mir keine Zeit für Tränen. Es bricht mir das Herz, wie die Kleine leidet.

»Der Papa kommt bald wieder«, versuche ich zu trösten und würge den Kloß im Hals hinunter. »Wenn er weit weg auf der Arbeit ist, müssen wir doch auch auf ihn warten.«

»Papa ist nicht auf der Arbeit«, widerspricht Mucki mit Grabesstimme und fügt hinzu: »Die Männer sind böse!«

»Ja, Liebelein, das sind sie. Doch dein Papa ist stark. Der wird schon mit ihnen fertig.« Ich bin nicht dafür, Kinder zu belügen, aber es ist ja keine Lüge. Es ist das, woran ich mich selbst klammere. Klammern muss. Dass Peter mit alldem fertigwird.

Später kommen Ralf und Marianne rüber, sie haben bereits von der Sache erfahren. Ralf hängt die Haustür wieder ein, stellt die Kommode auf und leimt zwei kaputte Stühle. Marianne fegt die Scherben zusammen, räumt die Bücher zurück ins Regal und macht sich mit Nadel und Faden daran, die Matratzen zusammenzuflicken.

»Es sieht schlimmer aus, als es ist«, beruhigt sie die Kleine. »Wirst sehen, alles halb so wild!«

Alles halb so wild. Wenn ich nur daran glauben könnte! Ich gebe Ralf und Marianne vom frischen Brot und der Butter mit, die noch auf dem Tisch stehen – so ziemlich das Einzige, was wundersamerweise an Ort und Stelle geblieben ist. Der Appetit ist mir ohnehin vergangen, und die Schöller-Kinder müssen oft Hunger leiden, seit Ralf seine Arbeit verloren hat. Zuerst will er nichts annehmen – Männer haben ihren Stolz –, aber ich sage ihm, dass er an seine Pänz denken soll, die würden ihm die Bescheidenheit garantiert übel nehmen. Auch Peters Streichwurst gebe ich mit, die ist sicher ohnehin verdorben, wenn sie ihn laufen lassen. Man muss der Wahrheit ins Auge sehen.

Zum Abschied eine stumme Umarmung, die Worte sind aufgebraucht. Sie waren es eigentlich gestern schon, als wir hier beieinandersaßen: Peter, Ralf, Marianne und ich, stumm vor Entsetzen und Trauer und nicht ahnend, dass es noch schlimmer kommen würde.

Aber schlimmer geht's immer, wie's scheint.

Wie stickig es ist! Ich gehe und reiße alle Fenster auf. Eine nächtliche Brise fährt durch die Zimmer. Sie trägt den Duft des Sommers mit sich, den Duft verwehten Glücks. Sommernachtsträume, die sich an sich selbst berauschen. Mich packt die Sehnsucht, ich weiß nicht, wonach.

Mucki ist immer noch wach. Ausnahmsweise erlaube ich ihr, ins Ehebett zu krabbeln, wie sie es als kleines Kind oft getan hat. Ich lege mich neben sie, damit sie zur Ruhe kommt, und endlich schläft sie ein. Leider bleibt mir der Schlaf verwehrt, also sitze ich hier mit dem Stift in der Hand und hoffe, dass Satzbau und korrekte Grammatik mir helfen, meine wirren Gedanken in eine halbwegs geordnete Form zu bringen. Subjekt, Prädikat, Objekt, wie wir es einmal gelernt haben. Die Braunen / töten / die Kommunisten. Subjekt, Prädikat, Objekt. Ist doch ganz einfach.

Gestern haben sie die Rosi aus dem Fenster geworfen. Und jetzt ist die Rosi tot.

Aber immer schön der Reihe nach, so sind die Regeln. Erstens, zweitens, drittens, oder: Wer A sagt, muss auch B sagen. Nein, das ist jetzt wieder etwas anderes – und trifft es doch am besten. Wir haben uns die Sache eingebrockt, mein Peter und ich. So ergeht's den Roten, wir waren ja gewarnt. Seit dem 30. Januar 1933 waren wir es. Seit dem Tag, an dem Paul von Hindenburg, unser altehrwürdiger Reichspräsident, kaiserlicher Generalfeldmarschall und »Held von Tannenberg«, jämmerlich einknickte und einen verhinderten österreichischen Kunstmaler namens Adolf Hitler zum Reichskanzler ernannte. Seit dem Tag, an dem wir uns endgültig hätten eingestehen müssen, dass wir verloren haben, dass die Braunen nun nichts mehr aufhalten kann. Weil sie niemand mehr aufhalten wollte. Weil niemand Einspruch erhoben hat außer uns, den Aufwieglern und Ruhestörern, den Unbequemen, Ketzerischen, den vaterlandslosen Gesellen. Nicht etwa die Braunen, sondern wir waren der Dorn im Auge des kleinbürgerlichen Spießertums, und wir sind es jetzt, die für die Ruhestörung büßen sollen. Aber all das brauche ich mir ja nicht selbst zu erzählen. Ich muss es nur ertragen.

Fassen wir also zusammen:

1. Gestern hat die arme Rosi dran glauben müssen.
2. Heute Morgen hat der Prozess gegen Peters Genossen Hermann Hamacher und die anderen Rotfrontkämpfer begonnen.
3. Heute Abend wurde Peter von der SA verhaftet. Sollten sie ihn festgenommen haben, weil sie ihn mit Punkt 2 in Verbindung bringen, dann gnade uns Gott.

MUCKI

Dienstag, 18. Juli 1933

In der Küche ist es still. Zu still. An gewöhnlichen Abenden hallt der Bass des Vaters durch die Wohnung, unterbrochen von seinem dröhnenden Lachen oder, wenn es wieder einmal Ärger mit den Braunen gegeben hat, von deftigen Flüchen.

»Nicht so laut, Peter, man hört dich ja bis auf die Straße runter!«, mahnt die Mutter dann immer, wovon er sich gewöhnlich wenig beeindrucken lässt. Heute dagegen bleibt alles stumm.

Mucki drückt die Tür auf, die nur angelehnt ist. Im warmen Lichtkegel der Petroleumlampe sitzt die Mutter und schreibt. Die Hälfte ihres Gesichts leuchtet golden – Stirn, Wange, Kinn –, ebenso die Hand, die den Stift führt. Der Rest liegt in tiefem Schatten. Sie mag es, abends in diesem Licht zu sitzen. Dramatisch und schön sieht das aus, wie auf einem alten Gemälde, das Mucki in einem Buch gesehen hat. Ein lebendiges Bild. Sie möchte ein Teil davon sein.

»Mama, was machst du?« Zögernd tritt sie näher.

»Ich schreibe mir die Sorgen von der Seele«, antwortet die Mutter und fügt, von einem leisen Seufzer begleitet, hinzu: »Zumindest versuche ich es.« So ist sie, die Mama. Sie behauptet nicht: »Ich schreibe einen Brief an Tante Hedi«, oder: »Ich gratuliere dem französischen Onkel zum Geburtstag.« Sie versucht nie, Mucki mit Ausflüchten abzuspeisen. Sie sagt, was ist. Mucki ist stolz darauf, dass ihre Eltern sie nicht wie ein kleines Kind behandeln. Mit ihren neun Jahren ist sie das ja nun wirklich nicht mehr.

»Unsere Tochter muss wissen, was in der Welt vorgeht«, sagt auch der Vater immer und schickt sie nie weg, wenn sich die Erwachsenen unterhalten. Mucki interessiert sich sehr dafür, was in der Welt vorgeht, doch an diesem Abend, dem zweiten, nachdem die Braunen ihn verhaftet haben, sehnt sie sich mehr nach Trost und guten Worten als nach der bösen, hässlichen Wahrheit dort draußen.

Ihre Mutter bemerkt ihr Zögern, legt den Stift beiseite. »Kannst du nicht schlafen?« Mucki schüttelt stumm den Kopf. Die Mutter streckt ihr die Arme entgegen, und sie klettert auf ihren Schoß. Es tut gut, ihre Nähe zu spüren, die Wärme ihrer Haut, obwohl es ohnehin warm ist im Raum, geradezu heiß. In Sommernächten stehen die Fenster gewöhnlich weit offen, doch als zur Abendbrotzeit das Stiefelstampfen eines SA-Trupps von der Görresstraße heraufhallte, hat die Mutter sie schnell geschlossen. Jetzt legt sie die Arme um ihre Tochter und drückt die Nase in ihre krausen Locken, wie sie es früher immer getan hat. »Mmh«, macht sie, »dein Haar riecht nach Sonnenschein.« Auch das hat sie früher immer gesagt.

Leider hält der schöne Moment nicht lange an, denn Mucki ist kein Fliegengewicht mehr, und die Beine der Mutter sind dünn und knochig. Beim Vater kann sie stundenlang auf dem Schoß sitzen, ohne ihm eine Last zu werden, hier, auf diesem Stuhl, im warmen Schein der Petroleumlampe, während beide die Köpfe über ihren Büchern zusammenstecken oder er ihr vorliest, am liebsten wilde Abenteuergeschichten oder Texte von Rosa Luxemburg. Mucki liebt Rosa, ihre unerschrockene Heldin mit dem glasklaren Verstand.

»Liebelein, es geht nicht mehr.« Mucki steht auf. Die Mutter fasst sie bei den Schultern, dreht sie zu sich und schaut ihr in die Augen. »Wir müssen tapfer sein, meine kleine Gertrud. Stark und tapfer. Das sind wir deinem Papa schuldig. Er soll sich nicht auch noch um uns sorgen müssen, nicht wahr?«

Mucki nickt. Sie will ja tapfer sein. Papa ist stark, das tröstet sie ein wenig. Sie kennt keinen Mann, der so stark ist wie er. Wenn er die Muskeln seiner Arme anspannt, kann sie sie kaum mit beiden Händen umfassen. Ach was, vier Hände bräuchte sie dazu! Doch was hat ihm alle Kraft genützt, als die bösen Männer in die Wohnung stürmten, als sie herumschrien und alles kaputt machten? Lang und dürr wie ein Sargnagel war der Anführer gewesen. Gegen den hätte der Vater leichtes Spiel gehabt, und doch hat er nichts ausrichten können. Ob diese Männer es auch schaffen würden, ihren Papa aus dem Fenster zu schubsen? Mucki darf gar nicht darüber nachdenken.

»Stell dir nur vor: Der Mann weit weg auf Montage, und sie kommen und zerren dich aus dem Bett, und das Kind bleibt allein zurück. Nur Unmenschen bringen so etwas fertig!« Marianne hat das gesagt, die Freundin der Mutter. Hier, in dieser Küche, erst vor drei Tagen. Da war Papa noch da. Alle haben um den großen Küchentisch herumgesessen wie so oft, nur dass es nicht so hoch hergegangen ist wie sonst. Normalerweise wird hier gescherzt, gelacht, diskutiert und geschimpft. Seit Anfang des Jahres wird mehr sorgenvoll die Stirn gerunzelt als gelacht und geschimpft, aber so seltsam still wie an jenem Abend war es sonst nie. Fast so still wie jetzt.

Sie hat beim Vater gesessen, tieftraurig, aber geborgen wie ein Kätzchen im Schoß eines Riesen, und seine Hände haben schützend auf ihren Schultern gelegen.

»Hat sich aus dem Fenster gestürzt, dass ich nicht lache!« Wieder Marianne, doch sie hat kein bisschen gelacht, im Gegenteil. »Nie hätte Rosi so etwas getan! Schon wegen des Kindes nicht. Was soll nur jetzt aus ihm werden?«

Mit dem Kind war Margret gemeint, Muckis Freundin aus der Schule. Am frühen Morgen hatte sie vor der Wohnungstür gestanden, im schicken bunten Sommerrock und mit heller Bluse, wie zu einem Ausflug, doch ihr fliegender Atem und das tränennasse Gesicht hatten eine ganze andere Sprache gesprochen.

»Die Mama, die Mama!«, hat sie immer wieder gestottert und die Wahrheit schließlich herausgewürgt wie einen Brocken, an dem sie zu ersticken drohte. »Die Mama ist tot!«

Die Mama ist tot. Der Satz fuhr Mucki durch Mark und Bein wie ein Stromstoß. Und fast unmittelbar darauf setzte die Scham ein. Scham über das unermessliche Unglück, das die Freundin ereilt hatte. Scham darüber, Zeugin dieses Unglücks zu sein, Zeugin Margrets nackter Hilflosigkeit, dem Zwang zur vollkommenen Entblößung ihres Elends. Und Scham über das Aufblitzen eines Gefühls, gegen das Mucki sich nicht wehren konnte: der jähen Erleichterung darüber, dass es nicht die eigene Mutter getroffen hatte.

Nie wird Mucki dieses Bild vergessen: Margret in ihrem neuen geblümten Stufenrock – von der Mutter genäht und gestern noch heiß beneidet –, dazu die ärmellose Bluse, ein blütenweißer Klecks auf gebräunter Haut. Ihr schönes helles Haar, sonst stets zu einem dicken Flechtzopf gebändigt, offen und wirr. Wie ein verzweifelter Rauschgoldengel hatte sie ausgesehen.

Ständig muss Mucki an Margret denken. Bald enden die Sommerferien, aber sie glaubt nicht, dass sie sie wiedersehen wird. Dass sie sie jemals wiedersieht. Schon jetzt vermisst sie die Freundin, ihr Fehlen schmerzt wie eine offene Wunde. Aber noch schmerzlicher vermisst sie ihren Vater.

GERTRUD

Mittwoch, 19. Juli 1933

Draußen regnet es in Strömen, und es ist sehr kalt geworden, mitten im Juli.

»Sauwetter!«, schimpft Marianne und strubbelt sich durch ihr nasses Haar. Wenn ich Dienst in der Apotheke habe, nimmt sie mir Mucki ab und bringt sie manchmal auch wieder heim, so wie jetzt.

»Willst du ein Handtuch?«

Marianne winkt ab. »Bin ja nicht aus Zucker.«

Mucki steht noch immer nahe der Tür und sieht mich fragend an. Ich kenne diesen Blick bereits, wie auch sie meine Reaktion zu deuten weiß, ohne dass ein einziges Wort gesprochen werden muss: nichts Neues vom Papa.

»Dürfen wir noch spielen?«, fragt Lene, Mariannes älteste Tochter, die mitgekommen ist.

»Verschwindet schon!« Ich tue so, als würde ich sie wegscheuchen. Die Mädchen streifen ihre Sandalen ab, ohne sich die Zeit zu nehmen, die Fersenriemchen zu öffnen, und huschen ins Kinderzimmer. Lene liebt Muckis Zimmer, daheim muss sie sich einen winzigen Raum mit ihren drei kleinen Geschwistern teilen.

»Neuigkeiten?«, erkundigt sich Marianne. Ich schüttele den Kopf, und sie stößt einen leisen Seufzer aus. Wir gehen in die Küche, doch kaum haben wir uns hingesetzt, klopft es schon wieder.

»Das wird Ralf sein«, vermutet Marianne. »Und er bringt noch jemanden mit.« Sie lächelt jetzt. Ich gehe, um zu öffnen. Tatsächlich ist es Ralf – und neben ihm steht Manfred Siefen.

»Manfred!« Das ist nun wirklich eine Überraschung. »Wie schön, dass du wieder bei uns bist!« Ich bin ehrlich gerührt, strecke die Hand aus, streiche über seinen Arm.

»Nur keine falsche Zurückhaltung, junge Dame!« Manfred

packt mich, zieht mich an sich und drückt mir einen Kuss auf die Wange. Sein Gesicht ist nass vom Regen, und es pikst ein bisschen. Peters Bartwuchs kratzt nie, fährt mir durch den Sinn. Er rasiert sich zweimal am Tag, wenn's sein muss. Aber das tut jetzt nichts zur Sache. Manfred ist wieder da, allein das zählt im Moment.

Er ist einer von Peters ältesten Freunden, Mitglied des offiziell längst verbotenen Roten Frontkämpferbundes wie er, ein liebenswerter, verlässlicher Kerl. Gleich am 30. Januar, dem Tag von Hitlers Machtergreifung, haben sie ihn verhaftet. Er soll Mülltonnen von einem Dach herunter auf einen SA-Trupp geworfen haben, der im Triumphmarsch durch Ehrenfeld zog. Zuzutrauen wär's ihm. Ich hoffe sogar, dass er's getan hat, wenn er schon dafür einsitzen musste.

Einen knappen Monat später, unmittelbar nach dem Reichstagsbrand, wurde auch Peter auf offener Straße verhaftet. Doch sie konnten ihm nichts nachweisen und mussten ihn gleich wieder laufen lassen. Damals hat er mehr Glück gehabt.

»Wie geht es dir?«, frage ich Manfred. Müde und blass sieht er aus, mit blauschwarzen Schatten unter den Augen, als hätte er wochenlang nicht geschlafen.

»Hervorragend!«, dröhnt er und reibt sich demonstrativ die Hände. »Bin seit gestern wieder draußen. Ein tolles Gefühl, sag ich dir! Nur ein bisschen viel Platz überall um mich rum. Muss mich erst wieder dran gewöhnen.« Er lächelt schief. Ich lächle zurück, irgendwie.

Dann hocken wir gemeinsam am Küchentisch wie in alten Zeiten. Ich koche Muckefuck und schneide einen Rosinenblaatz auf. Ralf packt ein paar mitgebrachte Bierflaschen aus, reicht Manfred eine. Schnappverschlüsse ploppen. Alles fast wie immer. Nur Peter fehlt.

»Was ist das für ein Heft?« Ralf deutet auf mein frisch begonnenes Tagebuch, das noch auf der Tischplatte liegt. Ich starre darauf, und als hätte ich seinen Zweck momentan selbst vergessen und müsste mich erst besinnen, schütze ich Gleichgültigkeit vor.

»Eine Kladde, nichts weiter. Darin notiere ich meine Gedanken.«

»Hoffentlich nur harmlose.«

»Völlig harmlos!«, bekräftige ich. »Kochrezepte, Gedichte über Blumen, über die Liebe, solche Dinge eben.«

Ralf runzelt die Stirn. »Darf ich sehen?«

»Nein.«

Er seufzt resigniert. »Die SA kann jederzeit wiederkommen, Gertrud. Du solltest nichts aufschreiben.«

»… sagte er und machte sich auf den Weg, um bei Nacht und Nebel die *Rote Fahne* unters Volk zu bringen.« Ich grinse freudlos. Ralf überhört meine Bemerkung und wiederholt seine Mahnung. Wo ich meine Wut denn sonst loswerden soll, außer auf dem Papier, frage ich ihn, und darauf schweigt er. Ich greife nach der Kladde und lasse sie in einer Schublade des Küchenbüfetts verschwinden. Einen Moment herrscht Stille. Draußen klatscht der Regen gegen die Scheiben. Die Küchenuhr tickt die Zeit weg.

»Gibt es Neuigkeiten von deinem Mann?«, durchbricht Manfred schließlich das Schweigen.

»Nein. Leider.«

»Was genau wirft man ihm vor?«

»Wenn ich das wüsste! Jeden Tag renne ich zum Braunen Haus, aber sie wollen mir nichts sagen.«

Manfred nickt nur, und es ist dieses wissende Verständnis, das mich aus der Fassung bringt.

»Habt ihr gehört, was sie fordern?«, platze ich heraus und greife nach dem *Westdeutschen Beobachter,* der auf dem Herd liegt, bereit, ihn zu verfeuern. »Gerechte Sühne für die feige und ungemein bestialische Mordtat«, lese ich vor. »Auge um Auge, Zahn um Zahn.« Ich schaue zu Manfred hinüber. »Von schändlichem Treiben jüdisch-marxistischer Mordhetzer reden sie, von angeblichen Meuchelmorden der ›roten Untermenschen‹. Rote Untermenschen nennen sie uns! So weit ist es gekommen!«

»Klingt wie die Morlocks aus der Zeitmaschine«, brummt Manfred, der seinen trockenen Humor offenbar nicht verloren hat. Aber mir ist das Lachen vergangen.

»Der Selbsterhaltungswille des deutschen Volkes kann keine Nachsicht üben«, zitiere ich weiter. »Wer sich –«

»Es wäre gut, wenn du mich aufklärst«, unterbricht er mich ruhig. »Ich war sozusagen auf entferntem Außenposten in letzter Zeit, da kamen nicht alle Informationen an.« Er lächelt schwach. »Es geht um den Prozess wegen der toten SA-Männer, nehme ich an. Aber Erna hat die Geschichte nicht so richtig zusammengekriegt, und diese Schmierblätter lese ich nicht.« Sein Kinn ruckt verächtlich in Richtung Zeitung. Ich hole tief Luft, versuche, wieder ruhig zu werden. Weiß nicht, wo ich anfangen soll.

»Am 24. Februar gab's hier einen Haufen Wahlveranstaltungen, wegen der Reichstagswahl am 5. März«, springt Ralf mir bei. »›Sturm auf Köln‹ nannten die Braunen das. An dem Abend haben sich einige Männer vom Rotkämpferbund, Gruppe Nord, getroffen. Im Ohm Paul am Gereonswall, du kennst die Kneipe.« Manfred nickt. »Josef Engels, der Organisationsleiter der RFB-Gruppe, hat die Order vom politischen Leiter rausgegeben: Die Genossen sollten auf den Straßen patrouillieren, alle uniformierten Nazis anhalten und auf Waffen kontrollieren – das Übliche also. Angeblich gab's dazu aber noch den Befehl, SA-Männer ›umzulegen‹, falls sie Widerstand leisten sollten. Ob's stimmt …« Ralf zieht die Schultern hoch und dreht die Handflächen nach oben.

»Wer war alles dabei?«, erkundigt sich Manfred.

»Hermann Hamacher, Otto Waeser und Bernhard Willms«, zählt Ralf auf. »Dazu Heinrich Horsch, Mathias Moritz und noch ein paar andere. Sagen dir die Namen was?«

»Den Hermann kenne ich. Und Otto Waeser ist der Bruder vom Andreas, oder?«

»Andreas ist auch angeklagt«, schiebt Marianne ein.

»Jesses!« Heftiger als nötig setzt Manfred seine Flasche ab.

»Die Männer sind also raus auf Streife«, fährt Ralf fort. »Gegen halb elf sollen sie dann auf zwei Mann von der Sturmabteilung gestoßen sein, Walter Spangenberg und Winand Winterberg. Beide SA-Leute kamen jeweils von irgendwelchen Wahlveranstaltungen zurück, wo sie sich als Saalschützer betätigt hatten.

Zuerst kam Spangenberg, und Hermann Hamacher hat angeblich sofort das Feuer auf ihn eröffnet. Heimtückisch und mit Vorsatz. Also Mord. Ähnliches geschah dann angeblich kurz darauf beim Zusammentreffen mit Winterberg. Wieder soll Hermann geschossen haben, aber auch andere seiner Gruppe. Das ist zumindest das, was die Anklage behauptet. Nur haben wir starke Zweifel, ob es tatsächlich so war. Diese Geschichte kommt doch wie gerufen, um ein Exempel an uns zu statuieren.«

Manfred schweigt nachdenklich. »Aber es sind Schüsse gefallen«, wendet er ein. »Sie müssen also Waffen gehabt haben.«

»Tja.« Ralf reibt sich das Kinn. »Unsere Männer wurden noch in der Nacht verhaftet beziehungsweise gleich am nächsten Morgen. Wir wissen also nur, was im *Westdeutschen Beobachter* steht. Und der dreht sich die Wahrheit bekanntlich, wie's ihm passt.«

Manfred schüttelt den Kopf. »Das mit den Waffen ist nicht gut, gar nicht gut.«

»Aber die Umstände müssen doch berücksichtigt werden«, mische ich mich ein. »Denkt daran, welche Stimmung in diesen Tagen herrschte: Hitler gerade zum Reichskanzler ausgerufen, und unser frischgebackener preußischer Innenminister Göring ernennt die SA zur Hilfspolizei. Ausgerechnet die SA, unseren größten Feind! Was haben wir nicht alles getan, um sie aus den Arbeitervierteln rauszuhalten, und dann fallen sie hier ein und drohen uns mit Mord! Hermann Hamacher stand bei der SA auf der schwarzen Liste. Er musste damit rechnen, dass sie ihn umbringen. Allein das ist ja eigentlich schon Erklärung genug, warum er bewaffnet war. Diese Fakten müssen doch berücksichtigt werden!«

Ralf schaut mich lange an, aber so, als wäre er mit den Gedanken ganz woanders, dann greift er nach der Zeitung und liest vor: »Zur Prozesseröffnung saßen in Begleitung des Oberstaatsanwaltes Hagemann in der erhöhten Loge des Gerichtssaales der NSDAP-Gauleiter Grohé, Oberbürgermeister Riesen, Bürgermeister Schaller, Polizeipräsident Lingens, der Chef des Presseamtes Frielingsdorf, SA-Standartenführer Odendall und weitere

Mitglieder.« Er blickt auf. »Da oben hockt fast das gesamte braune Bonzenpack Kölns beisammen. Und der Rest sitzt unten am Richtertisch. Im Mai ist die Kölner Staatsanwaltschaft nahezu geschlossen der NSDAP und dem NS-Juristenbund beigetreten«, wendet er sich nun direkt an Manfred. »Jetzt dürfen uns die Braunen ans Leder und werden begnadigt. Ja, sie dürfen sogar Landtagsabgeordnete ungestraft erschießen, wie letztens in Oldenburg.«

Manfred macht ein angewidertes Geräusch, greift nach seinem Bier.

»Und hör dir das an!« Ralf ist jetzt nicht mehr zu bremsen. »Hermann Hamachers Pflichtverteidiger würde es begrüßen, dass auch der politische Verbrecher wieder zittere und fühle, dass das Schwert der Justiz geschliffen und frei von Rost gemacht worden sei. Das nenne ich einen engagierten Anwalt, liebe Freunde!« In seiner Stimme schwingt Verbitterung mit.

»Lasst uns das Thema wechseln!«, bitte ich. »Mir wird ganz schlecht davon.«

»Hier, du musst was essen.« Marianne schiebt mir eine dicke Scheibe Rosinenblaatz hin. Im selben Moment reicht Ralf mir seine Flasche Bier über den Tisch. Ich muss lachen, trotz der Anspannung.

»Vielen Dank, aber Bier und Blaatz, das geht nun wirklich nicht zusammen.«

»Dat jeht janz wunderbar!« Manfred greift sich die Scheibe süßen Hefebrots und spült sie mit großen Schlucken Bier hinunter. Wortlos reicht ihm Marianne eine weitere Scheibe. »Noch mal zurück zu dem Prozess«, nuschelt er mit vollem Mund, meine Bitte ignorierend, wie es so oft männliche Art ist. »Warum ausgerechnet die beiden?«

»Du meinst Winterberg und Spangenberg?« Ralf zuckt die Achseln. »Zufall?«

»Das war kein Zufall!«, wende ich ein. »Beide waren KPD-Mitglieder, bevor sie zum Feind übergelaufen sind. Und Otto Waeser hat den Winterberg angeblich gekannt.«

»Weißt du, ob's stimmt?« Marianne sieht mich fragend an.

»Was? Dass Winterberg und Spangenberg mal KPD-Mitglieder waren? Das stand nicht in der Zeitung, das hat Peter mir erzählt. Und der wusste es von jemandem aus der RFB-Gruppe.« Manfred kneift die Augen zusammen und fixiert mich prüfend. Mir wird bang vor der Frage, die er gleich stellen wird. Und da kommt sie auch schon.

»Hat Peter mit der Sache zu tun?«

Ich schüttele den Kopf, noch ehe er zu Ende gesprochen hat. Halte inne. Denke an Hermann. An dieses schmale Bürschchen. Ein blasser, fahriger Typ mit unstetem Blick. Ich habe ihn nur zwei-, dreimal gesehen. Er gehörte nicht zu Peters engstem Kreis. Aber sie hatten miteinander zu tun. »Er kennt ein paar von ihnen, zumindest Hermann Hamacher und Otto Waeser«, gebe ich zu.

»Die kennen wir auch«, hält Manfred dagegen. »Aber war er in der Kneipe? War er im Ohm Paul an dem Abend?«

»Ich … ich weiß es nicht. Sicher war er früher mal da. Er sagte mir aber, er sei bei dem konspirativen Treffen nicht dabei gewesen. Nur war er … er war nicht zu Hause an dem Abend.« Ich kann Manfreds Blick nicht standhalten.

»Würden sie Peter mit dem Hamacher-Prozess in Verbindung bringen, käme seine Verhaftung reichlich spät«, gibt er zu bedenken.

Mir sitzt ein Kloß im Hals. »Es sei denn, jemand hat gegen ihn ausgesagt«, erkläre ich heiser. Nun ist sie ausgesprochen, meine größte Sorge. Und niemand kann sie mir nehmen.

Samstag, 22. Juli 1933

Jetzt ist es raus. Man hat sie gestern Abend zum Tode verurteilt. Hermann und die anderen. Ich bin am Boden zerstört.

Peter, mein Peter! Noch immer weiß ich nicht, weshalb sie dich festhalten. Aber ich weiß, dass ich ohne dich nicht sein kann. Ich halte das alles nicht aus. Komm zurück, Peter! Du musst einfach!

MUCKI

Sonntag, 23. Juli 1933

Als Mucki morgens barfuß und im Nachthemd den Flur entlangtappt, dringen Stimmen aus der Küche. Durch das halb transparente Rankenmuster der Türverglasung erblickt sie eine kompakte Gestalt, direkt daneben den schmalen Schemen der Mutter. In freudigem Schrecken drückt sie die Klinke herunter, wird aber sofort enttäuscht: Der Mann, der da am Tisch sitzt, ist nicht ihr Vater, sondern ein Fremder.

»So jet darf man dene nit durchjehe losse«, sagt er gerade in breitestem Kölsch. »Dat war keen Prozess, dat war en abjekartetes Spiel! Ausrotten wollen die uns, sonst nix. Da muss man sich wehre, un' wenn et am Ende Konzertlager heißt.«

»Still jetzt!«, kommandiert die Mutter. Ihr Gesicht ist ganz nah vor dem seinen, und als sie die Nadel einsticht, saugt er geräuschvoll die Luft ein. Die Mutter blickt kurz auf, hat jetzt Mucki entdeckt.

»Ah, Liebelein, du kommst gerade richtig! Reich mir bitte einen Verband aus dem Schränkchen.« Weiter braucht sie nichts zu sagen, denn Szenen wie diese hat Mucki schon viele Male erlebt. Sie weiß, was zu tun ist. Wo andere Leute Schüsseln, Saucieren und Suppenterrinen verwahren, hat die Mutter ein ganzes Arsenal an Medikamenten und Verbandszeug untergebracht. Was aufgebraucht ist, wird durch stetigen Nachschub aus der Apotheke ersetzt.

Mucki geht zum Buffet, holt das Gewünschte, denkt auch an die kleinen Metallklämmerchen zum Fixieren des Verbands. Sie legt alles auf das bereitstehende Stahltablett, beugt sich dann vor, um die Verletzung des Mannes genauer in Augenschein zu nehmen: eine ordentliche Platzwunde oberhalb der rechten Augenbraue, bereits gereinigt und desinfiziert. Trotzdem sieht sie fies aus, aber Mucki hat schon schlimmere gesehen. Auch die Unterlippe des Mannes hat etwas abbekommen und ist mächtig geschwollen, am linken Ohrläppchen klebt Blut.

»Na, Kleen, wie is et?« Ohne seinen Kopf zu drehen, äugt er zu Mucki herüber.

»Jut. un' Ihnen?«, fragt sie höflich zurück.

»Auch jut«, antwortet er und zieht gleich wieder die Luft ein. Acht Stiche insgesamt, schätzt sie; zwei sind bereits gemacht. Die Mutter knüpft einen Knoten, schneidet mit einer Nagelschere die Enden ab, fädelt erneut ein Stück Faden ein.

»War wohl 'ne ordentliche Keilerei«, stellt Mucki sachlich fest.

Der Fremde lacht auf. »Du solltest erst die anderen sehen!«, nuschelt er und zwinkert ihr mit seinem gesunden Auge zu. »Da hab ich mich wohl aus vaterländischem Überschwang zu Straftaten hinreißen lassen«, ergänzt er mit Blick auf die Mutter, wobei sein schiefes Grinsen noch breiter wird.

»Stillhalten«, erwidert sie nur, aber Mucki interessiert die Sache.

»Kommst du jetzt auch ins Gefängnis?«, erkundigt sie sich.

»Nee.« Der Mann schüttelt den Kopf.

»Still jetzt!«, mahnt die Mutter in schärferem Ton.

»Und wenn sie dich erkannt haben?«

»Keine Sorge, ich war jetarnt.« Wieder dieses schiefe Grinsen, während er auf das schwarze Tuch deutet, das er um den Hals geschlungen hat. Unmittelbar darauf jault er erneut auf.

»Jetzt zeigst du's mir aber mal richtig, Jertrud, was?«

»Kannst froh sein, dass du so einen Betonschädel hast.«

Acht Stiche. Nicht ohne Stolz bemerkt Mucki, dass sie richtig geschätzt hat. Bald darauf liegt der Mann, der Ewald heißt, auf dem Sofa und schläft wie ein Stein im Kiesbett.

»Gehirnerschütterung?«, erkundigt sie sich fachkundig.

Die Mutter wiegt den Kopf hin und her. »Möglich. Wir lassen ihn eine Weile liegen.« Sie geht und wirft eine blutgetränkte Kompresse in den Mülleimer. »Möchtest du Rührei zum Frühstück?«

Ja, Mucki möchte.

»Was waren das für Straftaten, die Ewald aus vaterländischem

Überschwang begangen hat?«, fragt sie später zwischen zwei Bissen.

»Das war nur ein Scherz.« Ein müdes Lächeln huscht über das Gesicht der Mutter. »Er hat ziemlich wortwörtlich die Braunen zitiert. Die haben vor ein paar Monaten eine Amnestie für alle beschlossen, die Kommunisten angegriffen haben. Amnestie bedeutet, sie bekommen keine Strafe dafür.«

»Haben sie Rosi deswegen aus dem Fenster geworfen?«, fragt Mucki mit gerunzelter Stirn.

»Das ist leider anzunehmen.« Die Mutter seufzt tief.

»Aber das ist doch nicht richtig!«, empört sich Mucki. »Die Verbrecher lassen sie laufen, und unseren Papa sperren sie ein, dabei hat der gar nix gemacht!«

»Recht hast du, mein Kind.« Die Mutter beugt sich über sie, nimmt den leer gegessenen Teller fort. »Deshalb müssen wir uns wehren und für die gerechte Sache kämpfen, wann immer wir es noch können. So, wie Genosse Ewald es getan hat.«

Genosse Ewald schläft den Schlaf der Gerechten und wacht erst am späten Vormittag wieder auf. Die Schiebermütze tief in die bepflasterte Stirn geschoben, Zigarette im Mundwinkel, verabschiedet er sich von ihnen.

»Halt die Ohren steif, Kleen! Und lass dir nix verzälle.« Er schenkt ihr ein letztes schiefes Grinsen, dann ist er auch schon fort, und nur der zäh im Raum hängende Tabakdunst erinnert noch an ihn.

»War schon lang keiner mehr da.« Mucki muss nicht näher ausführen, was sie meint. Früher, vor der Sache mit diesem Hitler, kamen oft Leute, die böse Verletzungen davongetragen hatten, oder sie wurden von anderen hereingeschleift. Bei Schlägereien mit den Braunen war es schon immer handfest zugegangen.

»Sie haben jetzt Waffen«, erklärt die Mutter, während sie ihr einen Teller zum Abtrocknen reicht. »Und sie sperren jeden weg, der ihnen nicht in den Kram passt.«

»Wie unseren Papa.«

»Wie deinen Papa, richtig. Aber sie kriegen ihn nicht klein. Dazu ist er zu stark.«

Mucki nickt, und sie widmen sich wieder dem Abwasch. Danach macht die Mutter sich zur Arbeit fertig. Sie hat Dienst in der Apotheke. Mucki bleibt allein zurück, wenn auch nicht für lang. Nach einer Runde Steckhalma holt sie ihr Täschchen, das sie überallhin mitnimmt, hockt sich auf die schmale Bank im Flur, schlüpft in ihre Sandalen. Die Riemchen sind so ausgeleiert, dass ein neues Loch gestochen werden muss. Einen Moment lang überlegt sie, ob sie Hammer und Nagel holen soll, wie es die Mama einmal gemacht hat, verwirft den Gedanken aber schnell. Für heute wird's schon noch gehen. Sie nestelt den Schuh zu, richtet sich auf, greift nach ihrem Täschchen. Während sie noch einmal gewissenhaft dessen Inhalt prüft, geht ein Schlüssel im Schloss. Aufspringen und zur Tür rennen sind eins.

»Papa!«

»Muckelchen!« Der Vater hebt sie hoch und schwenkt sie einmal in Kreis herum, ganz so, wie er es sonst immer tut, wenn er länger auf Montage war. Doch die Bewegung gerät weniger schwungvoll als gewöhnlich, und mit schmerzverzerrtem Lächeln setzt er sie wieder ab. »Meine kleine Gertrud! Wie schön, dich zu sehen!« Er drückt sie nochmals an sich, und sie schlingt ihre Arme um ihn, will ihn gar nicht mehr loslassen. Schließlich blickt sie zu ihm auf und schluckt tapfer die Tränen hinunter, die Worte der Mutter im Ohr. Wir wollen ja nicht, dass er sich um uns sorgen muss.

Müde sieht der Vater aus, und unter dem linken Auge hat er eine blutverkrustete Wunde. Sie haben ihn geschlagen, denkt sie und ballt unwillkürlich die Fäuste. Diese Verbrecher!

»Komm!« Der Vater nimmt sie bei der Hand und führt sie in die Küche, wo er sich auf den erstbesten Stuhl sinken lässt. Sonst sitzt er immer am Tischende, aber die Sitzordnung ist ihm wohl gerade egal. »Ist deine Mutter auf der Arbeit?« Sie bejaht, und er nickt gedankenverloren. »Wir müssen ihr Bescheid geben.«

»Ja«, sagt sie nochmals, ohne seine Hand loszulassen. Wie erschöpft er aussieht! Dazu unrasiert. Und hungrig. Er muss hungrig sein! Bestimmt haben sie ihm nichts zu essen gegeben. Wenn er erst wieder etwas in den Magen bekommt, geht es ihm sicher bald besser.

»Soll ich dir Rührei machen?«, schlägt sie vor. Rührei zubereiten kann sie schon, das hat die Mutter ihr beigebracht. »Das beste von janz Kölle«, behauptet der Vater immer.

»So eine schöne Rühreipfanne ist genau das, worauf ich jetzt Appetit habe.« Er streicht ihr zärtlich über die Wange, und sie schmiegt sich in seine Hand. Eine warme Woge wallt durch ihren Körper, alles in ihr ist Liebe. Es tut fast weh. Niemand, niemand darf dem Vater etwas antun! Nun mogeln sich die Tränen doch durch, und auch seine Augen bekommen einen glasigen Glanz. Er fährt sich mit der Hand durchs Gesicht, räuspert sich.

»Ob du wohl ein Glas Kranenburger für mich hättest?«

Sie löst sich von ihm, füllt ein Glas mit Leitungswasser, stellt es ihm hin. Sofort greift er danach und trinkt es in einem Zug leer. Sie zündet die Herdplatte an, gibt Fett in die Pfanne, schlägt sechs Eier auf – alle, die noch da sind. Dann greift sie nach seinem Wasserglas, schenkt jetzt Milch ein. Milch ist gut für die Knochen, sagt die Mutter immer zu ihr, und was für ihre Knochen gilt, wird wohl auch für die ihres Vaters gelten.

»Ich gehe mir nur rasch die Hände waschen.« Noch einmal steht der Vater auf und verschwindet im Badezimmer. Mit brennender Ungeduld wartet sie auf seine Rückkehr. Es scheint ewig zu dauern. Als er wieder in die Küche tritt, hat er Hemd und Hose gewechselt. Auch das getrocknete Blut unter dem Auge ist weg. Sein Haar ist mit Wasser nach hinten gekämmt, sogar rasiert hat er sich und den mächtigen Schnurrbart gestutzt. Jetzt ist er fast wieder der Alte.

»Essen ist fertig!« Stolz deutet sie auf den übervollen Teller, und mit einem freudigen Lächeln setzt er sich zu Tisch. Eigentlich müsste sie jetzt zur Apotheke laufen und der Mutter Bescheid geben, aber sie bringt es nicht über sich, sich von ihm zu trennen. Sitzt nur da und schaut mit großer Genugtuung zu, wie er seine Mahlzeit verzehrt.

»Das war das beste Rührei von janz Kölle«, sagt er schließlich und wischt sich den Mund an der Serviette ab, die sie ihm hingelegt hat. Servietten gibt es nur an Festtagen, aber heute ist ein Festtag. Der allerhöchste sogar. Sie haben ihren Papa nicht aus dem Fenster geworfen. Er lebt und sitzt hier bei ihr am Tisch.

»Nun lauf schon!« Der Vater nickt ihr aufmunternd zu. Sie trennt sich nur schweren Herzens, doch es geht nicht anders. Auch die Mutter muss von seiner Rückkehr erfahren, sie muss heimkommen. Erst dann sind sie wieder eine Familie.

GERTRUD

Montag, 24. Juli 1933

Peter ist wieder zu Hause. Welch eine Erleichterung! Mir ist, als hätte man mich zuvor mit Gewalt unter Wasser gedrückt und dann plötzlich losgelassen. Ich kann wieder atmen. Fühle mich leicht und lebendig. Vollständig. Als hätte in den letzten Wochen ein Teil meiner Seele gefehlt.

Mein Peter! Eine lange Umarmung, ein Kuss, dann sitzen wir da, Hand in Hand, wir alle drei, wie zum gemeinsamen Gebet. Und in gewisser Weise ist es das ja auch. Das Glück, einander wiederzuhaben, macht demütig.

Später schicke ich Mucki zu Marianne und Ralf rüber. Sie soll ihnen Bescheid geben, dass Peter freigekommen ist. Doch vor allem muss ich eine Weile mit meinem Mann allein sein. Es gibt so viele offene Fragen. Zuerst aber sehe ich, dass er Schmerzen hat, auch wenn er sie vor mir verbergen will. Entsprechend unwillig zeigt er mir seine Seite. Die Haut über dem rechten Rippenbogen ist violett verfärbt und von rostroten Schrunden überzogen. Blutverkrustete Striemen auch in der Nierengegend. Gürtelhiebe. Ich lasse mir meinen Schrecken nicht anmerken, säubere die Wunden, trage Salbe auf.

»Heilende Hände«, behauptet Peter mit dankbarem Lächeln. »Schon alles wie weggeblasen.« Was geschehen ist, will er mir nicht erzählen. Nur, dass sie von ihm nichts erfahren haben. Dass sie ihm letztlich nichts nachweisen konnten. Und dass es hätte schlimmer kommen können.

Vom Urteil gegen Hamacher und die anderen Genossen hat er bereits während seiner Verhaftung erfahren. Aus der Zeitung. Man hat ihm den Westdeutschen Beobachter vom jeweiligen Vortag überlassen, offenbar zu Zwecken der politischen Bildung, wie er ironisch bemerkt.

»Für diesen feigen Meuchelmord schrie des deutschen Volkes

Stimme nach Sühne, für diese hinterhältigen Mordbanditen wäre nur ein Hauch von Mitleid eine Sünde wider unser ganzes Volkstum«, zitiert er voller Bitterkeit einen Satz, der ihm offenbar besonders haften geblieben ist. »Klosettpapier!« Er macht eine abfällige Geste. »Meine größte Genugtuung war, dieses Hetzblatt seiner wahren Bestimmung zuzuführen.« Ich lache, auch wenn mir anderes durch den Kopf geht. Hätten sie Peter direkt mit dem Spangenberg-Winterberg-Mordfall in Verbindung gebracht, dann könnte auch er »keinen Hauch von Mitleid« erwarten. Dann säße er nicht hier, heute nicht und vermutlich niemals wieder.

Bereits morgen früh will er an seine Arbeitsstelle bei der Klöckner-Humboldt-AG zurückkehren. Er könne es nicht riskieren, arbeitslos zu werden, erklärt er mir.

»Mach dir mal keine Sorgen um mich, Täubchen. Ein bisschen Bewegung hat noch keinem geschadet, im Gegenteil. Was mir geschadet hat, war die Untätigkeit der letzten Wochen. Wer rastet, der rostet, du weißt.«

Ich weiß. Und wusste von Anfang an, dass er sich nicht unterkriegen lässt. Einem wie ihm ist der braune Abschaum nicht gewachsen. Gedemütigt und geschlagen haben sie ihn, aber gebrochen haben sie ihn nicht, meinen lieben Mann. Seine Verletzungen sind schmerzhaft, jedoch nicht gefährlich, also widerspreche ich ihm nicht und lasse ihn ziehen. Es ist gut, wenn wir unseren Alltag wiederhaben.

Mittwoch, 26. Juli 1933

Leider hat Peter nun doch seine Arbeit verloren. Wer mit den Braunen in Konfikt gerät, ist nicht mehr gut gelitten und nah dran am Verbrecher. Wer sitzt schon unschuldig ein? Die Logik passt sich geschmeidig den Verhältnissen an. Aber wieder erklärt Peter beruhigend:

»Mach dir keine Sorgen, Täubchen! Einen wie mich brauchen

sie überall.« Und wirklich, kaum hat er sich auf die Suche nach Arbeit gemacht, kommt er mit einer guten Nachricht wieder: Direkt in der nächsten Woche kann er bei Van der Zypen im Eisenbahnwagenbau anfangen. Welch ein unverschämtes Glück in diesen harten Zeiten, wo so viele arbeitslos sind! »Es liegt nicht am Glück, sondern am Können«, scherzt mein Mann und gibt mir einen Kuss. »Wie ich schon sagte: Kein Grund zur Besorgnis.«

Das Schicksal meint es also doch gut mit uns, und das wollen wir feiern. Am Wochenende geht es mal wieder raus ins Bergische. Wir wollen uns frischen Wind um die Nase wehen lassen, Freiheit atmen, Seite an Seite. So wie früher, mit unseren bündischen Freunden. Wie sehr ich mich schon darauf freue!

Samstag, 29. Juli 1933

Frühmorgens brechen wir auf, mit der Bahn über den Rhein, dann weiter in Richtung Overath. Der Regen der vergangenen Tage zeigt nun doch sein Gutes: Er hat die Hochsommermüdigkeit vertrieben, hat Staub und Schmutz hinweggespült und allerorten junges Grün sprießen lassen. Alles sieht frisch und sauber aus, als hätte die Natur ein Bad genommen. Noch steigt Kälte vom Boden auf, als wir aus dem Zug steigen, doch bald brennt die aufsteigendende Sonne den Frühdunst weg und flutet die Landschaft mit Licht. Der helle Tag liegt vor uns wie ein kostbares Geschenk. Wir haben uns, wir haben einander, wir sind eine glückliche Familie, die glücklichste überhaupt.

Wie immer sind wir mit den Naturfreunden unterwegs. Menschen, die unsere Leidenschaft fürs Wandern teilen und die Überzeugung, dass jeder nach seiner Fasson glücklich sein darf. Wenn wir Seite an Seite schreiten und die alten Wandelvogellieder singen, fühle ich mich leicht und frei, dann schöpfe ich Hoffnung, Hoffnung für uns alle.

Der Wahnsinn ist periodisch, er wird bald ein Ende haben, so wie eine Grippe nicht ewig währt. Sie ist gefährlich, sie rafft Menschenleben dahin, aber sie ist doch besiegbar. Und so wird es auch mit den Braunen sein.

Merkwürdigerweise sind es nicht mehr die heimlichen Versammlungen der Kommunistischen Partei, die mir diese Hoffnung geben, sondern gerade diese unpolitischen Naturfreunde. Sie sind wie die Vögel am Himmel: unaufhaltsam, unbeirrbar. Mutter Natur wird ihren Weg gehen. Sie lässt sich von niemandem befehligen.

Unweit des Overather Bahnhofs überqueren wir die Agger, dann geht es weiter den Berg hinauf. In Halzemich genießen wir den weiten Blick über die Hügellandschaft bis hin zum Siebengebirge und in die Eifel. Und über allem spannt sich ein hoher Himmel von durchscheinendem Blau. Wem geht nicht das Herz auf beim Anblick dieser schier nicht enden wollenden Weite!

Wir wandern einen schmalen Weg entlang, auf dem die letzten Pfützen verdunsten. Das Getreide steht hoch, und die Wiesen warten auf eine zweite Mahd. Lerchen hängen über den Feldern wie zitternde kleine Papierdrachen. Klatschmohn, Margeriten und Kornblumen grüßen am Wegesrand; die Mädchen schmücken ihr Haar damit. Wir tauchen ein ins Waldesgrün, marschieren abwärts, in den Talgrund hinab, treten aus tiefstem Schatten ins Licht. Von Erlen gesäumt, mäandert der Bach durch sattgrüne Wiesen; Hahnenfuß und Sumpfdotterblumen strahlen wie gelbe Sterne darin. Still ist es hier, doch die Ruhe vibriert vom Summen der Insekten, dem Gesang der Vögel, dem Flüstern des Windes im Pappellaub. Wie schön das Leben ist! Wir überqueren eine steinerne Brücke und folgen dem Bachlauf, wandern weiter, plaudernd und singend. Ich gehe abwechselnd mit Peter und den Frauen, schwatze mit dieser und jener, bis jemand das nächste Lied anstimmt. Mucki und die anderen Kinder toben als wilde Horde vorweg und genießen ihre Freiheit.

Das Tal weitet sich, Milchvieh und Pferde beäugen uns neugierig. Wir locken zwei Fohlen mit einem Büschel Gras, das sie dann doch nicht begeistern kann. Als sie mit steifbeinigen Bocksprüngen davontollen, kugelt sich Mucki fast vor Lachen.

An einer kleinen Furt machen wir Rast. Die Kinder waten im

Bach herum und quietschen vor Vergnügen. Peter drückt meine Hand. Wie schön es ist, unser Kind so fröhlich und befreit spielen zu sehen! Aller Kummer scheint von ihr abgefallen.

Nach der Mahlzeit strecken wir uns im Schatten aus. Peter legt einen Arm um mich, mein Kopf ruht auf seiner Brust. Ich kann seinen Herzschlag spüren, stark und gleichmäßig. Das Geschnatter um uns her verstummt allmählich, in friedlichem Halbschlaf gleitet der Mittag in den Nachmittag über.

Die Sonne wandert weiter, und wir tun es ihr nach. Zwischen Weiden und Waldrand geht es wieder hinauf auf den Bergrücken, dann hinunter ins Aggertal. Kurz hinter einem Weiler, der sich Naafshäuschen nennt, führt uns ein aufsteigender Pfad auf einen breiteren Weg, dem wir folgen. Auf einer Wiese nahe der Burg schlagen wir unser Nachtlager auf. Die Kinder sammeln Holz und holen Butter, Milch und Speck von einem nahen Bauernhof. Wir rösten Brot über dem Feuer, werfen Kartoffeln in die Glut. Als die Speckscheiben in der Pfanne brutzeln, läuft uns das Wasser im Mund zusammen. Wie jeder weiß, schmeckt es nach einer zünftigen Wanderung am besten.

Später werden die Mandolinen und Gitarren ausgepackt, und für mich beginnt nun der schönste Teil unserer Ausflüge: das gemeinsame Musizieren. Als Gerd leise Wenn der Abend naht anstimmt, überlauft mich ein wohliger Schauer.

Während wir singen, sickert kaum merklich die Nacht ein. Der Osten hüllt sich schon in Dunkelheit, im Westen glimmt noch ein letzter Widerschein des Abendrots. Jemand legt Holz nach, wir rücken näher an die Flammen. Inge und Gerd improvisieren im Duett, als führten sie ein inniges Gespräch. Peter reicht mir noch einen Becher Wein, stochert im Feuer. Ein sprühender Funkenregen stiebt auf in die Schwärze der Nacht. Vielleicht ist unser Leben wie ein Funkenflug, denke ich. Wir werden, glühen, vergehen.

Donnerstag, 17. August 1933

Der neue Chef hat angerufen. Die Gestapo hat Peter auf der Arbeit verhaftet. Ratzfatz. Ohne Begründung. Und die Sonne lacht noch immer vom Himmel und schert sich um gar nichts.

Wieder renne ich zum Braunen Haus, werde abgewiesen. Doch so einfach will ich mich nicht fortschicken lassen, muss dafür einige zotige Bemerkungen einstecken. Was diesen Leuten an Manieren fehlt, machen sie mit schmutzigen Fantasien wett. Letztendlich zahlt sich meine Hartnäckigkeit aus. Ich weiß jetzt zumindest, dass Peter wieder dort ist, allerdings nicht, was man ihm vorwirft. Vielleicht hat er gestern Abend in Willems Eck eine Runde geschmissen und zur Vereinigung der Proletarier aller Länder aufgerufen. Es wäre nicht das erste Mal gewesen. Vielleicht hat ihn jemand angeschwärzt. Vielleicht liegt auch gar nichts gegen ihn vor, und sie sperren ihn nur weg, um ihn zu brechen.

Mucki habe ich gesagt, ihr Vater sei auf Montage. So weit ist es gekommen, dass ich mein Kind anlüge! Aber sie hat während der letzten Verhaftung so gelitten, ich will sie nicht schon wieder ins Unglück stürzen. Manche kommen schnell wieder frei, schon nach einer oder zwei Nächten. Vielleicht hat Peter Glück. Falls nicht, bleibt immer noch Zeit genug für die Wahrheit.

Bei den Genossen ist die Nachricht von seiner erneuten Verhaftung bereits rundgegangen, wie ich von Manfred weiß. Er wolle sich vergewissern, dass sie mich nicht ebenfalls mitgeschleppt hätten, erzählt er mir und setzt sich unaufgefordert. Ich frage mich, ob er mir nicht noch etwas anderes zu sagen hat.

»Ist etwas vorgefallen gestern Abend?« Angeblich weiß er von nichts. »Ihr habt euch nicht irgendwo mit der SA angelegt?«

»Nein.« Wieder schüttelt er den Kopf. »Vielleicht hat ihn jemand angeschwärzt wegen der *Roten Fahne.*«

»Aber er hat die Parteizeitung nicht ausgetragen«, wende ich ein. »Das habe ich getan.«

»Dann weiß ich's auch nicht, Gertrud.« Er kramt seine Zigaretten hervor, zündet sich eine an, raucht eine Weile schweigend. Dann beugt er sich vor und fasst meine Hand. »Peter wird wiederkommen, Gertrud.«

»Natürlich kommt er wieder!«, schnappe ich und ziehe die Hand weg. Er reagiert nicht darauf. Ich stehe auf, stelle einen Aschenbecher vor ihn hin, setze mich wieder.

»Den Heini Stoll haben sie auch eingelocht«, sagt er jetzt. »Und Gunni. Gunther Altrogge.«

»Bist du gekommen, um mir das zu erzählen?«

»Nein, Gertrud. Hör mal ...« Wieder ist da seine Hand, dieses Mal auf meinem Arm. Ich schlage nach ihr, wie man eine lästige Fliege verscheucht.

»Was willst du, Manfred?«

»Ich habe dir was mitgebracht.« Er klemmt die Zigarette in seinen Mundwinkel, beugt sich hinunter und zieht etwas aus seiner speckigen Ledertasche. Legt einen dicken Schmöker auf die Tischplatte, schiebt ihn mir hin. »Für dich. Du wanderst doch so gern.«

Kein schöner Land. Die lieblichsten Landschaften des Deutschen Reiches, lese ich und bin sprachlos.

»Das ist nicht dein Ernst, oder?«

Manfred grinst mich an. »Nun schau erst mal rein.« Unwillig schlage ich das Buch auf, irgendwo mittendrin. Bin nun doch bass erstaunt. In die Innenseiten ist ein sauberes Rechteck geschnitten, etwa von der Größe einer Kladde. Das Buch ist kein Buch, sondern eine Art Tresor.

»Für deine Liebesgedichte. Damit die Braunen nicht auf die Idee kommen, deine schmutzigen Gedanken zu lesen.« Manfreds Grinsen wird noch breiter. Ich spüre, wie mir vor Scham das Blut in den Kopf schießt, und weiß nicht, was ich sagen soll.

»Tut mir leid, Manfred. Meine Nerven liegen blank.«

Er winkt ab, drückt seine Zigarette in den Aschenbecher.

»Ich lass dich jetzt mal wieder allein. Die Familie wartet.« Geräuschvoll schiebt er seinen Stuhl zurück, steht auf, geht mit schweren Schritten zur Tür, bleibt noch einmal stehen. »Morgen bring ich dir einen Eimer Pflaumen vorbei«, kündigt er an. »Die pflücken wir pfundweise bei der Poller Schwägerin, aber ich krieg nur die Scheißerei davon.«

»Wie lieb von dir!«

»Das will ich meinen!«

Wir lachen beide.

»Danke, Manfred. Für das Buch und dafür, dass du gekommen bist.«

Er tippt sich an seine Schiebermütze und schlüpft zur Tür hinaus.

MUCKI

Freitag, 18. August 1933

Diese Ferien waren keine richtigen Ferien, dafür ist zu viel Schlimmes passiert. Nur gut, dass vor ein paar Tagen die Schule wieder begonnen hat. Mucki freut sich darauf, gleich ihre Freundin Judith zu treffen, die wie jeden Morgen an der Ecke Görresstraße/Rathenauplatz auf sie wartet. Gewöhnlich winkt ihr Judith schon von Weitem zu, doch heute steckt sie zur Begrüßung die Finger in den Mund und stößt einen schrillen Pfiff aus.

»Donnerwetter!«, lobt Mucki, als sie bei der Freundin angelangt ist. »Wie kriegst'n das hin?«

»Damit.« Judith sperrt den Mund auf und deutet auf eine Zahnlücke neben ihren Schneidezähnen.

»Wächst da was nach?«, fragt Mucki zweifelnd.

»Klaro! Oder denkst du, dass ich 'ne zahnlose Oma bin?« Sie kichern albern.

»Klappt aber auch ohne Lücke«, erklärt Judith fachmännisch. »Mein Bruder kann's auch so. Man muss nur üben.«

»Bringst du's mir bei?«

»Na sicher!« Die beiden Mädchen haken einander unter und maschieren einträchtig die Straße entlang. Sie sind bereits in die Lochnerstraße eingebogen und nur noch wenige Meter vom Schulgelände entfernt, als sich ihnen drei Klassenkameradinnen in den Weg stellen. Die größte von ihnen, Heidrun, deutet mit ausgestrecktem Finger auf Mucki.

»Guckt euch die an! Den Vadder von der ham se einjelocht, dat is 'ne Verbrecher!«

»Verbrecher, Verbrecher!«, skandieren die beiden anderen im Chor. »So wat liecht inne Familie«, verkündet Heidrun selbstgefällig. »Jetzt müsse mer uffpasse, dat die Jertrud uns nid beklaut!«

Mucki erstarrt, doch ihr Herz rast. »Mein Vater ist kein Verbrecher!«, schreit sie.

»Und ob!«, beharrt Heidrun mit hämischem Grinsen. »Jestern morjen ham s'en mitjenommen. Direkt vonne Arbeit. Mein Vadder war dabei.«

Mucki will sich auf sie stürzen, doch Judith hält sie fest. »Die lügen doch«, flüstert sie ihr zu. »Die wollen dich nur auszanken. Komm, wir beachten sie gar nicht!« Sie zerrt die Freundin mit sich, vorbei an den feixenden Mädchen, hinein in den quirligen Strom der Kinder, die in das Schulgebäude drängen.

Rechnen bei Herrn Rübsam. Dann Heimatkunde. Mucki kann sich nicht konzentrieren. Stimmt es etwa, was Heidrun behauptet hat? Der Vater war nicht zu Hause gestern Abend. Auf Montage, hat die Mutter gesagt. Normalerweise verabschiedet er sich vorher von Mucki. Aber dieses Mal hat er es nicht getan. Der Auftrag sei ganz kurzfristig gekommen, so die Mutter, und sie lügt nie. Oder doch?

Gong – große Pause. Mit Gejohle und Gepolter stürmt alles aus dem Klassenzimmer.

»Verbrecher!« Die Stimme ist ganz nah an Muckis Ohr. »Verbrecher!«, wiederholt sie. Es klingt nicht einmal wie eine Beschimpfung, eher schadenfreudig. Mucki erkennt die Stimme sofort. Sie wirbelt herum, drischt mit geballten Fäusten auf Heidrun ein, rechts, links, rechts, wie Karl ihr das einmal gezeigt hat. Karl der Boxer, ein Freund ihres Vaters. Doch Heidrun ist groß und kräftig und kann einige Schläge abwehren. Sie bekommt Muckis mühsam glatt gekämmtes Haar zu fassen, reißt daran. Es tut höllisch weh. Mucki kann sich freikämpfen und versetzt ihrer Widersacherin einen Tritt vors Schienbein, dann gleich noch einen. Heidruns Schmerzensschreie hallen durch den langen Flur.

»Schluss damit! Auf der Stelle!« Auf einmal ist Fräulein Sechtem da, die neue Lehrerin, und zerrt die beiden Streithälse auseinander. »Was fällt euch ein?«

Augenblicklich bricht Heidrun in Tränen aus. »Die Jertrud war's! Die hat mich verdroschen ohne Jrund.«

»Ich hab nix gemacht!«, brüllt Mucki zurück. »Die hat angefangen!«

»Hab ich nicht!«

»Haste doch!«

»Nee!«

»Wohl!«

Jetzt sind auch Else und Resi zur Stelle, Heidruns Kumpaninnen.

»Die Jertrud hat anjefangen. Wir ha'ms jenau jesehn!«

»Die lügen auch!«, schreit Mucki mit Blick auf die Lehrerin, deren Gesichtsausdruck sich zusehends verfinstert.

»Was fällt dir ein, Gertrud? Erwachsene brüllt man nicht an! Du gehst sofort zurück ins Klassenzimmer!«

Die schadenfreudigen Blicke der Mädchen im Nacken, wird Mucki von Fräulein Sechtem in den Klassenraum eskortiert. In die Ecke. Gesicht zur Wand. Und wehe, sie rührt sich vom Fleck.

Die Lehrerin geht, Mucki bleibt allein zurück. Starrt auf den schmutzig weißen Putz, schließt die Augen, öffnet sie wieder. Riecht die unverwechselbare Mischung von Kalkfarbe und Kreidestaub, Tinte und ungewaschenen Hälsen. Hört das Lachen und Kreischen der Jungs auf dem zweiten Schulhof und, deutlich leiser, das ewige Summen und Rauschen der Stadt. Plötzlich fühlt sie sich eingesperrt, abgetrennt von allem. So muss es dem Vater ergangen sein. Oder gerade ergehen. Und vielleicht noch weit schlimmer. Nur nicht daran denken!

Sie könnte heimlich aus dem Fenster schauen, überlegt sie, sich zumindest hinsetzen, bis die Pause vorbei ist. Könnte den Apfel essen, den sie in der Rocktasche hat. Am Waschbecken einen Schluck Wasser trinken. All das könnte sie tun, und Fräulein Sechtems Drohungen zum Trotz würde es niemand merken. Aber falls ihr Papa wieder im Gefängnis ist, kann er all das nicht – nicht aus dem Fenster schauen, wenn ihm danach ist, keinen Apfel essen, wenn er darauf Appetit hat, kein Wasser trinken, wenn man ihm keines gibt. Im Gefängnis darf man gar nichts tun, hat sie gehört. Deshalb bleibt auch Mucki stehen, stocksteif, und selbst das Zwinkern verkneift sie sich.

Wenn sie es schafft, ganz still auszuharren, nicht mit dem Kopf zu wackeln, nicht auf den Zehen zu wippen, nicht einmal von einem Fuß auf den anderen zu treten … Wenn sie es schafft, sich nicht den juckenden Mückenstich zu kratzen, nicht die Nase krauszuziehen, nicht die Haarsträhne wegzustreifen, die ihr ins Gesicht hängt. Wenn sie all das schafft, wenn sie durchhält bis zum Ende der folgenden Schulstunde, dann, ja dann … dann kommt ihr Papa nach Hause.

Ende der Pause. Fünfzig Kinder strömen zurück in den Klassenraum und scheinen sie so wenig zu sehen, wie sie selbst sie sieht. Als wäre sie eins mit der Wand geworden. Aber was macht das schon? Sie muss nur durchhalten. Zur Ablenkung versucht sie, dem Unterricht zu folgen. Stellt sich intensiv das zu jeder Stimme gehörige Gesicht vor. Wettet gegen sich selbst, wer als Nächstes drangenommen wird. Manchmal gewinnt sie, manchmal verliert sie. Die Zeit vergeht quälend langsam. Dann vergibt die Lehrerin endlich die Hausaufgaben. Bald, bald ist es geschafft!

Mucki atmet erleichtert auf. Beim Ausatmen flattert die Haarsträhne hoch, die ihr vor dem linken Auge hängt. Das zählt nicht als Bewegung. Atmen muss man ja. Die Strähne kommt über der Nase zum Liegen. Sie kitzelt. Es kitzelt fürchterlich. Der Niesreiz überkommt sie urplötzlich. Ihr Kopf schleudert nach vorn, die Hände schnellen vors Gesicht, ihr ganzer Körper gerät aus dem Gleichgewicht.

»Jesundheit!«, schreit jemand begeistert. Heini, der Klassenkasper, wer sonst.

Mucki schweigt still. Tränen brennen in ihren Augen.

Wenn der Papa nun nicht heimkommt, ist es allein ihre Schuld.

GERTRUD

Freitag, 25. August 1933

Sie haben Peter in ein Arbeitslager gesteckt, nach Börgermoor im Emsland. Immerhin weiß ich es nun.

Arbeitslager. Die Braunen haben also noch eine Schippe draufgelegt. Wobei das mit dem Schippen wörtlich zu nehmen ist: Torfstechen müssen die Gefangenen dort, wie mir zu Ohren kam. Im Moor.

Ob ich Hans und Willi benachrichtigen soll? Als Stiefmutter habe ich wohl die Pflicht, ihnen mitzuteilen, dass ihr Vater deportiert worden ist. Aber Willis Frau hat erst vor Kurzem entbunden, und Hans' Kinder haben Scharlach. Warum sie noch mehr in Aufregung versetzen? Nein, es geht nicht anders. Also mache ich mich auf den Weg, treffe bei Willi allerdings niemanden an. Ich klingele bei der Nachbarin und bitte sie, Willi auszurichten, dass er sich dringend bei mir melden soll. Einen Grund nenne ich nicht. Es muss ja nicht gleich das ganze Veedel Bescheid wissen.

Kaum bin ich zu Hause, klopft es an der Tür. So schnell können Peters Söhne unmöglich hier sein. Wahrscheinlich Ralf und Marianne, denke ich. Ich bin zwar sehr dankbar, dass die Freunde mir so fest die Treue halten, aber im Moment möchte ich lieber keine Gäste empfangen. Es ist etwas anderes, pärchenweise am Küchentisch zu tagen, als allein diese Art von Kondolenzbesuchen über mich ergehen zu lassen.

Aber es sind nicht Ralf und Marianne. Vor der Tür steht Manfred, und als ich ihn sehe, fällt mir ein, dass er den versprochenen Eimer Pflaumen neulich doch nicht vorbeigebracht hat. Dafür bringt er jetzt seine Frau Erna mit, und das ist die eigentliche Überraschung. Erna kann mich nicht leiden, wie alle Welt weiß, und sie geht mir aus dem Weg, wo sie nur kann. Zwar habe ich ihr nie einen konkreten Anlass für ihre Ablehnung gegeben, aber

Sympathie lässt sich nun einmal nicht erzwingen. Peter behauptet, es liege daran, dass sie sich mir unterlegen fühlt. Gertrud Kühlem, die Apothekerin und Tochter aus höherem Hause, die dazu viel Geld verdient und den politischen Kampf eigentlich gar nicht nötig hat. Die vornehme Gertrud, die dazu ein besseres Deutsch spricht als Erna – und das als Französin! So ungefähr erklärt Peter sich die Sache, allerdings ohne ein gesteigertes Interesse dafür aufzubringen. »Und außerdem bist du viel hübscher!«, lautete sein Fazit zu diesem Thema, das sich für ihn mit einem Kuss auf meine Stirn erledigt hatte. Peter ist eben auch nur ein Mann und kann Weibergezänk nicht viel abgewinnen.

In der Tat werde ich immer wieder für mein gutes Deutsch gelobt, was ja Unsinn ist, denn ich bin in Deutschland aufgewachsen, und obendrein war mein seliger Vater Deutscher, noch dazu Lehrer. Trotzdem wundern sich die Leute. Vielleicht denken sie nicht genug nach? Vielleicht ist das unser eigentliches Problem: dass einfach nicht genug nachgedacht wird.

Aber es ging um Erna. Sie ist hier, und sie wird sich etwas denken dabei. Und, was noch wichtiger ist: Sie zeigt Anteilnahme. Das muss ich ihr hoch anrechnen.

»Tach, Jertrud!« Sie reicht mir die Hand.

»Wie schön, dich zu sehen, Erna.« Es ist mehr als eine Höflichkeitsfloskel. Man muss verzeihen können.

Sie holt zwei Einmachgläser aus ihrem mitgebrachten Beutel und reicht sie mir.

»Hier, für euch!«

Pflaumenmus, frisch eingekocht. Ich bedanke mich, bitte die beiden herein. Erna zögert. Sie ist nur selten hier gewesen, im Gegensatz zu ihrem Mann. Er marschiert auch gleich an mir vorbei, wie er es gewohnt ist. Ich führe Erna in die Küche, verstaue das Mus im Vorratsschrank, stelle Manfred ein Bier hin, setze Kaffeewasser auf.

»Tut mir leid mit deinem Mann«, sagt Erna, und ich kann spüren, welche Überwindung es sie kostet, das Wort an mich zu richten. »Wo isser denn hin?«

»Emslandlager«, antworte ich. »Börgermoor.« Sie nickt. Ich

weiß nicht, ob ihr der Begriff etwas sagt, möchte das Thema aber nicht vertiefen.

»Herrjott, wohin soll dat nur all führe!«, stößt sie urplötzlich hervor, und ich zucke zusammen.

»Ja, es ist schlimm«, bestätige ich, meine alberne Schreckhaftigkeit überspielend. »Aber Peter lässt sich nicht unterkriegen. Darin sind sich unsere Männer ähnlich.« Ich lächle ihr zu, um die Sache nicht noch schlimmer zu machen.

»Worauf du einen lassen kannst«, bekräftigt Manfred und nimmt einen großen Schluck Bier. Der Wasserkessel beginnt zu pfeifen, und ich gieße den Kaffee auf. Echten Bohnenkaffee. Erna zu Ehren.

»Zucker? Sahne?« Erna bittet um beides. Mir fällt ein, dass ich sie gar nicht gesehen habe, während ihr Mann in Haft war. All die Monate nicht. Auch zuvor hat sie ihn nie zu den Zusammenkünften der Genossen begleitet, und allein kam sie später schon gar nicht. Sie ist auch nicht zum Frühstück oder Kaffee zu uns gekommen wie die anderen Familien der Genossen, bei denen es gerade knapp war. Allerdings habe ich sie auch nie eingeladen. Wovon hat sie gelebt? Wer hat die Miete bezahlt? Schlagartig wird mir klar, dass wir uns diese Frage früher hätten stellen müssen. Und dass Fürsorge nicht von Sympathie oder Freundschaft abhängen darf.

»Für dich war's sicher auch nicht leicht, als sie Manfred eingelocht haben«, sage ich.

Sie schnauft. »Für Unsereins is' jar nix leicht. Aber wie du's sagst: Von die Drecksäck' darf man sich nid unterkrieje lasse.« Wenn sie spricht, klingt es, als würde sie die Silben mit einem Beil zerhacken und anschließend zu Brei zermahlen. Heraus kommt ein schwer verständlicher Mischmasch, der nur bedingt dem kölschen Dialekt geschuldet ist. Von der holprigen Grammatik ganz zu schweigen. Meist sagt Erna allerdings gar nichts, zumindest nicht in meiner Anwesenheit. Doch nun wird sie geradezu redselig. »Wat bin ich froh un' dankbar, dat sich min Jung so jut um seine Moder jekümmert hat«, verkündet sie stolz. »Auf unser Jünther is' Verlass, der is' immer brav un' fleißisch. So war er schon als kleen Bengelsche, immer leev und hilfsbereit. Auch inne Schul' hat er sich nid schwerjetan. Dat is ihm all zujefalle, als wär' et nix. Un' jetzt hat er ja ooch 'ne jute Stelle bei die Ford-Werke.«

»Die er sich von seinem Kommunistenvater nicht versauen lassen will«, ergänzt Manfred spöttisch. »Genau das hat unser Sohn zu mir gesagt, wie ich wieder draußen war. Wortwörtlich. Günther findet nämlich, ich bin in der falschen Partei. Oder war es zumindest. Denn jetzt gibt es ja nur noch eine Partei, und zwar die einzig richtige.« Er setzt die Flasche an die Lippen und trinkt in großen Zügen. Ich schiele zu Erna rüber, bemerke ihre unglückliche Miene. »Aber um unsere Mamm hat er sich gekümmert, wie sich's für einen braven Sohn gehört«, lenkt Manfred ein und tätschelt dabei die Hand seiner Frau. Erna lächelt tapfer. Hager sieht sie aus, trotz ihrer Leibesfülle, was vielleicht an den bläulichen Schatten unter ihren Augen liegt. Schatten, wie Manfred sie hat. Ob diese Augenringe wohl bald auch ein gemeinsames Merkmal von Peter und mir sein werden? Eines, das sozusagen unsere Zusammengehörigkeit besiegelt? Meine flüchtige Überlegung taugt nicht als Gesprächsthema, ebenso wenig wie einiges andere, das mir durch den Kopf geht. Was also sagen? Wie das Gespräch in weniger gefährliches Fahrwasser lenken? Ich könnte Erna nach der Pflaumenernte fragen, nach Einkochtipps, bringe es aber nicht über mich. Also stehe ich auf, schenke Kaffee nach, will Manfred ein neues Bier hinstellen, doch es ist keins mehr da.

»Was macht die Dichtkunst?«, erkundigt er sich plötzlich und zwinkert mir zu.

»Ich arbeite jeden Abend daran«, antworte ich, auf seinen süffisanten Ton eingehend. »Die lieblichsten Landschaften des Deutschen Reiches sind mir eine große Hilfe dabei.« Wir schauen uns an, grinsen einvernehmlich, und in diesem Moment trifft mich Ernas Blick. Unverständnis und Misstrauen sprechen daraus, all die Vorbehalte, die sie gegen mich hegt. Ironie oder gar Sarkasmus sind ihr fremd, und auch jetzt begreift sie nur, dass da etwas zwischen mir und ihrem Mann ist, das sie nicht versteht, das sie nicht teilt und an dem sie auch keinen Anteil hat. Das sie ausschließt. Womöglich sogar mit Absicht. Sie weiß offenbar nichts von dem Buchtresor, den Manfred mir gebastelt hat. Er hat ihr nichts davon erzählt.

Die lieblichsten Landschaften des Deutschen Reiches. Ich ahne, dass Erna dabei ganz anderes im Kopf hat. Befürchtungen wären ja nicht gänzlich unbegründet. Beim Bützchenverteilen an Karneval ist Manfred immer einer der Eifrigsten, und auch sonst kam mir schon einiges über ihn zu Ohren. Doch wie soll ich mich erklären? Mein Geschreibsel geht schließlich niemanden etwas an. Auch Manfred nicht, selbst wenn er so tut, als ob.

»Es ist gut, dass einer die Sachen aufschreibt«, sagt er jetzt. »Damit noch eine andere Version der Geschichte festgehalten wird, nicht nur die der Nazipresse. Falls es mal Erinnerungsschwierigkeiten geben sollte und keiner mehr von irgendwas gewusst haben will.«

»Eine gute Idee, Manfred«, pflichte ich ihm bei. »Aber du verlangst zu viel von mir. Das müssen Schriftsteller machen, Gelehrte, Historiker.«

»Quatsch!« Er winkt ärgerlich ab. »Das müssen die machen, die es direkt betrifft. Solche wie unsereins. Solche wie du. Gut, du bist 'ne Frau, aber du bist 'ne Studierte. Du weißt von uns am besten, wie man so was aufschreibt.«

»Ich notiere nur ein paar Dinge über unsere Familie, über unser kleines Leben«, widerspreche ich, bin aber heimlich erleichtert. Erna kann sich jetzt zusammenreimen, dass nichts Amouröses zwischen uns ist. Doch sie wirkt nicht beruhigt, wie mir ein schneller Blick verrät. Im Gegenteil.

»Wovon sprecht ihr?«, fragt sie mit schneidender Stimme.

»Manfred hat mir eine Art Schuber für meine Schreibhefte gebaut.« Um des lieben Friedens willen lege ich nun doch die Karten auf den Tisch und bemühe mich um einen arglosen Tonfall. Die falsche Antwort, merke ich sofort. Es steht ihr deutlich ins Gesicht geschrieben. Dass Manfred nicht nur Gedanken, sondern auch Zeit und Mühen, vielleicht sogar Geld an mich verschwendet hat, zählt für Menschen wie sie doppelt.

»Ach so«, sagt sie gedehnt, und dann, deutlich zu laut: »Wir müssen.« Beim Aufstehen stützt sie sich auf der Tischplatte ab. Sie lässt noch ein paar gehaspelte Sätze folgen, die ich mir erst innerlich übersetzen muss. Dass sie mich nicht länger aufhalten will. Selbst noch zu tun hat. Günthers Hemden für die Arbeit plätten. Das Essen vorkochen.

Und ihren Mann vor mir in Sicherheit bringen, füge ich im Geiste hinzu.

MUCKI

Dienstag, 29. August 1933

Es pocht an der Tür. Ungeduldig. Fordernd. Mucki tauscht angstvolle Blicke mit der Mutter.

Wieder stürmt die SA in die Wohnung, wieder kurz vor dem Abendbrot. Wieder sind es der schlaksige Hungerhaken und zwei andere, die schon den Vater mitgenommen haben, dazu ein paar unbekannte Gesichter. Wie schon beim ersten Mal reißen sie Schubladen und Schranktüren auf, treten gegen Stühle. Sie lassen die schöne Keramikvase zu Bruch gehen und zertrümmern den Spiegel im Flur. Dann stürzen sie sich auf die Mutter. Als sie sich wehren will, versetzt ihr einer mit dem Gummiknüppel einen Schlag in den Nacken, sodass sie zu Boden geht. Mucki beginnt zu schreien, geht schreiend auf die Männer los, schlägt und tritt wie von Sinnen um sich, bis einer ihr einen Tritt in den Hintern versetzt und sie in hohem Bogen gegen das Küchensofa knallt.

Jetzt geht alles ganz schnell. Die Männer zerren die Mutter auf die Beine und schleifen sie mit sich. Sie dreht den Kopf, sucht ihren Blick, als wollte sie ihr noch ein Zeichen geben, doch einer der Braunen schiebt sich dazwischen, und fort sind sie.

Die Wohnungstür knallt zu, die Schritte verhallen. Dann Totenstille. Wie in einem Grab.

Die Angst stülpt Mucki den Magen um, lässt ihren Herzschlag explodieren, selbst in den Schläfen spürt sie das wilde Pulsieren. Sie rennt in ihr Zimmer und verkriecht sich in ihrem Bett. Zusammengekrümmt liegt sie da, mit über den Kopf gezogener Decke, obwohl sie kaum Luft bekommt. Von Zeit zu Zeit wälzt sie sich herum, verharrt dann wieder in Reglosigkeit. Als kleines Kind hat sie immer geglaubt, unsichtbar zu sein, sobald sie selbst die Augen schloss, und etwas in ihr klammert sich an diesen Glauben. Aber Mucki ist kein kleines Kind mehr; sie ist weder unsichtbar, noch kann sie das Geschehene ungeschehen machen.

Die hereinbrechende Nacht taucht den Raum in immer dichter werdendes Dunkel. Eine Turmuhr schlägt in regelmäßigen Abständen, doch Mucki gelingt es nicht, die Stunden zu zählen. Vorsichtig späht sie unter der Decke hervor. Im Haus gegenüber, jenseits des begrünten Innenhofs, flammt Licht auf und wirft einen schwachen Widerschein auf das Fußende des Bettes. Gerade so viel, dass Mucki nicht in vollkommener Schwärze ertrinkt, aber nicht genug, um sie zum Aufstehen zu bewegen. Warum brennt gegenüber zu so später Stunde noch Licht? Sitzt auch dort drüben jemand, der vor Sorgen keinen Schlaf findet? Mucki hat die Mutter vor Augen, wie sie im Schein der Petroleumlampe gesessen und ihre Sorgen zu Papier gebracht hat. Das Bild verflüchtigt sich, weicht diffusen, panikerfüllten Gedanken. Die Zeit vergeht. Oder bleibt sie einfach stehen?

Irgendwann sickert das erste Licht des Sonnenaufgangs ins Zimmer, zunächst wie eine vage Ahnung, dann rasch heller werdend und von Kräften genährt, die ungleich stärker sind als die Funzel im Nachbarhaus. Die aufsteigende Sonne reißt Mucki aus ihrer Schreckenslähmung und verleiht ihr ein klein wenig Mut. Sie klettert aus dem Bett, schlüpft in Kleid und Schuhe, streift ihre Strickjacke über. Das Täschchen. Sie darf ihr Täschchen nicht vergessen. Schnell greift sie danach, schließt die Tür hinter sich und rennt los.

Die Gestapo-Zentrale liegt nur wenige Gehminuten entfernt. Sie nimmt die Abkürzung über den dicht begrünten Rathenauplatz, taucht ein in die tiefen Schatten der Bäume, die die Nacht zurückhalten und sie augenblicklich frösteln lassen. Nur die Vögel, die ganz oben in den Wipfeln sitzen, baden zu dieser frühen Stunde im Licht. Voller Inbrunst besingen sie den jungen Morgen, an dem es für Mucki nichts zu singen gibt.

Vor der Synagoge in der Roonstraße macht sie kurz halt, denn heftiges Seitenstechen raubt ihr den Atem. Als es nachlässt, eilt sie weiter, umrundet die Litfaßsäule an der Ecke, biegt ein in die Mozartstraße, in Richtung Braunes Haus.

Die doppelflügelige Eingangstür ist verschlossen. Mucki rafft all ihren Mut zusammen und klopft, doch das Pochen verhallt ungehört. Zu dieser frühen Stunde wird niemand vorgelassen. Also heißt es warten: hier auf der Straße, im Morgengrauen, das eher ein Aufglühen ist, allerdings ohne einen Funken Wärme, im Gegenteil. Mit dem einfallenden Licht scheint auch die Kälte zuzunehmen, als würde sie sich von den Hauswänden lösen, in denen sie sich über Nacht verkrochen hat. Mucki friert, das dünne Sommerjäckchen taugt nicht für die frühe Stunde. Sie rudert mit den Armen, klatscht in die Hände, wandert auf und ab. Ein Milchwagen rollt vorbei. Menschen auf dem Weg zur Arbeit, die sie nicht zu bemerken scheinen. Wer das Braune Haus passieren muss, trödelt nicht.

Nur die Gedanken im Zaum halten! Nicht grübeln, warum sie die Mutter mitgenommen haben, was wohl mit ihr geschehen ist. Und keinesfalls an Margrets Mutter denken. An das, was ihr widerfahren ist. Daran schon gar nicht.

Margret. Seit jenem schrecklichen Morgen, an dem sie vor ihrer Wohnungstür stand, hat Mucki sie nicht mehr gesehen. Wahrscheinlich geht sie woanders zur Schule. Sie lebt ja jetzt bei den Großeltern.

Mucki wird übel bei der Vorstellung, in Zukunft bei ihrer eigenen Großmutter zu leben. Bei grand-mère, die sie mit Sie anreden muss, was ihr seit jeher Schwierigkeiten bereitet. Aber so weit würde es nicht kommen. Die Großmutter würde sie gar nicht bei sich aufnehmen. Ich habe es euch ja immer prophezeit. Selbst schuld! Mucki kann regelrecht hören, wie sie das sagt. Dieser gallige Ton, diese marmorne Kälte, die dem weichen, sonst so wunderbaren Akzent trotzt. Nein, die eisige Oma ist keine Option. Wenn ihre Mama nicht bald zurückkehrt, kommt Mucki ins Heim, das steht fest – oder gar in die Waisenanstalt, sofern auch der Vater nicht mehr nach Hause kommt. Nein, so etwas darf sie nicht denken! Sie beginnt, auf einem Bein übers Pflaster zu hüpfen. Nicht auf die Linien treten, sonst verbrennt sie. Beinwechsel. Genau auf die Linien treten, sonst ertrinkt sie. Danach alles von vorn. Mucki hüpft, bis sie nicht mehr kann. Als man sie endlich vorlässt, hat die Sonne bereits die Dächer der umliegenden Patrizierhäuser erklommen.

Der Pförtner wirkt verschlafen, weist mit einer knappen Bewegung auf eine Holzbank im Gang. Hier soll sie warten. Sie setzt sich. Lässt die Beine über den Boden baumeln. Fährt nervös mit den Händen über die Sitzfläche. Das Holz ist spiegelglatt, wie das der Schulbank, auf der sie jetzt eigentlich sitzen müsste, doch es kommt ihr wesentlich kälter vor.

Endlich! Der Schaltermensch winkt sie zu sich heran. Sofort springt sie auf, rennt zu ihm.

»Ist meine Mutter hier? Gertrud Kühlem?«, fragt sie atemlos.

»Kühlem?« Der Mann schaut auf seine Papiere, schüttelt den Kopf. »Nein. Vielleicht im Klingelpütz. Der Bonner Wall wär auch eine Möglichkeit.« Damit ist seiner Auskunftspflicht offenbar Genüge getan, denn er sagt nichts mehr. Mucki steht da wie erstarrt. Was soll sie jetzt tun? Sie weiß es nicht.

»Eine Kühlem haben wir hier«, lässt sich eine andere Stimme vernehmen. Mucki fährt herum. Erblickt einen Uniformierten. Sein flachsblondes Haar ist so kurz geschnitten, dass er fast kahl wirkt. »Neuzugang. Gestern Abend«, erklärt er kurz angebunden und schaut Mucki dabei nicht einmal an.

»Da hast du's!«, brummt der Mann hinter dem Schalter und unterdrückt ein Gähnen. »Jetzt halt mich nicht länger von der Arbeit ab und zieh Leine!«

»Kann ich sie sehen?«, platzt Mucki hervor. Der Schaltermensch blickt auf, ehrlich überrascht. »Bitte, darf ich?«

»Natürlich nicht. Was fällt dir ein?« Sie verlegt sich aufs Flehen. »Hau ab!«

Tief enttäuscht gehorcht sie, tritt zurück auf die Straße. Ein Fünkchen Hoffnung bleibt ihr: Die Mutter lebt noch und ist nicht aus dem Fenster gefallen. Und sie scheint den Braunen offenbar nicht so wichtig zu sein, überlegt Mucki. Sonst müssten sie nicht erst überlegen, wo sie sein könnte. Sie wüssten es sofort. Vielleicht ist das ein gutes Zeichen, redet sie sich ein. Vielleicht ist die Mutter bald wieder zu Hause.

Sie knotet ihr Strickjäckchen um die Hüften und rennt los, zu Marianne in die Moselstraße.

GERTRUD

Mittwoch, 30. August 1933

Von der Görresstraße brachten sie mich geradewegs ins Braune Haus. Erst Wachraum, dann Haftraum – jetzt habe ich es von innen kennengelernt. Ein gezielter Hieb ins Kreuz beschleunigte den Prozess. Ich stürzte die Treppe hinunter, hinab in den Gaukeller, hinein in die Zelle. Ein paar andere hockten dort schon, schauten kaum auf, sagten nichts. Ich habe auch nichts gesagt. Im dunklen Keller wirken Fremde bedrohlich, das ist nun einmal so. Dabei sind jene, die da oben in ihren gewichsten Stiefeln hin und her spazieren, die eigentliche Bedrohung. Zur SA gesellt sich hier die SS, die in diesem Haus das Sagen hat. Pest und Cholera unter einem Dach.

Eine schlaflose Nacht in der Zelle. Der nackte Boden zu kalt, sich darauf zu setzen. So hocke ich da, Stunde um Stunde, mit dem Rücken gegen die Wand, die Füße sind längst taub geworden. Habe immer wieder die Bilder des Abends vor Augen: Die tobende Mucki, die völlig entfesselt auf die Männer losgeht. Ich will ihr beistehen, doch ein scharfer Schmerz zwingt mich nieder, bohrt sich vom Nacken bis in die Augenhöhlen. Alles dreht sich.

»Lass los!«, brüllt eine männliche Stimme. Ich sehe Mucki stürzen und gegen das Sofa prallen. Mein Kind! Wenn sie nur meinem Kind nichts antun! Alles in mir ist Sorge und Schmerz. Vier Hände packen mich, reißen mich hoch. Der Schmerz explodiert. Ich will Mucki noch ein Zeichen geben, dass sie fliehen soll. Wenn sie nur flink ist und den Überraschungsmoment nutzt, kann sie es schaffen, dann kann sie sich irgendwo verstecken. Doch schon schieben sich braune Uniformen zwischen uns, und der Moment ist vertan. Die SA-Leute zerren mich mit sich, die Tür fällt ins Schloss. Das Band zwischen Mutter und Kind ist zerrissen.

Irgendwann nicke ich doch ein, ich weiß nicht, wie lang. Als ich aufstehen will, habe ich aber kein Gefühl mehr in den Beinen.

Es dauert, bis das Blut wieder zirkuliert. Tausend kleine Nadelstiche. Mein Nacken schmerzt noch immer, als säße der Kopf an der falschen Stelle. Mein Schädel dröhnt wie beim schlimmsten Kater. Für eine Katzenwäsche und den Gang zur Toilette werden wir aus der Zelle gelassen. Der Sanitärbereich verdient seinen Namen nicht. Saustall wäre angemessener. Zum Frühstück eine undefinierbare Brühe und ein Kanten Brot. Kurz darauf bellt einer der Wärter meinen Namen.

Ein junger Mann namens Stolten leitet die »Befragung«. Sein helles Haar ist so kurz geschoren, dass die Kopfhaut durchscheint. Im Verein mit seinen weichen Zügen verleiht ihm das etwas ungewollt Kindhaftes, was er durch besonders harsches Auftreten wettzumachen versucht.

Schräg hinter dem Schreibtisch steht noch ein anderer: dunkles Haar, gedrungene Figur. Seinen Namen erfahre ich nicht. Stolten nimmt die Personalien auf.

»Sie bekleiden das Amt einer Kassiererin bei der Kommunistischen Partei Deutschlands, ist das richtig?«

»Ich war Kassiererin«, antworte ich.

»Und jetzt nicht mehr?«

»Nein, die Partei ist verboten.«

»Und daran halten Sie sich?«

»Aber selbstverständlich.«

Die Herren lachen.

»Das sollen wir Ihnen glauben?«

»Eine Kassiererin verwaltet die Gelder«, erkläre ich. »In einer Partei, die nicht mehr existiert, fließen auch keine Gelder. Ich hätte also gar keine Aufgabe mehr.«

»Schön gesprochen, Kühlem. Zu schön, um wahr zu sein.«

»Das Parteivermögen wurde konfisziert. Ich habe also keinen Grund, die Unwahrheit zu sagen.« Bei dieser Aussage bleibe ich und halte mich ganz gut. Dann wechselt Stolten das Thema, fragt nach diesem und jenem. Ich weiß nichts dazu. Er nennt die Namen verschiedener Genossen. Was ich über sie sagen könne? Zum Glück sind mir diese Männer allenfalls namentlich bekannt. Also offiziell gar nicht.

»Ewald Wirtgen. Von dem schon mal gehört?« Der Blick des Blonden bekommt etwas Lauerndes.

»Nein.«

»Das ist verwunderlich, denn wir können beweisen, dass er bei Ihnen war.«

»So?«

»Stellen Sie sich nicht blöd, Kühlem! Wir haben nicht ewig Zeit. Also: Ewald Wirtgen. Der war am 23. Juli bei Ihnen.«

»Aber das ist ja schon über einen Monat her!«

»Wollen Sie damit sagen, dass Ihr Gedächtnis nicht so lange zurückreicht?«

»Nein. Es ist nur –«

»Was sonst?«

»Nichts weiter.«

Stolten steht auf, kommt hinter seinem Tisch hervor. Geht ein paar Schritte. Wie ein Conférencier, der sich ein wenig die Beine vertritt, um für eine gewisse Lebhaftigkeit des Geschehens zu sorgen.

»Dieser Ewald Wirtgen war reichlich angeschlagen, als er bei Ihnen auftauchte«, fährt er fort. »Doch Ihre heilenden Hände haben ihn wieder fit gemacht. Oder was sonst noch zur Heilung beiträgt …« Sein Lachen klingt zotig. »Aber so eine sind Sie nicht, oder? Antworten, Kühlem!«

»Ich weiß nicht, wovon Sie reden.«

»Das wissen Sie sehr gut. Oder muss ich Ihrem Gedächtnis auf die Sprünge helfen?« Er tritt ganz nah an mich heran.

»Ich weiß nicht mehr genau, wann es war, aber ungefähr in dieser Zeit kam Ewald Wirtgen einmal zu mir«, lenke ich ein. Die besten Lügner bleiben immer dicht bei der Wahrheit, habe ich einmal irgendwo aufgeschnappt.

»Na also, geht doch!« Stolten nickt selbstgefällig. »Sie kannten Wirtgen also aus der Partei.« Eine Feststellung, keine Frage.

»Ich kannte ihn nur vom Sehen. Er war verletzt und erzählte, er sei von einem Laster angefahren worden, habe aber kein Geld für einen Arzt.«

»Und das fanden Sie nicht ungewöhnlich?«

»Nein. Heutzutage ist nichts Ungewöhnliches daran, dass die Leute kein Geld für einen Arztbesuch haben. Einen Menschen in Not darf man nicht einfach wegschicken, so dachte ich.«

»Und die Geschichte mit dem Laster haben Sie ihm geglaubt?«

»Ich hatte keinen Grund, ihm nicht zu glauben.«

»Sie hielten es nicht für eher wahrscheinlich, dass er sich die Verletzung bei einem Angriff auf eine Einheit der Sturmabteilung zugezogen hatte?«

»Davon weiß ich nichts.«

»Warum kam er zu Ihnen?«

»Um sich behandeln zu lassen, wie ich schon sagte.«

»Wie oft Sie hier was sagen, haben Sie nicht zu entscheiden, verstanden?«

Ich nicke.

»Ob Sie verstanden haben?«

»Ja.«

»Also, noch mal von vorn: Warum kam er ausgerechnet zu Ihnen?«

»Um sich behandeln zu lassen.«

»Sind Sie Ärztin?«

»Nein.«

»Krankenschwester?«

»Nein. Ich bin Apothekerin, wie ich schon –« Ich breche ab, setze neu an. »Als Apothekerin verfüge ich über gewisse Grundkenntnisse in Medizin und Krankenpflege.«

»Und deshalb behandeln Sie jeden, dem der nötige Zaster fehlt?«

»Im Prinzip: ja.«

»Interessant. Ich könnte also auch zu Ihnen kommen und sagen: Frau Kühlem, ich habe immer solches Bauchgrimmen.« Er presst eine Hand gegen seinen Magen und zieht eine übertrieben leidende Grimasse, die sich in ein hämisches Grinsen auflöst.

»Nein.«

»Nein? Mich würden Sie also nicht behandeln, obwohl Sie gerade noch etwas anderes erzählt haben? Warum nicht?«

»Ich versorge nur akute Verletzungen«, behaupte ich. »Platzwunden, Schürfwunden, Verstauchungen, solche Dinge. Mehr nicht.«

Stolten nickt. »Und der Wirtgen, was hatte der?«

»Prellungen. Eine Platzwunde über der Schläfe.«

»Wie von einem Schlag?«

»Oder von einem Aufprall.«

»Und was haben Sie getan?«

»Ich habe die Wunde versorgt und verbunden. Dann habe ich ihm angeboten, sich eine Weile hinzulegen, denn es bestand Verdacht auf eine Gehirnerschütterung. Als es ihm besser ging, ist er gegangen.«

»Wohin?«

»Das weiß ich nicht. Nach Hause, nehme ich an.«

»Und wo ist das?«

»Tut mir leid. Ich habe ihn nicht gefragt.«

»Das muss Ihnen nicht leidtun, Kühlem.« Stolten lächelt nachsichtig. »Wir wissen, wo er wohnt.«

Was fragt ihr mich dann, würde ich am liebsten schreien. Aber ich halte den Mund. Dieses blonde Milchgesicht macht mir Angst.

Ja, es ist beschämend, aber es ist die Wahrheit. In diesem Haus muss man vor allem und jedem Angst haben.

»Und Sie haben ihn seitdem nicht mehr gesehen?«, bohrt Stolten nach.

»Nein.«

»Sicher nicht?«

Natürlich habe ich ihn gesehen. Mehrfach sogar. »Ich habe Ewald Wirtgen nicht mehr getroffen«, wiederhole ich und schaffe es sogar, Stolten dabei in die Augen zu schauen.

Er tippt sich mit dem Zeigefinger ans Kinn, schürzt die Lippen, rümpft die Nase. Auch Mucki macht das oft, dieses Nasekrausen. Die Gemeinsamkeit irritiert mich so sehr, dass mir die nächste Frage entgeht.

»Wie bitte?«

»Hat in letzter Zeit noch jemand ihre medizinischen Dienste in Anspruch genommen?«

»Ich … ich weiß nicht. Doch, ja, natürlich! Der kleine Fredi aus der Nachbarschaft hatte sich sehr tief das Knie aufgeschürft. Da war es mit einem Pflaster nicht getan.«

»Schwamm drüber! Und sonst?«

»Nein.« Ich schüttele den Kopf. »Da war niemand.«

Wieder dieses Nasekrausen, ganz kurz nur. »Ein gewisser Manfred Siefen geht bei Ihnen ein und aus, wie ich höre. Warum verschweigen Sie mir den?«

»Aber ich habe ihn doch gar nicht behandelt! Die Frage lautete –«

»Mund halten, Kühlem!«, fährt er mir dazwischen, und wieder zucke ich zusammen. »Was ist mit diesem Siefen? Und erzählen Sie mir nicht, Sie würden ihn nicht kennen!«

»Er war ein paarmal da«, gebe ich zu. »Hat sich erkundigt, ob es Neuigkeiten von meinem Mann gibt.«

»Und weiter?«

»Nichts weiter.« Du wirst nichts zugeben, schwöre ich mir. Du wirst nichts erzählen, was andere in Schwierigkeiten bringt. Auch nicht die Siefens. »Er hat nur seine Hilfe angeboten für den Fall, dass ich etwas brauche. Aber ich brauchte nichts«, setze ich hinzu, um die Frage vorwegzunehmen. Im selben Moment klopft es. Ein Uniformierter betritt das Zimmer und teilt Stolten leise etwas mit.

»Wir sind noch nicht fertig!«, lässt er mich wissen, dann verlässt er den Raum. Der Dunkle bleibt da. Er greift in seine Tasche, zündet sich eine Zigarette an und raucht schweigend, ohne mich weiter zu beachten.

Ich denke an Manfred, der bei mir ein und aus geht, an die lieblichsten Landschaften des Deutschen Reiches. Ich denke auch an Erna. Vor allem an sie. Die liebliche Gertrud. War es Eifersucht? War es Rache für all den Kummer, den ihr der Ehemann macht? Ein Mann, dessen politische Überzeugungen sie allenfalls toleriert, aber nicht teilt? Oder eher Solidarität mit dem guten Sohn? Mit Günther und den Ford-Werken? War es wirklich Erna, die mir das angetan hat, ohne Rücksicht auf mein Kind? Da ist dieses ungute Gefühl. Wie ein unhörbares Dröhnen, das stärker und stärker wird und sich mit dem dumpf pulsierenden Schmerz in meinem Nacken vereint.

Nach ein paar Minuten ist Stolten wieder da. Du wirst ihn nicht fragen, was mit deiner Tochter geschehen ist, nehme ich mir vor. Du wirst nicht fragen, ob du sie sehen darfst. Mach dich nicht erpressbar, bleibe standhaft.

Bleibe standhaft.

MUCKI

Freitag, 1. September 1933

Fehlt dir was, Liebelein?« Marianne beugt sich zu Mucki hinunter und streicht ihr übers Haar.

»Mein Kopf! Er tut so weh.« Der Schrecken des gestrigen Abends, die schlaflos verbrachte Nacht, der sich anschließende, angstgepeitschte Tag, der nun hinter ihr liegt, all das hat Mucki restlos erschöpft, und doch lässt die Sorge sie nicht zur Ruhe kommen, sie raunt und rauscht unablässig durch ihren Körper wie von ihrem Blutstrom getragen, sie nagt an ihr wie eine wütende Maus. Dazu dieses Pochen hinter den Schläfen, das immer schlimmer wird.

»Warte einen Moment!« Marianne steht auf, kramt in einer Schublade. Auch sie ist bereits im Nachthemd, einem fadenscheinigen, wenig eleganten geblümten Etwas, wie es die Mama nie tragen würde. Die Nachtwäsche der Mutter ist immer elegant, als wäre sie für eine Prinzessin geschneidert, wie auch fast alles andere, das sie trägt.

»Hier, nimm!« Marianne drückt ihr etwas in die Hand und reicht ihr ein Glas Wasser.

»Tabletten?« Mucki runzelt die Stirn.

»Nur eine gegen das Kopfweh. Die andere hilft dir, in den Schlaf zu finden. Deine Mama hat sie mir mal gegeben, und was von deiner Mutter kommt, ist immer unbedenklich, wie du weißt.« Marianne zwinkert ihr zu. Das unruhig blakende Licht der brennenden Kerze wirft harte Schatten auf ihr Gesicht und betont die Sorgenfalten um ihren Mund, die ihre vorgeschobene Munterkeit Lügen strafen. Doch Mucki empfindet ihre Anwesenheit als tröstlich. Marianne setzt sich wieder zu ihr, hält schweigend ihre Hand. Zwei wachende Menschen in einem schlafenden Haus.

Die Müdigkeit schleicht sich heran wie eine Katze, die sich ihr schnurrend und pfötchentretend auf die Brust setzt. Ein angenehmes Gefühl.

»Ab ins Bett mit dir!« Ein sanfter Schulterdruck, dann hilft Marianne ihr auf und führt sie zurück in das Zimmer der Kinder. Mucki kriecht zu Lene ins Bett, die sich inzwischen so breitgemacht hat, dass für sie kaum Platz bleibt. Aber das macht ihr nichts aus, wenn sie sich nur irgendwo ausstrecken kann, den Kopf aufs Kissen betten, die Augen schließen.

»Gute Nacht, Mucki!« Mariannes Stimme klingt wie aus einem fernen Nebel. Eine Hand, die ihr über die Wange streicht. Dann nichts mehr.

Als sie wieder erwacht, ist es bereits helllichter Tag. Sie braucht einen Moment, um sich zu orientieren. Es ist nicht das eigene Bett, in dem sie liegt, und auch nicht ihr Zimmer. Lene. Es ist Lenes Zimmer und das der kleinen Geschwister. Die Mutter! Sie wurde verhaftet. Vorgestern Abend. Deshalb ist sie hier.

Sofort springt sie auf, doch ein heftiger Schwindel erfasst sie und zwingt sie zurück aufs Bett. Es ist, als würde die Welt haltlos in alle Richtungen kippen. Ihr wird übel, und eine Welle von Panik brandet heiß durch ihren Körper: Was, wenn der Schwindel nicht aufhört? Wenn sie nun gänzlich den Boden unter den Füßen verliert? Doch allmählich pendelt sich ihr Gleichgewichtssinn wieder ein. Sie rappelt sich hoch, tappt in den Flur. Geschirrklappern aus der Küche. Marianne sagt etwas. Dann noch eine Stimme. Leise. Verhalten. Mama! Das jähe Glücksgefühl lässt ihr fast das Herz zerspringen.

Die Mutter ist erst seit ein paar Minuten hier. In der vagen Hoffnung, Mucki anzutreffen, war sie vom Braunen Haus geradewegs zu den Schöllers gelaufen.

»Geht es dir gut, Mama?«

Sie lächelt müde. »Ich bin in Ordnung, mein Schatz. Mach dir keine Sorgen. Und du, was ist mir dir?«

»Mir geht es auch gut.« Mucki löst sich aus der Umarmung, obwohl es ihr schwerfällt. Am liebsten will sie die Mutter nie wieder loslassen, aber dann denkt sie womöglich, dass sie sich mehr gesorgt hat, als gut für sie ist, und bekommt ein schlechtes Gewissen. Das will Mucki nicht. »Wo sind Lene und die Kleinen?«, fragt sie schnell.

»Lene ist längst in der Schule, die beiden anderen im Kindergarten«, erzählt Marianne. »Du hast geschlafen wie ein Murmeltier, und wir wollten dich nicht wecken.« Sie stellt Mucki ein Glas Milch hin, schenkt der Mutter Muckefuck nach. »Ich habe leider kein Brot mehr im Haus«, entschuldigt sie sich. Aus ihrer Stimme spricht Verlegenheit.

»Lass nur, Marianne! Wir essen gleich zu Hause«, wehrt die Mutter ab. »Später bringt dir Mucki dann ein Brot vorbei.«

»Nein, Gertrud, das kommt nicht infrage.«

»Und ob, meine Liebe! Du hast mein Kind aufgenommen. Dafür werde ich mich ja wohl noch bedanken dürfen.« Wenn die Mutter in diesem Tonfall spricht, ist Widerspruch zwecklos. Plötzlich hat sie es sehr eilig, nach Hause zu kommen. Entsprechend kurz fällt die Verabschiedung aus. Auch auf dem Heimweg wirkt die Mutter angespannt.

»Was ist, Mama? Warum hetzt du so?«

»Nichts, Kind. Ich will einfach nur nach Hause.«

Mucki muss sich sputen, das Tempo zu halten. Als sie in die Görresstraße einbiegen, rennt die Mutter fast. Kaum in der Wohnung, stürzt sie in die Küche, dicht gefolgt von Mucki, die sie keine Minute aus den Augen lassen will, als bestünde Gefahr, dass sie sich in Luft auflösen könnte. Die Mutter reißt die Schranktüren des Küchenbüfetts auf und holt ein dickes Buch heraus, wiegt es kurz in den Händen, als müsste sie sein Gewicht abschätzen, legt es dann auf den Tisch, mit Bedacht, fast weihevoll, wie die Bonner Großmutter die Bibel. Die lieblichsten Landschaften des Deutschen Reiches, liest Mucki. Sie hat diesen Wälzer noch nie gesehen, obwohl sie eigentlich alle Bücher im Haus kennt.

Die Anspannung hängt in der Luft wie ein sirrender Ton. Ein hörbarer Atemzug, dann klappt die Mutter das Buch auf und starrt hinein. Klappt es wieder zu, schließt die Augen. Stille. Mucki spürt ihr Herz klopfen.

»Mama?« Keine Antwort. »Was ist das für ein Buch, Mama?«

Die Mutter schaut auf, als hätte sie die Anwesenheit der Tochter zwischenzeitlich vollkommen vergessen.

»Das ist kein Buch, sondern ein Versteck«, erklärt sie, nun wieder halbwegs gefasst.

»Aber was versteckst du denn?« Mucki ist den Tränen nahe.

»Meine Sorgen«, antwortet die Mutter leise. »Ich wollte nur nachschauen, ob sie noch da sind.« Sie lächelt jetzt wieder und reibt sich den Nacken. »Es ist, wie es immer ist, mein Schatz: Die Sorgen laufen einem nicht einfach weg.«

GERTRUD

Samstag, 2. September 1933

Ich bin wieder zu Hause. Die Sache ist ausgestanden. Vorerst zumindest.

Heute kam auch endlich ein Brief von Peter. Sein erstes Lebenszeichen, vor etwa einer Woche verfasst. Die Tage seien hart und die Arbeit sehr schwer, berichtet er. Aber er sei guten Mutes.

Wir werden das durchstehen, denn auch an diesem unwirtlichen Ort gibt es Augenblicke, die sich mir so tief einprägen, dass ich sie mein Lebtag nicht vergessen werde. Am Sonntag gab es hier eine Art Konzert. Sechzehn Kameraden des Arbeitergesangsvereins Solingen marschierten auf, die Spaten geschultert und alle in grünen Polizeiuniformen, die hier unsere Häftlingskleidung sind. Der Dirigent, auch ein Gefangener, gab mit einem abgebrochenen Besenstiel den Takt vor, und sie spielten ein selbst komponiertes Lied, das keinen kaltgelassen hat. Bald fielen Hunderte, wenn nicht gar Tausende Häftlinge ein in den Refrain, erst summend, dann immer lauter, und zuletzt sangen sogar die SS-Leute mit. Wenn ich erst wieder draußen bin, muss unser guter Julio Goslar dieses Lied unbedingt mit uns einstudieren. Es nennt sich Die Moorsoldaten. Unglaublich, welche Kraft es hat! Nach der letzten Strophe rammten die Sänger ihre Spaten in die Erde, sodass sie einer Reihe von Grabkreuzen glichen, und marschierten grußlos davon. Es war ein Erlebnis, wie es grotesker und zugleich erhabener nicht sein kann.

So schriebst du, mein lieber Mann. Fast schäme ich mich, dass ich nicht bei dir bin. Dass ich nicht gesagt habe: Wenn er gehen muss, müsst ihr mich auch wegschicken. Ich hätte es dem jungen Kerl im Braunen Haus ins Gesicht schleudern, hätte alles zugeben können. Ja, wir sind noch da, wir tauchen nur ab in den Untergrund und arbeiten weiter gegen euch, wo immer es möglich ist. Aber das habe ich nicht getan. Ich weiß, du hättest dergleichen auch niemals gewollt, aber in erster Linie war es die blanke Furcht, die mir die Märtyrerrolle verleidet hat. Auch das muss ich zugeben.

Mein Liebster, wir wollen stark und tapfer sein, denn das Grauen wird ja hoffentlich bald ein Ende haben. Wo wir nicht aufeinander aufpassen können, wollen wir es ein jeder für sich tun, denn unsere Liebe hat es verdient.

Weißt du noch? Damals in Bonn, beim Sommerfest in Poppelsdorf? Wie elegant du ausgesehen hast in deinem dunklen Anzug, so groß und stattlich, mit deinem silbrigen Schnauzbart, dem Bubenlächeln und deinem sprühenden Blick. So lebendige Augen! Manch einer, der kaum zwanzig ist, hat nicht diese ungehemmte Lebenskraft wie du.

Unser erster Tanz, ein Walzer. Ausgerechnet. Dabei ist Walzer nun wirklich nicht meine Spezialität, aber mit dir war es, als würde ich schweben. Das klingt kitschig, ich weiß, doch wer sagt, dass das Leben nicht auch einmal kitschig sein darf? Bitter ist es ohnehin oft genug.

Wie ich anschließend dastand und vor Nervosität meine Limonade verschüttete, so sehr war ich in Sorge, dass du mich kein zweites Mal auffordern würdest. Und du hast dir ja auch viel Zeit gelassen! Zwei oder drei Lieder müssen es mindestens gewesen sein. Aber dann bist du mir nicht mehr von der Seite gewichen. Ach, was waren das für herrliche Zeiten! Wenn ich die Augen schließe, schmecke ich noch den Moselwein auf der Zunge, den wir an jenem Abend getrunken haben, spüre die frische Brise, die zu später Stunde vom Rhein heraufwehte, höre die Musik und das Lachen.

Später hast du mich gefragt, ob ich am Sonntag mit dir einen Spaziergang am Rhein unternehmen wolle, und so nahmen die Dinge ihren glücklichen Lauf. Ach, mein Peter! Nie hätte ich gedacht, dass ich einen Mann so lieben könnte. Und die Krönung unserer Liebe ist unsere Tochter, unsere kleine Gertrud. Wenn ich nur daran denke, dass sie diesem wunderbaren Wesen die Kindheit nehmen könnten und womöglich das Leben, wird mir ganz übel. Wie habe ich auf dieses Kind hingefiebert, wie habe ich es herbeigesehnt! Sicher, wir hatten Willi und Hans, und ich habe sie von Herzen gern. Die Buben gehören zur Familie, aber geboren habe ich sie nun einmal nicht. Sie waren ja auch schon fast keine Kinder mehr, als wir uns begegnet sind, und das macht doch einen Unterschied. Eine Mutter haben sie in mir nie gesehen, aber sie haben mich akzeptiert, und dafür bin ich dankbar. Auch du, Peter, wolltest mich nicht für deine Söhne, wie meine eigene Mutter immer behauptet hat. Ihr drei wart schon so lange allein und ein eingespieltes Team, Willi und Hans brauchten mich nicht. Du wolltest mich allein aus Liebe. Aber wir haben gut zueinandergefunden, alle vier. Und wo vier sind, ist auch Platz für fünf oder sechs, hast du anfangs immer gesagt. Später dann nicht mehr. Wie du weißt, erinnere ich mich nur ungern an diese Zeit, denn sie war hart für mich. Wo andere bereits ein halbes Dutzend in die Welt gesetzt hatten, habe ich nicht mal ein Kind zustande gebracht. Du hast es gehasst, wenn ich so geredet habe, aber da war dieses Gefühl des Versagens, das auch du mir nicht ausreden konntest. Als es dann doch noch geklappt hat, waren wir die glücklichsten Menschen der Welt. Wir waren es und werden es bald wieder sein, wenn du erst frei bist!

Ich will dir immer eine gute Frau sein, eine Freundin und Gefährtin. Will dich immer lieben und von dir geliebt werden. Du fehlst mir! Ja, du fehlst mir, vor allem in der Nacht. Tagsüber sind wir unseren Aufgaben nachgegangen, du auf der Werft oder sonstwo, ich in der Apotheke. Unsere Arbeit ließ uns keinen Platz füreinander. Aber die Nächte, die gehörten doch uns!

Du musst zurückkommen, Peter! Du musst einfach. Wir gehören zusammen, und ich bin nicht geschaffen für das Leben allein. Wer gibt den Braunen das Recht, mir die Liebe meines Lebens zu nehmen?

MUCKI

Montag, 4. September 1933

Es geht nicht, dass die Schöllers kein Stück Brot im Haus haben, sagt die Mutter. Von Pflaumenmus und Zuckerrübensirup könne sich kein Mensch gesund ernähren, und dass etwas getan werden müsse.

»Aber was?«, fragt Mucki zweifelnd.

»Wirst schon sehen.« Früher hat Mucki Überraschungen geliebt. Seit die Mutter verhaftet wurde, kann sie sich dafür nicht mehr begeistern.

»Ist es gefährlich?«

»Nein, gar nicht«, wehrt die Mutter ab. »Ich will es zumindest nicht hoffen.« Wenige Minuten später verlassen sie gemeinsam das Haus. Mucki ist aufgeregt, neugierig und ängstlich – alles auf einmal. Doch die prickelnde Erwartung bekommt schnell einen Dämpfer, als die Mutter auf das erstbeste Geschäft zusteuert: die Metzgerei Neusser.

»Wir kaufen ein?« Nun ist sie doch enttäuscht. Etwas abenteuerlicher hätte das Ganze schon sein dürfen. Die Mutter entscheidet sich für ein Viertelpfund Fleischwurst und eine Flönz.

»Darf's noch etwas sein, Frau Kühlem?« Der Metzger schnauft beim Atmen. Die Mutter zögert, schaut zur Kasse hinüber. Dort rechnet seine frisch blondierte Frau mit einer Kundin ab.

»Einen Markknochen vielleicht noch.«

»Für die gute Brühe«, ergänzt der Metzger. »Da suchen wir Ihnen doch ein besonders hübsches Stück raus. Der hier, wie wär's mit dem?« Er hebt einen Knochen hoch und dreht ihn hin und her, als wäre es das kostbarste Stück in seinen Auslagen. Die Mutter nickt. Die Kundin kramt derweil umständlich ihr Kleingeld zusammen. Endlich ist sie fertig mit Bezahlen, packt ihren Einkauf ein, verabschiedet sich und verlässt das Ladenlokal. Die Türglocke schrillt. Die Metzgersgattin kommt herüber.

»Gertrudchen, du magst sicher ein Stück Wurst.« Keine Frage, sondern eine Feststellung. Das Kind, das ihre Fleischwurst verschmäht, muss erst noch geboren werden. Sie reicht Mucki eine Wurstscheibe über die Theke, die diese sich sofort in den Mund stopft. Als sie den mahnenden Blick der Mutter bemerkt, schiebt sie nuschelnd ein »Danke« nach.

»Was darf es noch sein, Frau Kühlem?«

»Wir ha'm Leute zu versorgen«, platzt die Mutter heraus. Es klingt unbeholfen. Normalerweise drückt sie sich immer sehr gewählt aus. Sie spricht auch kein Kölsch wie die meisten, sondern richtiges Deutsch, dazu mit diesem kleinen französischen Zungenschlag, den alle so mögen. Davon ist jetzt allerdings nichts zu hören, die Mutter ist fertig mit Reden. Sie starrt nur den Metzger an, der sie ebenfalls anstarrt. Der Moment zieht sich wie ein Flitschegummi. Die Türglocke schrillt, die Mutter fährt zusammen. Mucki schaut sich um und sieht eine neue Kundin den Laden betreten.

»Frau Kühlem, bezahlen Sie doch schon bei meiner holden Gattin«, fordert der Metzger die Mutter auf. »Ich hol Ihnen dann grad die Sachen, die Sie bestellt haben.«

Die Mutter nickt. Geht zur Kasse, zahlt Flönz, Fleischwurst und Markknochen.

»Na, Gertrudchen, wie schmeckt die Schule?«, erkundigt sich die Metzgersfrau. »Lernst'e auch immer schön fleißig?«

Mucki nickt. Die Mutter räuspert sich. »Die Gertrud ist eine ganz Fleißige«, bestätigt sie hölzern.

»Da könnt sich unser Emil 'ne Scheibe von abschneiden.« Aufgeräumt wendet Frau Neusser sich der neuen Kundin zu. »Was kann ich für Sie tun, gnä' Frau?« Im selben Moment tritt der Metzger durch die halb verglaste Tür des Kühlraums, eine große Tüte in Händen, und reicht sie der Mutter über die Theke.

»Bittschön!« Ein knapper, freundlicher Dank, ein kurzer Abschiedsgruß, dann sind sie draußen.

»Gut. Sehr gut«, murmelt die Mutter, als wollte sie sich selbst Mut zusprechen. »So kann es weitergehen.« Doch in ihrer Aufregung hat sie vergessen, die gewohnte Reihenfolge einzuhalten, in der sie sonst ihre Einkäufe erledigen – zum Schluss das Fleisch, damit es an warmen Tagen nicht verdirbt –, und so laufen sie noch einmal zurück nach Hause, um ihre Beute loszuwerden.

»Und jetzt zum Milchladen.« Die Szene wiederholt sich. Sie bekommen Quark und zwei Flaschen Milch. Beim Gemüsehändler eine Tüte Äpfel. Der Bäcker sagt, sie sollten am Abend wiederkommen. Was bis dahin nicht verkauft ist, könnten sie mitnehmen. An der Konditorei gehen sie vorbei. »Kuchen brauchen wir wohl nicht?«, fragt Mucki in vager Hoffnung.

»Wir können alles brauchen«, antwortet die Mutter, während sie mit schellen Schritten an dem Laden vorbeigeht. »Aber von denen nicht, das sind Nazis.«

Nun noch der Krämerladen. Die Türklingel schrillt. Eine Kundin kommt ihnen entgegen, und Mucki tritt zur Seite, um ihr Platz zu machen. Sie sind nun die einzigen Kunden.

Der Krämer, Herr Stern, begrüßt sie höflich.

»Wie geht es Ihrem Mann, Frau Kühlem?«

Die Mutter erschrickt.

»Mein Mann? Woher wissen Sie …«

»Ich weiß nichts«, wehrt Herr Stern schnell ab und wirkt nun selbst ein wenig erschrocken. »Nichts Konkretes zumindest. Aber es ist ja kein Geheimnis, dass er bei jeder Gelegenheit die rote Fahne aus dem Fenster gehängt hat. Leider haben die Nationalsozialisten ein gutes Gedächtnis.« Er seufzt tief und faltet die Hände vor seinem Bauch. Die Mutter zögert einen Moment.

»Arbeitslager«, sagt sie dann. »Börgermoor. Im Emsland.« Sie schluckt. Mucki schluckt auch und beißt sich auf die Unterlippe. Sie will nicht weinen.

»Das tut mir leid, Frau Kühlem.« Herr Stern schaut ehrlich bekümmert drein. »Haben Sie schon daran gedacht wegzugehen?«

»Weggehen?«, wiederholt die Mutter in einem Ton, als wäre das ein ganz abwegiger Vorschlag. Mucki atmet erleichtert auf. Sie will nicht weg, im Gegenteil, sie will, dass auch der Papa heimkehrt und alles wieder ist wie früher. Sie will, dass abends alle um den Küchentisch sitzen und sich die Köpfe heißreden, sie will wieder zu den Jungen Pionieren gehen, will Brennball spielen und Weitsprung trainieren, will wieder wandern und mit den Eltern im Freien kampieren, will am Lagerfeuer sitzen und all die schönen alten Lieder singen. Alles, nur nicht weggehen! Wo sollten sie auch hin?

»Wir bleiben«, erklärt die Mutter und setzt lächelnd hinzu: »Die kleine Gertrud ist doch ein echtes kölsches Mädchen.« Der Krämer lächelt nun ebenfalls, wenn auch nicht überzeugend. »Wir können nicht alle einfach weglaufen«, bekräftigt die Mutter. »Wir dürfen dieses Land nicht im Stich lassen. Es ist doch auch unseres! Wer soll denn die Stellung halten gegen diese … diese …«

»Schon gut.« Herr Stern winkt ab. »Ich wollte Sie nicht bedrängen. Es war nur …«, er sucht nach dem richtigen Wort, »… Anteilnahme.«

Die Mutter nickt. »Ich weiß es zu schätzen, vielen Dank.« Sie schaut Herrn Stern in die Augen. »Und Sie, was ist mit Ihnen?« Der Blick des Krämers wandert durch den Raum, als könnte sich jemand hinter dem Nudelregal oder den aufgestapelten Sprudelkästen versteckt halten. Mucki geht ein paar Schritte rückwärts und späht über ihre Schulter in Richtung Tür.

»Die Luft ist rein«, verkündet sie. Herr Stern lacht, doch seine Heiterkeit endet abrupt.

»Vor drei Tagen tauchte die SA mal wieder in jedem jüdischen Laden im Viertel auf und hat deutlich gemacht, was sie von unseren Geschäften hält«, erzählt er leise und legt ein Stück Kernseife auf den Tresen. »Seit dem Judenboykott im April passiert das ständig. Sie wollen, dass wir verschwinden – und das möglichst bald. Aber auf unsere schönen Läden möchten sie natürlich nicht verzichten. Die sollen wir ihnen für einen Appel und ein Ei verkaufen.« Er greift eine große Dose aus dem Wandregal, schaufelt Trockenerbsen in eine Papiertüte, wiegt sie ab. »Sie haben Plakate angebracht«, fährt er fort. »Die müssen Sie doch gesehen haben. Da vorn, direkt neben dem Eingang.« Er deutet mit der Schaufel vage in Richtung Tür, füllt dann Erbsen nach. Wiegt sie erneut ab.

»Ich habe nichts gesehen«, widerspricht die Mutter grimmig. »Für so etwas bin ich blind.« Mucki ist nicht blind. Sie hat das

Plakat, das bereits seit dem Frühjahr dort hängt, schon oft gelesen. Deutsche! Wehrt Euch! Kauft nicht bei Juden!, steht darauf.

»Was haben Sie jetzt vor?«, erkundigt sich die Mutter nun ihrerseits.

Der Krämer zuckt die Achseln. »Was sollte ich tun? Noch drohen sie nur. Aber wenn's schlimmer kommt, werden wir Konsequenzen ziehen müssen.«

Die Mutter fragt nicht weiter nach, sie sagt überhaupt nichts mehr. Offenbar hat sie glatt vergessen, weshalb sie eigentlich gekommen ist.

»Mama?« Mucki zupft sie am Ärmel.

»Was ist denn, Kind?«

»Wir haben Leute zu versorgen«, sagt Mucki sehr deutlich und blickt dem Kaufmann dabei tapfer in die Augen.

»Wie die Mutter, so die Tochter: nicht unterzukriegen!« Herr Stern lächelt nun wieder. »Dann wollen wir mal sehen, was wir für euch tun können, kleine Gertrud.« Er packt die Erbsen, die Seife und ein Paket Nudeln ein. Zum Schluss greift er in das Glas mit den Ahoi-Brauseklötzchen, angelt ein paar heraus und reicht sie Mucki. »Dass du davon aber niemandem abgibst!«, mahnt er mit erhobenem Zeigefinger. »Die sind ganz allein für dich, Schätzken.« Mucki strahlt voller Stolz.

Am Abend bringen sie Marianne Brot, Fleisch und Gemüse und tragen den Rest ihrer Ausbeute in einen Hinterhauskeller, ein geheimes Lager der Roten Hilfe. Mit den Waren werden in Not geratene Familien kommunistischer Widerstandskämpfer versorgt.

»Siehst du, jeder kann etwas tun«, erklärt die Mutter mit großer Genugtuung. »Wenn alle anständigen Menschen einander helfen, muss niemand wegrennen.« Sie lächelt zufrieden in sich hinein. Später hört Mucki sie bei der Küchenarbeit singen. Zum ersten Mal wieder, seit der Vater fort ist.

GERTRUD

Montag, 18. September 1933

Es tut mir leid, Frau Kühlem! Aber in Anbetracht der herrschenden Verhältnisse …« Wenn einer so anfängt, weiß man gleich, wie's endet. Doch vorher hat man noch einiges durchzustehen. »Es gab Beschwerden über Sie. Ihr Mann im Konzentrationslager, Sie selbst bereits im Visier von SA und SS … Ich will nicht näher darauf eingehen, was da alles gesagt wurde, und diversen Äußerungen möchte ich mich durchaus nicht anschließen. Allerdings muss in Betracht gezogen werden, dass …« Der Apotheker verliert sich in sprachlichen Windungen, und auch sein Körper windet sich, als gälte es, in starker Strömung diverse Klippen zu umschiffen. »Fakt ist, dass viele Kunden nicht mehr von Ihnen bedient werden wollen. Weshalb ich Sie leider nicht weiterbeschäftigen kann.«

Nun ist es also heraus. Ganz überraschend kommt es nicht. Die missbilligenden Blicke einiger Kunden, der schnelle Schritt in Richtung Kollegin, die kurz angebundene Ansprache. Die ausgedörrten Sätze ausgerechnet jener Leute, deren penetranter Wortschwall einen kürzlich noch zu ersäufen drohte. All das ist mir in der letzten Zeit nicht entgangen. Und dem Apotheker selbstverständlich auch nicht.

Peters erste Verhaftung wurde von beiden Seiten totgeschwiegen. Ich hatte schon spekuliert, dass der Apotheker gar nichts davon gewusst hatte, aber dem war wohl nicht so gewesen. Als Peter dann ins Arbeitslager kam, hat der Apotheker mich gewarnt. Wenn noch etwas vorfalle, sehe er sich womöglich gezwungen … Prompt fiel noch etwas vor: Ich wurde ins Braune Haus verschleppt. Zwar nur kurz, aber nicht unbemerkt, denn ich war ja nicht zur Arbeit erschienen. Meine nachgereichte Unpässlichkeit hatte er kommentarlos hingenommen, obwohl die Lüge offensichtlich gewesen war. Die angedrohte Konsequenz war ausgeblieben. Bis zum heutigen Tag.

Er ist kein schlechter Mensch, man kann ihm nicht viel vorwerfen. Da ist kein Zorn in der Stimme und keine Überheblichkeit, auch keine Besserwisserei à la »Ich habe es ja schon immer gewusst!« Und doch ändert es nichts an den Konsequenzen.

»Aber wovon sollen wir jetzt leben, meine Tochter und ich?« Im ersten Schreck dränge ich ihm diese Frage auf. Er wird sie mir nicht beantworten können, denn von nun an ist er ja nicht mehr Teil des Problems.

»Mir sind die Hände gebunden, Frau Kühlem!« Mehr hat er folglich nicht zu sagen.

Mittwoch, 27. September 1933

Nun bin ich bald durch mit meinen Bewerbungen. Nichts zu machen. Als wäre ein magischer Kreidekreis um alle Apotheken Kölns gezogen, und ich stünde außerhalb.

Es war schon nicht einfach, ohne Peters Lohn über die Runden zu kommen. Ohne mein gutes Gehalt ist es nahezu unmöglich. Dazu steigen die Lebensmittelpreise unaufhörlich.

In meiner Not habe ich vor ein paar Tagen bereits Kaufmann Stern gefragt, ob er Arbeit für mich wisse. Er versprach, sich umzuhören, und hat dies auch getan. Jetzt habe ich eine Putzstelle im Haushalt eines jüdischen Kaufmanns. Zwei Mal die Woche für ein paar Stunden, als Unterstützung für die Haushälterin, die sich für die groben Arbeiten zu fein ist, und für das Kindermädchen, das sich für die hygienischen Aspekte der Kinderpflege nicht zuständig fühlt. Sie erinnert mich ein wenig an Maman. Immerhin habe ich jetzt eine Arbeit. Viel Geld verdiene ich zwar nicht, und vielleicht ist es auch nicht für lang, da die Familie sich mit dem Gedanken an Auswanderung trägt. Aber mit dem, was noch da ist, werden wir wohl eine Weile über die Runden kommen.

Donnerstag, 28. September 1933

Heute ist es wieder passiert. Ein Überfallkommando, hier in unserer Wohnung. Ich kann nur froh sein, dass Mucki mit den Naturfreunden unterwegs ist.

Wieder suchten die Braunen angeblich nach Waffen, aber es war nur ein Vorwand, um ordentlich Dampf abzulassen, und vor allem: um uns zu berauben. Alles, woraus sich Kapital schlagen lässt, haben sie mitgenommen. Den Schmuck, die Pfandbriefe, die Policen und die Lebensversicherung. Alles, alles ist fort! »Konfiszierung«, so nennt sich räuberischer Diebstahl neuerdings. Sogar meinen Ehering wollten sie, aber den habe ich nicht hergegeben. Wenn ihr ihn mitnehmen wollt, müsst ihr mir den Finger abhacken, habe ich ihnen entgegengeschleudert. Es war wohl der Mut der Verzweiflung. Den Ring haben sie mir gelassen, aber fast alle Möbel zertrümmert. Zwei Stühle zum Sitzen sind uns geblieben, der Tisch hat ein gebrochenes Bein, das Sofa haben sie aufgeschlitzt. Ach, es ist ein Elend! Sie schlagen, berauben und töten uns, und niemand gebietet ihnen Einhalt! Aber genau das ist es wohl, was unser Reichspropagandaminister Goebbels unter »veredelter Demokratie« versteht. Auf einem Presseempfang in Genf hat er das heute gesagt, wie im Rundfunk zu hören war. Veredelte Demokratie! Als spräche er von einem Apfelbäumchen, das man ordentlich zurechtstutzen muss, damit es Früchte trägt. In Genf hat er auch gesagt, dass es jedem Ausländer freistehe, ein deutsches Konzentrationslager zu besuchen. Vielleicht sollte ich Onkel François zu einer Urlaubsreise dorthin überreden. Bei dieser Gelegenheit könnten die Braunen ihm auch gleich erklären, was sie eigentlich ins Recht setzt, Peter festzuhalten.

Ach, wenn nicht alles so bitter wäre! Schon die halbe Nacht sitze ich hier und kämpfe gegen die Panik an. Diese Ohnmacht, dieses hilflose Ausgeliefertsein! Es macht mich schier verrückt. Was soll nun werden, wo sie uns alles genommen haben?

Freitag, 29. September 1933

Bin heute auf dem Amt gewesen, um Hilfe zu beantragen. Der Ehemann und Familienvater im KZ, die Frau so gut wie arbeitslos, dazu die Ersparnisse fort. Da muss die selbst ernannte Arbeiterpartei doch helfen.

Ich solle mich lieber an meine jüdischen Freunde wenden, schlug die zuständige Dame vor. Die säßen doch auf ihrem vielen Geld und seien sicher bereit, ihren kommunistischen Brüdern und Schwestern unter die Arme zu greifen. Falls nicht, begriffe unsereins auch endlich, was von denen zu halten sei. Und damit hatte sich die Sache für die Dame erledigt.

MUCKI

Dienstag, 3. Oktober 1933

Das wird ein Nachspiel haben!« Fräulein Sechtem hatte diese Drohung ausgesprochen und unverzüglich dafür gesorgt, dass sie nicht folgenlos blieb. So findet sich Mucki nun in dem langen, hohen Flur an der Westseite des Schulgebäudes wieder, in dem es hallt wie in einer Kirche. Die Schülerinnen und Schüler, die es hierherverschlägt, haben allerdings nichts Heilbringendes zu erwarten. Hierher werden nur die Sünder zitiert. Unwillkürlich krallt sich Muckis Hand fester um die der Mutter.

Die Tür geht auf. Es ist so weit. Rektor Merten reicht der Mutter die Hand. Mucki ignoriert er. Scheu blickt sie sich um an diesem gefürchteten Ort, an dem sie noch niemals gewesen ist. Ein wuchtiger Schreibtisch, ein Schrank voller Akten, eine riesige Stundentafel an der Wand. Auf der Fensterbank eine Grünlilie mit hell gestreiften Blättern, zahlreiche Ableger hängen wie kleine Fallschirme herab.

Über der Tür ein weißer, scharf umrandeter Fleck, genau dort, wo im Sommer noch ein Kreuz gehangen hat. Mucki weiß das, weil die Kreuze auch in allen Klassenzimmern diese umgekehrten Schattenrisse hinterlassen haben wie eine mahnende Aufforderung zur Erinnerung. Obwohl Mucki nicht gläubig ist, hat sie sich fest vorgenommen, dieser Aufforderung nachzukommen und dem Herrn Jesus hin und wieder einen Gedanken zu schicken. Zwar ist sie nicht einmal getauft, aber einen Mann wie ihn stört das sicher nicht, zumal sie ihn aufrichtig bewundert. Was er gesagt und getan hat, liegt gar nicht weit entfernt von dem, woran die Eltern glauben. Dass alle gleich gut behandelt werden sollen und keiner mehr oder weniger wert ist als der andere. Bitte, Herr Jesus, lass mich heil aus diesem Raum kommen!

»Besser, du sprichst zu Jesus als zu Hitler«, hat die Mutter neulich gesagt. In der Tat könnte Mucki sich auch an den Führer wenden, dessen Porträt keine zwei Meter entfernt hinter dem wuchtigen Schreibtisch hängt. Das Bild glänzt wie frisch gemalt, aber sie weiß, dass es nur ein Druck ist. Keiner kann so schnell all die Bilder malen, die jetzt gebraucht werden, hat Judiths Bruder Yaron ihnen die Sache neulich erklärt. Mucki schaut schnell weg. Sie hasst diesen schwarzhaarigen Mann, der so viel Elend über ihre Familie und ihre Freunde gebracht hat.

Der Rektor hat der Mutter einen Stuhl gewiesen und sich hinter seinem Tisch verschanzt.

»Es gab Beschwerden über Ihre Tochter«, kommt er ohne Umschweife zur Sache. »Wie mir Fräulein Sechtem zutrug, verweigert Gertrud den Hitlergruß.« Er schaut die Mutter an, als hätte er eine Frage gestellt und warte auf ihre Antwort. Als sie ausbleibt, schiebt er nach: »Warum tut Ihre Tochter das?«

»Fragen Sie sie am besten selbst«, antwortet die Mutter.

Mucki kann Rektor Mertens Verwunderung regelrecht spüren. Gewöhnlich übernehmen Erwachsene das Antworten für ihre Kinder, und schon gar nicht werden diese nach ihrer Meinung gefragt. Aber Mama ist eben keine gewöhnliche Mutter.

»Also, Gertrud?« Der Schulrektor fixiert Mucki streng. Sie krallt sich an ihrem Täschchen fest und hält es wie einen Schutzschild vor ihren Bauch.

»Der Führer hat meinen Papa eingesperrt, obwohl der niemandem was getan hat!«, platzt sie heraus. »Und deshalb grüß ich den nicht!« Fast hätte sie noch mit dem Fuß aufgestampft, kann sich aber gerade noch zurückhalten. Sie starrt zu Boden, während sie auf das hereinbrechende Donnerwetter wartet. Wundert sich, dass es ausbleibt.

»Das geht natürlich nicht, wie Sie sich denken können«, wendet sich Rektor Merten wieder an die Mutter. »Dieses Verhalten kann ich keinesfalls gutheißen, aber wir wollen keine Dramen heraufbeschwören. Hör zu, junge Dame!« Mucki schaut auf. »Ab Morgen sitzt du in der letzten Reihe. Ich werde deiner Lehrerin eine entsprechende Anweisung geben.« Sie nickt erleichtert. Was wie eine Strafe klingt, ist in Wahrheit keine. Die letzte Reihe genießt Narrenfreiheit, das weiß jedes Schulkind.

»Wär's das?«, fragt die Mutter, bereits im Begriff aufzustehen. Der Rektor macht eine unbestimmte Geste, die gleichwohl erkennen lässt, dass er das Ende des Gesprächs ebenso herbeiwünscht wie sie. »Dann vielen Dank und auf Wiedersehen.« Sie nickt ihm noch einmal zu und verlässt hoch erhobenen Hauptes den Raum. »Das wäre erledigt«, erklärt sie zufrieden, als sie das Schulgelände verlassen haben, und fügt mit kurzem Blick auf Mucki hinzu: »Du hast deine Sache gut gemacht, Kind! Immer standhaft bleiben. Niemals einknicken.«

GERTRUD

Sonntag, 15. Oktober 1933

Sie braucht nichts weiter zu sagen. Ich sehe es an ihrem strengen Blick, an der Missbilligung in ihren Augen. Wie konntest du nur! Habe ich dir nicht schon seit der ersten Stunde prophezeit, dass es so enden wird?

Maman zu besuchen war keine gute Idee, das hätte ich wissen müssen. Aber die Hoffnung stirbt bekanntlich zuletzt. Not kennt kein Gebot, der Schoß der Familie und so weiter … Gebracht hat es nichts, im Gegenteil. Zu unseren Ängsten und den materiellen Sorgen gesellt sich nun auch noch die Demütigung.

»Wir sind keineswegs am Ende, Maman!«, setze ich mich gegen ihre Vorhaltungen zur Wehr. »Wir befinden uns nur in einer misslichen Lage, die hoffentlich bald überwunden sein wird. Ich bitte lediglich um eine vorübergehende Unterstützung, weiter nichts.«

»Wie kommst du darauf, dass ausgerechnet ich euch helfen kann?« Maman verlegt sich aufs manipulative Fragenstellen, gleich einer Jägerin, die ihre Fallen auslegt. Unmöglich, nicht hineinzutappen. Weil Sie meine Mutter sind, Maman? Weil Sie, wenn auch als Witwe nicht mehr so gut gestellt wie einst, doch noch immer recht angenehm wohnen hier im Poppelsdorfer Villenviertel, in diesem schönen Haus? Zwar ist es nicht Ihr Eigentum, Maman, Sie können es sich aber nach wie vor leisten – im Gegensatz zu Tausenden, die seit Jahren in Baracken dahinvegetieren. Nein, all das sage ich nicht, lasse nur meinen Blick durch den Raum schweifen, den meine Familie den Salon nennt: das zart gestreifte Biedermeiersofa, die cremefarbene Seidentapete, die schweren, von golddurchwirkten Posamenten gehaltenen Samtvorhänge. Maman beobachtet mich dabei, und ihre Miene wird noch eisiger. »Es gab durchaus Zeiten, in denen es umgekehrt war«, knüpfe ich an ihre Frage an. »Nach

Papas Tod habe ich jahrelang fast mein gesamtes Apothekerinnengehalt –«

»Tais-toi, Gertrud!«, fällt sie mir ins Wort und reckt ihren Zeigefinger in die Höhe. »Du willst deiner Mutter doch nicht etwa damit kommen, dass du sie in der Not unterstützt hast? Immerhin hast du damals unter diesem Dach gelebt, wie auch davor, als du das Privileg genießen durftest zu studieren. Ich muss dich wohl nicht daran erinnern, dass das keineswegs eine Selbstverständlichkeit war. Wir hätten dir das Studium verbieten können – und schon gar nicht hätten wir es finanzieren müssen!« Wieder hat sie mich an den Punkt gebracht, an dem ich einlenken muss.

»Ich weiß, Maman, und ich bin Ihnen dankbar dafür.«

»Dankbar? Nennst du es Dank, einer alten Frau kleinlich vorzurechnen, was du vor Jahren einmal für sie getan hast?«

»Nein, Maman.«

Sie fixiert mich streng, die Pupillen so klein wie Nadelspitzen.

»Hat dein Mann dich geschickt? Bestimmt hat er das, der feine Herr Kühlem! Wenn der Beutel leer ist, verlegt man sich aufs Betteln. Und so etwas nennt sich dann Kommunist!« Voller Verachtung wirft sie den Kopf in den Nacken.

»Peter hat mich zu nichts angestiftet, Maman. Wie ich schon sagte: Er ist in ein Konzentrationslager deportiert worden. Ohne Anklage, ohne Prozess, es gibt überhaupt nichts. Unter zivilisierten Menschen sollte deshalb nach wie vor gelten: in dubio pro reo. Und ich lege meine Hand dafür ins Feuer, dass er nichts Unrechtes getan hat.«

Sie lacht verächtlich auf. »Das sagt sich so leicht, Kind! Aber es ist Unsinn. Die Nationalsozialisten sperren niemanden weg, der sich nichts hat zuschulden kommen lassen. Sie räumen nur endlich auf mit dem bolschewistischen Proletenpack!«

»Maman! Ist das Ihr Ernst? Begeistern Sie sich jetzt etwa auch für diese braunen chenapans?«

»Ich begeistere mich für gar nichts, Gertrud. Dazu bedarf es einer gewissen Zügellosigkeit, die meiner Natur widerspricht. Contenance ist das A und O! Du kennst mein Reden.«

»Contenance«, wiederhole ich kraftlos. »Ich wünschte, Sie hätten sie damals gezeigt, als Peter die Einladung zu unserer Hochzeit ausgesprochen hat.« Kaum habe ich den Satz über die Lippen gebracht, ärgere ich mich über mich selbst. Dieser Streit wird niemals zu gewinnen sein, er reißt nur alte Wunden auf.

»Deine Hochzeit war durchaus kein Grund zum Jubel für mich«, schlägt Maman wie erwartet zurück. »Ein abgeschlossenes Studium, und dann so etwas!« Ihre Hand fährt durch die Luft. »Bei all unserer Großzügigkeit hätten deine Eltern erwarten dürfen, dass du dir einen anständigen Mann zulegst! Einen, der deiner Herkunft entspricht und der dich angemessen versorgen kann. Und vor allem einen, der seine bolschewistischen Flausen nicht über seine Ehe stellt.«

Der Hieb sitzt. Mamans Schläge sind schmerzhaft. Noch immer.

Wozu studiert eine Frau, wenn nicht, um sich eine gute Partie zu sichern? Die Heirat muss ihren Status erhöhen, alles andere ist indiskutabel. Dass ich Maman keinen Apotheker ins Haus gebracht habe, wird sie mir nie verzeihen. Oder einen Juristen. Wie Jochen Herberts damals. Den hatte ich doch schon an der Angel, wie sie sich einmal auszudrücken beliebte. Welche Dummheit, einen solchen Fang einfach loszulassen!

Wie sehr sind meine Eltern doch im 19. Jahrhundert verhaftet geblieben, wundere ich mich immer wieder. Sie, die importierte Erzieherin aus Lyon. Er, der deutsche Privatlehrer im Haushalt eines französischstämmigen Großkaufmanns, den es in die freundlich-verschlafene Provinzstadt verschlagen hatte. Meine Eltern hatten über die gedeihliche Entwicklung der Franzosenkinder zu wachen und ergänzten sich dabei offensichtlich hervorragend. Beide fühlten sich den Idealen der Großbourgeousie mit Haut und Haar verpflichtet, ohne je ein Teil davon gewesen zu sein. Auch sie waren lediglich Angestellte, Lohnsklaven der Träume anderer. So sehe ich die Sache heute, und ich bin dankbar, dass Peter mich gelehrt hat, die Dinge aus einer anderen Perspektive zu betrachten. Maman hingegen hat sich stets geweigert, die Welt zu sehen, wie sie ist, auch nach dem frühen Verlust ihres Ehemannes. Der Tod unseres Vaters stürzte die Familie in gehörige finanzielle Engpässe, aber selbst die hat sie erfolgreich ignoriert. Nie hätte sie die Bereitschaft gezeigt, von ihrem Lebensstil abzuweichen. Als junge Frau gab ich lieber mein ganzes Geld her, als ihr irgendwelche Einschränkungen abzuverlangen – ja, ich wäre nicht einmal im Entferntesten auf diese Idee gekommen. Respekt oder gar Dank ihrerseits konnte ich dafür nicht erwarten. Im Gegenteil. Ich war und blieb eine Enttäuschung für sie. Nie werde ich den Tag vergessen, an dem ich ihr Peter vorstellte. Einen Arbeiter, nicht mehr ganz jung überdies, und dazu auch noch Witwer und Vater! Meine heimliche Hoffnung, Peters umwerfender Charme könne auch ihr Herz erweichen, erfüllte sich nicht. Als Maman dann noch erfuhr, dass er Kommunist ist, war der Ofen aus. Von diesem Tag an hat sie Peter nur noch einen Halunken und Taugenichts genannt und ihn des Hauses verwiesen, worauf er sie mit allerlei kölschen Wortkreationen bedachte, allerdings nicht in ihrem Beisein, und niemals ist er in so kaltherziger Boshaftigkeit erstarrt wie sie. Mögen auch beide einen Sturkopf haben, so ist Peter doch der weitaus Nachgiebigere. Nicht aus Schwäche, wie ich betonen möchte, sondern wegen seines sanftmütigen Naturells. Für ihn war es denn auch selbstverständlich, Maman zu unserer Hochzeit einzuladen, doch sie hat die Chance zur Versöhnung nicht genutzt. Es tut weh, wenn die Mutter der Braut deren Hochzeit fernbleibt.

Später hoffte ich, die Geburt des Enkelkindes könne sie besänftigen. Wenn sie ihre Arme schon nicht für die eigene Tochter ausbreiten konnte, dann vielleicht für die Enkelin, diesen Frischling auf Erden, noch ganz ohne Stallgeruch.

Um meinetwillen hatte auch Peter auf eine Versöhnung gehofft, und ich glaube sogar, dass er deshalb darauf bestanden hat, die Kleine nach mir zu benennen. Er wollte damit zum Ausdruck bringen, wie sehr er mich achtet und ehrt – und damit letztendlich auch Maman. Dies in Worte zu fassen wäre ihm sicher nicht gelungen, umso stärker war die Geste zu werten. Allein, es war vergebene Liebesmüh. Ich glaube, Maman war völlig gleichgültig, wie das Kind heißen würde. Falls nicht, hat sie es geschickt überspielt, wie es ja stets ihr Ansinnen ist, keine Regung zu zeigen. Ich habe mir nie erklären können, was sie davon hat, denn Hartherzigkeit bereichert das Leben nicht. Wenn ich eine Person benennen müsste, deren Lebenskern das Unglück ist, wäre es ohne Zweifel Maman.

Sonntag, 22. Oktober 1933

Soll Maman das Geld, das sie von ihrer Tante aus Lyon geerbt hat, doch behalten! Soll sie es mit ins Grab nehmen. Für uns werden sich andere Wege finden. Wir werden nicht hungern müssen, meine kleine Gertrud und ich.

MUCKI

Dienstag, 31. Oktober 1933

Als Mucki vom Spielen heimkommt, sitzt ein fremder Mann bei der Mutter am Küchentisch. Sein dunkles Haar fällt ihm in langen Locken in die Stirn, die Hemdsärmel hat er bis zu den Oberarmen hochgekrempelt. Nett sieht er aus, findet Mucki. Sie findet auch, dass es ziemlich heiß im Raum ist, trotz der Kälte draußen. Offenbar hat die Mutter gerade den Ofen gestocht.

»Guten Tag«, grüßt sie höflich. Der Fremde schaut fast verlegen drein, oder jedenfalls so, als ob er nicht mit ihr gerechnet hätte.

»Das ist meine Tochter, die kleine Gertrud«, klärt die Mutter ihn auf.

»Kannst mich auch Mucki nennen«, schlägt Mucki vor.

»Grüß Gott, Mucki! I bin der Franz.« Er lächelt sie auf eine Art an, wie auch ihre Halbbrüder es tun.

»Bist du verletzt?«, fragt sie zweifelnd, denn sie kann keine Blessuren an ihm entdecken. Franz runzelt die Stirn und schaut zur Mutter rüber.

»Es kommen manchmal Leute her, die ich verarzten muss«, berichtet sie, und jetzt scheint ihm ein Licht aufzugehen.

»Na, i bin ned verletzt«, antwortet er und lacht. Ansonsten sagt er vorerst nicht viel. Nur, dass er »koa Umschtänd« machen will. Später, viel später sagt er dann so etwas wie: »Do hoscht do wos«, und deutet auf ihren Bauch. In dem Moment, in dem sie den Kopf senkt, stupst er ihr mit dem Finger unter die Nase. Er kann auch eine Münze aus Muckis Nase hervorzaubern und sie in seiner Hand verschwinden lassen. Seine Hände sind riesig, wie die von Papa. Außerdem spricht er so lustig, und deshalb mag Mucki ihn.

Als sie am nächsten Morgen die Küche betritt, liegt er noch auf dem Sofa.

»Grüß Gott, Franz!«, ruft sie gut gelaunt, und er setzt sich auf. Die Mutter hat schon Kaffee gekocht und zwei Tassen auf den Tisch gestellt. Sie ist bereits angezogen und frisiert, Franz dagegen trägt nur ein Unterhemd. Mucki mustert ihn verstohlen. Er hat nicht nur Hände, sondern auch Muskeln wie Papa, aber seine sehen irgendwie sehniger aus. Dazu trägt er eine Tätowierung auf dem rechten Oberarm. Neugierig beugt sie sich vor, erkennt einen von einem Rosenstock umrankten Anker. Wunderschön. Wie gern würde sie einmal über die winzigen roten Rosenblätter streichen, über die spitzen Dornen, von denen ein Blutstropfen rollt!

»Wäscht sich das nicht ab?«, erkundigt sie sich fasziniert.

Franz gibt ihr eine Antwort, die sie jedoch nicht versteht.

»Das Bild wird tief in die Haut gestochen«, übersetzt die Mutter. »Mit einer Nadel.«

Mucki saugt hörbar die Luft ein. »Tut sicher weh.« Sie schaut Franz mitleidig an.

»Halb so wild«, winkt er ab, und das versteht sie nun wieder. Er greift nach seinem Hemd, das über der Stuhllehne hängt, schlüpft hinein. Rose und Anker verschwinden.

»Gertrud!«, mahnt die Mutter. »Starr den Franz nicht so an! Das ist unhöflich.«

»Die Mucki hat eben an guad'n G'schmack«, scherzt Franz. Wenn er lacht, sieht man einen Haufen strahlend weißer Zähne.

Zu ihrer heimlichen Freude ist Franz noch da, als sie aus der Schule kommt. Er hat bereits das Tischbein geleimt, das die Braunen zerschlagen haben, und eine Schublade des Küchenbüfetts eingesetzt. Jetzt steht er auf einem Stuhl und tauscht die Glühbirne aus, die vor einiger Zeit durchgebrannt ist.

»Probier amol«, weist er Mucki an. Sie dreht den Schalter, und das Licht flammt auf. Endlich ist es wieder richtig hell in der Küche! Augenblicklich fühlt sie sich wohler, zumal an einem verregneten Tag wie diesem. Es ist gut, einen Mann im Haus zu haben, findet sie. Die Mutter weiß zwar, wie man Salben und Tinkturen anrührt. Sie weiß auch, wie man komplizierte Rechenaufgaben löst. Sie kann Französisch und Latein. Aber sie hat keine Ahnung, wie man eine Glühbirne einschraubt.

Mucki wärmt den Rest Suppe vom Vortag, und sie essen am hell erleuchteten Tisch. Dann spielen sie zwei Runden Siebzehn und Vier. Mucki gewinnt beide Male. Später zaubert Franz eine Spielkarte aus ihrer Hand in die seine, und ihr steht vor Staunen der Mund offen.

»Bitte, bitte, zeig mir, wie du das machst!«

Großmütig bringt er ihr den Trick bei, mehr pantomimisch als mit Worten. Er übt geduldig mit ihr, bis sie ihn sicher beherrscht.

Der Nachmittag geht in den Abend über, und kurz vor Sonnenuntergang klart es noch einmal auf. Mucki schlägt vor, noch eine Runde zu drehen, aber Franz möchte lieber drinnen bleiben. Als Zimmermann sei er schon genug an der frischen Luft, behauptet er, da sitze er gern mal im Warmen.

Als die Mutter von ihrer Putzstelle heimkommt, ist der Abendbrottisch bereits gedeckt. Beim Essen erzählt Franz eine Geschichte von einem Mann, der seinen Ochsen verkaufen will und dafür nur einen Sack Flöhe bekommt. Oder so ähnlich. Mucki versteht kaum die Hälfte, aber sie lacht von Herzen, weil es so lustig klingt. Später zaubert sie der Mutter ein Markstück hinterm Ohr hervor. Es klappt prima.

Am folgenden Morgen rennt sie erwartungsvoll in die Küche, doch da ist nur die Mutter, die gerade zwei Kaffeetassen abwäscht. »Wo ist der Franz?« Sie ahnt bereits die Enttäuschung.

»Der musste früh los.« Die Mutter klappert weiter mit dem Geschirr, blickt dann auf und schaut sie ungewohnt ernst an. »Du erzählst niemandem von ihm, ist das klar?«

»Aber warum?« Mucki versteht nicht. Er war doch keiner von den Verletzten. Und nicht einmal ein Kölner.

»Franz hat Ärger mit den Braunen. Sie sollen nicht erfahren, wo er sich aufhält.« Damit sind weitere Erklärungen überflüssig. Die Braunen mal wieder. Alle Welt hat Ärger mit ihnen. Mucki begreift nicht, weshalb sie jetzt das Sagen haben. Im Freundeskreis ihrer Eltern gibt es keinen, der den Führer will. Keinen Einzigen. Aber da ist das Fräulein Sechtem, der Lehrer Klauke, da sind die Eltern der Schulkameraden. Und natürlich hat Mucki die Menschenmassen gesehen, die zusammenströmen und jubeln, sobald die Braunen mal wieder aufmarschieren. Ständig gibt es jetzt irgendwas zu bejubeln, überall werden die Hakenkreuzfahnen gehisst. Mucki seufzt. Die Mutter hat recht. Es ist besser, niemandem von Franz zu erzählen.

Von da an kommen öfter Leute, die Ärger mit den Braunen haben, und nie darf jemand davon erfahren. Verwandtenbesuch, sagt die Mutter höchstens.

Meist bleiben die Gäste nur eine Nacht und sind bereits wieder fort, ehe Mucki aufgestanden ist. Sonderlich spannend findet sie die Besuche nicht mehr. Sie hat keine Lust, mit Fremden am Tisch zu sitzen, die nicht wissen, was sie sagen sollen und nur verlegen herumdrucksen. Und keiner von denen ist so schön wie Franz. Nur einmal scheint es anders zu laufen, da kommt eine ganze Familie. Mucki freut sich, als sie sieht, dass auch zwei Kinder dabei sind. Doch die Freude vergeht schnell, denn die beiden blässlichen Gestalten hocken nur da und starren ins Leere. Beide haben sie wässrig blaue, fast durchsichtige Augen, die dazu leicht vorstehen. Das kommt wohl davon, wenn man immer so glotzt, denkt Mucki und würde ihnen am liebsten befehlen, sofort damit aufzuhören, aber das gehört sich natürlich nicht. Schließlich kann sie sie zu einer Runde Mensch ärgere dich nicht überreden, was aber auch keine Freude aufkommen lässt, denn sie ärgern sich kein bisschen, wenn sie rausfliegen. Mucki neidet den beiden allerdings, dass ihr Vater bei ihnen ist, selbst wenn er überhaupt keine Ähnlichkeiten mit ihrem eigenen Papa hat. Klein und blass wie ein Glasaal ist er und hat dazu ganz dünne Arme. Damit ist nicht groß was zu reißen, würde Papa sagen. Von der Frau bekommt sie fast nichts mit. Sie verlässt so gut wie nie das ehemalige Jungszimmer, in dem früher Willi und Hans gewohnt haben und in dem nun die vier untergebracht sind, und wenn sie es doch tut, sagt sie kaum etwas. Mucki ärgert sich sehr: Für diese Fischfamilie muss sie sogar auf den versprochenen Ausflug verzichten!

»Schon wieder Besuch?«, fragt Frau Hilgenstock, die im Parterre wohnt.

»Cousin und Cousine«, antwortet Mucki scheinbar desinteressiert. Das Lügen geht ihr leicht über die Lippen, die Mutter muss sich auf sie verlassen können. Und leider Gottes auch die Fischfamilie. Mucki ist heilfroh, als sie nach zwei Tagen und Nächten verschwunden sind. Zuvor hatte der Fischvater der Mutter noch Geld geben wollen, aber sie wollte es nicht annehmen.

»Aus der Not macht man kein Geschäft«, hat sie nur gesagt. Schade. Sie könnten jeden Pfennig brauchen. Franz war da geschickter. Er hatte Mucki zwei Mark in die Rocktasche gezaubert, aber das hat sie erst bemerkt, nachdem er schon fort gewesen war.

GERTRUD

Donnerstag, 2. November 1933

Ich kann die Miete nicht mehr bezahlen. Schon seit zwei Monaten nicht. Prompt kam es heute zu einem recht unerquicklichen Gespräch mit dem Vermieter. Ob er uns nicht noch eine Weile Aufschub gewähren könne, bat ich ihn. Bald hätte ich sicher wieder eine richtige Arbeit, und auch meinen Peter könnten sie nicht ewig festhalten dort oben im Moor. Wir hätten doch sonst immer pünktlich gezahlt – was ja stimmt – und nie Ärger gemacht. Auch das ist der Fall, abgesehen vom Fahnenschwenken an offenen Küchenfenstern, aber dafür hat sich Lauterbach früher nie interessiert. Im Gegenteil, ich hatte den Eindruck, dass er alles goutierte, was bei den nationalistisch gesinnten Zeitgenossen Abscheu hervorrief. Aber all das zählt jetzt wohl nicht mehr. Die Kündigung hat er mir dann auch gleich schriftlich gegeben – damit alles seine Richtigkeit habe, wie er sagte. Kein Pardon, obwohl wir seit vierzehn Jahren in diesem Haus wohnen und ihm nie etwas schuldig geblieben sind! Ich kann es noch immer nicht fassen. Dazu stehen die Mieter in Köln derzeit ja nicht gerade Schlange – nicht für so große, luxuriöse Wohnungen wie die unsere, dazu in einem jüdischen Wohnviertel. Wer kann sich so etwas schon leisten in Anbetracht der Lage? Die, die es könnten, packen gerade ihre Koffer und bestellen sich Lloyd-Container vor die Haustür, um ihr Hab und Gut nach Übersee zu verschiffen. Aber es nützt nichts. Lauterbach erklärt, er schätze Herrn Kühlem als seriösen Mieter, dem er jederzeit wieder eine Wohnung vermieten werde. Aber er müsse gerecht bleiben, setzt er hinzu, als hätte er ein Richteramt zu bekleiden. »Wie sollte ich den anderen Mietern gegenüber die Ausnahme vertreten? Da könnte ja jeder kommen.«

Da könnte ja jeder kommen. Immer wieder geht mir dieser Satz durch den Kopf. Krethi und Plethi, Franz und Hans, Hinz und Kunz. Nein, die erwähnt Lauterbach nicht auch noch, aber er ist hart dran. Und zum Schluss erklärt er wieder einmal, ihm seien die Hände gebunden. Dieser Satz kommt mir doch sehr bekannt vor. Allen sind plötzlich die Hände gebunden. Man fragt sich, ob sie nicht heimlich ganz froh darüber sind, sie niemandem mehr reichen zu müssen.

Freitag, 3. November 1933

Lauterbach war nochmals da. Er fing wieder davon an, dass er uns die Wohnung nicht lassen könne, und ich wollte ihn schon hinauskomplimentieren, doch dann hat er gemeint, ganz oben im Haus sei noch was frei. Die beiden ehemaligen Dienstmädchenzimmer. Zwar kein fließend Wasser, aber sonst recht ordentlich. Die könne er uns für wenig Geld überlassen. Weil er doch kein Unmensch sei. Uns nicht einfach auf die Straße setzen wolle.

Also gut. Wir haben ohnehin keine Wahl. Sonderlich viele Möbel haben wir auch nicht mehr unterzubringen. Die Braunen haben ja alles zerschlagen. Für Mucki und mich werden die beiden Zimmer schon reichen, und wenn Peter erst wieder da ist, sehen wir weiter.

Donnerstag, 30. November 1933

Das Unglück reißt nicht ab. Heute wurde das Todesurteil vollstreckt. Hermann Hamacher und fünf weitere Männer wurden ermordet. Göring persönlich hat das Begnadigungsgesuch abgelehnt und die Hinrichtung mit dem Handbeil angeordnet. Mit dem Handbeil! Nicht einmal Vieh tötet man so. Diese jungen Kerle, gerade mal dem Kindesalter entwachsen! Mich schaudert es noch immer. Wo findet sich ein Henker, der zu solch einer Tat bereit ist, und das gleich sechsfach? Die Grausamkeit macht mich schier sprachlos. Ich fühle mich ohnmächtig. Wie gelähmt. Kann nicht mehr klar denken.

Nein, ich will mich von der Angst nicht kleinkriegen lassen. Aus dem Schlechten wird kein Gutes, nur weil alle es hinnehmen. Gutes geschieht nur, wenn man dafür kämpft.

MUCKI

Dienstag, 12. Dezember 1933

Wir müssen noch mal los.« Die Mutter setzt eine entschlossene Miene auf.

»Wohin denn?«, wundert sich Mucki. Ihre Runde für die Rote Hilfe haben sie beide erst vorgestern gedreht, und die Geschäfte sind bereits geschlossen. Außerdem vermeiden sie es für gewöhnlich, nach Einbruch der Dunkelheit das Haus zu verlassen. Die Gefahr ist groß, auf patrouillierende SA-Leute zu treffen, die sich nachts allmächtig wähnen und beschäftigt sein wollen.

»Wir machen sauber«, verkündet die Mutter. »Die Stadt ist voller Unrat.« Wenn sie diesen Ton anschlägt, ist aus ihr nichts herauszuholen. Mucki fragt deshalb nicht weiter nach, streift nur ihre helle Wolljacke über. »Nicht die!«, mahnt die Mutter. »Nimm deinen dunklen Mantel.«

»Aber der ist mir an den Ärmeln zu kurz«, beschwert Mucki sich kopfschüttelnd. Es muss der Mutter doch aufgefallen sein! Immerhin ist sie diejenige, die stets Wert darauf legt, dass alle gut gekleidet sind.

»Im Dunkeln sieht dich keiner«, sagt sie jetzt nur. »Und genau das ist es, was wir wollen: dass uns niemand sieht.«

Mucki holt ihren Mantel, schlüpft in ihre gefütterten Stiefel, krallt die Zehen zusammen. Auch die Schuhe sind zu klein geworden seit dem letzten Winter, aber in diesem Jahr hat die Mutter ihr keine neuen gekauft.

Leise verlassen sie das Haus. In der letzten Woche ist es empfindlich kalt geworden, und Atemfahnen wehen ihnen voran, als sie die Görresstraße hinuntereilen. Unwillkürlich zieht Mucki die Schultern hoch. Umso schöner wird's sein, wenn wir nachher vor dem warmen Ofen sitzen, tröstet sie sich.

Als sie in die Dasselstraße einbiegen, bekommt sie eine Ahnung, was die Mutter vorhat. Richtig, da hängt auch schon eins dieser grässlichen Plakate, mit denen die Stadt zugepflastert wurde. Verzerrte Fratzen mit irrem Blick und blutverschmierten Messern in Händen schälen sich aus dem fahlgelben Licht der Straßenlaterne. Kommunisten und Juden angeblich, hässlicher als der Nubbel, der nach Karneval verbrannt wird. Ihresgleichen so verunglimpft zu sehen, macht Mucki Angst.

Die Mutter schaut sich nach allen Seiten um, öffnet den Beutel, den sie bei sich trägt. Holt ein mit Wasser gefülltes Weckglas heraus, dazu einen Schwamm.

»Ist wie beim Tapetenabreißen, nass geht's besser«, erklärt sie auf Muckis fragenden Blick hin. »Du stehst Schmiere. Wenn jemand kommt, gibst du ein Zeichen.«

»Was ist, wenn sie uns erwischen?«, wagt Mucki zu fragen.

»Dann gehen wir dahin, wo dein Vater ist.« Mehr gibt es nicht zu sagen. Mucki rennt los und postiert sich an der nächsten Straßenecke. Sieht die Schattengestalt der Mutter, ihre schnellen Bewegungen. Selbst aus der Entfernung glaubt sie, ihre Anspannung spüren zu können. Nach ein paar angstvollen Minuten hebt die Mutter die Hand. Geschafft! Mucki würde am liebsten klatschen vor Freude.

»Weiter geht's! Jetzt bin ich richtig in Schwung.«

Mucki wird klar, dass die Mutter ihre Ziele bereits vorher ausgemacht haben muss. Sie eilen durch die Lochnerstraße, am Schulgebäude vorbei, dann über den Rathenauplatz in die Roonstraße, unmittelbar in Richtung Synagoge. Hier darf dieses scheußliche Plakat natürlich nicht fehlen. Die Mutter geht schnurstracks darauf zu, während Mucki ein wenig zurückfällt, um sie abzusichern. Zwei Autos fahren vorbei, die Mutter wartet, bis sie sich entfernt haben, dann macht sie sich ans Werk. Ratsch! Mucki hört Papier reißen. In der nächtlichen Stille erscheint das Geräusch geradezu unnatürlich laut. Ratsch! Ein Auto. Die Mutter springt in den Schatten des Eingangsportals. Taucht wieder auf.

Der Mann ist ganz plötzlich da. Mucki hat ihn nicht kommen hören. Die Hände tief in den Taschen seines Mantels vergraben, eilt er an ihr vorbei, ohne ihr Beachtung zu schenken. Genau auf die Mutter zu. Warum bemerkt sie ihn nicht?

Mucki pfeift leise. Hofft, dass die Mutter die Mahnung verstehen wird. Sie hätten sich besser absprechen müssen, ein Zeichen vereinbaren. Es war dumm, das nicht zu tun.

Die Mutter schaut auf. Sie hat den Pfiff gehört. Sieht nun den Fremden, lässt von dem Plakat ab. Zu spät. Er muss ihr Tun bemerkt haben, denn er schaut kurz zu ihr hin. Mucki sieht deutlich die Kopfbewegung. Doch ohne seinen Schritt zu verlangsamen, setzt er seinen Weg fort, passiert die Synagoge. Ein Schatten, der sich im Zwielicht der Laternen verliert. Mucki rennt auf die Mutter zu.

»Er hat dich gesehen«, empört sie sich. »Er hat gesehen, was du getan hast!«

»Und er hatte nichts dagegen«, ergänzt die Mutter gefasst. In ihrem Lächeln liegt eine Art grimmiger Zufriedenheit.

»Aber das konntest du nicht wissen!«

»Doch, ich wusste es«, widerspricht sie.

»Aber er hätte dich anzeigen können!«

»Nein, Mucki. Das hätte dieser Mann nie getan.«

»Wieso bist du dir da so sicher?«

»Weil er Jude war, Mucki. Und nun komm, wir haben zu tun.« Schon hastet die Mutter weiter. An der Litfaßsäule Ecke Mozartstraße hängen gleich zwei Plakate, eins in jeder Richtung. Die Mutter bleibt stehen. Hier wird die Sache richtig gefährlich. Das Braune Haus liegt ganz in der Nähe, und jederzeit ist mit einer Patrouille von SS oder SA zu rechnen. Sie zögert kurz, schaut sich nach allen Seiten um, gibt dann ihrer Tochter ein Zeichen.

Mucki gehorcht und läuft ein Stück in die Mozartstraße hinein, die an dieser Stelle schlecht einsehbar ist, hat nun die Mutter nicht mehr im Blick. Von Ferne Motorengeräusche, das Rumpeln einer Straßenbahn. Dann, ganz in der Nähe, das scharfe Splittern von Glas. Der Mutter muss das Einmachglas aus der Hand geglitten sein.

Mucki hält erschrocken inne, will schon umkehren, bleibt dann aber, wo sie ist. Irgendwo hinter ihr poltert ein Lastwagen heran. Das Gedröhn einer defekten Auspuffanlage wird schnell so ohrenbetäubend laut, dass es das Scherbengeklirr vergessen lässt. Langsam rollt der Laster näher. Jetzt ist er auf ihrer Höhe, donnert an ihr vorbei und biegt in den Kreuzungsbereich ein. Sie hält nach der Mutter Ausschau, kann sie aber nicht entdecken. Der Höllenlärm wird sie gewarnt haben.

Endlich lässt der Krach nach, doch die Erleichterung weicht einem eisigen Schrecken. Da sind Schritte, viele Schritte, und sie nähern sich schnell. Was, wenn die Mutter sich gerade wieder ans Werk macht? Mucki muss handeln. Jetzt.

»Du hättest nicht so laut auf dich aufmerksam machen dürfen«, wird sie später zu hören bekommen. Aber was blieb ihr übrig in diesem Moment?

Mucki steckt Daumen und Zeigefinger in den Mund, wie Judith es ihr gezeigt hat. Der Pfiff gellt durch die Nacht, hallt vielfach von den Häusermauern zurück. Fast im selben Moment ist der Trupp auch schon bei ihr. Stiefel, Schlagstöcke, Uniformen – und kein Durchkommen.

»He, du!«, ruft einer sie an. Mucki flitzt los. Hofft, dass auch die Mutter rechtzeitig flieht. Hört, dass die Männer ihr folgen. »Bleib stehen!«

Nichts da! Jetzt hat sie die Litfaßsäule erreicht, kann die Mutter aber nirgendwo entdecken. Gut so, sie wird sich in Sicherheit gebracht haben. Auf gar keinen Fall dürfen die Männer sie erwischen! Mucki rennt weiter, in die entgegengesetzte Richtung, aus der die Mutter und sie gekommen sind. Sie lässt die Kreuzung hinter sich, überquert die Straße, rennt, rennt. Wieder hört sie jemanden rufen, weiß nicht, ob sie gemeint ist, weiß nicht einmal mehr, ob ihr noch jemand folgt. Es ist, als hätten ihre Beine das Denken übernommen. Sie rennt, bis sie nicht mehr kann, bemerkt zu ihrem Schrecken, dass sie tatsächlich noch immer hinter ihr her sind. Ein paar gehechelte Atemzüge, dann stürzt sie weiter, lässt schließlich die Häuserzeilen hinter sich und taucht in die Dunkelheit des Grüngürtels ein.

Wenn sie es schafft, den Schrebergarten ihrer Familie zu erreichen, kann sie sich ein Weilchen im Geräteschuppen verstecken. Dann ist sie in Sicherheit. Aber sie schafft es nicht. Ihr geht die Puste aus, sie kann einfach nicht mehr. Erschöpft bleibt sie stehen, von tiefstem Dunkel umfangen. Bemerkt zu ihrem Entsetzen, dass sie noch immer nicht allein ist. Da sind Stimmen. Irgendwo hinter ihr.

»Wo steckt das Biest?«, ruft jemand. »Die kann doch nicht allein sein. Wo zum Henker sind die anderen?«

Plötzlich trifft sie ein Lichtstrahl, so grell, als würde sie geradewegs in die Sonne blicken. Es muss einer dieser blendenden Strahler sein, mit denen die Braunen nachts die Dächer nach Gesinnungsfeinden ableuchten.

»Da hinten!« Man hat sie entdeckt. Panisch stürzt Mucki los, mitten hinein in das Gartengewirr. Was sich bei Tag in wohlsortierter Ordnung präsentiert, Beet an Beet und Zaun an Zaun, gleicht bei Nacht einem undurchdringlichen Labyrinth. Wohin soll sie laufen, wie sich orientieren? Wieder streift sie der Lichtstrahl. Es tut regelrecht weh. Sie wirft sich auf den Boden, wartet, bis das Licht sich entfernt, springt auf, rennt weiter, duckt sich wieder, verbirgt sich hinter einer Hecke. Das Licht wandert scheinbar ziellos hierhin und dorthin, schwenkt geradewegs in den Himmel, als könnte sie davongeflogen sein, fährt wieder auf den Boden herab wie ein Blitzstrahl. In gebückter Haltung schleicht Mucki voran. Längst hat sie die Orientierung verloren, aber das spielt keine Rolle. Hauptsache, sie wird nicht gefunden. Der Schweiß rinnt ihr den Rücken hinab, und ihre Füße schmerzen bei jedem Schritt. Die Stiefel. Sie sind zu klein. Viel zu klein. Mucki kommt sich vor wie dieses japanische Mädchen mit den eingeschnürten Füßen, das sie einmal auf einem Bild gesehen hat. »Was macht sie, wenn sie rennen muss?«, hat sie damals ihren Papa gefragt, aber der hat es auch nicht gewusst. »Eine Schande«, hat er nur gemurmelt. Es ist auch eine Schande, ein Mädchen mit zu kleinen Stiefeln durch die Nacht zu verfolgen, findet Mucki, und angsterfüllter Hass brandet durch ihren Körper wie eine sich brechende Welle.

Noch immer schießt der Lichtstrahl hierhin und dorthin, entfernt sich aber zusehends. Ihre Verfolger scheinen aufgegeben zu haben. Am Boden kauernd wartet sie noch eine Weile, nimmt erstmals wieder die klamme Kälte wahr, den erdigen Geruch der

Gärten, den Kohlenqualm, der aus Tausenden von Schornsteinen aufsteigt. Schließlich richtet sie sich auf, versucht, sich zu orientieren, aber ohne Licht ist dies ein unbekanntes Land. Trotzdem wagt sie ein paar Schritte, tastet sich in der Dunkelheit voran. Der Mond schickt ihr ein paar blässliche Strahlen, und plötzlich ist da ein Erkennen: Die schmale Silhouette des Birnbaums, das kompakte Rechteck des Geräteschuppens daneben – ganz in der Nähe liegt das Fleckchen Land, das sie mit der Mutter bewirtschaftet. Nur noch wenige Schritte, dann hat sie den Gemüsegarten erreicht. Ein paar Weißkohlköpfe stehen noch dort, dazu Porree und Pastinaken. Der Rosenkohl wartet auf den ersten Frost. All das sieht sie nicht, und doch weiß sie, dass es so ist.

Von hier an wird der Weg leichter, zugleich packt Mucki wieder die Sorge. Wenn sie nur nicht die Mutter erwischt haben! Als sie schließlich in die Görresstraße einbiegt, fällt ihr ein Stein vom Herzen: Schon von Weitem erkennt sie die Mutter, die vor dem Haus steht und nach ihr Ausschau hält. Welch eine Erleichterung! Sie rennt zu ihr, fällt ihr in die Arme, und die Mutter drückt sie stumm an sich. Unter dem dicken Mantel spürt Mucki ihr Herz pochen. Erst als die Wohnungstür hinter ihnen ins Schloss fällt, findet sie ihre Sprache wieder.

»Da bist du ja endlich«, sagt sie mit erlöstem Lächeln. »Alles in Ordnung mit dir?« Mucki nickt tapfer. »Ich bin so froh, dass dir nichts passiert ist!« Die Mutter streicht ihr sanft über die Wange. »Wir zwei haben uns gut geschlagen, Gertrudchen. Aber du hättest nicht einfach türmen dürfen. Ich kann verstehen, dass du Angst bekommen hast. Doch stell dir nur vor, du wärst den Braunen in die Arme gelaufen!«

Mucki reißt die Augen auf. Weiß die Mutter denn gar nicht, was passiert ist? Sie will widersprechen, aber plötzlich fehlt ihr die Kraft.

»Erst ist mir das blöde Weckglas runtergefallen«, erzählt die Mutter jetzt. »Dann kamen auch noch Passanten, also bin ich zurückgegangen in Richtung Synagoge, rüber zum Rathenauplatz. Ich dachte, du merkst es und folgst mir. Aber dem war nicht so. Nach ein paar Minuten bin ich dann umgedreht und wollte nach dir suchen, aber da war plötzlich ein SS-Trupp. Sie jagten irgendeinem armen Sünder hinterher. Wenn ich mir vorstelle, dass du denen in die Arme gelaufen wärst!« Sie schüttelt sich schaudernd. »Ich habe gehofft, du wärst einfach nach Hause gerannt, aber offensichtlich hast du ja eine größere Runde gedreht.« Wieder lächelt sie nachsichtig und drückt ihrer Tochter die Schulter. »Wie bin ich froh, dass dir nichts passiert ist, mein Kind!«

Viel Schlaf ist Mucki nicht vergönnt, denn seit ein paar Wochen trägt sie frühmorgens Brötchen aus. Das Geld, das sie dafür bekommt, haben sie bitter nötig. Nach einer solchen Nacht fällt es ihr nicht leicht, aus dem Bett zu finden, und es ist auch nicht verlockend, sich schon wieder der Dunkelheit auszuliefern. Doch diese frühwinterlichen Morgenstunden, in denen die Stadt noch schläft, sind still und friedlich. Keine Passanten, kein Verkehr, keine Patrouillen.

Nachdem Mucki ihre Brötchenrunde gedreht hat, rennt sie zu der Litfaßsäule Ecke Mozartstraße. Sie könnte nicht einmal sagen, warum. Dort hängt noch das Plakat, das die Mutter nicht mehr entfernen konnte. Mucki fährt mit der Hand darüber. Es fühlt sich kalt und feucht an. Schnell schaut sie sich um, stellt sich dann auf ihre Zehenspitzen, packt die obere linke Ecke, die bereits gelöst ist, zieht daran. Ratsch. Ein langer Papierfetzen fällt zu Boden, direkt neben das zersprungene Weckglas. Ratsch, ratsch. Mucki reißt auch das restliche Papier herunter. Ein seltsames Hochgefühl erfasst sie, als wäre sie die Siegerin eines Wettlaufs. Eines Wettlaufs gegen die Braunen.

Man kann es schaffen. Man muss sich nur trauen.

GERTRUD

Sonntag, 17. Dezember 1933

Nun sind wir also ausgezogen. Oder sollte ich besser sagen: Man hat uns rausgeworfen? Über vierzehn Jahre lang war diese Wohnung unser gemeinsames Zuhause. Hier stand die Wiege unserer Tochter, hier saßen wir bis tief in die Nacht mit den Freunden beisammen – hier lebten wir unser kleines Glück, das in Wahrheit ein großes Glück war, wie ich nun weiß.

Es ist mir nicht leichtgefallen, unser Heim aufzugeben, zumal wir ja schon auf Peter verzichten müssen. Auch für Mucki war es recht schwer, aber sie hält sich tapfer. Ein Umzug ist kein Schicksalsschlag. Die Welt geht davon nicht unter, sage ich mir immer wieder. Und wir bleiben ja auch im Viertel, sogar im selben Haus.

Viel zu tun war nicht. In erster Linie galt es, das Mobiliar zu entsorgen, das die SS zertrümmert hat. Aber Kohlen sind teuer und Heizmaterial rar, weshalb sich schnell Abnehmer fanden. Behalten haben wir nur die Betten, zwei Schränke, den Herd sowie Tisch und Stühle. Ralf und Manfred haben uns die schweren Sachen in die beiden Zimmerchen unterm Dach hinaufgetragen, alles andere konnten wir allein bewerkstelligen.

Vorerst habe ich Mucki eins der beiden Zimmer überlassen, damit ihr die Umstellung nicht gar so schwerfällt. Das Ehebett steht nun im anderen Raum, vis-à-vis von Herd, Tisch und Stühlen. Ach ja, unsere geliebte Küchencouch – von der mochten wir uns doch nicht trennen. Wir haben sie gegenüber von Muckis Bett platziert.

»Wenn eure Freunde zu Besuch kommen, dürfen sie sich gern daraufsetzen«, hat das liebe Kind angeboten.

Ich kann es nicht leugnen, mich deprimiert das alles doch sehr: Die Wohnung weg, Geld und Ersparnisse konfisziert, der Ehemann in Haft, die Arbeit verloren, die Partei verboten, überhaupt alles, alles verboten, was die Braunen nicht zerschlagen oder an sich gerissen haben. Ein Wunder, dass sie uns nicht verbieten zu leben. Aber auch daran arbeiten sie.

Nein, ich muss aufhören, mich zu beklagen. Noch hungern und frieren wir nicht wie viele unserer Freunde. Ich habe eine zweite Putzstelle gefunden, und Mucki trägt vor der Schule Brötchen aus. Wir halten uns wacker, wir kommen durch. Dazu ist bald Weihnachten. Es heißt, viele Häftlinge sollen zum Fest entlassen werden. Hoffen wir, dass Peter einer der Glücklichen sein wird.

Gestern ist wieder ein Brief von ihm eingetroffen. Es stand das Übliche drin: Ihm gehe es gut, er bekomme gut zu essen und habe schon viel von den Nazis gelernt. Blödsinn! Sein allererster Brief aus dem Lager war der einzig wirklich informative, die einzigen Zeilen, hinter denen ich seine Stimme gehört habe. Vielleicht hat er Ärger bekommen für seine Offenheit, vielleicht lässt man den Gefangenen allgemein keine Möglichkeit mehr für eigene Formulierungen, ich weiß es nicht. Das Unpersönliche des Briefes schmerzt mich, aber es ist ein Lebenszeichen, immerhin. Peter lebt, und das ist wichtiger als alles andere.

Freitag, 22. Dezember 1933

Er wird nicht freikommen, das wissen wir nun. Die, die heimdurften, wurden bereits zum dritten Advent entlassen, weil der vierte Advent in diesem Jahr auf Heiligabend fällt. Also ein Weihnachten ohne Peter. Das erste – und hoffentlich auch das letzte.

Mucki ist so traurig, dass sie kaum spricht. Mir blutet das Herz, wenn ich sie so sehe. Das Kind muss doch ein wenig Freude haben! Ich schlage ihr vor, mit der Bahn nach Bonn und zu Puppenkönig zu fahren, damit sie sich ein Geschenk aussuchen kann. Aber sie sagt, sie wünsche sich nichts und wolle auch nichts bekommen, solange der Papa irgendwo darben müsse. Ihre Worte treffen mich sehr.

»Dein Vater würde das nicht wollen«, versuche ich, sie zu überreden. »Er wäre nur traurig darüber, dass du nun auch noch bestraft wirst.«

Schließlich lässt sie sich erweichen, wenn auch ohne jede Begeisterung.

Also brechen wir auf nach Bonn. Als wir in die Gangolfstraße einbiegen, bemerke ich aber doch eine gewisse Anspannung bei ihr, die mir nur allzu gut bekannt ist. Es gibt nichts Schöneres zur Vorweihnachtszeit als einen Besuch bei Puppenkönig! Wie alle Bonner Kinder habe auch ich mir früher die Nase an den Schaufenstern platt gedrückt. Der Zauber ist nicht verflogen, er wirkt auch auf meine Tochter. Gott sei Dank.

Während Mucki fasziniert die Auslagen betrachtet, sehe ich ihn auf einmal: Jochen Herberts, meinen früheren Beinahe-Verlobten. Er ist in Begleitung einer eleganten Blondine und eines etwa vierzehnjährigen Jungen in HJ-Uniform. Unsere Blicke treffen sich, und ich spüre genau, dass er mich erkennt, doch er lässt sich nichts anmerken. Er geht direkt an uns vorbei und öffnet seiner Frau galant die Ladentür, doch kaum sind sie und das Kind im Geschäft verschwunden, tritt er auf mich zu.

»Gertrud, bist du's?«

»Ich denke schon.«

»Ja, natürlich bist du es! Entschuldige bitte, dass ich dich im ersten Moment nicht erkannt habe.« Die Lüge ist verzeihlich. Wir lächeln beide verlegen. »Wie geht es dir, Gertrud?«

»Danke, ich kann nicht klagen.«

»Freut mich zu hören.«

»Und selbst?«

»Ausgezeichnet. Wirklich ausgezeichnet. Und die geschätzte Maman? Lebt sie noch?«

»Quicklebendig«, bestätige ich.

»Das ist schön! Sie ist ja eine ganz famose Person.«

»War das gerade deine Familie?« Ich deute in die Richtung, in der die Blondine verschwunden ist.

»Ganz recht. Meine Frau Elvira und mein jüngster Sohn. Die beiden anderen sind schon aus dem Alter raus, in dem sie sich für Spielzeug interessieren.« Sein Lächeln wirkt jetzt gezwungen.

»Deine Tochter?« Er deutet auf Mucki, und ich nicke. »Der Tänzer von damals?« Nun bin ich doch ehrlich verblüfft.

»Woher weißt du …?«

Jochen grinst verlegen. »Ich habe Erkundigungen eingezogen. Wenn man so Knall auf Fall verlassen wird, ist es wohl legitim, einmal nachzuhorchen, woran's gelegen hat.« Wieder dieses unsichere Lachen. »Als guter Tänzer ist man bei den Damen eben klar im Vorteil.« Er seufzt mit gespieltem Bedauern. »Leider war ich das nie, wie du weißt.«

»Nun ja, allzu sehr kann es dir nicht geschadet haben«, erkläre ich versöhnlich.

»Richtig. Man kann sich auch auf anderen Feldern bewähren.« Die Bemerkung hat etwas Zweideutiges. »War er nicht Arbeiter, dein Tänzer?«

Mir gefällt nicht, in welche Richtung sich dieses Gespräch bewegt.

»Ganz recht, mein Mann ist Arbeiter.«

»Und was arbeitet er, wenn ich fragen darf?«

»Im Moment sticht er Torf, oben in Börgermoor.« Ich weiß selbst nicht, was mich reitet, ihm das auf die Nase zu binden. Wahrscheinlich wegen des Parteiabzeichens, das er sich ans Revers geheftet hat. Tatsächlich braucht Jochen ein paar Sekunden, ehe er seine Sprache wiederfindet.

»Noch immer geradeheraus wie eh und je, die liebe Gertrud.«

»Mit der Wahrheit hinterm Berg zu halten hat noch nie was getaugt.«

Er betrachtet mich wie ein unbekanntes Insekt. »Vielleicht sollte eine Frau wie du sich nicht mit Politik beschäftigen«, erklärt er nachdenklich.

»Eine Frau wie ich?«

»Nun, Frauen interessieren sich für gewöhnlich nicht für Politik – und du schon gar nicht, wie ich mich erinnere. Entschuldige, aber du hättest damals nicht einmal sagen können, wer gerade regiert.«

Die Kritik schmerzt, denn so war es tatsächlich. Da musste erst ein einfacher Arbeiter kommen und mir die Augen öffnen. Ich, die eine angeblich höhere Schulbildung genossen und sogar ein Studium absolviert hatte. Wie ahnungslos, wie ignorant ich doch gewesen bin! Vielleicht ist es das, was ich an meinem lieben Mann am meisten schätze: Die stetige Ermutigung, mit offenen Sinnen durchs Leben zu gehen, mir selbst eine Meinung zu bilden und meinen eigenen Gedanken zu folgen.

»Man kann sich ändern«, verteidige ich mich.

»Man kann schnell auf den falschen Weg geraten, wenn einem die Kompetenzen fehlen«, behauptet Jochen.

»Die wichtigste Kompetenz ist, richtig und falsch unterscheiden zu können«, gifte ich und werde nun wirklich wütend.

»Tja, wenn das so ist …« Er tippt sich an den Hut und will sich abwenden, tritt dann aber noch einmal nahe an mich heran. »Du hättest es anders haben können«, sagt er leise. »Es lag allein an dir, Gertrud.«

»Und ich habe offenbar richtig entschieden.«

Jochen hält inne, dann erklärt er plötzlich in förmlichem Ton: »Sie sollten aufpassen, was Sie sagen, Frau Kühlem! Wenn Sie an den Falschen geraten, könnte es Ihnen bald ergehen wie Ihrem Mann.«

Nun schafft er es tatsächlich, mich zu verunsichern. Warum hat er zum Sie gewechselt? Um sich von mir zu distanzieren? Um mir zu zeigen, dass er meinen Ehenamen kennt? Woher weiß er, dass Peter Arbeiter ist? Aber er sagte es ja selbst: Er hat Erkundigungen eingezogen. Und womöglich auf Rache gesonnen, ohne dass ich je davon erfahren habe. Ich darf nicht so unvorsichtig sein! Warum habe ich mich überhaupt auf seine Provokationen eingelassen? Während ich fieberhaft überlege, wie ich die Situation glimpflich zum Abschluss bringe, erscheint die Blondine in der Tür.

»Wo bleibst du, Jochen? Dein Sohn wartet auf deine geschätzte Meinung.« Ihr Blick wandert von ihm zu mir, und sie taxiert mich kühl.

»Komme schon!« Jochen nickt mir noch einmal unverbindlich zu, dann lässt er mich stehen.

»Mama?« Auf einmal ist Mucki neben mir und ergreift meine Hand.

»Lass uns weitergehen«, sage ich zu ihr.

»Aber wir waren ja noch gar nicht im Laden!« Ich ernte einen empörten Blick.

»Wir kommen später wieder.«

»Ist es wegen dem Mann?«

Ich nicke. »Ein strammer Nazi«, flüstere ich. »Den kenne ich von früher.«

»Wenn's so ist, warten wir lieber«, gibt Mucki sich einsichtig. »Dann stinkt's nicht so im Laden«, fügt sie grinsend hinzu, und wir lachen beide. Doch ich kann meine Sorge nicht beiseiteschieben: Hat Jochen mir tatsächlich gedroht? Sollte er womöglich etwas mit Peters Verhaftung zu tun haben? Man wird ja regelrecht paranoid heutzutage. Niemandem ist zu trauen, alle sind verdächtig. Erst recht diejenigen, die ihr NSDAP-Abzeichen neuerdings wie einen Orden vor sich hertragen.

Eigentlich ist Jochen ein verständiger Mann, oder ist es zumindest gewesen. Er war mir nie unangehm, nicht einmal seine Küsse. Hätte er sich schneller zu einer Verlobung durchringen können und wäre Peter nicht gekommen, so wären wir jetzt sicher verheiratet. Er, der Jurist und Bankierssohn, und ich, die höhere Tochter. Eine ausgemachte Sache, wie es damals schien. Aber mein Leben gehört mir, ich schulde diesem Mann nicht mein Glück.

Hätte ich ihn gewählt, würde ich ein ganz anderes Leben führen. Bequemer vermutlich. Und auch dumpfer. Eine hohle Nuss wäre ich, mit Goldfarbe aufgehübscht, wie die Blondine an seiner Seite.

Aber ich will kein Papier mehr an Jochen vergeuden. Ich will an Peter denken, nur an meinen Peter. An die Art, wie er mir die Hände auf die Schultern legt, wie er mich mit seinen starken Armen umschlingt und mir seine Liebe ins Ohr flüstert.

Mein geliebter Mann! Wieder geht ein Tag ohne dich zu Ende. Wieder kann ich nur harren und hoffen.

Ach, diese Schreiberei ist mir allmählich verleidet. Man gräbt sich nur noch tiefer in seinen Kummer hinein, und nichts wird besser davon.

Samstag, 28. April 1934

Nun muss ich es aber doch notieren, denn ich will diesem Heftlein keine schlechte Freundin sein – eine, die ihm nur ihr Leid klagt, aber ihr Glück für sich behält. Deshalb soll es hier für alle Ewigkeit festgehalten werden: Mein Peter ist zurück! Seit einer Woche schon. In der zweiten Aprilwoche haben sie ihn entlassen. Endlich.

Erschöpft ist er und abgemagert, und er spricht auch nicht viel, was bei einem Menschen seines Temperaments befremdlich wirkt, aber er muss sich ja erst einmal erholen von all den Strapazen. Nicht auszudenken, was er durchgemacht hat! Doch ich bin guten Mutes. Wir werden ihn schon wieder aufpäppeln, Mucki und ich. Unsere Liebe wird ihn heilen. Mein Mann ist ja ein Kämpfer. Alle drei sind wir Kämpfernaturen. Und wir geben nicht auf.

TEIL II

MUCKI

Samstag, 12. August 1939

Der Frühdunst schwebt noch über dem Wasser, als Mucki wie verabredet am Schiffsanleger eintrifft. Mindestens dreißig Jugendliche sind bereits dort, und von Minute zu Minute werden es mehr. Wo bleibt Ellie? Während sie sich suchend nach ihr umschaut, tippt ihr jemand von hinten auf die Schulter.

»Ahoi, Caballero!«

»Ellie Pirelli, da bist du ja! Ich dachte schon, du kommst nicht.«

»Ich bin hier und startklar, wie du siehst!« Ellie deutet schwungvoll an sich herab. Ein Mitarbeiter der Schifffahrtslinie öffnet das Gittertor zum Anlegesteg, und sie reihen sich ein in die Warteschlange. Mucki erfasst ein erwartungsvolles Kribbeln, sie freut sich auf die bevorstehende Flussfahrt. Zum ersten Mal hat sie auch ihre Gitarre dabei, ihren ganzen Stolz.

»Schau, da sind die anderen!« Ellie deutet in Richtung des Hecks, und sie bahnen sich ihren Weg durch die Menge, hinüber zu Jonny und Kalinka, Bobby, Pietsch, Omar, Tünn und Trisch. Ein paar andere Kölner lagern ebenfalls dort, und jetzt entdecken sie auch Sam und Manitu, Bekannte aus Düsseldorf. Nach großem Hallo entledigen sich alle ihrer Gepäckstücke – Rucksäcke, Zelte, Instrumente. Das Schiff legt ab und steuert stromaufwärts.

Mucki legt den Kopf in den Nacken, schließt für einen Moment die Augen. Sie genießt den frischen Wind, der ihr durchs Haar fährt, sie liebt die Freiheit auf dem Fluss, liebt sein machtvolles, unaufhaltsames Strömen. Sie mag alles, was der Mensch nicht aufhalten kann, sogar Gewitter. Aber danach sieht es heute nicht aus, der Tag verspricht schön zu werden.

»Und, was macht die Brut?«, erkundigt sich Ellie bei ihr.

»Außer Rand und Band wie immer«, antwortet Mucki, ohne die Augen zu öffnen.

Ellie gibt ein spöttisches Schnauben von sich. »Den ganzen Tag von so kleinen Hosenscheißern umzingelt, das wär nichts für mich. Mir reichen die vier Monster zu Hause.«

»Vielleicht ginge es mir genauso, wenn ich so viele kleine Geschwister hätte wie du«, überlegt Mucki. »Aber ich mag Kinder nun mal.« Sie öffnet nun doch die Augen und wendet sich der Freundin zu. »Ich find's gut, dass sie sich nicht so benehmen wie die Erwachsenen. Immer allen nach dem Mund reden und so. Bei uns im Kindergarten darf ein Kind Kind sein, das gefällt mir. Jedes wird als kleine Persönlichkeit betrachtet.«

»In einem Kindergarten der Nationalsozialistischen Volkswohlfahrt?« Jonny mischt sich ein und runzelt ungläubig die Stirn.

Ellie lacht. Der Gedanke ist absurd.

»Das ist ein Montessori-Kindergarten«, erklärt Mucki.

»Ein was?«

»Nach Maria Montessori, der italienischen Pädagogin.«

»Nach Maria Montessori, der italienischen Pädagogin«, äfft Jonny sie nach. »Neuerdings unter die Klugscheißer gegangen, das Fräulein?«

Mucki grinst nur. So leicht lässt sie sich nicht provozieren.

»Ihr wollt doch jetzt nicht ernsthaft über die Maloche reden«, schaltet Omar sich ein.

»Fahrt ist Fahrt, und Maloche ist Maloche«, pflichtet Jonny ihm bei.

»Aber nicht jeder will so dumm sterben wie du«, widerspricht Ellie. Sie winkelt die Beine an und legt ihr Kinn auf die hochgezogenen Knie. »Lass hören, Mucki! Was ist das für eine?«

»Maria Montessori sagt, jedes Kind ist ein einzigartiges Wesen mit einer einzigartigen Persönlichkeit«, berichtet Mucki.

»Wie wahr!« Ellie lacht. »Jedes Kind ist eine ganz einzigartige Nervensäge. Eins ist ein Rabauke, das andere die reinste Heulboje, das dritte futtert alles, was du nicht hoch genug in den Baum hängst. Nur volle Windeln und Rotznasen, die haben sie alle.«

»So spricht aber keine deutsche Frau!« Omar reckt mit gespielter Strenge seinen Zeigefinger in die Höhe. Ellie knurrt wie ein Hund und schnappt danach.

»Mir gefällt's einfach, dass die Knöpfe nicht alle über einen Kamm geschoren werden«, nimmt Mucki den Faden wieder auf.

»Wart's ab, bis die HJ kommt!« Jonny beugt sich vor und rollt seine Strümpfe herunter. Sein langes Deckhaar fällt ihm dabei wie ein Vorhang ins Gesicht. »Als Pimpf ist dann Schluss mit lustig.«

»Jetzt wird's mir doch zu trübsinnig hier«, mokiert sich Omar. »Pack deine Gitarre aus und spiel uns was, Fräulein Montezuma!«

»Montessori«, korrigiert Ellie gähnend.

Mucki lässt sich nicht lange bitten. Sie spielt für ihr Leben gern und ist stolz darauf, dass sie ihr Können in letzter Zeit mächtig steigern konnte. Der Vater hat ihr sogar Unterricht spendiert. Schon schlägt sie die ersten Akkorde an, nimmt summend die Melodie auf, und die Freunde heben an zu singen. Bald fallen auch die Umstehenden mit ein.

»Wir lieben die Stürme,
die brausenden Wogen,
der eiskalten Winde
rauhes Gesicht.
Wir sind schon der Meere
so viele gezogen,
und dennoch sank
unsre Fahne nicht.
Heio, heio, heio …«

Mucki liebt die wilden Abenteuerlieder, die mit Verve hinausgeschmettert werden, sie liebt die leisen, zarten Lieder fürs Lagerfeuer, liebt auch die melancholischen, traurigen. »Wenn du nicht weiterweißt, sing!«, rät der Vater oft. Immer hat er ein Lied auf den Lippen, und an seinem fröhlichen Pfeifen erkennt man ihn schon von Weitem. Der Apfel fällt nicht weit vom Stamm, hat er mal zu ihr gesagt, und genau so ist es. Ohne Singen wäre das Leben kein Leben für Mucki. Sich von einer Melodie tragen zu lassen und sie selbst weiterzutragen: herrlich. Wo man singt, da lass dich nieder. Noch so ein Spruch von Papa.

Das Schiff tuckert weiter den Strom hinauf, steuert auf Bonn zu. Im bläulichen Dunst der Ferne zeichnet sich die Silhouette des Siebengebirges ab – der steil aufragende Drachenfels, die breite Kuppe des Petersbergs. Eine halbe Stunde später legen sie in Königswinter an. Hier geht das bunte Völkchen von Bord, lachend, schwadronierend, voller Vorfreude auf die bevorstehende Wanderung.

Nahe der Anlegestelle hat sich bereits eine Gruppe uniformierter Jugendlicher versammelt und blickt den Ankommenden grimmig entgegen.

»Da wartet schon das Empfangskomitee!«, verkündet Jonny amüsiert. »Mädels, wir nehmen besser die andere Richtung.«

»Antrag genehmigt, Altmeister!« Omar tippt seinem Vordermann auf die Schulter, um die Botschaft weiterzugeben. Als alle von Bord sind, schwenkt die ganze Wandergruppe nach rechts, in Richtung Bad Honnef. Grinsend hakt sich Jonny bei Ellie und Mucki ein, legt mal den Kopf auf die Schulter der einen, dann auf die der anderen, schaut sich feixend um. Die Jungen vom HJ-Streifendienst starren ihnen mit finsteren Gesichtern hinterher, wechseln ein paar Worte, unternehmen aber nichts.

»Die berechnen wohl gerade nach Adam Riese, wie ihre Chancen stehen«, spottet Pietsch, der zu ihnen aufgeschlossen hat.

»Alle Achtung!« Jonny täuscht Bewunderung vor. »Die Pimpfe scheinen Mathe-Genies zu sein, sonst wären sie wohl schon frech geworden.«

»Kommt, Leute!« Trisch fasst Jonny beim Arm. »Nun glotzt nicht extra noch rüber. Wir sind zum Wandern hergekommen, nicht, damit ihr euch prügelt.«

Da ist was Wahres dran. Pietsch und Jonny, die die Tour geplant haben, setzen sich an die Spitze und führen die Gruppe stadteinwärts. Vom Streifendienst ist nichts mehr zu sehen. Weiter geht's über die Bahngleise, dann aufwärts zu ihrem ersten Ziel, dem Drachenfels. An einem so schönen Tag muss die Aussicht genossen werden. Sie überholen eine Eselskaravane, die weniger wanderbegeisterte Ausflügler den Berg hinaufbringt. Trisch streckt die Hand aus, klopft einem der Tiere auf die staubige Kruppe und seufzt. »So einen möchte ich auch haben!«

»Aber du hast doch schon einen!« Omar beugt sich zu ihr rüber und klimpert treuherzig mit den Lidern.

»Prima, dann kannst du gleich meinen Affen tragen.« Trisch tut, also wollte sie ihm ihren Rucksack aufhalsen. Omar schreit jetzt wie ein Esel.

Mucki geht neben Ellie, die ihr einen erwartungsvollen Blick von der Seite zuwirft. »Wie findest du den?« Sie reckt das Kinn vor und grinst.

»Wen, den Esel?«

»Unsinn! Ich meine den daneben.«

»Pablo?«

»Du kennst ihn also?«

»Kennen ist zu viel gesagt. Hab ihn schon ein paarmal im Volksgarten gesehen.«

»Aha. Und was tut er da so?«

»Was soll er schon tun? Rumlungern, wie alle, die keine Lust auf HJ oder BDM haben.«

»Bäh! Hör mir mit denen auf!« Ellie winkt unwirsch ab. »Gestern hat mich wieder so ein BDM-Mädel belämmert, wann ich mich denn endlich blicken lasse. ›An Führers Geburtstag‹, habe ich geantwortet und ihr mein Ehrenwort gegeben. Und weißt du, was sie darauf gesagt hat?«

»Nein, woher denn?«

»Sie hat gemeint, das sei aber ein bisschen lang hin. Ich solle mir doch den Geburtstag von Heinrich Himmler zum Anlass nehmen, immerhin sei er Reichsführer der SS.«

»Sie weiß Himmlers Geburtsdatum auswendig?« Mucki runzelt ungläubig die Stirn.

Ellie beugt sie sich zu ihr rüber und flüstert: »Wahrscheinlich backt sie jedem von denen auch noch einen schönen braunen Kuchen.« Sie bricht in schallendes Gelächter aus.

»Lass uns nicht über die reden, sonst krieg ich noch schlechte Laune.«

»Nee, reden wir lieber nicht. Schweigen wir – so wie dein Freund da vorn.« Ellie kichert schon wieder und deutet feixend zu Pablo hinüber. »Der redet anscheinend auch nicht viel.«

»Na und?« Mucki zuckt nur die Achseln. »Wenn alle so viel quasseln würden wie du, gäb's niemanden mehr, der zuhört. Außerdem weißt du ja: Stille Wasser und so …«

»Du meinst, der hat was zu verbergen?«

»Wie kommst du denn darauf?«

»Na, von wegen stille Wasser.«

»Ach, Ellie! Der Spruch bedeutet doch nicht, dass man etwas zu verbergen hat.«

»Sondern?«

»Einen tiefen Charakter.«

»Einen tiefen Charakter? Muss ich da mit 'ner Taucherglocke runter, oder wie?«

Mucki seufzt in gespielter Verzweiflung. »Feinsinnig eben«, erklärt sie trotzdem. »Nicht so eine einfach gestrickte Nudel wie du!« Sie knufft der Freundin in die Seite.

»Pass nur auf! Das stille Wasser da vorn könnt auch 'n ganz ordinärer Tümpel sein. So 'ne modrige Grützbrühe.« Ellie verzieht das Gesicht und schüttelt sich. »Aber ich muss zugeben, er sieht ganz passabel aus.«

»Also wirklich, Ellie! Nun sprich doch nicht so laut!« Auch Mucki hat das Flüstern aufgegeben. »Hast du noch anderes im Kopf als dieses Thema?«

Ellie scheint lange nachdenken zu müssen. »Ein paar andere Sachen gibt's schon noch, die mich interessieren würden«, antwortet sie dann. »Warum dein Rock mehr von diesen schicken Reißverschlüssen hat als meiner zum Beispiel.« Ihr Blick gleitet neidvoll an der Freundin herab. »Der ist echt viel schöner als meiner. Aber wie kommt's, dass der hinten so'n peinlichen Fleck hat?«

»Fleck, wo?« Erschrocken wendet Mucki den Kopf und versucht, an sich herabzublicken.

»Ha, reingelegt!« Ellie lacht schadenfroh. »Und jetzt sag schon: Gefällt er dir?«

»Hm.«

»Klar gefällt er dir! Wenn du die Nase so komisch krausziehst wie ein Karnickel, weiß ich, dass ich recht habe!«

»Was soll die Fragerei überhaupt? Ich dachte, du interessierst dich mehr für Jonny.«

»Nee, du. Unser Jonny ist ja ein dufter Kerl, aber so als feurige Liebschaft … Dazu müsste er erst noch ein Stückchen wachsen, ich kann ihm ja fast auf den Kopf spucken.« Ellie kichert hinter vorgehaltener Hand, dann wirft sie wieder einen bedeutungsvollen Blick nach vorn. »Du meinst also, deinem stillen Wasser ist zu trauen?«

Das Thema geht Mucki allmählich auf die Nerven. »Frag ihn doch einfach, wenn es dich so brennend interessiert.«

»Weißt du was? Das mach ich!« Ellie streckt ihr die Zunge raus und flitzt los. Mucki stöhnt auf. Was die Freundin wohl jetzt wieder anstellt? Sie muss es unbedingt wissen und verschärft ihr Tempo.

»Hey, Pablo!« Ellie hat zu ihm aufgeschlossen. »Ich weiß, dass du Pablo heißt, weil's mir meine Freundin gesagt hat. Die Mucki da hinten. Die kennt sich nämlich aus.«

Pablo wendet den Kopf. Für einen Moment treffen sich ihre Blicke, dann schaut er wieder nach vorn. Mucki verdreht die Augen. Wie peinlich das ist! Doch Ellie lässt sich nicht bremsen.

»Also, Pablo, was ich dich fragen wollte: Was machst'n so?«

»Ich wandere«, hört Mucki ihn antworten.

»Nein, ist das wahr?« Ellie schlägt die Hände vors Gesicht. »Da wär ich nicht draufgekommen! Und, wanderst du gern?«

»Ja, klar.«

»Und was machst du, wenn du nicht gerade auf Fahrt gehst?«

Pablo bleibt stehen und schaut sie verwundert an.

»Denk dir nichts dabei, Altmeister!« Auch Pietsch hat sich jetzt zu ihnen gesellt. »Unsere Ellie denkt sich auch nicht grad viel bei ihrer Fragerei.«

»Nun quatsch mal nicht dazwischen, wo wir beiden Hübschen uns grad so nett unterhalten«, weist Ellie ihn scherzhaft zurecht. »Also, Herr Pablo. Was machen Sie denn so beruflich? Oder drücken Sie noch fleißig die Schulbank? Mucki, komm her! Das interessiert dich doch sicher auch, was uns der Herr Pablo hier zu berichten hat!«

»Mensch, Ellie! Nun red doch nicht solchen Unsinn!«

»Schon gut, schon gut.« Ellie spielt die Beleidigte. »Wenn meine Gesellschaft hier nicht gefragt ist, werde ich mich mal woanders umsehen. Komm, Pietsch!« Sie hakt den Freund unter und zieht ihn mit sich. Plötzlich findet sich Mucki neben Pablo wieder – allein.

»Du darfst Ellie nicht ernst nehmen«, beeilt sie sich zu sagen, noch immer peinlich berührt. »Sie brabbelt den ganzen Tag und hat oft die komischsten Ideen.«

»Ist das so, ja?« Pablo lächelt jetzt. »Dann stimmt's also gar nicht, dass du dich für mich interessierst?«

Mucki reißt die Augen auf. »Nein!«, widerspricht sie heftig. »Wie kommst du denn darauf?«

Pablo zuckt die Achseln. »Schade. Wär vielleicht ganz schön gewesen.«

Mucki weiß nicht, was sie darauf erwidern soll. Sie schiebt sich schnell an ihm vorbei und schließt zu Trisch auf. Um Pablo schlägt sie fortan einen weiten Bogen.

Dennoch ist die Fahrt wunderschön. Erst ein Picknick mit Gesangseinlagen auf dem Drachenfels, dann weiter zur Wolkenburg, über Stock und Stein in Richtung Rosenau und von dort zum Zeltplatz am Stenzelberg. Am Abend dann Lieder am Lagerfeuer. Die Nacht ist so mild, dass Mucki ihr Zelt gar nicht erst aufschlägt. Herrlich, aus dem Schlafsack direkt in den Sternenhimmel zu blicken!

Erst am Sonntagnachmittag machen sie sich auf den Heimweg, nehmen die Fähre über den Rhein und fahren dann mit der Vorgebirgsbahn weiter. In Köln trennen sie sich. Mucki ist noch immer ganz beseelt. Sie schwenkt die Gitarre im Rhythmus ihrer Schritte und der Melodie, die sie in sich trägt. Sie ist mit dem Kopf ganz woanders, als sie plötzlich jemand anspricht.

»Hallo, Mucki!« Es ist ihre alte Freundin Lene, Mariannes Tochter. Dunkler Rock, weiße Bluse, Lederknoten – die typische BDM-Kluft. Auf den deutschen Gruß verzichtet sie, sagt stattdessen: »Wie schön, dich mal wieder zu treffen!«

»Ja, welch eine Überraschung.« Mucki lässt offen, ob es eine freudige ist, und heftet den Blick an Lenes Uniform.

»Warum kommst du nicht mal vorbei?«, erkundigt sich Lene. Ihre Frage klingt harmlos, unverdächtig. »Wirst sehen, es wird dir gefallen.« Sie lächelt jetzt und zupft an einem ihrer sandblonden, zur Schlaufe hochgebundenen Zöpfe. Affenschaukeln. Eine Frisur, die Mucki hasst.

»Ich hab keine Zeit. Ich muss arbeiten«, erwidert sie kurz angebunden und spürt die Wut in sich hochkochen.

»Wie wäre es mit samstags? Da kriegst du doch frei, wenn du zu uns kommst.«

»Da hab ich Besseres zu tun. Tut mir leid, ich hab's ein bisschen eilig.« Mucki schickt sich an, einfach weiterzugehen, doch Lene stellt sich ihr in den Weg.

»Wir haben viel Spaß«, lässt sie nicht locker. »Und Fahrten machen wir auch. Wir wandern und kampieren und singen Lieder, das magst du doch so gern.«

»Nein, danke. Das ist nichts mehr für mich.«

»Aber ich weiß, dass du noch Fahrten machst!« Ein gereizter Unterton mischt sich jetzt in Lenes Freundlichkeit.

Mucki hat endgültig genug. »Was soll das?«, zischt sie und baut sich ganz nah vor ihr auf. »Willst du mir drohen?«

»Nein. Ich wollte …« Lene bricht verlegen ab, schlägt die Augen nieder. »Du fehlst mir«, gesteht sie leise. »Ich dachte, es wäre schön, wenn wir wieder zusammenfinden würden. Beim BDM ist es ganz anders, als du denkst. Schau dir unsere Gruppe doch selbst einmal an. Da sind jede Menge dufte Mädels dabei.«

»Wie kannst du nur!«, zischt Mucki und würde sie am liebsten ohrfeigen. Dass sie einmal Freundinnen waren, macht die Sache umso schlimmer. Sie fasst Lene beim Arm, zerrt sie vom Weg herunter, hinter ein dicht belaubtes Gebüsch. »Ich verstehe nicht, wie du dich so blenden lassen kannst, Lene! Du weißt doch, was mit unseren Vätern passiert ist. Du weißt, was sie mit ihnen machen. Sie müssen sich zu Tode schuften.« Mucki schluckt hart, in ihren Augen brennen Tränen.

»Das stimmt nicht!« Lenes Stimme hat jetzt etwas Flehendes.

»Sie bringen sie nur dazu, an die gute Sache zu glauben. An den deutschen Geist. Sie wollen nur das Beste für sie, denn diese zersetzende Haltung, die führt ja zu nichts – genau das haben wir doch erlebt!« Auch sie kämpft jetzt mit den Tränen.

»Was du nicht sagst!« Unter Muckis Wut mischt sich Bosheit. »Weißt du, ehrlich gesagt wundert es mich, dass sie eine wie dich überhaupt mitmischen lassen.« Der Hieb sitzt. Lene presst die Lippen zusammen, schließt für einen Moment die Augen. Dann fasst sie sich wieder.

»Jede bekommt ihre Chance«, entgegnet sie ruhig. »Jede, die unser Vaterland liebt, ist willkommen. Und überhaupt wird längst nicht so viel über Politik gesprochen, wie du denkst. Wir häkeln und singen und haben Spaß zusammen. Sport machen wir auch. Und wir sammeln für die Nationalsozialistische Volkswohlfahrt und unterstützen Hilfsbedürftige. Viel wirkungsvoller, als es die Rote Hilfe je getan hat.«

»Kein Wunder!« Mucki schnaubt verächtlich. »Ihr braucht ja nicht bei Nacht und Nebel betteln zu gehen. Ihr könnt einfach eure Sammelbüchsen hinhalten und den Leuten ein schlechtes Gewissen machen, wenn sie nichts geben wollen.«

»Bitte, nicht so laut!« Lene legt den Finger an die Lippen.

»Hast du etwa Angst vor den Leuten?« Mucki lacht auf. »Dir ist deine rechte Gesinnung doch schon von Weitem anzusehen, vor wem solltest du dich also fürchten? Vor uns etwa?« Sie deutet an sich herab: Häkelkäppi, bunt gemusterte Bluse, Manchesterrock. Ihre Kluft und die ihrer Freunde haben nicht die geringste Ähnlichkeit mit den Uniformen der HJ.

»Vor euch doch nicht!« Lene tut, als wäre das völlig weit hergeholt. Dabei muss sie ganz genau wissen, dass kaum ein Tag vergeht, an dem es keine Auseinandersetzung mit der HJ gibt. »Aber Feind hört mit, du weißt ja.« Sie grinst, doch hinter ihrem Grinsen verbirgt sich eine gewisse Ängstlichkeit.

»Im Moment bist du wohl die größte Gefahr für mich!«, faucht Mucki.

»Nein, Mucki.« Lene schüttelt traurig den Kopf. »Ich bin keine Gefahr für dich.«

»Nenn mich nicht Mucki! Das dürfen nur meine Freunde.«

»Aber wir sind doch noch Freunde«, widerspricht Lene leise.

»So, sind wir das?« Mucki kneift die Augen zusammen. »Dann verrate mir mal, wie man sich so fühlt unter den Braunen, als Kommunistentochter?«

Lene atmet tief ein, hält die Luft an. Sie presst die Hände vor die Brust, als wollte sie beten, ringt mit sich.

»Sie wissen es nicht«, gesteht sie. Für einen Moment scheint es, als öffnete sich eine Tür in die Vergangenheit, zurück in eine Zeit, in der sie sich gegenseitig ihre Geheimnisse ins Ohr flüsterten. »Meine Mädel wissen es jedenfalls nicht«, präzisiert sie. »Ich bin schon Jungmädelführerin, weißt du.« Ihre Stimme gewinnt wieder an Festigkeit. »Man kommt schnell weiter, wenn man ehrgeizig ist.«

»Das bist du offenbar.«

Lene strafft die Schultern, reckt das Kinn hoch, sieht sie an mit festem Blick. »Ja, das bin ich.« Die Tür schlägt zu, das Band ist zerrissen. Irreparabel. Sie wissen nicht einmal mehr, wie sie sich voneinander verabschieden sollen, und gehen grußlos auseinander, jede in ihre Richtung.

GERTRUD

Montag, 14. August 1939

Wie die Zeit vergeht! Unser kleines Mädchen wird rasend schnell groß, und wir können nur staunend zuschauen.

»Wir müssen sie ziehen lassen«, sagt Peter zu mir, und er hat ja recht, mit ihren fünfzehn Jahren ist sie kein Kind mehr. Sie möchte allein auf Fahrten gehen, etwas erleben, die Welt entdecken. Wie könnten wir ihr das verbieten? Wir haben es ihr ja selbst all die Jahre lang vorgelebt. Aber die Zeiten sind andere … Ich kann die Sorge nicht ganz abstreifen, wenn sie aus dem Haus geht.

Immerhin ist Mucki in guter Gesellschaft. Die Bündische Jugend gibt es zwar offiziell nicht mehr, doch die Menschen dahinter haben sich ja nicht in Luft aufgelöst. Sie haben ihre Ideale weitergetragen, wir haben es getan – und die heutige Jugend greift sie nun dankbar auf. Zumindest ein Teil von ihr. Mucki ist ein Teil dieser Jugend, und darauf müssen wir stolz sein.

»Schau dir Marianne an, die hat mit ihrer Tochter Lene ganz anders zu kämpfen«, ruft Peter mir ins Gedächtnis.

Lene will unbedingt zu dem braunen Gesindel gehören. Sogar BDM-Führerin will sie werden! Sie hat Marianne die Hölle heiß gemacht, weil die ihr nicht die Uniform kaufen wollte, und langsam muss man sich sorgen, dass sie nicht irgendwann ihre eigenen Eltern anschwärzt, so sehr haben ihr die Braunen den Kopf verdreht. Marianne ist sehr traurig darüber, dass Lene und Mucki nicht mehr viel miteinander zu tun haben. Sie hatte auf Muckis guten Einfluss gehofft. Aber heimlich bin ich ganz froh, dass unsere Tochter sich von Lene fernhält, auch wenn ich es Marianne natürlich nicht ins Gesicht sagen würde. Unsere Mucki ist eben ein vernünftiges Mädchen. Und Ärger haben wir genug.

Noch immer tut es mir in der Seele weh, dass sie nicht aufs Lyzeum gehen konnte. Sie war so enttäuscht, dass man sie nicht angenommen hat! Dabei lag es wohl nicht an ihren Leistungen, wie ihre Lehrerin behauptet hat, sondern daran, dass ihre Eltern als politisch unzuverlässig gelten, wie mir der Rektor zu verstehen gab. Das Schulgeld hätten wir wohl auch nicht zahlen können. Dafür haben die Braunen ja gesorgt, als sie unser Erspartes beschlagnahmt haben. Früher wäre das Geld für Muckis Ausbildung kein Thema gewesen, und Peter hätte es mit Freuden aufgebracht. Zwar hat er sich nie dafür geschämt, nur ein einfacher Arbeiter zu sein – warum auch? Aber ich weiß, wie stolz er wäre, wenn seine Tochter einmal studieren würde wie ihre Heldin Rosa Luxemburg. Und wie ich. Daraus wird nun leider nichts werden. Heimlich hatte ich noch auf Maman gezählt, aber auf meine Andeutungen ist sie nie eingegangen. Ich hatte gehofft, sie hätte ein wenig Mitleid mit ihrer Enkelin, die so gern weiter zur Schule gegangen wäre. Aber in ihren Augen ist ein Kommunistenkind, das eine höhere Schulbildung genießt, ein Widerspruch in sich. Wie konnte ich nur denken, dass sie einmal von ihren Prinzipien abrücken würde? Mich schmerzt besonders, dass sie mir, ihrer Tochter, ein Maximum an Bildung ermöglicht hat, während ich selbst mein Kind nun nach der achten Volksschulklasse abgehen lassen musste. Aber vielleicht tue ich Maman Unrecht. Vielleicht hat sie das Geld ja wirklich nicht mehr. Dieses große Haus, es muss Unsummen verschlingen.

Schluss mit den Klagen! Immerhin ist es eine Erleichterung, dass Mucki die Ausbildung im Kindergarten gefällt. Er ist nach einer gewissen Maria Montessori benannt, einer Italienerin mit ganz ungewöhnlichen Ideen zur Kindererziehung. Einiges, was Mucki mir berichtet, klingt zwar befremdlich für mich, aber doch recht interessant – und ganz anders als das, was die Braunen unter Erziehung verstehen. Wer weiß, vielleicht hat Mucki ja einmal Gelegenheit, diese Frau persönlich kennenzulernen. Vielleicht wird sich unserer Tochter im Leben noch die eine oder andere goldene Tür öffnen. Wir dürfen die Hoffnung nicht aufgeben. Apropos Tür: Hatte ich eigentlich erwähnt, dass der Apotheker mich wieder eingestellt hat? Auf Dauer konnte oder wollte er wohl nicht auf meine Mitarbeit verzichten. Ich habe es ihm ja immer gesagt: Er braucht mich einfach.

Dienstag, 22. August 1939

Peter macht mir Sorgen. Er lässt doch arg den Kopf hängen in letzter Zeit und hadert mit sich und der Welt. Der Peter, der in Rotterdam dafür sorgte, dass die Ozeandampfer durch die Weltmeere pflügten, der die stärksten Lokomotiven zum Rollen brachte. Was ist aus ihm geworden? Wer rastet, der rostet, hat er mal gesagt. Doch nun rastet er den ganzen Tag, weil ihm nichts mehr anderes möglich ist, weil man ihn abgeschrieben hat, und er rostet zusehends, um im Bild zu bleiben. Mit krummem Rücken und hängenden Schultern, seine Schaufelhände im Schoß, hockt er mal im Schlafzimmer, mal in dem anderen Raum, der uns als Küche, Speise-, Wohn- und Kinderzimmer dient. »Ich bin zu nichts mehr gut«, lamentiert er. »Muss meine Frau für mich arbeiten lassen und meine Tochter dazu! So weit ist es jetzt gekommen!« Natürlich sage ich ihm, dass er so nicht reden darf. Man muss kämpfen für die gerechte Sache – er war es doch immer, der mir das eingeschärft hat. Wir haben uns entschieden, auf der richtigen Seite zu bleiben, unser Fähnlein nicht nach dem Wind zu hängen, und nun müssen wir eben sehen, wie's geht. Die Schlacht ist vielleicht verloren, aber der Krieg gegen den Feind noch lange nicht.

»Der Krieg«, wiederholt Peter mit bitterem Auflachen. »Er steht direkt vor der Tür. Wart's ab, es kann nur noch ein paar Tage dauern, dann finden sie einen Grund.«

»Die Braunen können nicht ewig so weitermachen«, widerspreche ich und ärgere mich darüber, das Wort »Krieg« überhaupt in den Mund genommen zu haben, denn es hat noch nie für bessere Stimmung gesorgt. »Irgendwann werden die Menschen aufwachen«, gebe ich mich zuversichtlich. »Und wenn nicht – unsere bolschewistischen Freunde sind stark. Vielleicht wird ihnen eines Tages gelingen, was uns nicht gelungen ist.«

»So lange kann ich nicht warten, so zur Untätigkeit verdammt.« Peter ballt die Fäuste. »Nicht einmal mehr auf die Straße trauen darf ich mich, ohne schief angesehen zu werden. Was ist das für ein Leben? Wer soll das aushalten?« Den Worten folgt eine kraftlose Geste, die er nicht weiter kommentieren muss. Sie umfasst unsere beiden Zimmerchen; die paar Möbel, die uns geblieben sind. Ich schließe die Augen, beiße mir auf die Unterlippe. So geht es nicht weiter.

Plötzlich ein Rumpeln und Kratzen, Peter hat energisch seinen Stuhl zurückgeschoben. »Ich muss etwas tun, sonst werde ich noch verrückt.« Er richtet sich auf, strafft die Schultern, neigt den Kopf hin und her, um die Steifheit aus den Gliedern zu treiben.

»Es ist zu gefährlich für dich«, sage ich.

»Nicht gefährlicher als für andere.« Schon ist er auf dem Weg zur Tür, greift nach seiner Schiebermütze am Haken daneben. Ich springe auf.

»Peter, wenn sie dich erwischen, kommst du wieder ins Arbeitslager!«

Er schaut mich nicht an, sagt nichts dazu. Drückt die Klinke herunter und ist fort.

Nie ist er irgendwohin gegangen, ohne sich von mir zu verabschieden. Nicht zur Arbeit, nicht zu Versammlungen, nicht auf ein Bier mit Freunden und schon gar nicht auf dem Weg zu nächtlichen Aktionen. Niemals sonst verlässt er mich grußlos. Ich muss mich hüten, darin ein schlechtes Omen zu sehen. Aber es macht mich wütend.

Freitag, 25. August 1939

Man soll nicht immer nur schwarzmalen. Hin und wieder überrascht das Leben auch mit unverhofften Freuden: Peter hat wieder Arbeit. Es wird ja fleißig an der neuen Ost-West-Straße durch die Stadt gebaut, und im Zuge dieser Maßnahmen soll auch die Hindenburgbrücke um einige Meter verbreitert werden. Dabei will man nun offenbar doch nicht auf die Fachkompetenz erfahrener Leute verzichten, Kommunisten hin oder her. Unser Glück! Ich bin froh und dankbar, dass es sich so ergeben hat, nicht nur des Geldes wegen. Wenn Peter wo zupacken kann, ist es gleich besser mit ihm.

MUCKI

Samstag, 26. August 1939

Wieder so ein Brief. Der dritte schon. Seit einer Woche liegt er auf der Fensterbank. Wieder eine Aufforderung, dass Mucki sich umgehend beim Bund Deutscher Mädel melden soll. Letzmalige Warnung, schreiben sie. Bei Nichtbefolgung drohen Konsequenzen.

»Das klingt nicht gut«, sagt die Mutter, während sie einen mit Wasser gefüllten Topf auf den Tisch stellt. »Wir werden uns was überlegen müssen.« Sie greift sich eine Kartoffel und beginnt zu schälen.

»Es ist doch nie was passiert«, wendet Mucki ein. »Sie haben mich aufgefordert mitzumachen, ich habe dankend abgelehnt, und das war's.«

Die Mutter seufzt auf. »Die Zeiten sind leider vorbei. Ich muss dir ja nicht erklären, dass es Pflicht ist, zu den BDM-Treffen zu erscheinen. Ich kann dir auch nicht dauernd neue Krankheiten andichten, die dich daran hindern, dorthin zu gehen.«

»Warum nicht? Du kennst doch unendlich viele.«

»Mag sein. Aber eine einzelne Person kann nicht alle auf einmal haben, schon gar nicht in deinem zarten Alter.« Mit mehr Schwung als nötig wirft die Mutter ihre geschälte Kartoffel in den Topf.

Es platscht, und ein Wasserspritzer trifft Mucki an der Stirn. »Außerdem werden wir jetzt direkt zur NS-Frauenschaft zitiert, und sie haben Konsequenzen angekündigt. Wenn wir der Vorladung nicht folgen, droht uns …«, sie beugt sich nach links, blickt auf das wasserfleckige Schreiben, »… eine polizeiliche Vorführung, so steht es hier. Das hätte uns gerade noch gefehlt, Kind. Es hilft nichts, wir müssen hingehen.«

Mucki zieht unwillig die Nase kraus. »Ich habe aber keine Lust auf die braunen Klamotten und den Hakenkreuzzirkus«, protestiert sie. »Ich will nicht im Kreis um ihre blöde Fahne rumstehen und das Horst-Wessel-Lied singen.«

»Ich weiß, Liebelein.« Der beschwichtigende Ton der Mutter verhallt ungehört.

»Ich will tun und lassen können, was ich für richtig halte. Ich will auf Fahrt gehen und mir den Wind um die Nase wehen lassen, so wie Papa, du und ich früher. Ich will singen, was mir gefällt. All unsere schönen alten Lieder. Und ich will mein Zelt aufschlagen, wo's mir passt. Diese Massenlager, in denen jede Minute verplant ist, die sind einfach nichts für mich. Dazu dieser ganze Mist, den man da erzählt kriegt.« Mucki schüttelt sich angewidert. »Ich geh da nicht hin!«, beharrt sie stur.

»Sei nicht albern.« Die Mutter legt ihr Kartoffelmesser zur Seite und steht auf.

Montag, 28. August 1939

Die angegebene Adresse führt sie zu einer prächtigen Villa am Deutschen Ring.

»Wahrscheinlich haben sie eine jüdische Familie rausgeschmissen«, flüstert Mucki ihrer Mutter ins Ohr. Dieses stimmlose Wispern in der Öffentlichkeit ist ihnen schon fast in Fleisch und Blut übergegangen. Trotzdem legt die Mutter den Finger an die Lippen. Unauffällig. Als würde sie sich über den Mund wischen. Auch diese Geste ist hundertfach eingeübt.

Den Eingang säumt ein Spalier aus Hakenkreuzfahnen. Ein Mädel in Uniform öffnet ihnen, reckt zackig den Arm hoch zum Deutschen Gruß. Sie tun es ihr nach, auch das ist nicht zu verhindern, mit heimlich gekreuzten Fingern allerdings.

Ein Liter, wer das nur schnell genug sagt, dem kann man nichts nachweisen, heißt es. Peters Trick. Aber heute und hier ist ihnen das Risiko zu groß.

Mit wichtiger Miene geleitet das Mädchen sie quer durch die Halle in einen seitlich gelegenen Flur. Zu ihren Füßen glänzender

Marmor, über den Köpfen funkelnde Lüster. Wie in einem Schloss.

Das Mädchen klopft an eine Tür, steckt den Kopf hindurch, spricht, schließt die Tür wieder. Sie sollen dort auf der Bank am Fenster Platz nehmen. Das Mädchen geht. Sie setzen sich. Warten.

»Mamm'«, flüstert Mucki. »Ob Lene wohl hier ist?«

»Lene?« Die Mutter schüttelt den Kopf. »Es wäre doch ein großer Zufall, wenn wir ihr hier über den Weg laufen würden.« Sie schweigt einen Augenblick, nestelt an ihrem Hut, sagt dann deutlich hörbar: »Denk immer daran, was wir dir beigebracht haben, Kind. Respekt vor den Erwachsenen ist das Wichtigste.« Es ist eine Erinnerung, ein Geheimzeichen zwischen ihnen. Sollten Muckis Aussagen in eine ungute Richtung steuern, wird sich die Mutter unauffällig das Auge reiben. Eine Mahnung zur Achtsamkeit.

Die Tür schwingt auf. Sie werden hereingebeten. Die Frauenschaftsführerin stellt sich als Isolde Gnaus vor, eine hagere Frau in mittleren Jahren mit strengem, bereits angegrautem Dutt und noch strengerem Blick. Mit säuerlicher Miene reicht sie der Mutter die Hand, tritt dann hinter ihren Schreibtisch zurück und weist ihnen die beiden Stühle davor.

»Gertrud. So heißt du doch, oder?« Sie mustert Mucki mit zusammengekniffenen Augen. »Also, Gertrud, wie ich höre, bist du den mehrmaligen Einladungen des BDM nicht nachgekommen. Warum nicht?«

»Nun …« Mucki schlägt schüchtern die Augen nieder. »Ich war krank.«

»Du warst jedes Mal krank?« Die Gnaus hebt pikiert eine Augenbraue. »So hinfällig siehst du mir gar nicht aus.«

»… und beschäftigt«, fügt Mucki schnell hinzu. »Ich war beschäftigt.«

»Beschäftigt. Soso.« Die Gnaus schiebt die Unterlippe hin und her. Sie hat einen merkwürdig beweglichen Mund. »Gertrud«, hebt sie von Neuem an. »Ich habe den starken Eindruck, dass dir nicht klar ist, was deine Beschäftigung zu sein hat.«

»Nun, ich arbeite im Kindergarten.« Mucki wagt ein schüchternes Lächeln.

»Schön, schön. Aber andere Mädchen arbeiten auch und schaffen es trotzdem, sich einzubringen. Dir müssen ein paar Dinge klar werden. Grundsätzliche Dinge.« Die Gnaus schaut auf, legt eine bedeutungsvolle Pause ein. »Womöglich träumst du von einem Leben, das dich von deiner Verantwortung als Frau freispricht. Du denkst wahrscheinlich, du kannst tun und lassen, was du willst. Hältst dich für emanzipiert und bist auch noch stolz darauf.« Die Frauenschaftsführerin greift nach einem Stift und dreht ihn in den Fingern. »Emanzipation.« Sie zieht das Wort genüsslich in die Länge, schmatzt dabei mit ihren beweglichen Lippen. Unwillkürlich muss Mucki an Marzipan denken. »Diesen Ausdruck haben die Juden erfunden, wusstest du das?« Mucki schüttelt den Kopf. Nein, das wusste sie nicht. »Die meinen ja immer, es besser zu wissen«, weiß Frau Gnaus es noch besser. »In Wahrheit ist diese sogenannte Emanzipation ein Trugschluss. Es gibt sie gar nicht. Das hat unser verehrter Führer schon sehr früh erkannt. Die deutsche Frau brauchte sich nie zu emanzipieren.« Isolde Gnaus verschränkt die Hände, beugt sich vor und lächelt jetzt milde. »Die deutsche Frau, und eine solche wirst du ja bald werden – sie hat schon immer alles besessen, was sie braucht, um ihre natürliche Rolle zu erfüllen. Dafür hat die Natur gesorgt. Da muss gar nichts hinzugedeutelt werden. Es ist alles schon da. Auch du besitzt schon alles, Gertrud. Du bist reich beschenkt.« Die Gnaus zieht die Lippen breit, in ihre Augen kommt Glanz. »Das Schöne ist, dass dies alles für den Mann genauso gilt. Ein Mannsbild braucht nie zu fürchten, dass ihm die Frau seine Stellung streitig macht oder ihn gar verdrängt, denn die Welten von Mann und Frau sind grundverschieden.« Sie wirft ihr einen prüfenden Blick zu, um sich zu vergewissern, dass ihre Botschaft ankommt. Mucki nickt eifrig, auch die Mutter lauscht aufmerksam. Die Gnaus scheint zufrieden und fährt fort. »Die Welt des Mannes ist der Staat«, verkündet sie jetzt. »Er bringt sich für die Gemeinschaft ein mit ganzem Einsatz. Er ringt um das große Ganze, wie unser Führer so vortrefflich formuliert hat. Die Welt der Frau dagegen ist eine kleinere. Bei ihr dreht sich alles um ihren Mann, ihre Kinder, ihr Haus. Es ist falsch, die beiden Welten vermischen oder auflösen zu wollen, denn das verstößt gegen die Gesetze der Natur. Sie müssen geschieden bleiben, damit sie sich in ihrer ganzen Wirkungskraft entfalten können. Was der Mann an Opfern bringt im Ringen um das Wohl seines Volkes, das bringt die Frau an Opfern, um ihr Volk zu erhalten.« Die Gnaus hält abermals inne, um das Gesagte wirken zu lassen, nickt selbstgefällig dazu. Dann beugt sie sich über die Kladde, die sie vor sich liegen hat, rückt ihren Zwicker zurecht, liest vor: »Was der Mann einsetzt an Heldenmut auf dem Schlachtfeld, setzt die Frau ein in ewig geduldiger Hingabe, in ewig geduldigem Leiden und Ertragen. Jedes Kind, das sie zur Welt bringt, ist eine Schlacht, die sie besteht für sein …« Sie unterbricht sich, setzt neu an. »… die sie besteht für Sein- oder Nichtsein ihres Volkes. Und beide müssen sich deshalb auch gegenseitig schätzen und achten, wenn sie sehen, dass jeder Teil die Aufgabe vollbringt, die ihm Natur und Vorsehung zugewiesen haben.« Die Gnaus schaut auf, noch immer ganz ergriffen vom eigenen Pathos. »Bei diesen Worten unseres Führers bekomme ich jedes Mal eine Gänsehaut«, bekennt sie mit seligem Lächeln. »Ist es nicht wunderbar, wie sich die Dinge in der Natur fügen, wie sie verschmelzen mit den Idealen und Zielen des Nationalsozialismus? Spürst du nicht auch die ungeheure Kraft, die daraus erwächst?« Sie schaut Mucki in die Augen. »Du hast eine Aufgabe, Gertrud. Dein Weg ist vorherbestimmt, er liegt in klarem Licht vor dir. Wenn du von diesem Weg abkommst, gehst du unter.« Isolde Gnaus erhebt sie sich, tritt hinter ihrem Tisch hervor, umrundet langsam Mucki und die Mutter. »Das Programm unserer nationalsozialistischen Frauenbewegung ist recht einfach«, doziert sie. »Es hat eigentlich nur einen einzigen Punkt. Dieser Punkt heißt das Kind, dieses kleine Wesen, das werden muss und gedeihen soll. Auf dich wartet die schönste Aufgabe der Welt, Gertrud. Die Aufgabe, Mutter zu sein.« Wieder dieses salbungsvolle Lächeln. Die Gnaus kehrt zu ihrem Platz zurück und setzt sich wieder. »Du wirst dich vielleicht fragen, was das konkret für dich heißt«, fährt sie fort. »Auch diese Antwort ist ganz einfach: Der BDM dient dir als Brücke zu deiner Familie von morgen. Beim BDM findest du deinen seelischen Wurzelgrund, der dich stark macht für deine zukünftigen Aufgaben. Hier findest du Halt und Gemeinschaft. Hier lernst du alles, was du wissen musst, und was du nicht lernst, musst du auch nicht wissen.« Sie greift erneut zu ihrem Stift, tippt damit auf die Tischplatte. »Die Bedeutung des Blutes, Rassenkenntnis, darüber erfährst du etwas bei uns. Und dazu ganz praktische Dinge, die dir später von großem Wert sein werden. Die dich zu einer guten Ehefrau für deinen zukünftigen Mann machen, zu einer vorbildlichen Mutter für die vielen Kinder, die dir einmal geschenkt werden.« Ihre aufgesetzte Freundlichkeit fällt ganz plötzlich in sich zusammen. »So einfach ist die Sache. Das dürfte auch ein Persönchen wie du begreifen.« Geschäftsmäßig klappt die Gnaus ihre Mappe zu. »Du bist es deinem Volk schuldig, dich einzufügen und deinen Teil beizutragen, statt sinn- und ziellos deine Zeit zu verplempern. Hast du verstanden?« Ihr nadelspitzer Blick bohrt sich in Muckis. Die sitzt kerzengerade und sagt keinen Ton. Die Mutter reibt sich das Auge, stößt sie dann leicht mit dem Fuß an. Der Pythonblick der Gnaus trifft nun sie, und die Mutter weicht ihm nicht aus.

»Hat Ihre Tochter verstanden?«

Sie schaut Mucki an, nickt ihr zu.

»Ja, ich habe verstanden«, antwortet diese in deutlich akzentuierten Worten.

»Sehr schön. Dann wirst du dich am nächsten Samstag unaufgefordert bei deiner Gruppe einfinden.« Die Gnaus ergreift ihre Kladde und lässt sie in einer Schublade verschwinden, schaut wieder auf. »Sie haben dafür zu sorgen, dass die Dinge ihren geregelten Gang gehen, Frau Kühlem. Ich verlasse mich auf Sie.«

Und das war's.

GERTRUD

Montag, 28. August 1939

Nun hätten wir den Termin bei der Frauenschaft also auch hinter uns. Er hat mich ein wenig ratlos zurückgelassen, muss ich gestehen. Überwiegt die Sorge oder die Erleichterung? Ich weiß es nicht. Diese Frauenschaftsführerin. Noch bevor ich sie sah, hat ihre Stimme etwas in mir zum Klingen gebracht. Und tatsächlich habe ich sie erkannt, bevor sie uns ihren Namen nannte. Isolde Gnaus, eine frühere Kundin aus der Apotheke. Leuten wie ihr hatte ich es vermutlich zu verdanken, dass der Apotheker mich damals entlassen hat.

Auch sie erinnerte sich an mich, das habe ich deutlich gespürt. Doch sie überspielte ihren Schreck und hob an zu ihrer unsäglichen Litanei. Sprach von der deutschen Frau und vom Willen des Führers und redete sich schier in einen Rausch. Und alles, alles läuft immer auf dasselbe raus: Dem Führer möglichst viele Kinder zu gebären. Mit welcher Unverfrorenheit sie die jungen Mädchen traktieren! Mucki ist fast selbst noch ein Kind. Sie denkt noch nicht an Männer. Diese Gnaus sollte sich wirklich was schämen. Gerade sie. Denn sie müsste es eigentlich besser wissen. In der Apotheke hat sie sich immer von mir bedienen lassen, nie vom Apotheker. Verständlicherweise. Diese hartnäckige Geschlechtskrankheit. Eine üble Sache. Damals habe ich ihr die Adresse von Dr. Schemel gegeben, dem jüdischen Arzt, den ich wegen meiner jahrelangen Kinderlosigkeit aufgesucht hatte. Wie's scheint, hat er ihr helfen können. Sechs Kinder hat sie, auch daran erinnere ich mich. Und einen treulosen Ehemann. Sie weiß, dass ich mich an die Sache erinnere. Und ich weiß, dass sie es tut. Es kann gut oder schlecht ausgehen für Mucki. So oder so. Noch haben wir nichts gehört.

Dienstag, 29. August 1939

Eben kommt Peter von der Arbeit heim, mit geschrubbten Händen und frisch gescheiteltem Haar, wie immer.

»Hmm!«, macht er, als er die Küche betritt. »Das riecht hier aber gut.«

Ich lache. Kutteln haben noch nie gut gerochen. Doch Peter isst sie gern, besonders, wenn sie nach dem Rezept meiner französischen Tante Aveline zubereitet sind. Wahre Völkerverständigung geht über den Magen, auch das hat er mal gesagt. Es ist schön, wieder ein Stück Normalität zu haben. Wachen und Schlafen, Arbeit und Freizeit. Gemeinsame Mahlzeiten, in denen wir nicht nur trübsinnig auf unsere Teller starren. Mahlzeiten, die diese Bezeichnung auch verdienen. Ja, es droht Krieg. Überall laufen die Maschinen heiß. Das Kapital hat sich mit Hitler verbündet, wie wir es immer prophezeit haben, und es ist schrecklich. Aber wir können einander in die Augen schauen, ohne uns schämen zu müssen. Wir haben Arbeit und Brot. Auch das muss einen Wert haben.

Ich nehme die Schürze ab, stelle mich auf die Zehenspitzen, gebe ihm einen Kuss. »Weißt du noch, unser erster Tanz?« Natürlich erinnert er sich, wie sollte er ihn vergessen? Aber es ist ein Spiel zwischen uns. Wie oft haben wir es über all die Jahre schon gespielt! Weißt du noch? Und darauf folgt: Darf ich bitten? Peter legt die Hände um meine Taille, beginnt zu summen – er summt ausgezeichnet, ist geradezu ein Meister darin, und so brauchen wir nicht einmal Musik und können tanzen, wo und wann immer wir wollen. An besonders guten Tagen steigert Peter irgendwann Takt und Tempo, hebt mich hoch und wirbelt mich wie eine Schlenkerpuppe herum, bis mir ganz schwindlig ist und ich vor Lachen nicht mehr kann.

»Luft! Ich brauche frische Luft!«, japse ich, und er setzt mich ab, nun selbst ordentlich aus der Puste. Ich gehe und reiße das Fenster auf.

»Vielleicht sollte ich das Tanzen Jüngeren überlassen«, schnauft er.

»Einem Jüngeren?«, frage ich, ihn absichtlich missverstehend.

»Den könntest du dir locker leisten«, scherzt Peter und hat dabei dieses schalkhafte Blitzen in den Augen. Ein nettes Kompliment, das ich nicht gelten lassen kann. »Aber ich will keinen Jüngeren«, stelle ich klar. »Ich will nur dich.« Es klingt schwülstig, und wir lachen beide darüber. Aber insgeheim wissen wir, dass es die Wahrheit ist.

»Für deine lieben Worte hast du dir eine Belohnung verdient.« Peter zieht ein Päckchen aus der Tasche, hält es mir hin. »Herzlichen Glückwunsch zum Geburtstag, mein Schatz!«

Mein Geburtstag. Den hätte ich beinahe vergessen. Beim Neunundvierzigsten kann das offenbar schon mal passieren. Ich schlage das Papier auseinander, halte einen filigranen Anhänger in Händen, eine emaillierte Irisblüte in tiefdunklem Violett.

»Wie hübsch!« Ich bewundere sie ausgiebig, nehme die schlichte Goldkette ab – ein Geschenk zum Hochzeitstag aus früheren Zeiten –, fädele sie auf. »Hilfst du mir beim Anlegen?«

Er streift mir das Haar aus dem Nacken, schließt die Kette und dreht mich zu sich.

»Wunderbar! Die Farbe passt ausgezeichnet zu deinem dunklen Haar.« Er drückt mir einen Kuss auf die Stirn. »Meine Allerschönste. Ja, das bist du.« Wir umarmen uns, halten einander. Es sind Momente wie diese, die durch dunkle Zeiten tragen.

Abends kommen Ralf und Marianne zum Gratulieren. Auch Ferdi und Ida lassen sich blicken, Freunde aus dem Gürzenich-Chor. Peter holt den Obstler raus, den er von seiner Schwester Fine bekommen hat. Ich öffne ein Glas Gurken, schneide den Käse auf, der ebenfalls von Fine stammt. Wir trinken, essen, lachen. Wie in alten Zeiten. Erinnern uns an Auftritte unseres Chors, glorreiche und verpatzte. An herrliche Wanderungen und Missgeschicke beim Zelten. Wann habe ich zuletzt so viel gelacht? Es wird wohl auch am Alkohol liegen. Den bin ich nicht gewohnt. Er putscht mich auf und macht mich kribbelig, als perlte mir Champagner durchs Blut. Nein, kein Champagner, bloß Obstler. Die Wirkung dürfte dieselbe sein. Die Gäste sind fort, Peter schläft bereits. Die anstrengende Arbeit macht ihn müde, und er muss früh wieder raus. Aber von einem so guten Tag mag ich mich nicht lösen, ich möchte ihn am liebsten festhalten, ihn einkleben in mein Poesiealbum der schönen Tage. Ein Poesiealbum der schönen Tage! Darauf noch ein Schlückchen Schnaps. Ein letztes. Diese Leichtigkeit – alles lässt sich ertragen. Ich sollte öfter trinken.

Jetzt werde ich aber doch ein wenig schläfrig. Hoffentlich hast du morgen früh keinen dicken Kopf, Gertrud.

Mittwoch, 30. August 1939

Der dicke Kopf ist nicht ausgeblieben. Aber in der Apotheke ist immerhin Abhilfe bei der Hand. Gegen die Trübsal meiner jungen Kollegin Brigitte hilft eine Tablette allerdings nicht. Ihr Werner hat den Gestellungsbefehl erhalten, drei Wochen nach der Hochzeit. Sie ist sehr niedergeschlagen und nimmt den Trennungsschmerz schon vorweg, das arme Ding.

Auf dem Heimweg von der Arbeit begegne ich Hedi, meiner Gesangsfreundin aus dem Gürzenich-Chor. Wie wir so beisammenstehen, kommt auch Marianne zufällig vorbei.

Hedi will wissen, warum wir gestern nicht bei der Probe waren. Marianne, die ja ein gutes Stück größer ist als ich, hebt ihren Arm und deutet mit dem Zeigefinger auf mich herunter.

»Madame hier hat ein Jährchen draufgelegt.« Händeschütteln, gute Wünsche – und die Aufforderung, Hedi zu begleiten.

»Ein spontanes Hausfrauenkränzchen unter uns drei Hübschen, das wär doch was!« Hedi ist zwar die einzige Hausfrau unter uns – ihr Mann Walter hat eine gute Stelle bei Klöckner-Humboldt-Deutz –, aber was soll's. Mucki ist unterwegs, und Peter kommt erst in zwei Stunden von der Arbeit heim. Die Zeit darf ich mir nehmen.

Hedis Küchensofa ist noch durchgesessener als unseres, dafür hat es keine schäbigen Flicknähte. Hier hat die Gestapo nie gewütet. Wir rühren gesüßte Kondensmilch in unseren Kaffee und probieren das Spritzgebäck, das ihre Tochter Elke gebacken hat. Es ist ziemlich auseinandergelaufen und hat einen staubigen Beigeschmack.

»Demnächst soll's dann also eine Hochzeit geben«, erzählt Hedi ohne sonderliche Begeisterung.

»Elke heiratet?« Beim Sprechen verschluckt sich Marianne und prustet versehentlich Kekskrümel aus, was wir mit schallendem Gelächter quittieren. »Ist es noch die blonde Sportskanone aus Nippes?«, krächzt sie, nachdem sich ihr Hustenreiz gelegt hat.

»Nicht direkt.« Hedi wirkt plötzlich verlegen. »Aber er ist aus demselben Sportverein. Egon heißt er.« Auch sie greift nun zu einem Plätzchen, beißt hinein, rümpft angewidert die Nase. »Die schmecken ja wie Zementstaub!«, beschwert sie sich. »Ich hätte sie mal lieber der NS-Winterhilfe spenden sollen, anstatt sie euch anzubieten.« Marianne und ich lachen über diese Spitze. »Aber sagt's nicht Elke, sonst ist sie gleich wieder beleidigt«, bittet Hedi. »Sie schmollt sowieso seit Tagen.«

»Ach ja, schmollende junge Damen.« Marianne seufzt verständnisvoll. Beim Thema junge Damen müsste ich eigentlich auch mitreden können, nur ist Mucki so gar nicht der Typ, der gern schmollt.

»Was ist denn mit deiner Tochter?«, erkundige ich mich pflichtschuldig, obwohl sich mein Interesse in Grenzen hält. Elke ist ein eigenartiger Mensch, rotzig und selbstbezogen. Vielleicht gibt sich das, wenn sie älter ist, aber ich mag sie nicht sonderlich.

»Sie ist sauer, weil sie nicht schon früher geheiratet hat«, antwortet Hedi in süffisantem Ton.

»Wie alt ist sie jetzt noch mal?«

»Bald zwanzig.«

»Das ist doch früh genug für eine Ehe. Zu früh, wenn du mich fragst.«

»Ganz mein Reden!« Hedi verschränkt die Arme vor der Brust. »Aber bis neulich irgendwann gab's ein Darlehen von tausend Reichsmark für Jungverheiratete. Da waren die Braunen sehr spendabel.«

»Tausend Reichsmark?« Marianne pfeift durch die Zähne. »Eine schöne Stange Geld! Ralf bringt gerade mal hundert Mark im Monat nach Hause.«

»Es ist schon wahr«, muss Hedi zugeben. »So leicht kommst du sonst nirgends an die Kohle. Das haben sich eine Menge anderer Leute wohl auch gedacht, und wegen des Massenandrangs gibt's jetzt nur noch die Hälfte.«

Wir einigen uns darauf, dass dies zwar bedauerlich, die verbleibende Summe aber auch nicht zu verachten ist. Als irgendwann Walter in der Tür steht, müssen wir verwundert feststellen, dass wir uns total verschwatzt haben.

Walter hat Siggi mitgebracht, einen Kollegen und Sangesfreund aus unserem Chor. Beide Männer tragen noch Arbeitskleidung und sind von Kopf bis Fuß dreckig und ölverschmiert.

»Damenbesuch! Hätt ich's jewusst, hätt ich mich in Schale jeschmissen.« Walter dreht sich zu Siggi um und legt ihm die Hand auf die Schulter. »Komm mit, Kollege! Ich leih dir meinen Waschlappen.«

»Wir sollten gehen«, sagt Marianne.

»Nichts da!«, widerspricht Hedi. »Jetzt bleibt ihr noch einen Moment, wo sich Walter extra die Nägel schrubbt für euch. Sonst ist er noch beleidigt.«

Schon wieder einer beleidigt, denke ich. Das scheint in der Familie zu liegen.

Hedi holt Likör und Bier, die Männer kehren zurück. Walter mit gewaschenem Gesicht, allerdings nur im Unterhemd. Siggi zwar vollständig bekleidet, dafür nach wie vor mit schmutzigem Hals und ebensolchen Ohren. Mein Peter ist wirklich eine Ausnahme, denke ich im Stillen. Er hat schon immer großen Wert darauf gelegt, nach getaner Arbeit gewaschen und gut gekleidet zu sein.

Verschlüsse ploppen auf, Flaschen klirren gegeneinander. Wir Frauen stoßen mit Eierlikör an. Wieder geht die Küchentür, und Elke tritt ein, die zukünftige Braut.

»Ah, volle Hütte!« Mit mäßigem Interesse schaut sie in die Runde. »Tach, Gertrud. Tach, Marianne!« Sie löst ihr Halstuch und hängt ihre Handtasche an die Türklinke, dann heftet sich ihr Blick auf ihren Vater. »Mensch Papp'! Wie siehst du wieder aus! Wie der letzte Pöbel! Kannst du dir nicht mal was anziehen, wenn Leute da sind?«

»Na, na, Mädel!«, mahnt Siggi halb im Scherz. »Redet man so mit seinem Vater?«

»So rede ich mit allen, die zu faul sind, sich ein Hemd überm Bauch zuzuknöpfen«, giftet Elke und mustert ihn scharf.

»Also wirklich, Elke!« Hedi klopft mit der flachen Hand auf die Tischplatte.

»Ist doch wahr!« Elke zieht einen Schmollmund, der ihre grellrot geschminkten Lippen noch deutlicher betont. Sie arbeitet in einem Schönheitssalon, und so sieht sie auch aus. Geschniegelt und gestriegelt vom Scheitel bis zur Sohle. Ihre Wortwahl ist es weniger. Und ihre Manieren ließen schon immer zu wünschen übrig. Ich erinnere mich noch daran, wie sie ihre Eltern früher auf Wanderungen mit den Naturfreunden begleitete, wobei »begleiten« nicht ganz das richtige Wort ist. Eher stapfte sie neben uns her, miesepetrig wie eine Ziege bei Regen. Abends stülpte sie sich dann immer ein Netz über ihr Haar, um sich im Schlafsack nicht die Frisur zu ruinieren. Einmal sah ich sie, wie sie sich über eine Pfütze gebeugt die Lippen nachzog. »Jede Frau hat das Recht, gut auszusehen«, erklärte sie mir damals, selbst noch weit entfernt davon, eine Frau zu sein. Die Nationalsozialisten hätten etwas gegen Schminke, erzählte sie mir dann. Sogar Ohrringe wollten sie verbieten, und deshalb könne sie sie nicht ausstehen. Wie lang ist das her? Fünf, sechs Jahre? Aus dem zickigen Mädel ist eine zickige junge Frau geworden.

»Wir haben gehört, du heiratest bald«, sage ich zu ihr. »Herzlichen Glückwunsch.«

»Danke.« Sie wirkt noch immer angefressen.

»Und ihr bekommt sogar ein Darlehen!«, wirft Marianne wohlwollend ein.

»Wollen wir's hoffen«, murrt Elke und lässt Wasser in ein Glas laufen. »Da gibt's vorher so 'ne dämliche Runde, in der sie uns prüfen, wie wir zur Politik stehen und ob wir auch keine Juden in der Familie haben und dieser ganze Driss, der sonst niemanden interessiert.« Sie rümpft verächtlich die Nase.

»Am besten, du stellst dich doof«, rät Walter und setzt grinsend hinzu: »Dürfte dir ja nicht schwerfallen.«

»Haha!« Elke zeigt ihm die Zunge.

»Färb dir die Haare blond und mach dir 'ne anständije Frisur, nicht wie 'ne Filmdiva.« Walter deutet auf ihr sorgfältig gescheiteltes, mit der Brennschere in weiche Wellen gelegtes langes Haar. »Und die Kriegsbemalung muss natürlich weg. Immer schön den Führer loben und sonst die freche Gosche halten. Dann rücken sie die Kohle schon raus.« Er dreht sich halb zu uns um, schwenkt seine Flasche. »Fünfhundert Mäuse gibt's für den Trauschein.« Das wissen wir bereits, aber Siggi wohl noch nicht.

»Leck mich in dä Täsch!« Er pfeift durch die Zähne.

»Da staunst du, Siggi! Vielleicht solltest du auch endlich in den Ehehafen einlaufen und Anker werfen!« Walter lacht dröhnend. »Aber du bist dir wohl für eine allein zu schade. Was, alter Sportsfreund?«

»Jedenfalls wünschen wir dir das Allerbeste«, wendet sich Marianne wieder Elke zu. »In diesen schweren Zeiten freut man sich über jede gute Nachricht.«

Elke nickt, doch ihre Freude hält sich sichtlich in Grenzen.

»Jetzt muss ich noch dieses beschissene Pflichtjahr leisten«, erklärt sie patzig. »Wäre ich schon verheiratet, würde mir das erspart bleiben. Dann wär ich fein raus! Aber nein, da musstet ihr ja mit euren blöden Bedenken kommen!« Sie schießt giftige Blicke auf ihre Eltern ab und schaut dann mich an. »Jetzt darf ich bei irgendwelchen Bauerntrampeln Möhren rausreißen oder Rüben stechen und abends auf 'nem verlausten Strohsack schlafen, anstatt mir mit meinem Mann eine Zukunft aufzubauen!«

»Dann hättest du dich früher auf einen festlegen sollen«, brummt Walter und setzt seine Flasche an die Lippen.

»Was soll das heißen, Papp'?« Elke starrt ihn herausfordernd an, doch er gibt keine Antwort. »Schönes Kleid übrigens, Gertrud«, wirft sie mir zu. »Wenigstens eine im Raum, die Geschmack hat!« Und mit dieser neuerlichen Unverschämtheit ist sie aus der Tür.

Hedi schaut ihr kopfschüttelnd nach. »Sie ist zu jung. Beide sind zu jung. Die wissen nicht, was Ehe bedeutet.«

»Na, na, Weib!«, mokiert sich Walter. »Fängst du jetzt auch das Jammern an?« Er wendet sich an uns. »So geht's hier tagein, tagaus! Ihr Leben ist ein Jammertal. Ich bin ein Jammerlappen.«

Ich hätte gehen sollen, denke ich. Vor einer halben Stunde wäre der Absprung leicht gewesen. Umso ratsamer erscheint er mir jetzt.

»Ich muss dann wirklich«, sage ich und stehe auf. Die Füße schmerzen, ich weiß nicht, warum. Doch, ich weiß es: Mir drücken die Schuhe. Ich werde alt. So muss Peter sich fühlen, wenn er von der Arbeit heimkommt. Und vielleicht nicht nur dann.

»Ja, es wird Zeit.« Auch Marianne steht auf.

»Wir sehen uns bei der Chorprobe«, verabschiedet uns Hedi, bereits in der Tür stehend. »Habt ihr noch mal was von Julio gehört?« Ja, haben wir, will ich antworten. Letzte Nacht hat er auf unserer Couch geschlafen, kaum zwei Meter entfernt von Peter und mir. Doch ich ringe mich zum Schweigen durch und schüttele nur stumm den Kopf. »Ob sie ihm wohl erlauben, bald wiederzukommen?« Ich kann es mir nicht vorstellen, aber auch das behalte ich für mich.

MUCKI

Mittwoch, 30. August 1939

Gegen Abend macht sich Mucki auf den Weg in den Volksgarten, wo sich die jungen Leute treffen. Manchmal sind zwanzig, dreißig dort, manchmal so viele, dass man sie kaum zählen kann. Ellie ist schon da und auch Kalinka und Jonny. Großes Hallo. Mucki ist versucht, von ihrer denkwürdigen Begegnung mit der Frauenschaftsführerin zu erzählen, entscheidet sich aber dagegen. Warum sich auch noch den Feierabend versauen? Sie setzt sich zu den anderen ins Gras, nimmt ihre Gitarre in den Schoß und beginnt, die Saiten zu stimmen.

»Da kommt ja auch unser lieber Tünn.« Ellie winkt dem Neuankömmling. »Bist du mit ’nem Elch zusammengestoßen?« Sie deutet auf sein schillerndes Veilchen.

»Nein. Mit ’ner Horde Hornochsen.« Tünn grinst leicht gequält. »Der HJ-Streifendienst hatte mich am Wickel.«

»Die Saubande!« Ellie ist ganz Mitgefühl. »Komm, setz dich zu mir.« Sie klopft auf den Platz neben sich, und Tünn hockt sich zu ihr. »Der Mist ist, dass mir meine Eltern jetzt ständig in den Ohren liegen. Ich soll doch mitmischen bei denen, dann würde ich auch keinen Ärger kriegen. Andere machen's ja auch, sagen sie, und dass es schon nicht so schlimm sein kann. Haben die eine Ahnung!« Er rümpft angewidert die Nase. »Dieser Sturmbannführer hat meinen Eltern angedroht, mich ins Heim zu stecken, wenn ich nicht endlich antrete. Weil sie nicht fähig wären, mich richtig zu erziehen.«

»So'n Blödsinn! Unser Tünneschen hier ist doch ein Vorbild an guter Erziehung!«, wirft Omar spöttisch ein und klopft ihm auf die Schulter. Tünn ist mit Abstand der Jüngste im Freundeskreis, was man ihm auch ansieht. Sein schmaler Körperbau und seine kindlichen Züge stehen jedoch in deutlichem Widerspruch zu seinem starken Charakter und seinem Kampfgeist. Alle mögen ihn und behandeln ihn mit besonderer Nachsicht.

»Meine Mutter zetert die ganze Zeit, dass ich sie noch ins Verderben stürzen werde mit meinem Sturschädel. Und dass ein bisschen Drill noch keinem geschadet hat. Wir Jungen würden noch öfter im Leben nach anderer Leute Pfeife tanzen müssen, sagt sie. Da könnt ich mich gleich dran gewöhnen.«

»Mensch, Tünn!« Mucki seufzt. »So jung und schon so viel Ärger!«

»Findet deine Mutter die HJ denn gut?«, hakt Ellie nach.

»Ach was!« Tünn macht eine wegwerfende Handbewegung. »Meine Mutter hat keine Ahnung von Politik und interessiert sich auch nicht dafür. Sie will nur keinen Zores, sagt sie. Und dass sie sich nicht nachts vor Sorgen im Bett hin und her wälzen will.« Tünn senkt den Blick und pult an seinen Nägeln. »Ich überlege, ob ich hingehen soll. Arschbacken zusammenkneifen und durch, ihr wisst schon. Damit sie meine Eltern in Ruhe lassen. Und aufs Heim habe ich natürlich auch keine Lust.«

Omar beugt sich vor und mustert interessiert Tünns lädiertes Gesicht. »Der Streifendienst, ja? Also, wenn du mich fragst: Das darf man denen nicht durchgehen lassen!« Er ballt seine Rechte zur Faust und schlägt sie in die offene Linke. Es klatscht. »Wollen doch mal sehen, wer das stärkste Möppchen hat!« Omar ist älter und auch weit kräftiger als die anderen Jungs. An den Schmiedelehrling im letzten Ausbildungsjahr wagt sich so schnell keiner von der HJ heran. »Ich kann doch nicht zusehen, wie die Arschlöcher Leberwurst aus unserem Tünneschen machen!« Er schlägt Tünn so fest gegen den Oberarm, dass dieser lachend aufstöhnt. »Was meint ihr, Kollegen?«

Jonny hebt die Hand. »Ich bin dabei!«

»Wie sieht's mit euch aus?« Omar blickt zu Bobby auf, der gerade erst zu ihnen gestoßen ist.

»Ich habe keine Lust auf Prügeleien«, meint der. »Wenn wir dem Streifendienst in die Quere kommen, haben wir ruck, zuck die Gestapo am Hals. Dann schleppen sie uns ins Braune Haus und sperren uns in irgendein finsteres Loch. Damit ist niemandem geholfen.«

»Nun mal den Teufel nicht an die Wand!« Omar gibt sich wenig beeindruckt. »Den Streifendienst stecken wir locker in die Tasche. Das sind doch alles Flitzpiepen, und strutzdoof dazu. Unsere saubere Reichsjugendführung musste denen erst schriftlich erklären, wie der Feind aussieht, den sie bekriegen sollen.«

Schriftlich? Mucki runzelt verwundert die Stirn. Omar ist eigentlich keiner, der sich für Schriftkram interessiert. Doch jetzt holt er ein stark in Mitleidenschaft gezogenes Stück Papier aus seiner Hosentasche. »Hat neulich einer von denen verloren, als er vor mir stiften gegangen ist.« Mit einem kräftigen Handschwenk entfaltet er das Blatt und lässt ein umständliches Räuspern folgen. »Ich bitte um eure geschätzte Aufmerksamkeit!«

»Wird das heute noch was?«, fragt Jonny gereizt.

»Hör einfach zu und halt die Klappe, Altmeister! Also, die Geschichte trägt den schönen Titel Einschreiten gegen bündische Gruppen. Ich darf zitieren: Punkt eins: Die Bündische Jugend ist in allen ihren Erscheinungsformen reichsgesetzlich verboten. Bündische Betätigung ist staatsfeindliche Betätigung. Da habt ihr's schwarz auf weiß«, unterbricht er sich selbst. »Alles, was ihr so treibt, ist illegal. Wandern ist illegal, singen ist illegal, campieren ist illegal – furzen wahrscheinlich auch.« Allgemeines Gelächter.

Auch Omar stimmt zunächst mit ein, hebt dann jedoch mahnend die Hand. »Gemach, gemach, Kollegen! Ihr amüsiert euch, aber das ist eine ernste Angelegenheit. Fahren wir also fort: Die Überwachung der sich bündisch betätigenden Jugendlichen ist Sache der Hitlerjugend. Punkt zwei: Voraussetzung für die Bekämpfung der Bündischen Jugend ist, dass man sie erkennt.« Omar lässt das Blatt für einen Moment sinken und schaut auf. »Ich finde, dieser Satz macht sehr schön deutlich, für wie vertrottelt unsere Reichsjugendführung die HJ hält. Damit die nicht deppert an uns vorbeirennt, werden jetzt nämlich ein paar charakteristische Merkmale aufgezählt. Also, merkt euch: Die Haltung ist lässig, unordentlich, unsauber.« Wieder hält er inne und mustert Tünn kritisch. »Punkt drei. Haare und Kleidung sind ungepflegt.« Sein Blick trifft nun Jonny. »Könntest auch mal wieder zum Friseur gehen, Altmeister. In deiner Matte kann sich ja bald eine Meise einnisten. Aber Spaß beiseite, kommen wir zu Punkt vier: Die Kopfbedeckung besteht häufig aus zerschnittenen Hüten und merkwürdigen Käppchen aller Art.« Omar fixiert die kleine gehäkelte Kappe, die Mucki auf dem Kopf trägt. »Bei dir hat sich der Vogel wohl schon eingenistet«, bemerkt er trocken, worauf Ellie und Kalinka losprusten. »Ruhe, bitte!« Wieder hebt er die Hand. »Wir haben es nämlich noch mit einer Unzahl von Abzeichen, Kraftbändern, Plaketten, Federn und so weiter zu tun.« Mit vorgeschobener Unterlippe legt er das Kinn auf die Brust und schaut an sich herab. Sein Handgelenk ziert ein Lederband mit einem aufgezogenen Totenkopf, an der Gürtelschlaufe seiner kurzen Hose baumeln allerlei bunte Schnüre und eine Hasenklaue. Er seufzt tief, schüttelt den Kopf über sich selbst, kommt dann wieder zum Thema zurück. »Achtung! Ab hier fasse ich zusammen: Bundschuhe oder Schaftstiefel mit Troddeln, karierte Hemden, bunte Halstücher. Fahrtenmesser aller Art. Pfeifen und Kämme. Reißverschlüsse befinden sich an allen möglichen und unmöglichen Stellen.« Wieder hält er inne und schaut auf. »An allen möglichen und unmöglichen Stellen, genau so steht es hier. Ich frage mich zwar, wie der Streifendienst die unmöglichen Stellen ausfindig machen will« – wieder bricht Gelächter aus –, »aber sind wir mal nicht so kleinlich und kommen zum wichtigsten Punkt. Hier steht: Ergibt sich der dringende Verdacht bündischer Betätigung, so ist die Polizei nach den Richtlinien für Verstöße gegen staatliche Gesetze und Verordnungen zu verständigen.« Er setzt eine grimmige Miene auf. »Jetzt wisst ihr Bescheid, Leute! Also seht zu, dass ihr die HJ-Fuzzis zum Schweigen bringt, bevor sie nach der Gestapo schreien können.«

Allgemeines Schweigen macht sich breit.

»Hier herrscht ja eine Bombenstimmung!« Pietsch schaut verwundert in die Runde. »Hätt ich's gewusst, hätt ich 'ne Tüte Luftschlangen mitgebracht.« Er hockt sich neben Tünn ins Gras und kreuzt die Beine. Ellie klatscht in die Hände.

»Hey, Mucki! Spiel uns was, damit wir auf andere Gedanken kommen!«

»Ja, lass was hören!«, ruft Jonny. »Spiel Die Sonne von Mexiko.«

Mucki greift zur Gitarre. »Einst fuhr ich wohl nach Amerika wohl nach dem Süden hin«, beginnt sie, und sofort fallen die anderen ein. »Ja, die Sonne von Mexiko, war dieser Wild-West rothäut'ger Navajo. Heut noch brennt mein Herz lichterloh, denk ich an Navajo.«

Mit jeder der zahlreichen Strophen werden sie lauter und lassen den Refrain in einer ausgelassenen Dauerschleife enden.

Als sie sich trennen, sind alle wieder bester Stimmung. Auf dem Heimweg fühlt sich Mucki seltsam ermutigt und voller Zuversicht. Wer so gute Freunde hat, dem kann nichts passieren.

»Warte mal!« Sie fasst Ellie beim Arm, die neben ihr geht, bleibt stehen und zieht das Stück Pflasterkreide aus dem Kindergarten aus ihrer Rocktasche. Verstohlen schaut sie sich um. Zwei Schritte nach vorn, auf den dunklen Fensterladen eines Haushaltswarengeschäfts zu. Ein paar schnelle Schwünge in geübter, sauberer Kindergärtnerinnenschrift. Es lebe die Bündische Jugend! Sie hält inne, starrt fasziniert auf das Geschriebene. Sie hat ein Zeichen gesetzt. Ein Moment des Triumphs. Ellie schlägt die Hand vor den Mund, kichert lautlos. Dann rennen sie davon, berauscht von der eigenen Courage.

GERTRUD

Freitag, 1. September 1939

Krieg! Wir haben Krieg! Nun ist also eingetreten, was Peter immer prophezeit hat. Wir können es nicht fassen. Niemand unserer Freunde kann das. »Polen hat heute Nacht zum ersten Mal auf unserem eigenen Territorium geschossen. Seit 5:45 Uhr wird jetzt zurückgeschossen«, verkündete uns der Verrückte im Radio. Angeblich hätten die Polen unseren Radiosender Gleiwitz überfallen und zerstört. Ich glaube kein Wort davon. Entweder, er hat die Sache komplett erfunden, oder seine Schergen haben selbst Hand angelegt, um es den Polen in die Schuhe zu schieben. Im Kurz-und-klein-Schlagen sind sie ja gut.

Auch Peter findet, dass diese Geschichte zum Himmel stinkt. Aber was sollen wir tun? So viele Jahre haben wir versucht, es den Leuten klarzumachen: Ihr habt nur wieder Arbeit und Brot, damit die Braunen Krieg anzetteln können. Und das Kapital hat fein mitgespielt. Ums Aufrüsten ging es, um nichts anderes. Nun ist das Ziel also endlich erreicht.

Mich wundert fast, dass es so lange gedauert hat. Die jungen Männer wurden ja lange zuvor eingezogen. Für Peter ist es doppelt schwer, seine Söhne nun in dieser misslichen Lage zu wissen. Er hat ja am eigenen Leib erlebt, was Kriegführen bedeutet. Ach, mein armer Mann! Ihm ist der Friede einfach nicht vergönnt. Gestern ist er schon wieder losgezogen und hat sich in Gefahr gebracht. Er könne diesem Elend nicht tatenlos zusehen, sagt er nur. Doch er sagt es nicht mehr wie früher, nicht mehr mit diesem brennenden Blick, diesem unbezwingbaren Kampfesgeist. Es ist eher ein stures Beharren, wie manche Leute weiter in die Kirche gehen, obwohl ihnen der Glaube längst abhandengekommen ist. Aber hier geht es nicht um Glauben oder Unglauben, hier geht es um Gerechtigkeit und Frieden, um die Zukunft unseres Landes. Und um die unserer Kinder. Ich verstehe Peter nur zu gut.

Montag, 18. September 1939

Siegesmeldungen, nichts als Siegesmeldungen. Polen regelrecht überrannt, erst Krakau, dann Warschau im Sturm erobert. Von morgens bis abends das Geplärre aus dem Volksempfänger. »Goebbelsschnauze« hat Manfred ihn so treffend genannt. Die Volksseele steht Kopf.

Ich weiß kaum noch, wie ich meine Abscheu verbergen soll. Und was man am liebsten verschweigen möchte: Auch die Russen sind in Polen einmarschiert. Der im Sommer beschlossene Nichtangriffspakt zwischen Hitler und Stalin – was ist davon zu halten?

Genosse Jupp hat bei unserem letzten heimlichen Treffen gesagt, der Pakt sei keineswegs als anbiedernde Verbrüderungsaktion zu verstehen gewesen, sondern ein schlauer Schachzug Stalins. Die Sowjetunion sei nun einmal von feindlichen Staaten umzingelt, eine Einkreisung im kapitalistischen Würgegriff sozusagen, wie so oder so ähnlich ja schon der große Lenin festgestellt habe, sagt Jupp. »Zwischen kapitalistischen Mächten ist der Krieg quasi vorprogrammiert, Gertrud. Das ist eine unausweichliche Sache. Stalin geht es in erster Linie darum, sich herauszuhalten. Er will keinen Krieg. Jetzt hält er sich nur an das, was er schon früher gesagt hat: Dass er, wenn es denn nicht anders geht, als Letzter in den Ring treten will. Das müssen wir den Genossen erklären.« Jupp hat auch schon etwas vorbereitet und fragt mich, ob ich den Artikel abtippen könnte. Dieses Tippseln und Korrigieren, das sei nicht so sein Ding. Aber die Botschaften müssten raus und rein in die Rote Fahne. Unbedingt.

Ich weiß nicht. Es wird mir alles ein bisschen viel.

Dienstag, 31. Oktober 1939

Peter ist nicht nach Hause gekommen in der letzten Nacht. Ist wieder raus mit ein paar Genossen, ich weiß nicht, wohin. Weiß nicht, was sie vorhatten. Was sie getan haben.

Als er um elf nicht zurück war, fing ich an, mir Sorgen zu machen. Dieses Hoffen und Harren, wie satt ich es habe! Sie haben die Zeit vergessen, rede ich mir ein. Unsinn. Sie mussten fliehen. Möglich. Sich irgendwo verstecken. Ebenfalls möglich. Sie wurden verhaftet. Wahrscheinlich. Sogar sehr wahrscheinlich. Das Wahrscheinlichste überhaupt.

Egal, was ansteht: Gegen zehn, halb elf Uhr ist Peter in der Regel zu Hause. Die Arbeit ist anstrengend, er braucht seinen Schlaf. Ich meinen auch. Also lege ich mich hin, nicke tatsächlich ein. Wache auf, taste nach rechts. Nichts. Das Bett neben mir ist noch immer leer. Ein blinder Griff zur Nachttischleuchte, ein hastiger Blick auf die Uhr: halb drei. Die Uhrzeit des Teufels. Ich erwache oft zu dieser Zeit, schweißgebadet. Liege wach bis zum Morgengrauen. Auch jetzt beginne ich zu schwitzen, erst auf Stirn und Brust, dann folgt der Rest des Körpers. Sogar meine Hände sind nass. Ich schlage die Decke zurück, spüre dem kalten Luftzug nach. Peter. Ist ihm etwas zugestoßen? Wie oft haben sie ihn nicht schon geschnappt! Aber es ist noch immer gut gegangen. Fast immer. Ich verbiete mir, an Börgermoor zu denken. Doch die Sorge will sich nicht legen. Seit Kriegsbeginn rollt eine regelrechte Verhaftungswelle durchs Land, wie ich hörte.

Am späten Vormittag ist die Sorge zur Gewissheit geworden: Sie haben ihn tatsächlich geschnappt. Die Polizei war hier, um es mir zu sagen. Nach richterlichem Beschluss befindet sich Peter nun in Untersuchungshaft. Auch Manfred und Jupp haben sie festgenommen. Ob ich die beiden kennen würde? Nein, die Namen sagen mir nichts, behaupte ich und denke, dass es nun nichts werden wird mit Jupps Artikel über Stalin. Merkwürdig, dass mir das jetzt in den Sinn kommt. Als ob das noch eine Rolle spielte.

Die Männer wurden ins Gefängnis nach Siegburg gebracht.

Peter war noch nie in Untersuchungshaft. Es gab noch nie eine offizielle Anklage gegen ihn, geschweige denn einen Prozess. Was man ihm genau vorwirft, weiß ich nicht. Aber außer Frage steht, dass es etwas Politisches ist.

Als die Polizisten weg sind, läuten die Glocken. Alle Glocken Kölns. Aber natürlich nicht für uns. Den ganzen Monat geht das schon so. Jeden Mittag um zwölf Uhr. Zur Feier unserer ruhmreichen Siege. Und zum Gedenken an die Toten, die bereits ihr Leben lassen mussten für den Wahnsinn. Dieser Lärm hat nichts Feierliches an sich. Eine Kakofonie, die an den Nerven zehrt. Aber mit Harmonien und Wohlklängen haben es die Braunen ja nicht so. Hauptsache, sie übertönen alles. Hauptsache, sie machen alles andere zunichte.

MUCKI

Mittwoch, 1. November 1939

Ist das hier ein Debattierklub oder wollen wir jetzt weitermachen?« Omar schaut genervt in die Runde. Sein Blick bleibt an Mucki hängen. Gemeinsam hocken die Freunde im hinteren Saal der Gastwirtschaft Schmitz, wo sie sich in letzter Zeit häufiger treffen.

»Aber wir können nicht so tun, als ginge uns der Krieg nichts an«, erklärt Mucki mit düsterer Miene. »Heute Polen, morgen die ganze Welt.«

»Die ganze Welt?«, echot Sepp gereizt. »Dann kann der Scheiß ja noch ewig dauern.«

»So oder so. Ändern tun wir eh nix.« Jonny greift nach seinem Banjo und schrammelt ein paar wüste Akkorde.

»Aber man kann das doch nicht einfach so hinnehmen«, setzt Mucki neu an.

»Dann geh hin und beschwer dich!« Wieder Jonny. Er will von dem Thema nichts wissen.

Mucki setzt zu einer Erwiderung an, doch Tünn fasst sie beim Arm, schüttelt stumm den Kopf. Nur nicht streiten jetzt, sagt sein Blick. Was soll das bringen?

»Lasst uns weitersingen«, schlägt Ellie versöhnlich vor. »Also, ich bitte um Vorschläge!« Sie schaut von einem zum anderen, doch niemand sagt etwas. »Gut, ihr habt's ja so gewollt.« Sie räuspert sich, strafft den Rücken und stimmt den Sommerhit vom unerschütterlichen Seemann an, der sich das Leben nicht verbittern lassen will. Heinz Rühmann hat ihn in einer Komödie gesungen. Die Melodie fräst sich ins Hirn. Hat man sie einmal im Kopf, wird man sie nicht mehr los. Auch Mucki will sich das Leben nicht verbittern lassen, keine Angst, sondern Spaß haben. Aber sie hat Angst. Angst vor dem Krieg, Angst um ihren Vater. Wenn er nur wieder heimkommt! Plötzlich schießen ihr die Tränen in die Augen, sie kann es nicht verhindern. Unterdessen hält es die Freunde nicht auf ihren Stühlen. Sie bilden eine Kette, singen aus vollem Halse, und Jonny und Sepp klampfen dazu, was das Zeug hält. Bobby bläst auf der Mundharmonika, Kalinka klatscht mit erhobenen Händen. Jubel und Trubel. So lieben es alle. Auch Mucki. Deshalb ist sie hier. Sie wischt sich mit dem Handrücken übers Gesicht, lächelt über Tünn, der wie ein Derwisch herumwirbelt. Eine Hand legt sich sanft auf ihre. Es ist Ellies. Wird schon werden, sagen ihre Augen, und: Wir sind für dich da, du bist nicht allein. Wieder brennen die Tränen, doch Mucki fühlt sich getröstet. Keine Angst, keine Angst, Rosmarie!

Freitag, 3. November 1939

Beim Frühstück hat die Mutter es ihr mitgeteilt: Der Vater muss vor Gericht. In knapp vier Wochen ist der Prozess, so stand es in dem Schreiben, das gestern gekommen ist. Mucki versucht, nicht mehr daran zu denken. Sie geht in die Knie, kramt die unter dem Spieltisch gelandeten Bauklötze hervor.

»Wenn ich nur einen Laster hätte, könnte ich alles gleich zur Baustelle fahren«, sagt sie halblaut.

»Brumm, brumm!« Der kleine Friedhelm schiebt einen hölzernen Spielzeug-Lkw heran.

»Da kommt ja schon Hilfe, prima!« Gemeinsam laden sie die Holzklötze auf. »Jetzt ab zur Baustelle damit!« Bald landen die Klötze in der blauen Kiste, in die sie gehören.

»Gertrud?« Frau Seematter, die Leiterin des Kindergartens, steckt den Kopf durch die Tür. »Hättest du einen Moment Zeit für mich?« Anne Seematter ist Schweizerin und betont die Worte ganz eigentümlich. Mucki mag die Art, wie sie spricht, überhaupt mag sie diese Frau, die den Kindergarten mit ruhiger, fester Hand leitet und dabei immer höflich, freundlich und zugewandt bleibt.

»Aber sicher.« Sie steht auf und streicht ihre Schürze glatt. Vielleicht nur eine Dienstverschiebung oder eine neue Aufgabe, redet sie sich ein. Spürt, wie ihre Hände feucht werden. Klammen Herzens folgt sie Frau Seematter in den Frühstücksraum, in dem sich gerade sonst niemand aufhält, sieht zu, wie diese die Tür hinter ihnen schließt. Vage Hoffnung. Wenn es etwas Ernstes wäre, würde sie sie in ihr Büro bitten. Oder vielleicht doch nicht? Womöglich ist der Putzdienst gerade dort und sie muss auf einen anderen Raum ausweichen? Mucki knetet ihre Hände, atmet tief durch.

»Bitte, setzen Sie sich zu mir!« Frau Seematter zieht sich ein Kinderstühlchen heran. Sie ist eine große Frau, mit weicher Stimme, weichen Rundungen und weichem, dunklem Haar. Wie sie so da sitzt, auf dem winzigen Stuhl am winzigen Tisch, erinnert sie Mucki zum wiederholten Mal an Schneewittchen bei den sieben Zwergen. Nicht von ungefähr kam ihr neulich die Idee, mit ihren kleinen Schützlingen ein Zwergen-Theaterstückchen einzustudieren.

»Schön, dass wir einen Augenblick Zeit füreinander haben.« Anne Seematter legt bedächtig ihre Hände in den Schoß, weiche Hände mit rosa Nägeln und einem funkelnden Ring am rechten Mittelfinger. »Zunächst wollte ich Ihnen sagen, dass Sie Ihre Sache sehr gut machen, Gertrud. Wirklich. Sie sind achtsam und umsichtig und haben eine nette Art, mit den Kindern umzugehen. Sie mögen Sie, das merken Sie ja schon an den vielen Bildern, die sie für Sie malen.« Die Leiterin lächelt milde, und Mucki freut sich über das Kompliment. Doch die Sorge will nicht weichen.

»Wie Sie ja wissen, sind die Zeiten nicht einfach.« Also doch. Jetzt kommt der unangenehme Teil. »Der Krieg …« Anne Seematter seufzt tief und betrachtet ihren Ring. »… der ist so eine Sache.« Sie schaut wieder auf, sucht Muckis Blick. »Man weiß nicht, was kommt, und ich hoffe sehr, dass wir unseren Kindergarten weiterführen können.«

Mucki senkt die Lider, starrt auf das Linoleum. Jetzt wird sie gleich sagen, dass sie sie nicht weiter beschäftigen kann. Dass sie ihre Lehrstelle verlieren wird.

»Aber wir wollen hoffnungsvoll in die Zukunft blicken.« Hoffnungsvoll? Würde sie von Hoffnung sprechen, wenn sie Mucki die Entlassung mitteilt? »Sie wirken sehr bedrückt in den letzten Tagen, Gertrud. Haben Sie etwas auf dem Herzen?«

Mucki schluckt den Kloß im Hals herunter. Sie hat eine Menge auf dem Herzen. Ihr Herz fühlt sich an, als würde ein Riese es in seiner Hand zerquetschen. Oder ist es der Magen, der ihr zu schaffen macht? Der Vater ist nicht ohne Fahrschein Bahn gefahren, er ist ein Politischer. Leuten wie ihm droht das KZ. All das würde sie Frau Seematter liebend gern erzählen, aber sie schweigt. Man muss den Mund halten können, selbst wenn es schwerfällt. Kommunistenkinder wissen das.

»Es ist nichts«, antwortet sie mit Raspelstimme und wappnet sich innerlich gegen weitere Nachfragen. Doch Anne Seematter nickt nur, erklärt, dass sie das beruhige, rückt ein wenig auf ihrem Stuhl herum, bleibt aber sitzen. Ein Schauer fährt Mucki über den Rücken. Sie weiß es. Die Braunen waren da und haben es ihr gesagt. Ein Politischer, das lässt man keiner Familie durchgehen. So etwas macht die Runde. Gefährlicher Abschaum, die ganze Sippe. Weiterbeschäftigung verboten. Oder war es der Bund Deutscher Mädel? Die unmissverständliche Aufforderung dieser Frau Gnaus damals, sich bei der BDM-Ortsgruppe einzufinden. Mucki ist ihr nicht nachgekommen. Sie ist einfach nicht hingegangen. Vielleicht ist das nun die Strafe. Ob womöglich sogar Lene dahintersteckt, aus Rache für die aufgekündigte Freundschaft?

»Da ist noch etwas, das ich Sie fragen wollte.« Frau Seematter greift spielerisch nach der kleinen Silberkugel, die sie an einer langen Kette um den Hals trägt. Engelsglöckchen nennen die Kinder sie. »Es geht um die Familie van Kampen.«

»Um Hanne und Maria?« Muckis Mund ist wie ausgetrocknet. Die Töchter der Familie van Kampen besuchen seit längerer Zeit den Kindergarten.

»Nein«, widerspricht die Leiterin. »Es geht um die kleine Schwester der beiden. Cornelia heißt sie. Frau van Kampen sucht eine zuverlässige Person, die sie ab und zu im Kinderwagen ausfährt, und sie hat mich gefragt, ob ich ihr jemanden empfehlen kann. Da habe ich an Sie gedacht, Fräulein Kühlem. Sie haben doch sicher nichts gegen ein zusätzliches Taschengeld einzuwenden.«

»Oh!« Mehr bringt Mucki nicht heraus.

»Sie haben kein Interesse?«

»Doch, natürlich!« Ihr bebt die Stimme vor Erleichterung.

»Schön, dass wir eine Lösung gefunden haben.« Anne Seematter steht auf, und die kleine Silberkugel klimpert sanft. »Nun ab mit Ihnen! Ihre Theaterzwerge warten sicher schon auf Sie!«

Mucki bedankt sich. Verlässt den Raum. Schließt für einen kurzen Moment die Augen. Wie gern hätte sie Frau Seematter die Wahrheit gesagt. Wie gern hätte sie ihr erzählt, was sie der gramgebeutelten Mutter nicht sagen kann. Dass sie ihren Vater vermisst. Dass sie sich vor dem Prozess fürchtet. Dass sie Angst hat, ihn nie wiederzusehen.

GERTRUD

Dienstag, 7. November 1939

In unserem Schrebergarten hat ein Dieb meine letzten Salatköpfe ausgestochen. Hat man Worte dafür? Auch die späten Möhren, die der alte Strunz uns zu ernten erlaubt hat, weil er in seinem Alter angeblich keine Vitamine mehr brauche: alles geplündert. Wie gern hätte ich Marianne einen Salat und ein Bund Möhren vorbeigebracht! Seit Ralf seinen Gestellungsbefehl erhalten hat, ist sie arg niedergeschlagen. Was im Übrigen auch für mich gilt. Und dann klaut noch einer meinen Salat! Aber ein Unglück kommt ja bekanntlich selten allein. Ich hoffe inständig, die Pechsträhne endet vor Peters Gerichtsprozess. Wir haben jetzt ein Datum: Am 4. Dezember wird die Verhandlung sein. Noch fast ein ganzer Monat, bis die Ungewissheit endet, dazu wächst meine Besorgnis, was den Ausgang der Sache betrifft. Die Mischung verträgt sich nicht gut, sie schlägt mir auf den Magen. Vielleicht ist es diese permanente Reizung von Leib und Nerven, die mich zornig macht, auch wenn ich mich zutiefst dafür schäme.

Zorn darüber, dass du, Peter, deine Überzeugungen höher gestellt hast als uns, deine Familie. Dass du all das nicht nur dir, sondern auch uns zumutest. Ich weiß, der Vorwurf ist ungerecht. Mir war immer bewusst, dass du dich so entscheiden würdest. Genau genommen war es nicht einmal eine Entscheidung, denn Entscheidungen setzen gewisse Alternativen voraus. Aber du wärst nicht du, würdest du deine Überzeugungen aufgeben. Und darum liebe ich dich ja! Wir haben hier, an diesem Tisch, offen über die Dinge diskutiert, und ich habe deine Haltung respektiert. Wir haben uns gegenseitig versichert, dass wir bereit wären, drohende Konsequenzen in Kauf zu nehmen. Aber es waren eben nur Worte, wie ich nun gestehen muss. Das Herz spricht eine andere Sprache. Es ist keine sturmsichere Festung, es lässt zu, dass sich Zweifel einschleichen wie nächtliche Diebe. Sie flüstern mir

Dinge ein, die ich lieber nicht hören würde. Unschöne Dinge. Wenn du mich so sehr lieben würdest wie ich dich, Peter, wärst du dann nicht über deinen Schatten gesprungen? Hättest du nicht um meinetwillen klein beigegeben? Um unserer Tochter willen? Ach, ich will sie nicht, diese quälenden Gedanken; will mich nicht in Selbstmitleid suhlen. Du bist derjenige, der zu leiden hat. Ich hätte keinen Mann gewollt, der sich aus Angst um das eigene kleine Leben verbiegt. Der nur um seine armselige Existenz fürchtet. Nein, armselig trifft es nicht. Dieser Ausdruck würde weder dir noch uns gerecht. Wir hatten ein reiches Leben, kein armseliges. Wir waren reich an Liebe, reich an Freunden, wir haben die Freuden der Elternschaft und der Ehe genossen. Wir waren nicht arm. Was du aufzugeben bereit warst, war eine Menge. Es war alles, was du hattest.

Aber noch ist das Urteil nicht gesprochen. Noch haben sich die Richter vielleicht einen Funken von Anstand und Rechtsstaatlichkeit gewahrt. Et hätt noch immer jot jejange, wie du so gern sagst. Wir müssen Hoffnung haben.

Montag, 4. Dezember 1939

Lange überlege ich, was ich im Gerichtssaal tragen soll. Ich entscheide mich für das schwarze Kleid, das ich zur Beerdigung der Schwiegermutter getragen habe. Es ist ohne jegliche Raffinesse und erscheint mir genau aus diesem Grund angemessen.

Ein letzter Blick in den Spiegel – nein, so geht es doch nicht. Ich sehe aus wie eine Krähe in diesem Kleid, mehr denn je. Schwarz macht schlank, heißt es, es schmeichelt der Fülle. Doch wo nichts ist, da gibt es nichts zu schmeicheln, da wird Schwarz mitleidslos. Die Farbe der Witwen. Sie tilgt alle Reize.

Aber ich will für das Leben stehen, will Peter eine Freude sein, ein Hoffnungsschimmer. Will ein warmes, weiches, gut duftendes, hübsch anzusehendes Weib sein. Keine verhärmte, blutleere Alte. Er soll sich nicht auch noch um mich sorgen müssen. Er soll stolz auf mich sein. Die da oben sollen nicht denken, dass wir aus der Gosse kommen. Dass wir nicht wüssten, wie man sich anständig kleidet.

Also das Rauchblaue. Ein dazu passender Hut, ein paar Tropfen Parfüm. Französisches natürlich. Kein Kölnisch Wasser, niemals. Ein Hauch Lippenstift.

So ist es besser. Viel besser.

Auch Mucki findet das. Sie darf mich nicht begleiten, im Gerichtssaal sind nur Volljährige zugelassen. Also mache ich mich allein auf den Weg zum Appellhofplatz.

In der Halle treffe ich auf Erna, Manfreds Frau, und ihren Ältesten, Günther. Der brave Sohn. Auch Jupps Frau ist da und ein Freund des unverheirateten Jakob, der ebenfalls mit von der Partie war. Der Freund nennt mir seinen Namen, aber ich vergesse ihn sofort wieder. Ich bin zu sehr abgelenkt.

Peter sehe ich erst, als er in den Gerichtssaal geführt wird. Er trägt das gebügelte Hemd, das ich ihm zukommen lassen durfte, dazu seine blaue Jacke. Sie kommt mir plötzlich arg abgetragen vor. Warum ist mir das nicht früher aufgefallen?

Der Prozess zieht sich. Die Vorhaltungen wollen nicht enden. Von Landesverrat ist schließlich die Rede, von Hochverrat sogar. Hochverrat! Mein Atem flattert, und doch glaube ich, keine Luft zu bekommen. Hochverrat. Das Wort macht die Hoffnung auf einen glimpflichen Ausgang schlagartig zunichte. Der Rest geht an mir vorbei wie ein ungefiltertes Rauschen. Ich registriere den harschen Ton, schnappe einzelne Worte auf, bösartig, triefend vor Abscheu und Verachtung. Und sie kommen nicht nur aus dem Munde des Staatsanwalts.

Dann, nach zähem, zermürbendem Warten das Urteil: drei Jahre Konzentrationslager. Für alle Beteiligten. Mir fährt der Schreck derart in die Glieder, dass ich mich nicht mehr rühren kann. Schließlich muss Günther mir auf die Beine helfen.

»Frau Kühlem, so kommen Sie doch! Ihr Mann wartet draußen.«

Es stimmt. Wir dürfen uns noch einmal sehen, Peter und ich, dort draußen auf dem hallenden Gang, zwei Wachmänner im

Hintergrund, aber ohne Handschellen. Wortlos liegen wir einander in den Armen, ich spüre sein Herz klopfen wie wild. Oder ist es mein eigenes? Schließlich lösen wir uns voneinander, halten uns an den Händen, schauen einander in die Augen.

»Meine Schönste«, sagt Peter, doch das Lächeln will ihm nicht gelingen. Er weint. Mein Mann weint. In aller Öffentlichkeit. »Ich weiß nicht, ob ich das noch einmal durchstehe«, flüstert er mir zu.

Ich stelle mich auf die Zehenspitzen, umfasse sein Gesicht mit beiden Händen, halte ihn so. »Wir schaffen das, Peter«, sage ich. »Wir stehen das durch.«

Er nickt tapfer, greift nach meinen Händen. »Deine Finger sind ja eiskalt.« Er drückt sie sanft, setzt Küsse darauf. »Ich liebe dich, Gertrud. Ich habe dich immer geliebt.« Wie die Tränen halten in einem solchen Moment? Wie die Fassung bewahren? Es will mir nicht gelingen. Ich schluchze auf, ein hässlicher, unbeherrschter Laut, den ich mit einem Räuspern niederzukämpfen versuche. Jetzt nur die Nerven bewahren. Für ihn. »Ich liebe dich«, sagt Peter noch einmal. »Ich liebe meine beiden Gertruds.«

»Und deine beiden Gertruds lieben dich«, antworte ich, bringe nun sogar ein Lächeln zustande. Wir tauschen Küsse, ein letztes Mal. Ich bin so bemüht, meine überbordenden Gefühle zu bändigen, dass ich kaum etwas spüre. So entgeht mir der Trost dieser letzten Intimität. Dann müssen wir uns trennen. Peter wird abgeführt. Noch einmal dreht er sich um zu mir, schon aus einiger Entfernung.

»Wir stehen das durch!«, rufe ich ihm nach, werfe ihm einen letzten Kuss zu. Finde mich plötzlich neben Erna wieder, die stumm am Arm ihres Sohnes hängt und mich anstarrt.

Drei Jahre Arbeitslager. Drei lange Jahre. Nicht Börgermoor dieses Mal, sondern Esterwegen. Vom Regen in die Traufe, wie mir zu Ohren kam. Mein Herz ist wie abgeschnürt.

»Gehen wir, Frau Kühlem! Hier noch herumzustehen hat ja keinen Sinn.« Es ist Jakobs namenloser Freund, der das sagt.

»Nein, es hat keinen Sinn«, antworte ich tonlos. »Es ist alles sinnlos geworden.«

Er fasst mich beim Arm, geleitet mich nach draußen. Auch Günther stützt seine Mutter. Wie zwei tattrige Alte treten wir zurück auf die Straße. Auf den Boden der Tatsachen.

»Vielleicht müssen die Braunen bald die Waffen strecken«, versucht Marianne mir später Mut zu machen, steht auf und kramt in meinem Küchenbüfett. Findet die Flasche Korn, die ich dort zu Desinfektionszwecken aufbewahre, dazu das Sammelsurium an Schnapsgläsern.

»Hier, trink!« Sie schiebt mir ein Pinnchen hin. Grüße aus dem Schwarzwald, steht darauf, dazu ein roter Bollenhut, halb abgeblättert.

»Ich trinke keinen Schnaps«, wehre ich ab.

»Das ist eine Lüge!« Marianne lächelt mich an. »Denk nur an deinen Geburtstag.«

»Der Kater war grauenvoll.«

»Sei nicht unvernünftig.« Sie geht mit gutem Beispiel voran und stürzt den Inhalt ihres Glases mit einem Zug herunter. Schüttelt sich, wischt sich über den Mund. »Wenn der Krieg erst vorbei ist, sind die die Helden, die heute als Vaterlandsverräter gelten, wirst sehen. Dann kommt Peter bald frei.«

»Und wenn nicht?«

»Hm.« Marianne zuckt mit der Schulter. »Dann müsst ihr da durch. Drei Jahre sind kein Pappenstiel, aber es ist eine überschaubare Zeit. Die lässt sich überbrücken.«

»Wir sind alt«, widerspreche ich. »Peter wird bald fünfundsechzig, und ich gehe ja nun auch stramm auf die fünfzig zu.« Eine alte Schachtel. Kein Wunder, dass Jakobs Kollege mich am Arm führen musste. Eine alte Schachtel mit glühendem Herzen.

»Ihr habt noch ein Leben vor euch«, widerspricht mir Marianne. Sie ist zehn Jahre jünger als ich und hat gut reden. »Darauf müsst ihr hinarbeiten, alle beide. Aber ich sag's noch einmal –« Sie hebt belehrend den Zeigefinger. »Der Krieg wird nicht ewig dauern. Wir werden eine krachende Niederlage einfahren. Schneller, als vielen lieb ist.«

»Dein Mann kämpft für unser Land!«, widerspreche ich. Auch

Ralf wurde vor einigen Wochen eingezogen. »Wünschst du ihm etwa eine Niederlage?«

Marianne schüttelt unwirsch den Kopf. »Blödsinn, Gertrud! Doch je schneller der Spuk vorbei ist, desto größer die Chance, dass er ihn heil übersteht.« Sie greift zur Flasche und schenkt uns nach.

»Du musst zugeben: Viele werden dieser Haltung nicht folgen können.«

»Viele können mir nicht folgen, Gertrud.« Über den Rand ihres Schnapsglases hinweg grinst Marianne mich an. Wenn sie nur richtigläge mit ihren Mutmaßungen! Ich will ihr so gern glauben. Noch reicht die Energie. Noch bin ich nicht bereit aufzugeben. Und doch: Drei Jahre ohne dich, Peter! Wie soll mir das gelingen? Wie soll ich dir noch helfen? Ich weiß es wirklich nicht.

Samstag, 16. Dezember 1939

Mein erster Brief an meinen Mann, nachdem sie ihn verurteilt und weggeschafft haben. Wie unendlich schwer sind mir diese Zeilen gefallen! Es sind ja nur Banalitäten erlaubt. Ich muss allerdings eingestehen, dass das meiste, was man zu sagen hat, ja doch irgendwie banal ist. Dennoch habe ich mich um ein wenig Poesie in der Sprache bemüht, meine Frustration soll nicht gar so durchscheinen. Und es soll auch nicht alles so blutleer klingen, als hätten wir hier kein Leben mehr. Lieber würde ich ihm tausend Küsse und Umarmungen schicken als ein paar dürre Worte, aber weil es nun einmal nicht möglich ist, habe ich ihm ein Foto beigelegt. Es ist an einem sonnigen Frühsommertag entstanden, daran kann ich mich erinnern. Unsere Tochter muss sieben oder acht gewesen sein. Wir hatten uns schick gemacht für dieses Foto, sogar extra noch einen Blumenstrauß gepflückt. Mucki in ihrem Sommerkleidchen, mit frisch gescheiteltem Haar, dem man ansehen kann, dass es sofort wieder aufspringen würde, kaum wäre das Bild im Kasten. Mutter und Tochter, Hand in Hand. Ich trage das Kleid, das Peter so gern an mir mochte, mein schönstes damals, auch wenn es mittlerweile arg aus der Mode gekommen ist. Peter ist die Mode nicht so wichtig. Eleganz ist zeitlos, hat er immer behauptet. Es war das Eleganteste, was ich damals besaß, und es waren glückliche Zeiten. Daher also das Bild.

Bei Photo Brenner auf der Hohe Straße hatte sich Peter damals extra eine neue Kamera gekauft, um Familienfotos zu machen. Dieses große, einst sehr moderne Geschäft gibt es übrigens auch nicht mehr. Oder sagen wir: Es gehört nicht mehr den Brenners. Als Juden hat man sie mehr oder weniger enteignet, und sie haben das Land schon sehr früh verlassen. Aber das ist wieder ein anderes Thema. Ich sollte nicht immer abschweifen. Mir waren diese Bilder nie so wichtig. Wozu brauche ich sie, wenn ich meine Liebsten um mich habe? So habe ich gedacht. Hätte ich gewusst, dass ein Bild einmal alles sein kann, was einem von geliebten Menschen bleibt, wäre ich wohl über meinen Schatten gesprungen. Ich hätte meine Kamerascheu überwunden und freundlicher dreingeschaut. Die meisten Fotografien, die Peter damals machte, sind verwackelt. Ein begnadeter Fotograf ist er nun einmal nicht. Aber dieses eine blieb. Ich hoffe, es wird ihm ein wenig Trost spenden dort oben im Moor. Jetzt, wo auch noch Weihnachten vor der Tür steht! Wir lassen es sang- und klanglos unter den Tisch fallen, haben Mucki und ich beschlossen. Auch Silvester. Feste wird es erst wieder geben, wenn Peter zurück ist. Gut, dass wir dieses Unglücksjahr bald hinter uns gebracht haben. Mit dem Jahreswechsel beginnt ein neues Jahrzehnt, und damit hoffentlich bessere Zeiten.

MUCKI

Mittwoch, 1. Mai 1940

Der 1. Mai, ein Mittwoch. Maifeiertag.

»Was früher der Tag der Arbeiter war, ist jetzt der Tag der Braunen, die so tun, als wären sie Arbeiter«, doziert die Mutter beim Frühstück. »Aber in Wahrheit geht es ihnen gar nicht um die Arbeiterschaft. Ihnen geht es immer nur um sich selbst. Wenn ich höre, wie er sich immer in Rage redet, unser Reichstrunkenbold!« Sie meint Robert Ley, den bekanntermaßen versoffenen Leiter der Deutschen Arbeitsfront. Immerblau, wie sie ihn auch gern nennt, ist einer ihrer Erzfeinde. »Keine Feste mehr, kein Sportverein, kein Chor und keine Dichterlesung, die sie nicht in den Dienst der Partei stellen«, echauffiert sie sich weiter. »Und das nennt sich dann Leben! Nicht einmal mehr wandern darf man ohne ihren Segen. Und wer aufsteht und was dagegen sagt, wird diffamiert und weggesperrt oder gar umgebracht!« Mit einer energischen Bewegung schiebt sie ihren Teller von sich.

»Ich werde mir das Spiel mal aus der Nähe ansehen«, verkündet Mucki und kratzt den Rest zähen Kunsthonig aus dem Glas.

»Tu dir das Elend nicht an!«, mahnt die Mutter.

»Aber du sagst doch selbst immer, dass man informiert sein muss.«

»Ich bin nicht in der Stimmung.« Die Mutter steht auf und stellt Teller und Tasse in die Spüle. Früher sind sie immer gemeinsam losgezogen, um sich »das Elend« anzusehen, selbst als Mucki noch sehr klein war. Goebbels, den Teufel mit dem Pferdefuß, den dicken Göring, sogar den Führer persönlich, alle haben sie gesehen. Haben die jubelnden Massen erlebt, ihren hysterischen Fanatismus. Wie unter Drogen gesetzt. Auch das sind die Worte der Mutter gewesen. Selten waren diese Ausflüge ihrer Stimmung bekommen, und schon als kleines Mädchen hatte

Mucki den Wunsch verspürt, gegen die Dummheit anzuschreien, sie mit den Fäusten aus den Menschen herauszutrommeln. Aber heute ist sie verabredet.

Marschmusik. Weithin hörbar. Den ganzen Morgen schon. Der Tag ist bewölkt, nur selten lässt sich die Sonne blicken. Fahnen knattern im Wind wie hundertfaches Peitschenknallen.

Das Aufmarschgelände im Grüngürtel, das sie Maifeld nennen, ist riesig. Am Ende thronen Adler und Hakenkreuz, hoch wie zwei mehrstöckige Häuser. Mahnmale der Schande hat die Mutter sie genannt. Nichts scheint den Braunen groß genug in ihrem blutrünstigen Gigantismus. Gigantisch ist auch die Zahl der Menschen, die sich hier eingefunden haben. Mucki kann nicht abschätzen, ob es tatsächlich die zweihunderttausend sind, für die der Platz angeblich ausgelegt ist, aber es herrscht reges Gedränge, dazu Volkfeststimmung.

Die Freunde tauchen ein in die Menge, schaffen es irgendwie, sich bis in die erste Reihe vorzudrängen. Ein Fähnlein nach dem anderen marschiert auf, der Zug scheint nicht enden zu wollen.

»Ein bisschen wie Karneval, nur ohne Narren«, spottet Pietsch.

»Hier hast du mehr Narren beisammen als in hundert Jahren Kölschem Karneval«, korrigiert ihn Jonny und zieht geräuschvoll die Nase hoch. Jemand dreht sich zu ihm um, wirft ihm einen wütenden Blick zu. Mucki stößt Jonny in die Seite. Sie müssen vorsichtig sein.

»An Rhein und Ruhr marschieren wir«, schallt es weithin. Trommelwirbel, Fanfarenstöße. Pauken und Trompeten. Nicht immer im Rhythmus. Oft in gefährlicher Schieflage. Mucki klingeln schon die Ohren.

Links! Links! Links! Zwo! Drei! Vier! Die Hitlerjungen marschieren an ihnen vorbei, die Menge wippt im Takt. Mit starr geradeaus gerichteten Köpfen bringen einige Jungen das Kunststück fertig, trotzdem in die Menge zu schielen. Links! Zwo! Drei! Vier!

»Man sollte was dagegen tun«, sagt Mucki, und später, nachdem sie sich in den Volksgarten verkrümelt haben, sagt sie es noch einmal.

»Gegen das Marschieren?«

»Gegen den ganzen Irrsinn. Überleg mal, die Jungs sind doch alle Kanonenfutter. Ob denen das eigentlich klar ist?«

Ellie, Kalinka und sie hocken auf einer Parkbank, den Po auf der Rückenlehne, die Füße auf der Sitzfläche.

»Man müsste sie irgendwie aufwecken«, überlegt Mucki weiter und spricht jetzt sehr leise. »Nicht nur die HJ. Man müsste den Leuten klarmachen, dass sie in ihr Unglück rennen, dass dieser Krieg unser aller Untergang ist. Und diejenigen, die schon Zweifel haben, sollten wissen, dass sie nicht allein sind.«

»Und wie sollte das gehen?« Kalinka runzelt fragend die Stirn. Sie ist die Vernünftigste unter ihnen, und es ist nie ganz leicht, sie von einer Sache zu überzeugen.

»Keine Ahnung.« Ellie zuckt die Achseln.

»Man könnte Flugzettel verteilen.« Alle drei fahren erschrocken herum. Um ein Haar verliert Kalinka das Gleichgewicht. Hinter ihnen steht Bobby. Keine von ihnen hat sein Kommen bemerkt. Ausgerechnet der schüchterne Bobby, der schon rot wird, wenn ihn ein Mädchen anspricht. Seinem runden Bubengesicht sieht man nicht an, dass er einer der Ältesten im Freundeskreis ist, obwohl er die meisten um Haupteslänge überragt.

»Flugzettel wären eine Möglichkeit«, stimmt Mucki ihm zu. Auch ihre Eltern haben früher welche verteilt. Bobby tritt um die Bank herum, hockt sich nun ebenfalls auf die Kante der Sitzfläche.

»Ich habe das schon mal gemacht«, sagt er leise. Wieder richten sich alle Blicke auf ihn. »Ein paar von den Ehrenfeldern haben heimlich Zettel aufgehängt. Wir haben Parolen auf Züge geschrieben und die Scheiben vom HJ-Heim eingeworfen. Auch mal die Fahne runtergeholt und angezündet. So Sachen eben.«

Die Mädchen staunen nicht schlecht. Keine von ihnen hätte diesem friedfertigen Kerl, der jeder Prügelei aus dem Weg geht, so etwas zugetraut.

»Und warum bist du nicht mehr dabei?« Ellie mustert ihn mit neu erwachtem Interesse.

Bobby denkt einen Augenblick nach. »Das verlief alles nie so richtig nach Plan, eher aus dem Bauch raus. Es ist auch nicht immer gut gegangen. Sie haben einige geschnappt, und denen ist das schlecht bekommen. Ein paar sind überhaupt nicht mehr aufgetaucht. Mir wurde die Sache zu heikel.«

»Verstehe.« Kalinka schürzt nachdenklich die Lippen. »Das mit den Flugzetteln, was du da eben gesagt hast … Also, mir gefällt die Idee. Wir haben alle schon mal zur Kreide gegriffen und irgendwo was hingeschrieben …«

»Hast du?« Mucki sieht Kalinka verwundert an. Die sagt nichts darauf, doch ihr Blick verrät deutlich, dass sie die Frage für überflüssig hält. »So ein Flugzettel bietet einfach mehr Möglichkeiten«, fährt sie fort. »Der ist nicht mit dem nächsten Regenguss weggespült.«

»Fragt sich nur, wie wir das anstellen sollen«, meldet sich Ellie erneut zu Wort.

Wieder hat Bobby eine überraschende Lösung. Wieder schaut er sich zuerst um, senkt dann die Stimme. »Ich kenne einen Drucker in Pesch, der uns vielleicht helfen würde. Der Typ ist schwer in Ordnung. Stinkfromm zwar, wie meine Eltern, aber was soll's. Er druckt eigentlich Kirchenblättchen. Und er unterstützt alles, was gegen die Braunen geht. Nun ja, fast alles.«

»Das klingt ausgezeichnet«, findet Mucki, und Ellie und Kalinka sind ganz ihrer Meinung.

»Also gut. Ich werde ihn fragen«, verspricht Bobby.

Mittwoch, 22. Mai 1940

Wie immer trifft sich Mucki nach der Arbeit mit ihren Freunden im Volksgarten.

»Wohin wollen wir im Sommer auf Großfahrt?« Ellie schaut sie und Kalinka erwartungsvoll an. Kalinka will ans Meer. Mucki in die Berge.

»An die Ostsee.«

»Auf den Großglockner.«

»An die Adria!«

»Zum Matterhorn!«

»Ans Rote Meer.«

»Nein, ans Tote!«

»Ans Rote und ans Tote!« Die Worte fliegen jetzt hin und her.

»Auf den Kilimandscharo!«

»Den Amazonas runter!«

»Einmal um die ganze Welt!« Ellie breitet die Arme aus und wirbelt im Kreis herum. »Hoppla!« Sie trudelt gegen Bobby, ehe dieser ihr ausweichen kann.

»Was macht ihr denn?«

»Wir verreisen«, Ellie lacht außer Atem.

»Schade. Ich dachte, wir hätten noch etwas zu erledigen.« Bobby spricht mit so eigentümlicher Betonung, dass die anderen sofort aufhorchen.

»Puh, ich muss mich setzen!«, ruft Ellie laut. »Kommt mit da rüber, in den Schatten.« Sie deutet auf eine Hainbuche in einem etwas entlegeneren Winkel des Parks. Auf der Wiese davor spielen Jonny, Omar, Pietsch und ein paar andere Fußball. Auch Pablo ist dabei, der sich jetzt immer öfter zu der Gruppe gesellt. Auf den Wegen schieben Frauen ihre Kinderwagen, flanieren Liebespaare, führen Leute ihre Hunde aus. Gut möglich, dass so manch ein Spitzel darunter ist. Feind hört mit. Man kann nie vorsichtig genug sein. Sie marschieren los und umrunden die Spieler, gruppieren sich dann kleeblattförmig um den Baum. Setzen sich mit dem Stamm im Rücken. So haben sie alle Himmelsrichtungen im Blick, aber niemand käme auf die Idee, dass es hier Wichtiges zu besprechen gibt.

»Der Drucker macht's«, verkündet Bobby, ohne den Kopf zu drehen. »Er verlangt nur, dass man ihn aus dem Spiel lässt. Keine Namen und auch sonst nichts. Niente. Nada.«

»Klingt ausgezeichnet.« Ellie fasst ihre blonden Locken im Nacken zusammen, lässt die Arme wieder sinken. Gähnt herzhaft.

»Es ist gefährlich.« Bobbys Blick ruht auf den Fußballspielern. »Für uns, aber vor allem auch für ihn. Wir müssen die Sache absolut geheim halten. Sogar vor den Fahrtenfreunden.«

»Geht klar«, meldet Kalinka sich von der anderen Seite des Baumstamms zu Wort.

»Er muss sich auf uns verlassen können«, betont Bobby noch einmal. »Auch dann, wenn sie einen von uns erwischen.« Einen Moment lang herrscht Stille. Erwischt zu werden ist keine gute Vorstellung.

»Wir werden schweigen wie ein Grab«, lässt Mucki sich schließlich vernehmen. »Keine Namen. Niemals.«

»Niemals«, wiederholen die anderen feierlich.

»Ich habe vielleicht eine Idee.« Mucki setzt sich auf, zupft an einem Grashalm. Sie weiß selbst noch nicht recht, was sie von ihrem Einfall halten soll. »Ich hüte manchmal das Kind einer reichen Familie«, erzählt sie. »Ein Mädchen, gerade einmal ein Jahr alt, Cornelia.«

»Reiche Familie?« Kalinkas Stimme. Sie teilt die kommunistischen Überzeugungen ihrer Eltern und hegt entsprechende Vorbehalte.

»Ja, die van Kampens. »Oberst van Kampen.«

»Auch noch die Wehrmacht!«, mokiert Kalinka sich prompt. »Ein Oberst! Woher kennst du solche Leute?«

»Von der Arbeit.« Mucki befürchtet bereits, dass es ein Fehler war, überhaupt davon angefangen zu haben.

»Nun hört euch doch erst mal an, was sie zu sagen hat!«, schaltet Bobby sich ein.

»Schon gut. Red weiter, Mucki.«

»Ungefähr einmal in der Woche, wenn ich nachmittags freihabe, fahre ich das Kind im Wägelchen aus«, erzählt sie. »Ich soll mir ruhig Zeit lassen, sagt Frau van Kampen immer. Je länger ich weg bin, desto besser. Das sagt sie zwar nicht, aber so ist es gemeint. Sie will einfach ihre Ruhe haben. Mir schaut also niemand auf die Finger, und mit dem Wägelchen wirke ich unverdächtig. Ich könnte die Flugblätter im Kinderwagen schmuggeln. Sie abholen und in ein Versteck bringen, von wo aus sie dann verteilt werden. Was meint ihr?«

»Ich find's eine Spitzenidee«, erklärt Ellie prompt. »Falls jemand misstrauisch wird, hast du ja das Kleinkind dabei. Dazu die Tochter eines hohen Militärs. Das wird Eindruck machen.«

»Aber was ist, wenn sie dich mit dem Kind erwischen?« Bobby

klingt weniger überzeugt. »Also mit den Flugzetteln und ausgerechnet diesem Kind? Dann bist du reif, Mucki. Dann gibt's doppelt und dreifach Ärger.«

»Wenn sie uns erwischen, kriegen wir sowieso Ärger«, widerspricht Mucki, die sich immer mehr für ihren Einfall erwärmt.

»Dann wird's so gemacht.« Ellie klatscht in die Hände. Wie immer ist sie eine Freundin schneller Entschlüsse. »Bobby sagt dem Drucker Bescheid, Mucki holt die Blätter ab, und wir verteilen sie.«

»Wäre nur noch zu klären, was draufstehen soll«, gibt Kalinka zu bedenken. Bald ist eine heftige Diskussion im Gange, die von Pablo unterbrochen wird.

»Hey, ihr Drückeberger! Wir brauchen noch einen Torwart und ein paar gute Stürmer.« Er umrundet einmal den Baum, dribbelt dann auf der Stelle. »Wer macht mit?«

»Ich!« Mucki springt auf und gesellt sich an seine Seite. Für einen kurzen Moment wendet sie sich noch einmal den anderen zu. »Wir sind uns einig, oder?«

Bobby nickt, doch aus seinem Blick spricht Enttäuschung. Oder bildet sie sich das nur ein?

GERTRUD

Freitag, 24. Mai 1940

Nach einem langen Tag in der Apotheke will ich mir noch ein wenig die Beine vertreten. Drehe ein paar Runden um den Rathenauplatz, der jetzt Horst-Wessel-Platz heißt, und da kommt sie mir entgegen: Elke, die Tochter von Hedi und Walter. Als ich sie sehe, fällt mir ein, dass ich gar nichts mehr von ihrer Hochzeit gehört habe. Seit Hedi nicht mehr zu den Chorproben kommt, ist der Kontakt zu ihr so gut wie abgebrochen.

»Tach, Gertrud.« Elke bleibt stehen. Oder besser: Sie stellt sich mir in den Weg.

Ich begrüße sie, frage nach ihrem Befinden. Alles in Butter bei ihr. Ob sie inzwischen geheiratet hat, erkundige ich mich. Elke hebt das Kinn, und ihre Augen bekommen einen harten Glanz.

»Es gab keine Hochzeit.«

Ein leiser Schreck durchfährt mich, schließlich sind wir im Krieg. Doch was immer dieser Ehe im Weg gestanden hat, es kann keine allzu große Tragödie gewesen sein, sonst wäre da nicht dieser mürrische Unterton, diese trotzige Miene. Ich sage erst einmal nichts dazu, warte einfach ab. Auch das lernt man im Leben.

»Er war nicht der Richtige«, erklärt sie ungefragt.

Wieder lasse ich einen Moment verstreichen, lächle nun. »Gut, dass du es noch rechtzeitig bemerkt hast.«

»Scheiße, ja!« Jetzt grinst sie. Dann klopft sie die Taschen ihres Mantels ab, findet schließlich, was sie sucht.

»Auch 'ne Kippe?« Sie hält mir ihr Zigarettenetui hin.

»Nein danke. Ich rauche nicht.«

»Solltest du aber. Beruhigt die Nerven.«

»Ja, vielleicht. Aber es ist teuer.«

Elke zuckt achtlos die Achseln, nimmt sich eine, klemmt sie zwischen die Lippen.

»Und sonst?«, forscher Tonfall, forschender Blick. »Wie geht's bei euch?«

»Tja.« Ich kann mir das Seufzen nicht verkneifen. Nimm dich in Acht, Gertrud. Nur aus alter Bekanntschaft zu ihrer Mutter brauchst du dieser Person nicht dein Herz auszuschütten.

»Komm, gehen wir da rüber! Muss ja nicht jeder mitkriegen, was wir zu bequatschen haben.« Elke packt mich am Arm und zieht mich zu einer nahe gelegenen Parkbank. Ein Rückzugsort, umgeben von dichtem Gebüsch.

»Ich hab's ein bisschen eilig«, behaupte ich.

»Ein paar Minuten wirst du schon übrig haben.« Elkes Ton duldet keine Widerrede. »So, hier haben wir's gemütlich.« Sie zieht mich auf die Parkbank herunter, zündet ihre Zigarette an, lehnt sich zurück und bläst einen Ring in die Luft. Wie sie so da sitzt, mit übereinandergeschlagenen Beinen, die Zigarette locker zwischen den Fingern, könnte sie ein Modell aus einer Modezeitschrift sein. Schließlich wendet sie sich mir zu, unsere Gesichter sind jetzt ganz nah beieinander. »Also, wie steht's im Hause Kühlem?«

Ich erzähle ihr von Peters Verurteilung.

»Scheiße!« Elke nimmt einen weiteren Zug, bläst hörbar den Rauch aus. »Aber ich wusste es schon, ehrlich gesagt. Die Mamm hat's mir erzählt.«

»Wie geht es Hedi?«, lenke ich ab. »Ich habe sie lange nicht gesehen.«

»Sie ist oft bei ihrer Schwester. Auf dem Land. Sie kann nicht gut allein sein, sagt sie. Und da unser Vadder ja nun ein tapferer Soldat ist …«

»Das ist sicher nicht leicht für deine Mutter.«

»So sieht's aus.« Elke stippt die Asche von ihrer Zigarette und raucht schweigend weiter.

»Dein Kleid gefällt mir«, schmeichele ich ihr, um etwas zu sagen und weil ich es tatsächlich umwerfend finde. Mit leicht gerunzelter Stirn schaut Elke an sich herab, als bemerkte sie erst jetzt, was sie trägt. »Wie du es immer schaffst, so elegant zu sein!«

»Man tut, was man kann.« Ein knappes Lächeln, ein Schulterzucken. »Du hast ja nun auch Geschmack, Gertrud. Du bist immer gut angezogen. Im Gegensatz zu meiner Mutter. Und vom Vadder wollen wir gar nicht erst reden.« Sie gibt ein spöttisches Schnauben von sich. »Geschmack hat man eben, oder man hat ihn nicht, stimmt's? Kleidungsmäßig warst du jedenfalls immer mein Vorbild. Als Kind, meine ich.« Ich lache, winke ab. »Nein, im Ernst. Bei euren Chorauftritten im Gürzenich hast du immer die schönsten Kleider getragen. Die wären aus Paris, hieß es damals. Da haben sich einige ganz schön das Maul zerrissen.« Elke grinst.

»So elegant kann nur eine Französin sein«, schießt es mir durch den Sinn. Peters Worte. »Aus Paris? So ein Unsinn!«

»Ich hab's geglaubt«, antwortet sie leichthin. »Spielt ja auch keine Rolle. In jedem Fall sahst du elegant darin aus – ich habe immer nur dich angeschaut.« Das tut sie auch jetzt. Mich anschauen. Völlig ungeniert. Woher hat die Jugend nur diese Selbstgewissheit?

»Und du? Noch immer im Dienste der Schönheit unterwegs?«

»Nee, doch schon lange nicht mehr.« Elke schüttelt den Kopf. Richtig, jetzt fällt es mir auch wieder ein: Schon damals, während des Kaffeeklatschs bei Hedi, hatte sie erzählt, ihre Arbeit im Schönheitssalon sei passé. »Die deutsche Frau ist von Natur aus schön, die braucht so was nicht«, belehrt sie mich ironisch. »Pickel, Damenbart, zusammengewachsene Augenbrauen: alles wunderschön.«

»Und was tust du jetzt?«

»Arbeitsdienst, wie ich's hab kommen seh'n.« Sie rümpft verächtlich die Nase. »Bin einer kinderreichen Familie zugeteilt.«

»Und, wie ist es da so?«

»Kinderreich«, antwortet sie, und jetzt lachen wir beide. »Ist jedenfalls kein Zuckerschlecken«, setzt sie hinzu. »Ich glaube, die mögen mich nicht besonders.« Woran das wohl liegt? »Am schlimmsten ist die Alte, die ist nun wirklich nicht zu genießen.« Elke schnippt lässig einen Tabakkrümel von ihrem Kleid. »Egal, was man tut, ständig hat sie was zu meckern. Und der Hausherr glotzt mir auf den Arsch, wann immer sich ihm die Gelegenheit bietet. Glaubt dabei auch noch, ich merk's nicht.«

»Nun ja«, entgegne ich einfallslos. Was soll man dazu sagen?

»Scheiße, was soll's! Irgendwann hat das Elend ein Ende.« Sie steht abrupt auf, wirft ihre Zigarette zu Boden und zertritt mit spitzem Absatz die Glut. »Ich muss weiter.«

»Ja, ich auch.« Ich mache Anstalten, mich aufzuraffen, komme aber irgendwie nicht hoch. Es tut gut, hier im Sonnenschein zu sitzen, den Vögeln zu lauschen, die Wärme zu genießen. So zu tun, als wäre die Welt in Ordnung.

»Brauchst du was?« Elke sieht mich forschend an, und nun bin ich doch überrascht.

»Was meinst du?«

»Na, was schon? Marken, Bezugsscheine, den ganzen Driss.«

»Danke, ich brauche nichts.«

»Jeder braucht was«, beharrt Elke trotzig.

»Nein danke, ich komme zurecht.« Was stimmt. Und auch wieder nicht. Es wird immer schwerer klarzukommen, wo man für alles Marken und Bezugsscheine braucht. »Holen Sie sich doch welche bei Ihren Kommunistenfreunden«, hat die Frau auf dem Amt mir ins Gesicht gesagt. Als ich um Mietbeihilfe bitten wollte, nachdem Peter zum ersten Mal inhaftiert worden war, hieß es noch, wir sollten uns doch von den Juden helfen lassen.

»Also schön.« Elke streicht ihr Kleid glatt, streift den Riemen ihrer Handtasche über die Schulter. »Ich grüß dann mal Muttern von dir, wenn ich sie sehe.«

»Ja, tu das bitte.«

Sie wendet sich zum Gehen, doch dann fällt ihr noch etwas ein. »Wo wohnst du jetzt eigentlich?«

»Immer noch Görresstraße«, antworte ich. »Im selben Haus, nur zwei Stockwerke höher.« Elke war nie bei uns, kennt weder die alte noch die neue Wohnung, runzelt trotzdem die Stirn. »Die Aussicht ist besser«, füge ich ironisch hinzu, was sie mit einem irritierten Kopfschütteln quittiert.

»Tschüss dann.« Sie geht mit langen, festen Schritten davon, ohne sich noch einmal umzusehen. Vielleicht ist sie doch ganz in Ordnung, überlege ich. Vielleicht rührt mein Misstrauen daher, dass sie nicht einmal halb so alt ist wie ich. Heutzutage muss man sich ja gerade vor den jungen Leuten fürchten. So sind die neuen Zeiten: Die Jungen haben das Sagen. Pimpfe schreien alte Männer auf der Straße an. Picklige SA-Männer prügeln auf Kriegsveteranen ein. Kinder verleumden ihre Eltern. Vielleicht darf man es ihnen nicht einmal verdenken. Sie sind aufgewachsen in diesem Tollhaus, das einst unser Land war. Sie wurden in dem Glauben erzogen, die Herren der Welt zu sein. Auch Elke hat dieses Herrische an sich. Nein, ich bin nicht traurig, wenn wir uns so bald nicht mehr über den Weg laufen.

Die zweite Begegnung am heutigen Tage freut mich weit mehr. Am frühen Abend steht Julio vor der Tür. Julio Goslar, der Leiter unseres Volkschors, ein musikalisches Ausnahmetalent. Orchesterleiter, Konzertpianist, Komponist und Klavierlehrer, all das ist er und noch viel mehr, und dazu ein feiner Mensch, der feinste, den man sich denken kann.

Durch seine Hand wurde aus dem undisziplinierten Haufen ein Chor, der diesen Namen verdient. Einer von ausgezeichnetem Ruf. Wir sind alle stolz darauf, und die Säle sind voll, wenn wir auftreten. Wie haben wir darum gekämpft, dass er die Proben weiter abhalten darf! Für eine Weile war uns das gelungen. Ein Hü und Hott über Jahre, bis dann endgütig Schluss war.

In die Judenkolonne haben sie ihn gesteckt. Dabei ist er eigentlich gar keiner. Julio ist schon als ganz junger Mann zum Christentum übergetreten, war dann viele Jahre lang Organist in der Lutherkirche in Nippes, bis man ihn rausgeekelt hat und ihm nichts übrig blieb als die Kündigung. Doch auch das reichte den protestantischen deutschen Christen nicht. Sie mussten auch noch den Jauchekübel über ihn auskippen. »Jud bleibt Jud – da hilft auch die Taufe nichts.« Auf einmal kursierten die schlimmsten Gerüchte. Von Ehebruch und Rassenschande war die Rede. Zum Kotzen. Man stelle sich vor: Dieses Ausnahmetalent muss nun mit bloßen Händen das Deutzer Hafenviertel abreißen! Für ein ganz neues Köln, wie es sich der Führer vorstellt. Für eins, das es hoffentlich niemals geben wird.

Wenn ich sie ansehe, diese Hände – nichts als Risse und Schwielen und Dreck, rührt mich das aufs Tiefste. Dann überkommt mich eine solche Scham, ein solcher Lebensüberdruss, dass ich auf den Dachboden gehen und mich im Waschkessel ersäufen möchte.

Aber nein. Ich freue mich ja, ihn zu sehen. Bin froh darüber, dass er noch in der Stadt ist. Dass er hier sitzt und ich ihm einen Teller Suppe anbieten kann. Dass wir uns unterhalten können, in alter Freundschaft. So viel Kummer, so viele Sorgen, auch um seine eigene Familie, und doch legt er wohlerzogen den Löffel zur Seite, als ich von Peter anfange. Da wird mir klar, wo ich stehe und dass ich es tragen muss.

»Iss, Julio, bitte iss!«, fordere ich ihn auf. Meine Probleme haben hintanzustehen, bis dieser Mann seine Mahlzeit beendet hat. Die einzige, die er heute bekommt, denn wie ich ihn kenne, hat er das bisschen, das ihm zusteht, seiner Frau gebracht.

»Nachschlag?«

»Nein, danke.«

»Aber ja doch, Julio! Wir brauchen dich schließlich noch. Ohne dich klingen wir wie ein Schwarm Krähen!«

Er lächelt geschmeichelt, lässt sich noch eine Kelle Suppe auftun.

»Du arbeitest weiter?«

»Ja. Auf Medikamente können auch die Braunen nicht verzichten.« Ich lächle.

»Vielleicht … es ist nur …« Erst jetzt bemerke ich, dass er gekommen ist, um mich um etwas zu bitten. Wie unaufmerksam von mir!

»Wenn du Hilfe, brauchst, Julio, sag's nur. Ich werde sehen, was ich tun kann.«

Er nickt dankbar. »Christel hat Probleme mit dem Magen, sie kriegt kaum was runter. Und sie schläft nicht mehr. Die Angst treibt sie um, weißt du. Es ist alles ein bisschen viel für sie.«

»Verständlich«, seufze ich. »Aber ich werde ihr etwas besorgen, das ihr ein bisschen Entlastung bringt. Versprochen.«

»Danke, Gertrud. Das wäre wirklich eine große Hilfe. Es tut mir leid, dass ich dich darum bitten muss, aber die Umstände …«

»Schluss damit! Iss deinen Teller leer!« Ich gehe und hole eine Salbe für seine aufgeschürften Gelenke. Gebe ihm auch ein Glas Marmelade mit. Zwei Gurken. Ein paar Handvoll Kartoffeln.

»Jetzt muss ich aber wirklich gehen! Sie haben jetzt eine Ausgangssperre verhängt. Wusstest du's schon?«

»Ausgangssperre?«

»Wir dürfen nachts nicht mehr auf die Straße. Also muss ich zusehen, dass ich um neun zu Hause bin.«

»Herrje, was ist das nun wieder für eine Schikane? Was glauben die denn, was ihr nachts anstellt? Dass ihr ihnen auflauert und ihnen die Kehlen durchschneidet?«

»Gar keine schlechte Idee.« Julio lächelt gequält. »Manchmal hätte ich nicht übel Lust dazu.«

»Ach, Julio! Es tut mir alles so furchtbar leid.«

»Dir muss es nicht leidtun. Du kannst ja nichts dafür.« Er macht Anstalten aufzustehen, doch es gelingt ihm nur mit Mühe. Die Arbeit in der Kolonne bringt ihn an seine körperlichen Grenzen, das ist nicht zu übersehen. Ich begleite ihn zur Tür, verspreche ihm, seiner Frau morgen die Medikamente zu bringen. Es ist das Mindeste, was ich tun kann.

Wie ich mich schäme für mein Land! Noch immer verfolgen mich die Bilder jener Nacht vor zwei Jahren. Ich habe nie die Kraft gefunden, darüber zu schreiben. Weil es so beschämend war. Weil ich keine Chronologin des Schreckens sein will. Und doch sollte ich es vielleicht sein. Damit es nicht in Vergessenheit gerät. Die Lieblichsten Landschaften des Deutschen Reiches bieten Platz genug.

Aber ich will nicht abschweifen. Jene Novembernacht hatte nichts Liebliches. Schon seit Tagen herrschte wieder diese aufgeputschte Stimmung. Weg mit den Juden. Sie sind an allem schuld. Und dann brannte die Synagoge. Der Feuerschein fiel bis in unsere Straße. Mucki und ich rannten zum Rathenauplatz rüber, der bereits voller Menschen war. Die Braunen waren gerade damit beschäftigt, das Gelände weiträumig abzusperren. Eine Menge Schaulustige, viele Kinder darunter, hatten sich bereits eingefunden. Wir alle standen da und sahen zu, wie die Flammen aus dem mächtigen Gebäude schlugen. Die Feuerwehr stand tatenlos daneben, offenbar einzig dazu abgestellt, eine unkontrollierte Ausbreitung des Brandes zu verhindern. Ich mochte nicht glauben, was ich sah: Hoch oben auf der Spitze des mächtigen Vierungsturms kletterte jemand herum und versuchte, den Davidstern herunterzureißen. Er zog und zerrte, rutschte aus und drohte abzustürzen, fing sich wieder, machte weiter – unter höchster Lebensgefahr. Ich fragte mich noch, wie jemand so besessen, so voller Hass sein konnte, als ich die Person plötzlich erkannte: Es war Max Hilgenstock, der Nachbarssohn aus dem Erdgeschoss. Mir verschlug es den Atem. Schließlich sah ich den Davidstern aus seiner Verankerung brechen, sah, wie er ins Rutschen geriet und dann irgendwo hängen blieb.

Hilgenstock war weg. Er musste wohl durch irgendein Loch wieder ins Innere der Synagoge gelangt sein, denn ich sah ihn kurz darauf auf die Straße rennen, einen Stuhl mit hoher Lehne in Händen, den er demonstrativ zerschlug.

Mucki zerrte mich am Ärmel, sie wollte nach Hause gehen, aber das konnte ich nicht. Ich musste mich vergewissern, was los war. Also liefen wir in Richtung Innenstadt. Überall dasselbe Bild: Hohe Straße, Glockengasse, alles weiträumig abgesperrt. Ross, Holstein & Düren – diese wunderbaren Porzellan- und Kristallgeschäfte in der Schildergasse –, ein einziges Scherbenmeer. Zerschlagene Scheiben, zerstörte Geschäfte allerorten. Kaufmann Silbereisen mit blutüberströmtem Gesicht, ein Schild vor sich hertragend. Ich bin ein Judenschwein! Es wurde gebrüllt, gegrölt, geprügelt. Zertrümmert, vernichtet, ausgelöscht. Die dunkelsten Stunden, die diese Stadt je erlebt hat, dachte ich damals. Ich lief wie in Trance, sah alles, hörte alles, roch die Brände, schluckte den Rauch – und konnte einfach nicht umkehren. Immer wieder musste meine Tochter mich anflehen, nach Hause zu gehen, bis ich schließlich nachgab. Geblieben ist die Scham.

»Ich schäme mich dafür, dass ich das Elend mit ansehen musste, dass ich nicht eingeschritten bin. Ich schäme mich für diese Männer und Frauen, die sich so haben gehen lassen. Ich schäme mich vor meiner Tochter – vor unseren Kindern –, die dieses Drama miterleben mussten. Ich schäme mich vor dir und deiner Frau, Julio.«

»Schämen sollen sich die, die den Schlamassel anrichten«, sagt Julio und reicht mir zum Abschied die Hand. »Du nun gerade nicht, Gertrud.«

Da bin ich mir nicht so sicher. Wir alle hätten mehr tun müssen, viel mehr. Damals, als sich das Drama abzeichnete.

MUCKI

Freitag, 7. Juni 1940

Mucki und Bobby treffen sich am Weiher im Blücherpark. Im schicken marineblauen Kinderwagen der van Kampens schläft friedlich die kleine Cornelia.

»Mit dem Kind alles in Ordnung?« Bobby wirft einen skeptischen Blick in den Wagen.

»Alles bestens.« Mucki lacht. Dem Freund ist anzumerken, dass er keinerlei Erfahrung mit Kleinkindern hat. Bobby gibt sich zufrieden mit der Antwort, doch sie spürt deutlich seine Anspannung. Gemeinsam brechen sie auf. »Das Wetter ist herrlich«, versucht sie ein Gespräch in Gang zu bringen, aber er geht nicht darauf ein.

»Ein bisschen mitteilsamer solltest du schon sein«, mahnt sie schließlich mit freundlichem Spott. »Sonst könnte ein Mädchen leicht denken, du fändest es fad.« Sie lacht über das Gesagte, geht ganz auf in ihrer Rolle des adretten jungen Mädchens im gelben Sommerkleid, das ein Kleinkind ausfährt und zufällig einen Bekannten trifft, denn nichts ist verdächtiger als angespanntes Schweigen. Bobby ist rot geworden, wie ihr ein kurzer Seitenblick verrät. Sie darf ihn nicht auch noch aufziehen. Kein Wunder, dass er nervös ist. Er trägt die Verantwortung dafür, dass die Sache gut geht. Dass er den Drucker nicht in Gefahr bringt. Und auch sie beide nicht.

»Einen Alfa Romeo würde ich gern mal fahren«, erzählt er zu ihrer Verwunderung plötzlich.

»Einen italienischen Wagen?«

»Es sind die besten Autos der Welt!« Er strahlt plötzlich. »Nino Farina hat letzten Monat mit einem Alfa Romeo zum dritten Mal in Folge den Großen Preis von Tripoli gewonnen«, berichtet er begeistert. »Rennfahrer, das ist der beste Beruf überhaupt. Mit zweihundert Stundenkilometern über die Straßen fliegen, das wär was.«

»Ich verstehe nicht, wie man so rasen kann, ohne dass einem der Kopf wegfliegt«, wendet Mucki lachend ein. Sie erreichen die Haltestelle, warten.

Der Bus kommt, und Bobby hilft ihr, den schweren Kinderwagen die Stufen hinaufzuhieven. Die Fahrt geht nach Pesch, und sie verbringen sie größtenteils schweigend. In dem ländlichen Ort angekommen, haben sie noch ein gutes Stück Weg zu Fuß zurückzulegen, bis Bobby schließlich vor einem unscheinbaren Haus stehen bleibt.

»Da wären wir.« Er deutet auf die Treppenstufen, die in den Keller führen. »Wir müssen runter.« An Stufen hat Mucki nicht gedacht.

»Was mache ich mit Cornelia? Ich kann sie nicht einfach auf der Straße stehen lassen.«

»Dann muss sie wohl mitkommen.« Gemeinsam tragen sie den Kinderwagen die Stufen hinab. Bobby bedeutet Mucki, einen Moment zu warten, und verschwindet durch die Tür. Nach wenigen Sekunden ist er wieder da, winkt sie herein. Sie bugsiert den Wagen durch eine weitere Tür, steht nun inmitten der kleinen Druckerei. Ein Mann tritt hinter einem Tisch hervor und kommt auf sie zu. Er ist nicht mehr ganz jung, die Schultern sind leicht gebeugt, die Augen hinter seiner runden Brille kaum sichtbar.

»Das ist Mucki, von der ich dir erzählt habe«, stellt Bobby sie vor.

»Keine Namen«, korrigiert ihn der Drucker, doch sein Ton ist milde. Heimlich hat Mucki befürchtet, dass er Anstoß an ihrem jugendlichen Alter nehmen würde, was jedoch nicht der Fall ist. Zumindest lässt er sich nichts anmerken, wie er auch von der kleinen Cornelia keine Notiz nimmt. Mit bedächtigen Schritten geht er in den hinteren Teil des Raumes, öffnet eine Schublade, kehrt mit einem Stapel Papier zurück.

»Bittschön.« Er reicht Mucki die Blätter, und sie nimmt sie mit einem leisen Schaudern entgegen.

WEHRT EUCH! WEG MIT DER BRAUNEN HORDE! KEINE WAFFEN FÜR DEN KRIEG!

»Wunderbar!« Mit strahlendem Lächeln schaut sie zu Bobby hinüber. »Wir haben's geschafft!«

»Freut euch drüber, wenn ihr draußen seid.« Der Drucker klingt freundlich, aber bestimmt. »Und seid bloß vorsichtig.«

Mucki verspricht es ihm. Kurz darauf stehen sie wieder oben auf der Straße. Die Flugzettel stecken jetzt unter der Matratze des Kinderwagens, was nicht ganz ohne Protest vonseiten der kleinen Cornelia zu bewerkstelligen war. Wieder schaut Bobby besorgt.

»Kein Problem«, beruhigt Mucki ihn. »Das kriege ich schon in den Griff.« Sie nicken einander unauffällig zu, dann gehen sie auseinander, wie abgemacht. Keine unnötigen gemeinsamen Wege mit der gefährlichen Fracht.

Mucki spürt ihr Herz klopfen. Das schreiende Kind muss beruhigt werden. Sie reicht ihm ein Stück Veilchenwurzel, schuckelt den Wagen, beginnt leise zu summen. Nach einer Weile hört sie Cornelia friedlich schmatzen.

Bis hierher hat alles wunderbar geklappt. Wo ein Wille ist, ist auch ein Weg, denkt sie voller Stolz.

Die Flugzettel deponiert sie später in einem verlassenen Fuchsbau im Volksgarten, wo Ellie und Kalinka sie noch am selben Abend abholen und heimlich verteilen.

Samstag, 8. Juni 1940

»Alles bestens gelaufen«, berichtet ihr Ellie am nächsten Morgen. »Wir haben welche in Gebetbücher geschoben, ein paar auf den Stufen des Versorgungsamts abgelegt und den Rest auf Bänken verteilt.«

Mucki ist hochzufrieden. Sie schließen zu den anderen auf, und gemeinsam besteigen alle das Rheinuferbähnchen mit dem Ziel Oberkassel. An diesem frühsommerlich warmen Wochenende sind sie alle unterwegs: Ellie, Kalinka, Jonny, Sepp, Pablo, Tünn, Omar, Pietsch und Trisch. Nur Bobby ist nicht da, obwohl er sein Kommen angekündigt hat. Kalinka und Mucki tauschen besorgte Blicke.

»Das muss nichts heißen«, versucht Ellie sie zu beruhigen. »Ihm wird was dazwischengekommen sein. Die Arbeit zum Beispiel.« Gut möglich. Seit die Fordwerke voll auf Rüstung umgestellt haben, werden dort Doppel- und Wochenendschichten gefahren.

»Das Schicksal der Malocher«, schaltet Jonny sich ein, dem Bobbys Fernbleiben ebenfalls aufgefallen ist. Wenn auch wohl nur, weil dieser ihm ein Päckchen Pfeifentabak versprochen hat. Von den Flugzetteln kann er nicht wissen. Außer den vieren und dem Drucker weiß niemand etwas davon.

Mucki beschließt, sich das Wochenende nicht verderben zu lassen. Bobby wird arbeiten müssen. Punkt.

Von Oberkassel aus geht es zu Fuß hinauf zu den Seen. Märchensee, Felsensee, Blauer See: Wie Perlen an einer Kette reihen sie sich aneinander, überragt von einer imposanten, senkrecht aufsteigenden Felswand. Der mit Abstand größte der Seen ist der Felsensee. Es gibt keinen besseren Ort, um bei schönem Wetter der Enge der Stadt zu entfliehen.

Im klaren Wasser spiegelt sich mit gestochener Schärfe das Grau und Braun des Gesteins, das Blau des Himmels, das Weiß der ziehenden Wolken. Ein magischer Ort, der nur ihnen gehört. Alle breiten ihre Decken aus, ahlen sich in der Sonne, plaudern, lachen, singen. Und Mucki löst ein, was sie sich vorgenommen hat: Zum ersten Mal durchschwimmt sie den See der Länge nach.

Auch die Freunde aus Düsseldorf und Wuppertal sind inzwischen eingetroffen. Im Schatten der Bäume packen einige ihre Instrumente aus, Gitarrenklänge wehen übers Wasser. Wie ein Boot in sanfter Strömung gleitet der Tag dahin. Gegen Abend wird Holz zusammengetragen, werden Feuer angefacht. Kartoffeln garen in der Glut, der Duft von Stockbrot und gebratenen Würsten hängt in der Luft. Mucki gesellt sich mit ihrer Gitarre zu Jonny, Pietsch und Pablo, die nah beim Feuer hocken. Pablo bedeutet ihr, sich neben sie zu setzen, und sie folgt der Einladung. Sepp, der als der beste Gitarrist gilt, kommt ebenfalls zu ihnen rüber, gefolgt von Ellie, die neuerdings wie ein Schatten an ihm hängt.

Ihre gemeinsamen Lieder, die lieb gewonnenen alten Lieder der Bündischen Jugend, sie sind für Mucki das Schönste überhaupt. Die Hitze des Feuers treibt ihr die Röte ins Gesicht und lässt ihre Wangen glühen.

»Ganz einsam und verlassen an einer Felsenwand …«

Alle kennen den Text, alle singen mit, und es folgen unzählige weitere Lieder. Allmählich geht die Sonne unter; dunkle Wolkenbänke stehen jetzt am Horizont, mit ausgefransten Rändern, wie Tinte, die sich in Wasser auflöst.

So fühlt es sich an, das richtige Leben, denkt Mucki. Wie herrlich es ist, hier im Kreis ihrer Freunde zu sitzen, frei zu sein und unabhängig! Frei von den Braunen, frei von allen Zwängen, die sie ihnen auferlegen wollen, frei von der Sorge um den Vater, von dem man nichts erfährt, frei von der fürsorglichen Liebe der Mutter, die immer auch etwas Forderndes hat. Frei von den Luftalarmen, die es jetzt immer häufiger gibt. Frei will sie sein. Sonst nichts.

Irgendwann schmerzen die Fingerkuppen, die Stimme will auch nicht mehr. Sie fallen in einvernehmliches Schweigen, sehen zu, wie das Feuer niederbrennt. Pablo geht und holt Wasser, um die Glut zu löschen. Die Luft steht still, fast bleiern. Von der Eifel her grollt der Donner, verhalten zunächst, dann immer eindringlicher.

»Ich bin für eine Hotelübernachtung«, verkündet Omar und steht auf. »Hab keine Lust, mich grillen zu lassen.« Auch die anderen haben Respekt vor Gewittern und packen ihren Kram zusammen. Es dunkelt jetzt sehr schnell, Taschenlampen flackern auf. Einem kurzen Fußmarsch folgt eine steile Kletterpartie, dann haben sie die Höhle erreicht. Sie durchbohrt eine Felsnase am Rande eines engen Kessels, der den Blauen See umschließt. Blau ist er nicht, aber schön wie die anderen.

In der Höhle finden mindestens fünfzig Leute Platz, notfalls auch mehr. Geschützt vor Wind und Wetter lässt sich hier angenehm die Nacht verbringen. Mucki greift nach Rucksack und Gitarre und wagt sich ein Stück tiefer vor, dem fahlen Lichtschein folgend. Die Höhle ist eigentlich ein Stollen, dessen zweite Öffnung im Nichts endet. Dort stürzt der Fels über viele Meter nahezu senkrecht ab.

»Bleiben wir hier«, schlägt sie den anderen Mädchen vor, als sie etwa die Mitte erreicht haben.

»Wir halten hier vorn die Stellung und passen auf euch auf, falls ein Bär angreift«, ruft Pietsch ihnen nach.

»Oder ein Säbelzahntiger«, ergänzt Ellie trocken.

Die anderen kichern.

»Psst!« Das scharfe Kommando kommt von weiter vorn.

»Was ist denn?« Wieder Ellies Stimme.

»Klappe und Licht aus!«

Die Mädchen gehorchen erschrocken, schleichen zurück zum Eingang.

»Hört ihr das?« Pietschs verhaltene Stimme. Sie lauschen. Ein scharfer Wind fährt durch die Baumkronen und verfängt sich in der engen Schlucht. In der Ferne spaltet ein Blitz den Himmel, doch der Donner lässt auf sich warten.

»Ein Gewitter. Na und?« Mucki versteht die plötzliche Aufregung nicht. Hier sind sie doch sicher. Jonny deutet nach unten. Ein Knacken und Rascheln. Auch die Mädchen hören es jetzt.

»Da kommen welche.«

»Das werden die Düsseldorfer sein«, flüstert Ellie zurück. Ein paar von ihnen hatten am Felsensee ausgeharrt. Wieder Schritte, Rascheln, Tuscheln. Das sind nicht die Düsseldorfer. Die würden sich bemerkbar machen.

Ein Hinterhalt. Jetzt wird es allen klar.

»Das ist die HJ«, behauptet Omar. »Die will sich wohl für letzte Woche rächen.« Mucki weiß nicht, was am letzten Wochenende vorgefallen ist. Sie war mit Kalinka, Ellie und Trisch im Bergischen unterwegs.

»Was war los?«

»Nur der übliche Empfang am Schiffsanleger. Haben dieses Mal ordentlich was einstecken müssen. Und der eine oder andere hat ein unfreiwilliges Bad im Rhein genommen.« Omar klingt noch immer amüsiert.

»Mir ist die Sache nicht geheuer.« In Kalinkas Stimme schwingt Angst mit. Sie wissen nicht, wer sich dort unten zusammengerottet hat, ob auch noch Sicherheitsdienst oder Gestapo involviert sind. Ob nicht irgendwo dort draußen schon die Mannschaftswagen warten. »Wir können nicht weg von hier«, flüstert sie. Es stimmt. Allenfalls bestünde die Möglichkeit, auf den schmalen, extrem steilen Pfad auszuweichen, der seitlich der Höhle bis zum Plateau hinaufführt. Aber das ginge nur ohne Gepäck, und von dort oben wären sie bequem abzufangen. Sie sitzen in der Falle.

»Ihr da unten, macht euch vom Acker!«, brüllt Omar in die Nacht hinaus. »Das ist unser Territorium!« Plötzlich jault Tünn auf. Etwas hat ihn am Arm getroffen.

»Die Arschlöcher schießen mit irgendwas!« Kaum ausgesprochen, schnellen weitere Geschosse durch die Luft.

»Lasst den Scheiß und geht nach Hause zu Mama und Papa!«, brüllt Jonny.

»Erst, wenn wir euch ausgeräuchert haben!«, schallt es von unten herauf. Wieder ein Blitz. Ein Pulk von Gestalten wird sichtbar. Die Angreifer machen sich daran, den steilen Hang zu erklimmen. Im selben Moment setzt ein Platzregen ein. Stablampen leuchten auf.

»Haut ab, ihr Pimpfe! Gymnasiasten-Weicheier! Kommt und holt euch eure Tracht –« Der Donner schneidet Tünn das Wort ab. Zur Antwort fliegen Steine. Die HJ ist vorbereitet und arbeitet sich unaufhaltsam voran.

»Schiache Saubande!«, brüllt Sepp ihnen entgegen. Ellie kichert laut auf. Vielleicht ist es auch nur die Anspannung. »Wenn wir nix machen, marschieren die gleich hier rein!«

Omar schwingt sich bereits über die Felskante abwärts. Sepp und Jonny dicht hinterdrein, und schließlich folgen auch Pablo, Pietsch und Tünn. Im Seitschritt springen sie den steilen Hang hinab, wo sie schon nach wenigen Metern auf ihre Angreifer treffen.

»Lasst uns die Instrumente verstecken.« Mucki macht sich sogleich ans Werk. Die Instrumente sind das Wichtigste, auf sie hat es die HJ immer zuerst abgesehen. »Wir bringen sie ganz nach hinten, wo man sie nicht direkt sieht.« Sie schnappt sich Jonnys Banjo und Pietschs Balalaika, Ellie greift sich Sepps Gitarre. Als sie alles verstaut haben, eilen sie zum Höhleneingang zurück. Wieder durchzuckt ein Blitz die Finsternis. Der Donner folgt nur wenige Sekunden später. Das Gewitter ist jetzt ganz nahe. Mit unverminderter Heftigkeit geht der Regen nieder, Sturzbäche schießen talabwärts.

Der Aufstieg zur Höhle, der größtenteils aus festgetretenem Lehm besteht, verwandelt sich im Nu in eine schlammige Rutschbahn. Mucki hört die Kämpfenden unten keuchen, hört sie stöhnen, fluchen, schreien. Schemenhaft wälzen sich ineinander verkeilte Gestalten den Hang hinab. Ein gleißender Blitz lässt die Szenerie für einen Sekundenbruchteil gefrieren. Dann ein ohrenbetäubender Paukenschlag, gefolgt von einem Angst einflößenden Grollen, das nicht weichen will. Als hielte der Felskessel den Donner gefangen.

Die Mädchen pressen die Hände gegen die Ohren. Noch immer klatscht der Regen nieder, wenn auch nicht mehr ganz so heftig wie zuvor. Ihnen bleiben zwei Möglichkeiten, überlegt Mucki fieberhaft: aufgeben oder angreifen.

Sie klettert über den Felsvorsprung, schaut sich eilends nach einem Stock oder Knüppel um, gleitet auf dem Lehmboden aus und rutscht den Hang hinab, einem der Angreifer direkt vor die Füße. Sie springt auf, doch ein mächtiger Tritt lässt sie sofort wieder stürzen. Auf allen vieren kriecht sie voran, bekommt den verlorenen Knüppel zu fassen, springt auf. Mit erhobenen Armen stürmt sie auf ihren Kontrahenten los.

Als der Regen nachlässt, ziehen sich die Angreifer zurück. Noch in der Nacht räumen die Freunde vorsichtshalber die Höhle. Zwar ist die Schlacht erfolgreich geschlagen, aber man weiß nicht, was kommt. Sie lagern am Felsensee, zwei halten Wache, die anderen ruhen sich aus. Im ersten Licht des Tages kümmert sich Mucki um die Blessuren der Kämpfer: blutende Nasen, aufgesprungene Lippen, gestauchte Handgelenke. Sie selbst hat eine üble Prellung am Allerwertesten davongetragen, doch der Triumph ist größer als der Schmerz. Sie haben sich nicht unterkriegen lassen. Nur das zählt.

Er interessiere sich nun auch fürs Klampfen, erzählt ihr Pablo, während sie die Platzwunde an seiner Augenbraue versorgt. Ob sie ihm nicht mal was beibringen könne? Klar kann sie das. Sehr gern sogar. Aber das sagt Mucki nicht.

»Mal seh'n. Wenn ich Zeit hab.«

»Sehr schön. Dann gleich morgen Abend, im Volksgarten.« Pablo lächelt breit.

»Morgen Abend geht's nicht«, lügt sie. Ganz so leicht soll er sie nicht um den Finger wickeln können. »Was hältst du von Dienstag?«

»Dienstag ist mein Lieblingstag.« Er zwinkert ihr zu und zeigt seine weißen Zähne. Damit ist die Sache abgemacht.

GERTRUD

Mittwoch, 12. Juni 1940

Seit sechs Monaten ist mein lieber Peter nun schon fort. Man gewöhnt sich an alles, heißt es ja. Aber das ist nur die halbe Wahrheit. Das Leben geht weiter, der Kummer bleibt. Als wäre er eine Art seelisches Wachs, das sich in die Nischen des Alltags ergießt, in die Hohlräume und Freistellen, die nicht mit permanenter Geschäftigkeit gefüllt sind.

Wir halten uns recht tapfer, Mucki und ich. Sie geht nun ihre eigenen Wege, und es sind nicht die ausgetretenen Pfade der Massen. So haben wir sie erzogen, und darauf können wir stolz sein. Aber Peter fehlt ihr wirklich sehr, mehr noch, als sie zugeben will. Sie hängt so an ihm! Und ich fürchte, sein Rat fehlt ihr auch. Sie hat seinem Wort ja immer mehr Gewicht beigemessen als meinem.

Zu ihrem Geburtstag am 1. Juni habe ich ihr ein Liederbuch geschenkt, schreibe ich meinem Mann. Eins von früher, er wird schon wissen. Eines von der Bündischen Jugend. Verboten, natürlich, eingetauscht gegen eine Hämorrhoidensalbe. Ein doppelt verschwiegendes Tauschgeschäft. Mucki hat sich sehr über das Geschenk gefreut. Wie schade, dass Peter nicht dabei sein konnte!

Und noch etwas hat er verpasst, was ihm aber sicher nicht gefehlt haben dürfte: Gestern wurde Köln zum ersten Mal bombardiert. Uns ist nichts geschehen, doch es war beängstigend. Vor ein paar Monaten hätten wir uns noch gar nicht vorstellen können, wie es ist, allabendlich Pappen vor die Fenster zu stellen und dann blind in der eigenen Wohnung herumzutappen, wenn der Strom mal wieder ausfällt und Kerzen oder Petroleum ausgegangen sind. Draußen auf den Straßen ist das Mondlicht die einzige Lichtquelle. Die Braunen würden es sicher auch noch abstellen, wenn sie könnten. Gut, dass Sommer ist! Nicht auszudenken, was sein wird, wenn die Bedrohung anhält und wir uns durch einen im Wortsinn finsteren Winter quälen müssen.

Hoffen wir, dass bald alles ein Ende hat und die Sandsäcke, die jetzt überall vor den öffentlichen Gebäuden liegen, wieder weggeschafft werden können. Und ganz besonders hoffe ich, dass die Engländer nicht auf die Idee verfallen, die Wohnviertel zu bombardieren. Aber das können sie ja nicht ernsthaft wollen. Was wäre damit für sie gewonnen?

Nun, die Zeiten sind, wie sie sind. Wir müssen den Tatsachen ins Auge sehen. Mucki und ich haben uns jedenfalls vorgenommen, in dieser Woche die letzten Blumenrabatten umzugraben und Gemüse zu pflanzen. Möhren, Erbsen, Rote Bete. Ich hoffe, es wird was. Und falls es was wird, ist es hoffentlich noch da, wenn wir ernten wollen.

Donnerstag, 13. Juni 1940

Bin heute bei Rüttlich gewesen, dem Schneider. Heimlich, sozusagen, denn selbstverständlich hätte ich mich mit meinem Problem auch an meine Schwestern wenden können. Sicher hätten sie mir geholfen, hätten mir dieses und jenes angeboten und sich bemüht, freundlich zu sein. So weit es ihnen eben möglich ist.

Aber halbgare Bemühungen stellen den Frieden nicht wieder her. Der Riss, der durch unsere Familie geht, ist selbst von gelernten Schneiderinnen nicht zu flicken. Es ist und bleibt nun einmal so: Mit Ehefrauen ausgemachter Nazis will ich nichts zu tun haben, das hatte ich Herta und Friederike klar zu verstehen gegeben. Auch Maman war ja schnell bereit, sich geschmeidig zu zeigen. »Man muss die Nationalsozialisten verstehen: Sie bringen wieder Ordnung ins Land, dazu Arbeit und Brot.« Die geschniegelten Parteigänger, die meine Schwestern ihr als zukünftige Schwiegersöhne präsentierten, waren ganz nach ihrem Geschmack.

Als Bittstellerin sollen mich meine Schwestern nicht erleben, und wenn ich selbst zu Nadel und Faden greifen muss, damit mir meine Garderobe nicht vom Leib fällt. Aber so weit ist es noch nicht gekommen. Also bin ich rüber zu Rüttlichs Atelier in der Aachener Straße. Es liegt ja nur einen Steinwurf von der Apotheke entfernt.

»Frau Kühlem!« Rüttlich begrüßt mich mit so inniger Freude, als hingen Wohl und Wehe seines Ladens von mir ab. »Lange nicht gesehen.« Recht hat er. »Was führt Sie zu mir?«

Ich zeige ihm das Kleid, und er erkennt sofort, dass er es selbst geschneidert hat. Es ist das Silbergraue mit den weißen Paspeln vom letzten Jahr, noch recht gut in Schuss, aber neuerdings zu weit. Ein Geschenk von Peter zum Hochzeitstag. »Sehr elegant«, lobt er, und ich bin mir nicht sicher, ob das Kompliment an mich oder an ihn selbst gerichtet ist. »Aber Sie kleiden sich ja immer elegant«, schiebt er hinterher. Ein Charmeur von Berufs wegen, noch immer. Auch wenn der Kopf längst kahl und der Rücken gebeugt ist.

»Wenn Sie es sagen!« Es mag ja dumm sein, aber das Kompliment schmeichelt mir tatsächlich. »Ab einem gewissen Alter wird es allerdings immer schwerer …«

»Nun, nun!« Rüttlich hebt abwehrend die Hand. »Eleganz ist keine Frage des Alters, sondern des Typs, werte Dame!«

Ich ziehe mich hinter den blassrosa Vorhang zurück. Immer noch derselbe gepolsterte Stuhl mit dem Rosenmuster, die vergoldeten Wandhaken – manche Dinge ändern sich nie. Mein Spiegelbild hingegen schon. Keine Frage, ich habe abgenommen. Meine Schlüsselbeine staken wie Hühnerknochen aus der Bluse hervor. Es ist die beste, die ich noch habe, aber eigentlich mag ich auch sie nicht mehr tragen, weil sie die Magerkeit so betont. Frauen müssen Kurven haben, an Stellen, wo sie hingehören. Gerade in meinem Alter.

Ich schlüpfe in das Staubgraue, trete hinaus. Rüttlich mustert mich kritisch, sieht aber keine größeren Probleme.

»Ein paar versetzte Nähte hier und da, und es sitzt wieder wie angegossen«, verspricht er. »Allerdings –« Er zögert einen Moment. »Etwas Frisches würde Sie auch sehr gut kleiden. Gelb vielleicht. Oder sogar ein mutiges Rot?«

»Nun ja …« Ich will ihm nicht auf die Nase binden, dass ich

kein Geld habe. Gott sei Dank versteht er mein Zögern und lässt das Thema fallen. Holt Maßband, Nadeln und Notizblock und macht sich ans Werk.

»Wie geht es Ihrer Tochter?«, erkundige ich mich.

»Adele?« Er hält einen Moment inne. »Sie ist in Lausanne. Eine schöne Stadt, schreibt sie. Hat dort sogar einen jungen Mann kennengelernt. Einen Italiener. Italiener!« Er zieht das Wort in die Länge und schüttelt den Kopf. »Da werden wir uns auf viele, viele Bambini einstellen müssen!« Jetzt lacht er.

»Ist denn schon eine Hochzeit geplant?«

»Nun ja, so weit wollten wir nicht in sie dringen.«

»Nein«, sage ich. »Das sollte man nicht tun. Schon gar nicht in diesen Zeiten.«

Rüttlich tritt vor mich hin und mustert mich mit seltsamem Ausdruck. »Frau Kühlem, wenn ich Ihnen etwas raten darf: Vielleicht sollten Sie auch darüber nachdenken, das Land zu verlassen.«

Habe ich nicht schon einmal eine ganz ähnliche Situation erlebt? Richtig, vor Jahren beim Kaufmann Stern. Zum Abschied hat er Mucki eine Zuckerstange über den Tresen gereicht. So lang ist das nun schon her! Den Laden gibt es längst nicht mehr, aber die brennenden Fragen sind geblieben, beschämend in ihrer Absurdheit. Auch Rüttlich weiß, was es heißt, verfolgt zu werden. Heute frage ich mich, ob die Differenzen zwischen Kommunisten und Sozialdemokraten wirklich so groß waren, dass wir sie für unüberbrückbar hielten. Jetzt treiben wir alle in dem reißenden braunen Fluss, der alles zu verschlingen droht.

»Für Sie gilt womöglich dasselbe«, sage ich, um eine gewisse Leichtigkeit im Tonfall bemüht.

»Einen alten Baum verpflanzt man nicht«, gibt Rüttlich zur Antwort. »Aber Sie sollten gehen, Frau Kühlem. Bevor es zu spät ist!« In seiner Stimme liegt jetzt eine große Dringlichkeit. »Ich habe von Ihrem Mann gehört«, fügt er mit betrübter Miene hinzu. »Aber Sie … Sie haben doch noch eine Zukunft.«

»Mein Mann etwa nicht?«, gebe ich gereizt zurück. »Wir alle haben eine Zukunft. Wer lebt, hat eine Zukunft. Sie auch.«

Er senkt den Blick, widmet sich wieder seiner Arbeit, ist nach wenigen Minuten fertig. Ich gehe und kleide mich an. Als ich den Vorhang zurückschiebe, hat Rüttlich zu unverbindlicher Geschäftsmäßigkeit zurückgefunden. Und ich zu meiner Beherrschung.

»Kann ich sonst noch etwas für Sie tun?«

»Noch eine Kleinigkeit.« Ich ziehe Muckis Rock aus der Tasche. Die Flecken habe ich nur mühsam herausbekommen. Wie fabriziert ein Mädchen so etwas? Selbstverständlich habe ich nachgefragt, und ebenso selbstverständlich hat Mucki mir einen Bären aufgebunden. Ausgerutscht und einen Hang hinuntergepurzelt sei sie, und dabei habe sie sich auch gleich noch ein paar Schrammen geholt. »Hier, der Rock meiner Tochter. Dieser lange Riss an der Seite.« Rüttlich betrachtet den Schaden.

»Ist die junge Dame Fallschirmspringerin?«, erkundigt er sich scherzhaft. »Es sieht aus, als wäre sie nach dem Sprung in einem Baum hängen geblieben.«

Rock und Kleid seien in drei Tagen fertig, verspricht er. Aber ich plane nicht, sie selbst abzuholen. Keine weiteren ungebetenen Ratschläge. Ich werde Mucki hinschicken.

MUCKI

Donnerstag, 13. Juni 1940

Ihr Herz klopft heftig, als sie den Eifelplatz überquert. Es wird an der Eile liegen. Sie hat der Mutter erst im Schrebergarten helfen müssen und ist spät dran. Wenigstens gibt es heute nicht wieder Fliegeralarm, wie am Dienstag. Da hat Mucki im Luftschutzkeller gehockt, statt sich mit Pablo zu treffen. Beim nächsten Mal wird sie sich nicht wieder in den muffigen Keller setzen, beschließt sie. Zumal ja auch nie etwas Ernstes passiert ist. Der Krieg wird auch nicht in Köln ausgetragen. Warum sollten die Engländer also ausgerechnet hier Bomben werfen?

Zwar gibt es heute keinen Alarm, dafür ist das Wetter nicht gut. Seit einer halben Stunde regnet es nun bereits. Ob Pablo überhaupt kommt? Sie überlegt gerade, wo sie sich unterstellen kann, ohne ihn möglicherweise zu verpassen, als sie ihn entdeckt.

»Tut mir leid, ich bin spät dran!«

»Und ich erst!« Pablo grinst. »Also, wohin gehen wir?«

»Das Hüttchen am Spielplatz?«

»Da wollte ich schon immer mal hin!« Er schlüpft aus seiner Jacke und hält sie schützend über ihren Kopf. »Wär doch schade, wenn die Gitarre nass wird!«, scherzt er, und lachend rennen sie los, über die Wiese, durch den Sand, in die Hütte. Sie schütteln sich den Regen aus dem Haar, hocken sich auf das schmale Holzbänkchen. Die Decke über ihnen ist so niedrig, dass sie die Köpfe einziehen müssen.

»Wollen wir gleich anfangen?«, schlägt Mucki vor.

»Nur keine Zeit verschwenden!« Pablo schenkt ihr ein strahlendes Lächeln.

Ein wenig verlegen zieht sie ihre Gitarre aus der Schutzhülle.

»Vielleicht probierst du es gleich selbst«, schlägt sie vor und reicht ihm das Instrument. »Die linke Hand am Griffbrett, Daumen nach oben, Handgelenk gerade.« Sie beobachtet ihn prüfend, korrigiert seinen Griff. »Wie du siehst, gibt es sechs Saiten, und zwar EADGBE, von oben nach unten. Es ist wichtig, dass du dir die Reihenfolge merkst.«

»Wozu?«

»Damit es nicht klingt wie Wurstsalat, wenn du spielst.«

»Wurstsalat?« Er lacht. »Wie kommst du denn da drauf?«

»Keine Ahnung. Aber merk's dir. Nicht das mit dem Salat, sondern die Reihenfolge. Vielleicht probierst du's fürs Erste mit dem Spruch: Eine alte Dame geht Backfisch essen.«

»Ich mag keinen Backfisch.«

»Dann eben Bockwürstchen.«

»Gut, nehmen wir die Wurscht. Obwohl's ja nicht danach klingen soll.« Wieder grinst Pablo, und Mucki verdreht in gespielter Entrüstung die Augen. Eine Weile müht sie sich ab, zeigt ihm diesen und jenen Akkord. Es klingt schauderhaft.

»Nur nicht den Mut verlieren«, redet sie ihm zu. »Das kommt schon.« Es tropft durch die Decke. Genau auf Pablos bepflasterte Stirn. »Rück ran, du wirst ja ganz nass.« Sie macht sich schmal, um ihm mehr Platz zu lassen. Es ist kaum möglich auf der winzigen Bank.

»Wir hätten auch zu mir gehen können«, erklärt sie verlegen. »Aber es ist ein bisschen eng. Wir haben bloß zwei winzige Zimmer, und manchmal ist Besuch da, und –«

»Haargenau wie bei uns!«, unterbricht Pablo sie lächelnd.

»Was ist mit deinen Eltern?«, erkundigt sie sich vorsichtig.

»Papp tot, Mamm katholisch«, antwortet er knapp, als wäre damit alles gesagt.

»Tut mir leid.«

»Was jetzt? Das mit dem Papp oder mit der Mutter?« Die Frage ist nicht ganz ernst gemeint, und er scheint auch keine Antwort zu erwarten. Stattdessen legt er seinen Arm um ihre Schulter und drückt sie kurz an sich, lässt sie dann wieder los.

»Meinen Vater haben sie ins Arbeitslager gesteckt«, hört sie sich sagen. Eigentlich bindet sie niemandem ihre Familiengeschichte auf die Nase, nicht einmal den Freunden.

»Die Schweinebacken«, entgegnet Pablo. Mehr nicht.

»Er ist Kommunist.« Warum musste sie das jetzt auch noch loswerden? Vielleicht, damit Pablo nicht denkt, ihr Vater wäre ein Verbrecher. Wobei Kommunisten und Verbrecher für die meisten Leute ja ein und dasselbe sind.

»Bist du auch Kommunistin?«, fragt Pablo und probiert dabei einen Akkord.

Sie denkt einen Augenblick nach. »Die Kommunisten haben viele gute Ideen«, antwortet sie. »Es muss Gerechtigkeit herrschen, sonst geht gar nichts. Und wirkliche Gerechtigkeit gibt's nur, wenn die Arbeiterschaft an den Gewinnen beteiligt wird, die sie erwirtschaftet.«

»Ist das so?« Er schaut auf.

»Ja, so ist es. Erst, wenn die Arbeiter die Kontrolle über die Produktionsmittel –«

»Hast du das auswendig gelernt?«

»Ähm … nein.«

»Klingt aber so. Wie aus 'nem Buch.« Er lächelt gutmütig.

»Aber das sagt einem doch schon der gesunde Menschenverstand!«, widerspricht sie heftig. »Warum sollen einige Wenige alles besitzen und die anderen gar nichts? Warum dürfen sie sich etwas aneignen, das ihnen nicht gehört?« Ihre Stimme überschlägt sich beinahe. Sie atmet tief durch, fasst sich wieder. »Aber eigentlich möchte ich gar keinem Verein angehören«, erklärt sie dann. »Ich will mich vor keinen Karren spannen lassen, nicht vor den einer Partei oder einer Kirche.«

»Ganz deiner Meinung.« Pablo nickt zustimmend. »Ich hab mit Politik nichts am Hut.«

»Aber warum bist du dann dabei? Warum bist du einer von uns?« Sie schaut ihn fragend an.

»Na, weil ich gern auf Fahrt geh!«, antwortet er mit größter Selbstverständlichkeit und lacht. »Die HJ war auch nicht mein Ding. Also dachte ich, ich muss mir andere Kollegen suchen. Außerdem sind die Mädchen hübscher. Vor allem du!«

Herr im Himmel! Wie soll man sich wehren gegen einen solchen Augenaufschlag? Sie spürt ihre Knie weich werden.

»Nein, im Ernst. Ich wünsch mir ein Fahrtenmädel. Besonders

eins, das gern Hitlerjungen vertrimmt.« Er lehnt die Gitarre behutsam gegen die Wand, schließt Mucki in die Arme und küsst sie auf den Mund.

Als sie das Hüttchen verlassen, regnet es längst nicht mehr. Pablo meldet Interesse an weiteren Gitarrenstunden an, um seine Kenntnisse zu vertiefen. Wenn er sie dafür mal ins Kino ausführen darf oder in die Eisdiele?

»Gern, aber ich muss erst meine Mutter fragen«, antwortet Mucki mit ernsthafter Miene.

Er bemerkt zu spät, dass sie ihn aufgezogen hat. Als es ihm aufgeht, kneift er sie in die Seite, zieht sie dann an sich, flüstert ihr etwas zu. Sein Mund kitzelt an ihrem Ohr. Sie kichert, windet sich, küsst ihn auf die Wange – und fährt erschrocken zusammen, als sie plötzlich jemand anspricht.

»Hallo, ihr zwei.« Es ist Bobby.

»Servus, Bobby!«, grüßt Mucki eine Spur zu aufgekratzt. »Was tust du denn hier?«

»Dasselbe könnte ich euch fragen.« Bobby weicht ihrem Blick aus und schaut schnell zu Boden.

»Wir haben ein bisschen geklampft«, beeilt sie sich zu sagen. Die Anspannung ist ihr deutlich anzumerken.

»Na, dann klampft mal weiter.« Bobby tippt sich an den Schirm seiner Kappe und geht zügig davon.

»Unser Bobby ist ein richtiges Tränentier«, kommentiert Pablo die Begegnung, doch Mucki sagt nichts darauf. Die Stimmung ist merklich abgekühlt. »Ich kann dich noch ein Stück bringen«, schlägt er vor, als sie wieder am Eifelplatz anlangen, doch sie lehnt dankend ab.

»Meine Mutter ist hier ganz in der Nähe, und ich habe versprochen, sie abzuholen.«

»Na, dann.« Er drückt ihr einen Kuss auf die Stirn. »Man sieht sich. Bye-bye.« Und damit ist er weg.

Mucki bleibt unschlüssig stehen, dreht dann um und kehrt in den Volksgarten zurück. Ihr Gefühl hat sie nicht getäuscht: Bobby ist noch da. Er hockt auf der Rückenlehne einer Bank und starrt ins Leere. Sie geht zu ihm, reibt die Lehne mit ihrem Ärmel trocken und setzt sich. Keiner von beiden sagt etwas, doch ihre Scham ist deutlich zu spüren.

»Bist du noch dabei?«, fragt Bobby schließlich, ohne sie anzuschauen.

»Na klar, was denkst du?«

»Sah mir nicht so aus.« Er zieht geräuschvoll die Nase hoch. »Anscheinend hast du jetzt Wichtigeres zu tun.«

»Hab ich nicht!« Sie merkt selbst, dass sie lauter als nötig geworden ist, senkt die Stimme. »Pablo ist in Ordnung, Bobby. Du kennst ihn doch. Er ist einer von uns.«

»Wir hatten Stillschweigen abgemacht. Ich hab nicht gedacht, dass du … dass du so unzuverlässig bist.«

»Aber das bin ich nicht!«, widerspricht sie, leiser diesmal. »Pablo weiß nichts, und er wird auch nichts erfahren. Er ist nur …«

»Dein Fahrtenfreund«, ergänzt Bobby. Es klingt deprimiert.

Mucki seufzt. »Ich weiß nicht. Wir hatten nur Spaß. Ist das jetzt auch verboten?« Darauf sagt Bobby nichts. »Warum bist du nicht mitgekommen neulich, zum Felsensee?«

»Keine Zeit.«

»Wir haben uns Sorgen gemacht und uns gefragt, wo du bist.«

»Ich hab von der Schlägerei gehört«, antwortet er ausweichend. »Also kann ich nicht viel verpasst haben. Du weißt, dass ich keinen Wert auf so was lege. Außerdem ist es gefährlich. Gerade für uns.« Sie verfallen wieder in Schweigen.

»Du wusstest aber nicht vorher, dass die HJ auftauchen würde, oder?«, erkundigt sie sich vorsichtig.

»Was?« Bobby dreht sich abrupt zu ihr um und starrt sie an. »Das ist nicht dein Ernst, oder? Glaubst du etwa, ich stecke mit denen unter einer Decke?«

»Nein«, widerspricht Mucki peinlich berührt.

»Warum sagst du dann so etwas? Warum sollte ich dann mit euch diese …« Er kann sich gerade noch beherrschen und schluckt den Rest des Satzes hinunter. Sich wegen eines dummen Streits zu verraten, wäre nun wirklich unverzeihlich.

»Bitte, Bobby!« Mucki wirft ihm einen flehenden Blick zu. »Wir hatten nur befürchtet, dass du vielleicht Ärger bekommen hättest.«

»Ich hab gearbeitet«, antwortet er kurz angebunden.

»Dann ist ja gut.« Erst jetzt bemerkt sie, dass der Regen wieder eingesetzt hat. Milde zwar, wie feiner Nebel, doch auf ihrem Rock glitzert die Feuchtigkeit. Zeit, das Thema zu wechseln und zur Sache zu kommen. »Alle Blätter sind weg«, berichtet sie leise. »Wir waren fleißig, Ellie, Kalinka und ich.« Bobby nickt. »Wir brauchen wieder Nachschub.« Sie schaut ihm forschend ins Gesicht. »Wie sieht's mit dir aus? Bist du noch dabei?«

»Deswegen bin ich gekommen. Ich dachte, ich treffe hier eine von euch und wir könnten was ausmachen.«

»Damit hast du ganz richtig gelegen.« Mucki knufft ihm freundschaftlich in die Seite. »Also, wie gehen wir's an?«

Dienstag, 17. September 1940

Als sie sich auf den Weg machen will, geht ein heftiger Schauer nieder. Kein rechtes Wetter zum Spazierengehen, doch Frau van Kampen ist anderer Meinung. Jede Witterung hat etwas für sich, sagt sie. Frische Luft härtet ab. Vor allem kleine Kinder, die sonst zum Kränkeln neigen. Mucki gibt ihr bereitwillig recht. Beim Drucker wartet ein Stapel frischer Flugblätter, und es wäre schade, sie länger liegen zu lassen.

Auch Frau van Kampen scheint es eilig zu haben. Heute trägt sie einen seidigen Mantel mit schmaler Silhouette, den Mucki noch nie an ihr gesehen hat. Nicht ganz das Richtige für das schlechte Wetter, aber todschick. Der Mutter würde er sicher gefallen. Auch die eleganten Lackmöbel in der Eingangshalle, ebenfalls neu.

»Alles aus Frankreich.« Frau van Kampen hat Muckis Blick bemerkt. »Hat mein Mann alles herübergeschickt. Dazu Kristall und feine Bettwäsche, eine ganze Kiste voll. Man mag sich gar nicht vorstellen, in welchem Saus und Braus die dort leben, während wir uns hier mit Bezugsmarken herumschlagen müssen!« Sie schüttelt missbilligend den Kopf, während sie Cornelias Jäckchen zuknöpft. Normalerweise ist es Wilmas Aufgabe, das Mädchen ausgehfertig zu machen, aber sie scheint heute ihren freien Tag zu haben. Cornelia wird in ihr Wägelchen gebettet. Auch das Paradekissen ist neu, wie Mucki bemerkt. Feinstes Leinen und Klöppelspitze. Frau van Kampen hilft ihr, den Kinderwagen die Stufen vor der Haustür hinunterzutragen.

»So, und nun ab mit euch!« Ihr fahriges Lächeln kann ihre Ungeduld kaum überspielen. Was die nur wieder vorhat! Mucki hat sich bereits des Öfteren gefragt, ob es noch klug ist, ausgerechnet das Kind dieser Frau für ihre Zwecke einzuspannen. Andererseits kennt sie keine Mutter, die ihr so viele Freiheiten gewähren würde und nicht einmal nachfragt, wo sie eigentlich gewesen ist. Auch die immer zahlreicher werdenden Luftalarme scheinen Frau van Kampen nicht zu schrecken. »Ich habe volles Vertrauen zu dir, Gertrud. Die Empfehlung von Frau Seematter war Gold wert.«

Auch für Mucki ist die Empfehlung Gold wert. Sie und die Mutter können jeden Pfennig brauchen, denn es wird immer knapper daheim.

»Macht euch einen schönen Nachmittag!« Frau van Kampen winkt ihnen nach, selbst schon im Begriff, die Tür von außen abzusperren.

»Danke, das werden wir!« Auch Mucki winkt zum Abschied. Leider ist es zu früh, gleich nach Pesch rauszufahren. Der Drucker erwartet sie erst ab vier. Also schiebt sie ihr Wägelchen ziellos durch die Stadt. Ein scharfer Wind treibt den Regen vor sich her und trägt den Gestank von Holzvergasern und Abwasser mit sich. Mucki wartet die Schauer unter Vordächern ab, betrachtet die Schaufensterauslagen, die schon jetzt immer spärlicher werden. Cornelia ist längst eingeschlafen. Nachts tut sie kein Auge zu, behauptet Frau van Kampen immer. Mucki wundert das nicht. Irgendwann muss dieses Kind ja mal wach sein. Für ihre eigenen Pläne ist der auf den Kopf gestellte Tag-und-Nacht-Rhythmus allerdings ideal.

Gegen drei Uhr nimmt sie die Straßenbahn, steigt dann in den Bus um. In gemächlicher Fahrt geht es weiter in Richtung Norden. Das Brummen des Motors, das Prasseln des Regens auf das Blechdach, das angenehme Gefühl, im Trocknen zu sitzen – sie überkommt eine gewisse Schläfrigkeit, der sie sich nicht entgegenstemmt, so routiniert ist sie inzwischen in ihrem Handeln. Alles klappt wie am Schnürchen: Beim Wandern entscheiden sie über die Texte – auf freier Flur sind auch die Gedanken frei –, Bobby trägt sie zum Drucker, bei dem Mucki dann die fertigen Zettel mit dem Kinderwagen abholt. In einem sicheren Versteck warten sie anschließend darauf, unters Volk gebracht zu werden. Es ist riskant. Es ist lebensgefährlich. Das ist ihnen bewusst. Aber es ist auch gefährlich, im Rhein zu schwimmen, und trotzdem tun es alle. Zumindest die, die kein Geld fürs Schwimmstadion haben.

Mucki wünscht sich, dass ihr Vater stolz auf sie sein kann. Sieh, Papa, ich kämpfe! Wir kämpfen auch für dich. Halte nur durch!

Der Bus nähert sich ihrem Ziel. Bremsen quietschen, Abwasser spritzt mit einem dumpfem Klatschen gegen den Schweller. Mucki steht auf, schließt ihren Mantelkragen, wuchtet den Wagen auf die Straße. Selbst der gutmütigen Cornelia behagt das nicht. Sie möppert, windet sich, schreit auf. Soll sie ruhig, denkt Mucki. Was wird einer schon von einer jungen Frau mit einen plärrenden Kleinkind denken? Mit grimmigem Hohn denkt sie an die grausige Frau Gnaus von der NS-Frauenschaft zurück. »Das Programm unserer nationalsozialistischen Frauenbewegung hat nur einen einzigen Punkt: Das Kind, dieses kleine Wesen, das werden muss und gedeihen soll.« Mucki lächelt auf Cornelia herab. Wer sollte sie am Werden und Gedeihen hindern wollen?

Zielstrebig marschiert sie los, biegt in die Straße ein, deren Namen sie nicht kennt, stoppt vor dem Haus, von dessen Existenz sie nichts weiß, sucht den Mann auf, den sie nie getroffen hat. Viermaliges Klopfen, tam-tatam-tam. Auch das sitzt inzwischen. Sie begrüßen einander nie mit Namen.

»Dieses Kind«, sagt der Drucker stattdessen und deutet auf das beschlagene Regenverdeck, von dem Tropfen herabperlen. »Ist es überhaupt echt? Ich habe es noch nie –« In diesem Moment muckt Cornelia. Aus unwilligem Glucksen wird in Sekundenschnelle schrilles Geschrei. »Womit sich die Frage erübrigt hätte.« Der Drucker lacht auf seine leise, in sich gekehrte Art, während sie laut herausplatzt. Sie kann gar nicht anders. Schnell entfernt sie den Regenschutz, nimmt das Kind hoch, wiegt es im Arm.

»Alles ist gut, kleine Cornelia.« Das Kind schluchzt noch ein Weilchen, beruhigt sich allmählich wieder. Den Rest besorgt das Stückchen Würfelzucker, das Mucki für alle Fälle eingepackt hat. Der Drucker reicht ihr die Blätter. Ehe sie sie unter der Matratze verstaut, gönnt sie sich einen kurzen Blick darauf, wie sie es immer tut. Genießt das befriedigende Gefühl, etwas erschaffen zu haben. Dann bettet sie die kleine Cornelia zurück in den Wagen, breitet die Decke über sie, knüpft das Regenverdeck fest. Fertig zum Abmarsch. Der Drucker wünscht noch einen schönen Tag.

Auf dem Rückweg ist besondere Achtsamkeit angezeigt, doch auch diese Aufgabe hat sie inzwischen vielfach gemeistert. Nur immer die Nerven bewahren. Das ist das Wichtigste.

»Gertrud, bist du's?« Eine Stimme hinter ihr. Der Schreck trifft Mucki wie ein Stromschlag. Es ist Wilma, das Dienstmädchen der van Kampens.

»Ach, Wilma!« Sie streicht sich das Haar aus der Stirn und lächelt. »Was tust du denn hier?« Jetzt nur nicht die Nerven verlieren. Doch ihr schlägt das Herz bis zum Hals. Ist Wilma womöglich ein Spitzel? Hat Frau van Kampen sie auf sie angesetzt? Diese fahrige Art heute, noch weit schlimmer als sonst. Diese angespannte Nervosität …

»Meine Tante wohnt in Pesch«, erzählt Wilma. »Ich habe sie besucht und mache mich jetzt auf den Heimweg.« Es klingt arglos und aufrichtig.

»Genau wie wir«, stellt Mucki scheinbar leichthin fest.

»Wo wart ihr denn?«, bohrt Wilma nach.

»In der Mengenicher Straße.« Mucki beugt sich vor und zupft einen Flusen von Cornelias Zudecke. »Frau van Kampen hatte mir ein Kleidchen zum Umschneidern mitgegeben, und ich habe eine Bekannte, die das sehr gut macht. Sie kommt morgen zu uns und bringt das Kleid vorbei. Dann kann die kleine Cornelia es gleich morgen Nachmittag tragen.« Wieder lächelt sie. Die Lüge ist nicht besonders gut, Mucki weiß es selbst, doch auf die Schnelle fällt ihr nichts anderes ein. Ein Schwachpunkt, das wird nun ganz deutlich. Sie hätte gewappnet sein müssen.

Glücklicherweise hat Wilma noch einen kurzen Botengang für die Tante zu erledigen. So bleibt Mucki die gemeinsame Heimfahrt erspart. Als sie in den Bus steigt, steht ihr noch immer der Schweiß auf der Stirn.

Mittwoch, 18. September 1940

»Dieses schreckliche Zeug!« Muckis junge Kollegin Hilde nimmt ihre Hände aus dem Waschwasser und betrachtet sie höchst kritisch, dann wandert ihr Blick zu der Packung im Regal. »RIF«, liest sie vor. »Was soll das überhaupt heißen?«

»Reichs-irgendwas«, antwortet Mucki, ohne aufzuschauen. »Weiß auch nicht so genau.«

»Furchtbar! Man denkt, die Wäsche wird schmutziger statt sauberer davon.« Hilde hebt die Arbeitsschürze hoch, die sie eben ausgewaschen hat, betrachtet sie missmutig. »Was noch annähernd weiß war, ist danach endgültig grau, das steht mal fest.«

»Zumindest haben wir noch Waschmittel.« Mucki nimmt eine weitere Schürze aus der Lauge und legt sie in eine Schüssel mit klarem Wasser.

»Hier im Kindergarten vielleicht! Aber zu Hause kriegst du gerade mal ein halbes Pfund pro Monat auf die Bezugsscheine. Und das für einen ganzen Haushalt! Wie willst du es da noch schaffen, immer sauber und gepflegt zu sein?«

»Hör doch einfach auf zu schwitzen«, schlägt Mucki vor, ohne eine Miene zu verziehen.

»Ein guter Tipp«, findet Hilde. »Dann bräuchte ich auch keine Schwimmseife mehr! Mehr Luft als Seife drin, deswegen schwimmt sie ja – und entsprechend schnell geht sie baden. Haha! Nee, echt jetzt. Ist doch ätzend, so was!« Sie wringt eine Schürze aus, klammert sie an die Leine. »Noch schlimmer ist die Bimsseife, die wir neulich gekriegt haben. Da kannst du dich gleich mit Bimsstein abschrubben.« Unvermittelt tritt sie an Mucki heran, streckt ihr ihre roten Hände hin. »Hier, sieh dir das an! Wie soll ich mir damit einen Ehering anstecken lassen?« Sie blickt betrübt auf ihre Finger, als wären sie etwas Fremdes, das gar nicht zu ihr gehörte.

»Gertrud?« Frau Seematter steckt den Kopf durch die Tür. »Frau van Kampen ist da, um ihre Töchter abzuholen, und möchte dich sprechen.«

Mucki fährt zusammen. Sie ist schon den ganzen Vormittag nervös. Wilma, sie hat alles ausgeplaudert. Womöglich steht bereits die Gestapo vor der Tür.

»Fräulein Kühlem!« Frau van Kampen schenkt ihr ein fahriges Lächeln. Mucki spürt, wie ihr der Schweiß ausbricht. Sie weiß alles. Von Wilma. Der Spionin.

»Es ist nur …« Die van Kampen wirkt noch zerstreuter als sonst. »Mein Mann, er wird noch länger in Frankreich verweilen – jemand muss dort ja für Ordnung sorgen.« Sie lacht schrill auf. »Nun, es bedeutet, dass ich wohl noch länger ohne ihn auskommen muss, und da denkt er, es ist besser … Tja, wie Männer so sind, sie wollen ihre Liebsten beschützt wissen, nicht wahr?« Wieder dieses gespielte Lachen. »Dieser Bombenangriff neulich, er fürchtet …« Sie unterbricht sich, sucht nach Worten. »Jedenfalls will er, dass ich aufs Land ziehe. Er hat Verwandte im Schwarzwald. Sommerfrische sozusagen. Wunderbar für die Kinder, so viel frische Luft …« Frau van Kampen bricht nun endgültig ab. Ihr Hals ist übersät von roten Flecken, und sie sieht aus, als würde sie jeden Moment in Tränen ausbrechen. »Ich wollte mich bei dir bedanken, Gertrud. Dank dir hat sich unsere Cornelia ganz prächtig entwickelt. Aber nun brauchen wir deine Hilfe nicht mehr.« Sie tritt vor, streckt ihr die Hand hin. »Nochmals vielen Dank. Wir sehen uns hoffentlich wieder.«

Als sie weg ist, atmet Mucki erleichtert auf und reibt sich das Gesicht. Nachdem sie sich ein klein wenig beruhigt hat, tritt sie ans Fenster, um den van Kampens nachzuschauen: Die große, kräftige Gestalt der Frau mit ihrem hellen, welligen Haar; neben ihr die beiden kleinen Mädchen, deren Haar exakt denselben Blondton hat. Auch Cornelia, die gerade in ihrem Wägelchen den fehlenden Nachtschlaf nachholt, hat die Haarfarbe der Mutter geerbt.

Alles noch mal gut gegangen. Keine Wilma. Keine Gestapo.

Hoffentlich.

Und keine Kinderwagen-Besuche mehr beim Drucker. Doch das ist nicht die einzige schlechte Nachricht.

»Was hast du da?« Die Mutter deutet auf das Schreiben, das sie in Händen hält.

»Eine Vorladung zur Gestapo. Mittwoch um zehn Uhr.« Mucki macht ein betretenes Gesicht.

»Gestapo?« Die Mutter zieht geräuschvoll die Luft ein. »Was ist passiert?«

Sie zögert. »Letztes Wochenende. Als ich mit Trisch und ihrem Bruder raus ins Bergische wollte.«

»Und sie dann doch keine Zeit hatten«, ergänzt die Mutter.

»Ja. Das heißt nein. Sie hatten Zeit.« Mucki schlägt schuldbewusst die Augen nieder. »Wir haben uns am Heumarkt getroffen und sind mit der Linie G bis nach Bergisch Gladbach rauf. Dort an der Haltestelle stand dann der Streifendienst, wir sind ihm direkt in die Arme gelaufen. Razzia. Die Polizei war auch dabei.« Mucki erinnert sich nur ungern an den Vorfall. Fünf oder sechs Männer hatten sich ihnen in den Weg gestellt. Pablo war noch schützend vor sie getreten, hatte ihr und seiner Schwester ein Zeichen gegeben, dass sie abhauen sollten. Doch es war zu spät gewesen.

»Ausweisen! Aber dalli! Was tut ihr hier? Ihr seid doch Bündische! Ihr wisst, dass das verboten ist! Und was ist das hier? Ein Edelweißabzeichen! Auch verboten! Alles verboten! Das wird ein Nachspiel haben!«

Mucki schweigt lange. Die Mutter tritt an sie heran und legt ihr die Hand auf die Schulter. »Warum hast du nichts erzählt?«

»Ich dachte, sie hätten uns vielleicht nur gedroht. Ich wollte dich nicht weiter beunruhigen.«

»Die Gestapo!« Die Mutter seufzt tief. »Dass du mir nur ja vorsichtig bist, Kind! Sag so wenig wie möglich. Bleib immer bei deiner ersten Äußerung. Lass dich nicht in die Irre führen. Lass dir nichts in den Mund legen.«

»Schon gut, Mutter.«

»Nein, es ist nicht gut! Ich mache mir Sorgen.«

»Es wird schon gut gehen«, beschwichtigt Mucki. »Ich habe ja nichts gemacht.«

Die Mutter lässt sie los, ringt die Hände, schaut einen Moment schweigend ins Leere, wendet sich ihr dann nochmals zu. »Stimmt das, Mucki? Ihr habt nicht irgendeine Aktion –«

»Nein«, fällt Mucki ihr ins Wort. »Wir wollten nur wandern!«

Die Mutter seufzt abermals. »Du musst vorsichtig sein bei dem, was du tust. Immer. Versprich es mir.«

Mucki verspricht es. Denkt, dass sie immer vorsichtig ist. Nun ja, fast immer.

Mittwoch, 25. September 1940

Pünktlich um fünf vor zehn treffen sie vor dem EL-DE-Haus am Appellhofplatz ein, das seit ein paar Jahren der Sitz der Gestapo ist. Der Pförtner schickt sie in die erste Etage, nennt ihnen eine Zimmernummer. Dort werden sie von einem Beamten in Empfang genommen, der die Mutter fortschickt. Sie will nicht gehen, doch der Hinweis, dass sie wohl kaum noch mehr Ärger provozieren wolle, macht sie schließlich gefügig. Nach ihrem Weggang beginnt der Beamte, Muckis Personalien aufzunehmen.

»Name? Geburtsdatum? Wo geboren?« Die Schreibmaschine klappert. Als er fertig ist, winkt er einen anderen heran, dem sie folgen soll. Wieder die Treppe runter. Dann noch eine, in den Keller. Sie hält den Atem an. Das sind sie also: die berüchtigten Gefängniszellen der Gestapo. Ein schmaler Gang, niedrige Decken, dicke Zellentüren.

»Rein mit dir.« Mucki bleibt stehen. »Nun los!« Er gibt ihr einen Schubs, sie stolpert in die Zelle. Sie ist leer. Vollkommen leer. Nicht einmal eine Sitzgelegenheit. Auch kein Licht. Die Tür fällt zu. Mucki ist allein. Hockt sich auf den Boden. Versucht, das Zittern in den Griff zu bekommen. Wartet. Sie weiß nicht, wie lange. Minuten? Stunden? Sie weiß nicht, wovor sie sich mehr fürchten soll: Vor dem, was ist, oder vor dem, was folgt? Die Tür geht auf. Sie springt auf die Füße. Derselbe Beamte. »Mitkommen.«

Wieder die Treppe hoch. Wieder hinauf in den ersten Stock. In ein anderes Zimmer. Ein anderer Beamter. Er blickt nicht einmal auf, arbeitet schweigend weiter. Als wäre sie eine Fliege an der Wand. Nicht wert, auch nur einen Blick an sie zu verschwenden.

»Gertrud Kühlem«, liest er schließlich von einem vor ihm liegenden Blatt ab, schaut sie dann doch an. »Was glaubst du, weshalb du hier bist?«

»Ich habe eine Vorladung erhalten.«

»Eine Vorladung. Und warum?«

»Das weiß ich nicht.«

»Aha, du weißt es nicht. War es nicht so, dass du aufgegriffen wurdest, während du dich unerlaubt in der Gegend herumgetrieben hast?«

»Ich wollte nur wandern.«

»Du warst mit deinen bündischen Freunden unterwegs. Das ist verboten.«

»Wir wollten nur wandern.«

»Wer ist ›wir‹?«

»Das Mädel hieß Trisch, der Junge Pablo, glaube ich.«

»Trisch und Pablo, soso. Zwei schöne deutsche Namen.« Der Beamte am Nebentisch lacht auf. »Und wie nun richtig?«

»Das weiß ich nicht. Ich habe sie erst neulich kennengelernt.«

»Wo kennengelernt?«

»Am Heumarkt, am Pferdedenkmal.«

»Das ist kein Denkmal für ein Pferd.«

»Beim Kaiser-Wilhelm-Denkmal«, korrigiert sich Mucki.

»Soso. Und was habt ihr da gemacht?«

»Wir haben übers Wandern geredet, dass wir gern raus ins Bergische fahren. Alle drei. Und dann haben wir uns verabredet.«

»Wer noch?«

»Niemand sonst, nur wir drei.«

»Wer ist sonst noch bei deinen Wanderungen dabei?«

»Naturfreunde. Es sind Naturfreunde.«

»Du hast doch Freunde bei den Bündischen.«

»Ich gehe nur gern wandern. Raus in die Natur.«

»Und dein Edelweißabzeichen? Hier steht, du hättest eins getragen.«

»Das Edelweiß ist eine schöne Blume.«

»Was du nicht sagst! Dann kannst du mir sicher auch erklären, welche Bedeutung es hat?«

»Edelweiß wächst hoch oben in den Bergen, wo niemand hinkommt. In freier Natur. Ich mag die Berge. Ich bin dort sehr gern. Ich gehe gern wandern.«

Wie oft? Wann und mit wem? Wer sind die Freunde? Was machen die Eltern? Vater im Arbeitslager. Nicht gut. Was macht die Mutter? Was macht Mucki beruflich? Was kann sie über die Bündischen sagen?

Nichts kann sie sagen. Sie kennt keine. Sie hat nichts mit ihnen zu tun. Sie wandert gern. In der freien Natur.

Welche Lieder singst du? Bündische? Sie weiß nicht, was bündische Lieder sind. Sie singt nur gern beim Wandern. Der Beamte macht sich Notizen. Schaut auf, fixiert sie streng. »Die Bündische Jugend ist Abschaum«, verkündet er schließlich. »Sie glaubt, sich nicht an Regeln halten zu müssen. Sie stellt sich gegen die Volksgemeinschaft. Sie ist unsittlich und verroht. Lass dich nicht mit denen ein, Mädel! Falls wir dich noch einmal erwischen, wird dir das schlecht bekommen. Also enttäusche uns nicht. Enttäusche den Führer nicht. Und jetzt gehst du nach Hause und besinnst dich auf deine Pflichten.«

Mucki will schon aufatmen, doch sie ist noch nicht entlassen. Wieder nimmt sie der Beamte in Empfang. Führt sie ein Stockwerk höher, zum Erkennungsdienst. Dort wird sie fotografiert, vermessen, kartiert. Dann kann sie gehen.

Der Schreck legt sich nur langsam. Auch in der Nacht sucht er sie noch vielmals heim. Doch man hat ihr nichts nachweisen können, auch das ist ein Fakt. Am nächsten Morgen hat sie eine Entscheidung gefällt: Sie wird weiterhin wandern gehen. Mit wem und wohin sie will.

Und beim Drucker warten neue Flugzettel.

GERTRUD

Mittwoch, 25. September 1940

Nun hat die Gestapo also auch meine Mucki in den Klauen gehabt. Der Schrecken hört einfach nicht auf! Sie wollte nur raus ins Bergische, sagt sie. Zusammen mit einem befreundeten Geschwisterpaar. Ich kenne die beiden nicht, aber Mucki versicherte mir, es seien zuverlässige Freunde aus ihrer Wandergruppe. Nein, keine Spitzel. Auch die beiden seien vorgeladen und dann wieder weggeschickt worden. Der junge Mann habe unterschreiben müssen, dass er nicht wieder auf Fahrt geht. Die Mädchen nicht. Sie solle in Zukunft bloß vorsichtig sein, mahne ich. Sich nicht noch einmal von denen in die Mangel nehmen lassen. Nichts riskieren. Diese Worte, aus meinem Munde!

Wenn ich in meinen Kladden zurückblättere, muss ich so allerhand lesen, das ich heute nicht mehr schreiben würde. Manches kommt mir sogar recht dumm vor. Oder eitel. Was ja aufs selbe hinausläuft. Da habe ich gedacht, ich hätte bei Peters erster nennenswerter Verhaftung bereits allen Kummer durchlebt, alle Sorgen und Hoffnungen. Unsinn! Dem war mitnichten so. Damals habe ich nicht um meine Existenz bangen müssen. Es herrschte kein Krieg. Peter hatte Arbeit, wir hatten Geld. Eine große Wohnung. Essen. Alles war da – sogar im Überfluss, wie mir heute scheint. Dazu habe ich mich damals keinen Zentimeter von Peter gelöst, ich konnte mir nicht vorstellen, dass er vielleicht nicht mehr heimkommen könnte. Ohne ihn zu existieren, war unvorstellbar für mich. Einer wie er würde es immer schaffen, das war meine feste Überzeugung. Vielleicht war's nur Selbstschutz – oder Bequemlichkeit. Wenn du deinen Mann für unverwundbar hältst, bringt dich nichts um den Schlaf. Andererseits – ohne Hoffnung geht es nicht. Doch wo liegt die Grenze zwischen Kraft spendender Zuversicht und bequemlicher Naivität? Ich kenne die Antwort nicht, aber sie spielt auch keine Rolle mehr, denn inzwischen hat sich alles geändert. Nicht, dass ich Peter aufgegeben hätte – die Liebe ist noch da, und sie wird immer bleiben. Aber ich musste doch akzeptieren, dass er so bald nicht wiederkommt. Dass ich die Dinge selbst in die Hand nehmen muss. Dass ich die volle Verantwortung für mich und meine Tochter trage.

Und nicht nur für uns, auch für andere, die noch weniger haben als wir. Mein Kummer darf mich nicht blind für die Not anderer Leute machen. Ich darf nicht zulassen, dass wir den Kontakt zueinander verlieren. Wir, die sie noch nicht verschleppt, versklavt oder ermordet haben. Wir sind die einzige Hoffnung für die, die dort oben im Moor schuften müssen. Und diese Hoffnung dürfen wir nicht enttäuschen.

In seinem letzten Brief hat Peter geschrieben, er denke jeden Tag und jede Stunde an Mucki und mich. Einer der wenigen aufrichtigen Sätze im Sumpf der vordiktierten Lügen. Ich will ihm keinen Grund geben, seinen Stolz auf uns zu verlieren. Ich will nicht jammern. Will den Kopf hochhalten. Mich nicht kleinmachen vor denen, die so kleingeistig sind.

Und wenn ich es recht bedenke, dann bin ich erst durch Peter zu einem Menschen geworden, der dieses Schicksal tragen kann. Er war mein Lehrer und hat mir die Augen geöffnet. Mir, die ich doch eine höhere Bildung genossen und sogar ein Studium absolviert habe. Und doch war ich so ahnungslos! Es sind ganz andere Dinge, die zählen. Das bekommen wir ja nun deutlich zu spüren.

Aber Schluss mit dem Theoretisieren. Schluss mit der Schreiberei. Ich habe keine Lust mehr. Die Lieblichsten Landschaften des Deutschen Reiches werden's verschmerzen.

MUCKI

Donnerstag, 15. Mai 1941

Endlich Frühling! Der sonnensatte Nachmittag scheint die Winterkälte endgültig verbannt zu haben. Die milden Temperaturen locken die Menschen vor die Türen, alles sehnt sich nach Wärme und Licht. Auch der Kindergarten unternimmt einen Ausflug zum Rheinufer. Während die Kinder Fangen spielen, sitzen die Frauen, die sie beaufsichtigen, mit aufgekrempelten Blusenärmeln beisammen und schwatzen.

»Mein Bruder hat das Klampfen aufgegeben«, erzählt Hilde, mit der Mucki sich bestens versteht. »Vielleicht wäre seine Gitarre was für dich. Sie war angeblich sehr teuer. Kannst sie dir ja mal anschauen.«

Mucki ist nicht abgeneigt. Über Monate hat sie einen Teil ihres Lehrgelds beiseitegelegt, um sich ein besseres Instrument kaufen zu können. Allmählich wächst die Ungeduld, doch für eine neue, wirklich gute Gitarre, eine Martin vielleicht, wird es wohl nicht reichen.

»Bruno lottert meistens auf dem Alpener Platz ab«, erzählt Hilde. »Da könntest du ihn treffen.«

Am frühen Abend fährt Mucki mit der Bahn nach Ehrenfeld und schlendert über die Venloer Straße in Richtung Alpener Platz, wo sich bereits eine Menge junger Leute eingefunden haben. In dicht gedrängten Grüppchen stehen sie beisammen, hocken auf den Stufen, spielen Gitarre und Mundharmonika, singen oder führen lebhafte Unterhaltungen über die Köpfe der anderen hinweg. Der Lärm ist vielen Anwohnern ein Dorn im Auge. Beschwerden sind ebenso gewiss wie das Auftauchen der Polizei, weshalb Mucki sich für gewöhnlich von hier fernhält. Mit schöner Regelmäßigkeit werden die jungen Leute vertrieben, und ebenso regelmäßig finden sie sich wieder ein.

Mucki nimmt sich vor, achtsam zu sein und sofort abzuhauen, wenn ein Wachtmeister auftaucht. Ob Hildes Bruder wohl hier ist? Sie kennt Bruno vom Sehen, weiß also, nach wem sie Ausschau halten muss. Ihr Blick schweift hierhin und dorthin, aber sie kann ihn nirgendwo entdecken. Dafür erblickt sie jetzt Erich, den sie noch aus Kindertagen kennt. Beide waren sie damals bei den Roten Pionieren. Auch Erich hat sie entdeckt und winkt ihr zu. Neben ihm steht ein großer, kräftiger Kerl, ein Blickfang, wie Ellie sagen würde. Einer, nach dem sich alle Mädchen umdrehen, sogar die vom BDM. Wie er da steht, hat er etwas ungemein Lässiges an sich mit seinen verwegenen Locken, der Zigarette im Mundwinkel und dem Mädel im Arm.

Dieses Mädchen. Mucki kann ihr Gesicht nicht sehen, nur das dichte, blonde Haar, das ihr fast bis zur Taille über den Rücken flutet. Dieses Haar. Ein goldenes Aufsprühen im Licht der untergehenden Sonne. Mucki spürt einen scharfen Stich im Herzen, noch bevor sich das Mädchen ein wenig zur Seite dreht, hin zu ihr. Dann wird auch ihr Profil sichtbar: Stirn, Nase, Kinn.

Kein Zweifel. Es ist Margret. Ihre Freundin Margret aus Kindertagen. Aus den Tiefen der Erinnerung steigen die Bilder empor: Margret in ihrer bunten Bluse und dem schicken, hellen Rock, den ihr die Mutter genäht hatte. Margret, deren Mutter zu Tode gestürzt war. Die angstgepeitschte Kinderstimme. Die Pein, das Entsetzen. Mutti … die Mutti …

Seit jenem verhängnisvollen Tag, an dem sie Margret zu ihren Großeltern gebracht hatten, ist sie der Freundin nicht mehr begegnet. Wie oft sie damals noch an sie gedacht hat! Und wie lange dann gar nicht mehr. Bis jetzt nicht.

Mucki steht da wie erstarrt. Verspürt den Impuls, sich umzudrehen und davonzulaufen. Doch sie tut es nicht.

Auch Margret schaut jetzt zu ihr hinüber. Das klare Blau ihrer Augen strahlt weit. Längst haben sich ihre Blicke getroffen, längst hat auch Margret sie erkannt. Mucki setzt sich in Bewegung, begrüßt Erich flüchtig, widmet ihre Aufmerksamkeit dann ausschließlich ihr.

»Hallo, Margret.« Ihre Stimme klingt rau.

»So sieht man sich wieder.« Margret setzt ein Lächeln auf, als wäre sie nicht im Mindesten überrascht.

»Mit dir hätte ich jetzt nicht gerechnet!« Mucki kommt sich albern vor. Margret sagt nichts darauf, schmiegt nur den Kopf an die Schulter ihres Freundes, der sie unwillkürlich an sich zieht, ohne sein Gespräch mit Erich zu unterbrechen.

»Kommst du oft her?«

»Manchmal.« Margret streicht sich eine Haarsträhne aus dem Gesicht.

»Wo wohnst du jetzt?«

»Noch immer in Deutz bei den Großeltern. Die Adresse kennst du ja – falls du dich erinnerst.«

»Aber natürlich erinnere ich mich.« Beschämt senkt Mucki den Blick. Da ist plötzlich das brennende Bedürfnis, Margret vom eigenen Unglück zu erzählen, von der Verhaftung des Vaters, dem harten Gerichtsurteil. Aber was würde das für einen Sinn ergeben? Man kann Unglück nicht mit Unglück aufwiegen. Es wäre ja nur der Versuch einer Rechtfertigung. Stell dir vor, auch ich habe Schlimmes erlebt!

»Es ist schön, dich zu sehen, Margret.«

»Ich heiße Peggy«, korrigiert Margret sie.

»Wie?«

»Mein Name ist jetzt Peggy.«

Mucki versteht nicht. »Aber warum?«

»Man kann sich doch wohl noch selbst aussuchen, wie man heißen will«, sagt Margret, die jetzt Peggy heißt. »Oder bist du etwa auf den Namen Mucki getauft?«

»Nein, bin ich nicht.« Mucki lächelt.

»Wie sieht's aus, Goldstück?« Der Blickfang wendet sich jetzt Peggy zu. »Können wir bald los?«

»Das ist Mucki, eine alte Freundin«, stellt sie vor, ohne auf seine Frage einzugehen, und mit eigentümlicher Betonung schiebt sie nach: »Eine sehr gute Freundin.«

»Servus, Mucki! Ich bin Bernd.« Er hebt die Hand zum Gruß. Seine Augen haben einen ähnlich intensiven Blauton wie Peggys. »Alles klar bei dir?«

»Ja, alles prima.«

»Freut mich zu hören. Machst du mit?« Sie versteht die Frage nicht, sucht Peggys Blick. Die legt den Kopf schräg, schaut sie an mit zusammengekniffenen Augen, grinst dabei. Eine Pose, die für sie typisch ist. Noch immer.

»Ja, warum nicht?« Sie hat noch immer keine Ahnung, worum es geht, aber was soll's. »Ich bin dabei.«

»Elefantös.« Jetzt schaltet sich auch Erich ein und bietet ihr an, mit ihm zusammen zu gehen.

»Gern.« Mucki lächelt zuversichtlich, schaut sich aber noch einmal prüfend um. Geht hier irgendetwas vor, das ihr entgangen ist? Dieselben Grüppchen von jungen Leuten, dasselbe quirlige Hin und Her. Die schräg einfallenden Strahlen der sinkenden Sonne vermitteln der Szenerie eine ungewöhnliche Plastizität. Jedes Detail wird hervorgehoben, alles ist von Wichtigkeit. Als könnte dieses besondere Licht, das sich in wenigen Augenblicken verflüchtigen wird, die Energie dieser Jugend sichtbar machen, ihren Lebenshunger, der sie wie ein Leuchten umgibt. Ein Gleißen und Funkeln liegt in allem. Glühende Gesichter, sprühendes Lachen, schwebende Leichtigkeit. Dann fällt ein blauer Schatten über den Platz wie die Schwingen eines riesigen Vogels. Der besondere Moment ist vorbei.

Plötzlich herrscht Aufbruchstimmung. Abschiedsrufe, das Klingeln von Fahrradglocken. Eine kleine Gruppe von Musikern spielt indessen weiter, ohne sich von der aufkommenden Unruhe beeindrucken zu lassen.

»Kommst du jetzt?«, drängt Erich. Richtig, sie wollten gehen. Bernd ist bereits auf seine Zündapp gestiegen und startet den Motor. Margret, die jetzt Peggy heißt, hockt sich seitwärts auf den Gepäckträger.

»Wir fahren schon mal vor«, verkündet Bernd und gibt Gas. Auch Erich und Mucki machen sich auf, überqueren die Venloer Straße, kreuzen den Helmholtzplatz, biegen in die Hospeltstraße, um schließlich die Vogelsanger Straße zu erreichen. Hinter ihnen liegt nun die letzte Häuserzeile, vor ihnen das graue Gleisfeld des Güterbahnhofs. Erich bleibt stehen, lässt seinen Blick prüfend über das Gelände schweifen, schüttelt kaum merklich den Kopf.

»Es ist noch zu hell. Lass uns ein paar Minuten warten.« Mucki sagt nichts dazu. Für die Jugend gilt nach Einbruch der Dunkelheit ein Ausgehverbot, das weiß sie natürlich. Aber sie werden eben vorsichtig sein müssen. Sie ziehen sich in den Sichtschatten einer Mauer zurück, warten geduldig, bis die einfallende Nacht die ohnehin nur noch spärlich vorhandenen Farben verschlingt.

»Ich denke, wir können los.« Erich setzt sich in Bewegung, und sie folgt ihm. »Du musst auf die Wachtposten achten«, warnt er. »Wenn du etwas bemerkst, pfeifst du und machst dich aus dem Staub. Du kannst doch pfeifen, oder?« Er hebt die Brauen, sieht sie fragend an.

Mucki denkt an ihre Freundin Judith aus der Volksschule, die so trefflich durch ihre Zahnlücke pfeifen konnte. Die Zahnlücke war bald darauf Geschichte, ebenso wie ihre Freundschaft. Die Familie Klinger gehörte zu jenen Juden, die rechtzeitig außer Landes gegangen sind – bevor die Braunen ihnen alles nehmen konnten. So bleibt von ihrer Freundin Judith nur die Erinnerung – und das, was sie sie gelehrt hat.

»Ich bin Weltmeisterin im Pfeifen«, behauptet Mucki vollmundig. Plötzlich das Tuckern eines Zweitaktmotors. Erich bemerkt ihren erschrockenen Blick und beruhigt sie. Es sind nur Bernd und Peggy. Bernd bremst ab, Peggy springt vom Gepäckträger. Die Zündapp wird an der nahen Mauer abgestellt.

»Alles paletti«, verkündet Peggy. »Die Wachtposten lungern vor Jupps Büdchen herum und trinken sich einen auf den schönen Abend.«

»Sollen sie sich nur ordentlich betanken.« Erich lacht.

Einvernehmlich marschieren sie los, überqueren die Gleise. Mucki spürt Peggys Blick auf sich ruhen, prüfend, abschätzend, vielleicht sogar eine Spur feindselig. Oder bildet sie sich das nur ein? Schon erreichen sie die ersten Güterwaggons, die hier auf ihre Weiterfahrt warten.

»Dann wollen wir mal!« Peggys Stimme. Sie erklimmt das

Trittbrett des ersten Wagens, macht sich an die Arbeit. Das Kratzen von Kreide auf Holz. Ahoi, Caballero!

Mucki wartet nicht länger, sondern rennt zum nächsten Waggon, die Faust bereits um ihr Stück Schulkreide geschlossen. Sie überlegt fieberhaft, was sie schreiben will. Denkt an ihren Vater. An die alten Parolen.

Schlagt die Faschisten, wo ihr sie trefft!

Weiter, zum nächsten Wagen, aufs nächste Trittbrett. Die Kreide bricht ab. Sie springt zurück auf den Boden, nimmt aus dem Augenwinkel eine Bewegung wahr. In der lichten Dunkelheit regt sich etwas. Wo sind die anderen? Sie kann sie nirgendwo entdecken. Zögert einen Moment, steckt dann zwei Finger in den Mund. Der Pfiff zerreißt die Stille. Sie rennt los. Nur runter von den Gleisen, weg von hier. Plötzlich stolpert sie, strauchelt, fällt. Ein scharfer Schmerz im rechten Knie.

»Auf mit dir!« Peggy packt sie am Arm, zerrt sie hoch, zieht sie weiter, mitten hinein in den grellen Lichtschein. Mucki durchlebt ein Déjà-vu.

Auf einmal ist sie wieder Kind, versucht, den schweifenden Lichtfingern zu entgehen, die sich durch die Finsternis des Schrebergartens bohren. Hört die bellenden Rufe.

»Hey, ihr da! Bleibt sofort stehen!« Eine mahnende Männerstimme. Die Botschaft ist unmissverständlich, doch der Ton eher halbherzig, als meinte es der Rufer nicht wirklich ernst. Offenbar rechnet er sich keine Chance aus, sie noch zu erwischen. Oder ihm ist nicht daran gelegen.

Trotzdem ist Mucki heilfroh, als sie das offene Gelände hinter sich lassen. Stoppt erst, als sie die schützende Mauer erreicht. Dicht neben ihr geht Peggys schwerer Atem, von leisen Lachern durchdrungen, die schließlich die Oberhand gewinnen. »Das war ein Spaß, was?«

Bernd hat bereits das Mofa gewendet, und Peggy schwingt sich auf den Gepäckträger.

»Bye-bye!« Zum Abschied hebt sie noch einmal die Hand, formt Mittel- und Zeigefinger zu einem V. Dann knattern die beiden davon. Einen Moment lang schaut Mucki ihnen nach. Selbst in der Finsternis leuchtet Peggys Haar noch wie ein verglühender Sternenschweif.

»Lass uns abhauen.« Erich berührt ihre Schulter, schiebt sie ein paar Schritte vor sich her, nimmt seine Hand wieder fort. Sie schreiten schnell aus, reden kaum noch. In der Venloer Straße trennen sie sich und gehen ihrer Wege, als wäre nichts gewesen.

Samstag, 17. Mai 1941

Die Nacht ist schwarz und lau. Bereits am Nachmittag hat sich die Sonne hinter einem kalkgrauen Himmel verzogen, doch es ist sehr warm geblieben. Wieder einmal sind sie fürs Wochenende zum Felsensee gefahren und campieren nahe dem Ufer.

»Lasst uns schwimmen gehen«, schlägt Pablo vor.

»Jetzt noch?« Mucki hebt ihren Kopf von seiner Schulter. »Es ist schon spät. Und stockdunkel dazu.«

»Wer nicht will, braucht ja nicht mitzukommen!« Jonny ist schon unterwegs. Auch Pablo steht auf, reicht ihr die Hand. Also schön. Wer weiß, wann so etwas noch einmal möglich ist. Eine Redewendung, die jetzt häufig kursiert: Wer weiß, wann's noch mal möglich ist. Es kann nicht mehr lange dauern, bis auch Pablo und die anderen Jungs einberufen werden. Vorsichtig klettern sie zum Seeufer hinab. Dass sie es schon so viele Male zuvor getan haben, hilft ihnen in der Dunkelheit. Früher haben die Lagerfeuer ihren flackernden Schein über den See geworfen, heute sind Feuer verboten. Jedes Licht ist verboten. Aber wenigstens droht ihnen hier kein Luftalarm.

Vom dunklen See geht ein Schimmer aus, als besäße er eine geheime Leuchtkraft.

»Wer zuerst drin ist!«, ruft Omar und reißt sich das Hemd vom Leib – die schnelle Bewegung ist deutlich sichtbar. Alle schlüpfen eilig aus ihren Kleidern, rennen los, stürzen sich ins Wasser. Ein wildes Toben und Balgen setzt ein. Lachen, Prusten, Schnaufen. Die Wasseroberfläche brodelt. Mucki kreischt auf. Jemand hat ihr die Beine weggezogen. Als sie auftaucht, ist Pablo direkt vor ihr. Sie fasst nach ihm, versucht, ihn nun ihrerseits unter Wasser zu drücken. Ihre nackten Körper berühren sich. Alle sind nackt. Im Wasser Kleidung zu tragen, noch dazu in der Dunkelheit, erscheint widersinnig.

Pablo speit eine Wasserfontäne aus, zieht sie an sich. Sie küssen einander, halten sich fest umschlungen. So schön, denkt Mucki. So schön soll es immer sein.

Nass, wie sie sind, zwängen sie sich später in ihre Kleidung, gehen zum Lagerplatz zurück. Mucki schmiegt sich mit dem Rücken an Pablo, der seine Arme um sie geschlungen hat. »So könnte man ewig sitzen«, sagt sie. »Nur einfach man selbst sein, glücklich und frei.« Sie beginnt zu summen, stimmt ihr Lieblingslied an, singt mit heller, klarer Stimme.

»*Wohin führst du mich, endlose Straße*
Auf deiner grauen, staubigen Bahn
Führst mich fort aus engen, dunklen Gassen
Immer den weißen Steinen entlang.
Wohin führst du mich, graue Straße?
Was ist deiner weißen Steine Ziel?«

Die Nacht weicht einem strahlenden Morgen. Alle fühlen sich erholt und ausgeruht. Kein Fliegeralarm. Keine stickigen Keller. Keine Bomben. Sie entschließen sich zu einem erfrischenden Bad im See, womit sich auch gleich das Waschen erledigen lässt. Doch jetzt, im hellen Licht des Tages, behalten sie ihre Unterwäsche an.

Als sie wieder aus dem Wasser steigen, hat Tünn all ihre Kleider vertauscht. Eine heitere Suchaktion beginnt.

»Ah, da haben wir ja das gute Stück!« Jonnys Stimme. Einen Moment später steht er in Ellies geblümtem Kleid vor ihnen.

»Na, warte!« Ellie greift nach Hose und Hemd, schlüpft hinein, steht nun da in seinen Sachen. Es dauert nicht lange, und alle haben die Rollen getauscht. Die Jungen tragen die Kleider, einige haben dazu Kopftücher ums Kinn geknotet. Die Mädchen tragen die kurzen Lederhosen, stopfen sich Pfeifen und Hornkämme in die Socken, binden sich bunte Tücher um den Hals.

»Alles fertig?« Pietsch schaut prüfend in die Runde.

»Fabelhaft seht ihr aus!«, findet Tünn, der jetzt lang ausgestreckt im Gras liegt. »Zieht ihr mal los, ich halte hier die Stellung!«

Mucki ist es ganz recht, dass jemand zurückbleibt. Sie würde ihre neue Gitarre nur höchst ungern unbeaufsichtigt lassen. Mit Hildes Bruder ist sie sich schließlich doch einig geworden. Hilde hat die Gitarre einfach mit in den Kindergarten gebracht. Zum Ausprobieren. Siebzehn Reichsmark hat Mucki für das Prachtstück bezahlt. Dafür bekäme man ja einen guten Anzug, hatte sich die Mutter mokiert, dann aber einsichtig zugegeben, dass man ohne einen guten Anzug leben könne, nicht aber ohne Musik.

Lachend und feixend macht sich das Grüppchen nun zu einem Gang über die Felsklippen auf. Mucki geht mit Pablo Hand in Hand – sie in seinen kurzen Hosen und kariertem Hemd, er in ihrem gelben Sommerkleid. Auch Kalinka und Bobby gehen händchenhaltend, ebenso Ellie und Sepp, Jonny, Trisch und Omar. Auf dem Weg hoch über den Klippen treffen sie auf einen Spaziergänger, der sie entgeistert anstarrt.

»Was ist denn in euch gefahren, ihr Spinner!«

»Stimmt etwas nicht mit uns?« Omar greift nach seinen Rockzipfeln und macht einen Knicks.

»Eine Schande seid ihr!«, brüllt der Mann und hebt drohend die Faust. Jonny und Omar lachen schallend. »Anzeigen werd ich euch warme Brüder! Mit so was wie euch sollte man kurzen Prozess machen!«

Sie lachen noch lauter, lassen ihn dann stehen und ziehen weiter. Es dauert nicht lange, bis ihnen wieder jemand entgegenkommt.

»Stimmt etwas nicht?«, fragt Omar erneut. Der Mann schüttelt amüsiert den Kopf.

Ellie nutzt die Gelegenheit und hüpft auf ihn zu. »Ach, bitte! Könnten Sie ein Foto von uns machen?« Schnell reicht sie ihm ihre Kamera. Aufstellen in Zweierreihen, näher zusammen, noch näher. Klick. Das Bild ist im Kasten. Vielen Dank und auf Wiedersehen.

»Wenn's was geworden ist, kriegt jeder einen Abzug«, verspricht Ellie.

»Ich habe neulich auch ein paar Abzüge machen lassen«, erzählt Mucki jetzt. »Von dir und Kalinka. Bobby ist auch drauf. Zum Schießen, wie ihr aus der Wäsche guckt.«

»Kann ich mir die mal ansehen?«, erkundigt sich Kalinka interessiert.

»Gern. Morgen Abend.« Mucki dreht sich zu Ellie um. »Komm auch, wenn du Zeit hast.«

»Und was ist mit mir?« Pablo hat zu ihnen aufgeschlossen und hängt sich bei ihr ein.

»Von dir machen wir auch eins. Los, Ellie, fotografier uns mal!« Mucki legt Pablo einen Arm um den Hals und lächelt in die Kamera. Ellie drückt auf den Auslöser, doch sie und Kalinka wissen, dass Muckis eigentliche Botschaft eine andere war: Es gibt neue Flugzettel zu verteilen.

GERTRUD

Freitag, 22. August 1941

Nun greife ich doch wieder zum Stift. Dabei kann ich nicht behaupten, dass mir das Schreiben im letzten Jahr groß gefehlt hätte. Man ist ja zu sehr mit Durchkommen beschäftigt. Aber hin und wieder gibt es doch jene Momente, in denen man einen gewissen Trost dabei empfindet, die Dinge zu Papier zu bringen.

Der Apotheker hat mir nun endgültig gekündigt.

»Frau Kühlem, es geht beim besten Willen nicht mehr. Ich muss ans Geschäft denken.« Erst schmeißt er mich raus, weil er ans Geschäft denken muss, dann holt er mich aus ebendiesem Grund zurück, bis er mich dann wieder vor die Tür setzt. Dieses Mal wohl endgültig. Nun wird es also knapp mit dem Geld. Noch knapper. Ich weiß nicht, was werden soll. Und es ist so sicher wie das Amen in der Kirche, dass bald auch der Vermieter auf der Matte stehen wird.

Wir werden uns noch stärker einschränken müssen, Mucki und ich. Immerhin geht uns der Führer da mit leuchtendem Beispiel voran. Er soll sich ja nur von Klatschkäse und Salat ernähren, wie man hört und liest. Damit will er wohl ein schlankes Gegengewicht schaffen zu all den braunen Bonzen, die sich fett gefressen haben mit den Jahren.

Der Führer sei sehr auf seine Gesundheit bedacht, wusste der Apotheker noch zu berichten, bevor ihm die Erleuchtung kam, dass er mit einer, deren Mann im KZ einsitzt, eigentlich gar nicht mehr reden sollte. Es dürfte ihm nicht leichtgefallen sein, wo er doch jedes Klatschweib in den Schatten stellt, und ich war ihm immer eine gute Zuhörerin. Unser geschätzter Führer hoffe, verriet er mir also in vertraulichstem Ton, durch eine gesunde Ernährung seine Verdauungsbeschwerden in den Griff zu bekommen, wie auch sein übermäßiges Schwitzen. Aha. Über die Verdauungsbeschwerden des Führers kann ich nichts sagen, aber dass er schwitzt wie ein Rüsseltier, ist wohl für jeden ersichtlich. Wie er sich immer in Rage redet, wie er regelrecht sprüht vor Schweiß! Wobei es ja gerade dieses Verausgaben ist, das die Massen begeistert. Dass sich einer so ins Zeug legt, so aufopfert für sie! Hoffen wir, dass Schwarzbrot und Steckrüben Wirkung zeigen. Vielleicht hat sich's dann bald ausgeschwitzt und ausgejubelt. Vielleicht kommen die Menschen dann wieder zu Verstand.

Apropos Verstand. Zu allem Überfluss läuft mir auch noch Elke über den Weg. Eine Person wie sie ist nicht leicht zu übersehen: Elegantes Kleid, das Haar perfekt frisiert wie eh und je. Ich will mich noch wegducken, an ihr vorbeischleichen, aber sie hat mich schon entdeckt.

»Gertrud!«

Hedi ist jetzt endgültig zu ihrer Schwester gezogen, erfahre ich. Bis der Krieg vorbei ist zumindest. »Sie hält's einfach nicht aus, das ständige Sirenengeheul.« Das könne ich gut nachvollziehen, sage ich. Die ständigen Luftalarme ruinierten die Nerven.

»Und du?«, frage ich. »Du bist hiergeblieben?«

»Wie du siehst!« Elke hebt lässig die Hände.

»Und Walter? Habt ihr von dem was gehört?«

»Papa kämpft sich jetzt tapfer durch Russland.« Elke zieht eine Grimasse. »Scheiße! Dabei konnte der Kälte nie leiden.«

»Auch in Russland ist jetzt Sommer«, versuche ich, sie zu beruhigen.

»Was die so unter Sommer verstehen!« Sie winkt unwirsch ab. »Schlagen ein Loch ins Eis und gehen baden!«

Ich muss lachen, obwohl ich nicht will. »Ganz so schlimm es ist nicht, Elke. Das mit dem Wetter, meine ich. Der Rest natürlich schon.« Plötzlich scheppert es neben mir, und ich fahre erschrocken zusammen. Ein Pimpf in HJ-Uniform steht plötzlich vor uns. Ich habe ihn nicht kommen sehen.

»Eine Spende für die Winterhilfe!« Wieder schüttelt er seine Sammelbüchse.

»Verpiss dich!«, fährt Elke ihn an. Der Junge reißt erschrocken die Augen auf. »Nun glotz nicht und mach dich vom Acker!« Sie schüttelt die Hände, als wollte sie ein Huhn von der Straße scheuchen. Der Kleine macht kehrt und rennt davon. Die Büchse scheppert im Takt seiner Schritte.

»Also wirklich, Elke!«

»Ist doch wahr!« Sie wirft mir einen zornigen Blick zu. »Die sollen die Kinder in die Schule schicken, anstatt sie zum Betteln auf die Straße zu jagen. Winterhilfe, wenn ich das schon höre! Waffenhilfe sollte das ehrlicherweise heißen. Aber dann gäben die Leute vielleicht nicht mehr so viel.«

»Sprich leiser, bitte!«, mahne ich sie. »Du solltest wirklich vorsichtiger sein.«

»Ich pass schon auf mich auf.« Elke reckt störrisch das Kinn vor. »Muss jetzt auch weiter. Hab 'ne Verabredung. Halt die Ohren steif, Gertrud. Man sieht sich.«

»Auf Wiedersehen«, kann ich ihr gerade noch hinterherrufen und hoffe dabei, dass dies nicht so bald der Fall sein wird.

MUCKI

Donnerstag, 4. September 1941

Wie fast jeden Abend unter der Woche hocken sie im Volksgarten beieinander: Pablo, Ellie, Bobby, Kalinka, Trisch und ein paar andere. Sie klampfen, quatschen, albern herum. Mucki flicht Kalinka gerade ein paar Löwenzahnblüten ins Haar, als sie plötzlich Peggy erblickt.

»Hey!« Sie springt auf und läuft ihr entgegen. »Das ist ja eine Überraschung! Was tust du denn hier?«

»Hab gehört, dass du hier ablotterst.«

»Prima! Leute, das ist Peggy, eine alte Freundin.«

»Servus, Peggy!« Pablo schaut höchst interessiert herüber, worauf Mucki sich in sein Blickfeld schiebt. Sie will zuerst allein mit Peggy sprechen.

»Ich dachte schon, du fragst dich vielleicht, warum ich nicht mehr mitgekommen bin. Zu euren Aktionen. Du weißt schon …«

»Ach, das!« Peggy winkt ab. »Das machen wir nicht mehr. Hat Ärger gegeben. Verschärfte Kontrollen und so.« Sie tritt nahe an Mucki heran und flüstert ihr zu: »Sie haben Erich gekascht.«

»Oh nein!« Mucki schlägt die Hand vor den Mund.

»Bleib locker! Er ist schon wieder draußen. Die Gestapo kocht auch nur mit Wasser.« Peggy legt ihre Hände ins Kreuz, streckt den Rücken durch. »Was treibt ihr hier so?«

Mucki zuckt die Achseln. »Ablottern. Musik machen. Das Übliche eben.«

»Spielst du Gitarre?«

»Ja.«

»Knorke«, lobt Peggy mit anerkennendem Nicken. »Das wollte ich auch immer können.«

»Ich kann's dir beibringen.«

»Zwecklos. Ich bin der unmusikalischste Mensch, den du dir vorstellen kannst.« Jetzt lacht sie. Auch Mucki schmunzelt. Sie muss an Pablo denken. Den Unterricht haben sie längst aufgegeben.

»Wenn du spielen kannst, sollten wir mal zusammen auf Fahrt gehen«, schlägt Peggy vor. »Nur wir zwei. Wegen der alten Zeiten und so.«

Mucki gefällt diese Idee, und sie verabreden sich gleich fürs Wochenende.

Samstag, 6. September 1941

Ihr Ziel ist die Burg Waldeck im Hunsrück. Wegen der alten Zeiten und so. Neu ist hingegen, dass sie trampen wollen. Peggy findet, es ist die bequemste, billigste und abwechslungsreichste Art zu reisen. Sie haben ihre Rucksäcke dabei, aber kein Zelt, denn Peggy besteht auf ein vernünftiges Bett. Mucki ist mit allem einverstanden. Nur raus aus der Stadt.

Sie fahren ein Stück mit der Bahn, laufen dann zum Zubringer der A555, von wo aus sie ihr Glück versuchen wollen.

»Was macht Bernd am Wochenende?«, erkundigt sich Mucki, eher aus Höflichkeit als aus echtem Interesse.

»Bernd?« Peggy wirkt leicht abwesend, als müsste sie erst darüber nachdenken, um wen es sich handelt. Dann, mit eigentümlicher Betonung: »Bernd hat geschäftlich zu tun.«

Mucki wusste nicht, dass Bernd irgendwelche Geschäfte führt. Sie weiß nicht einmal, ob er überhaupt einer Arbeit nachgeht.

»Bernd macht sein Ding«, setzt Peggy hinzu, ohne konkreter zu werden, und Mucki fragt nicht weiter nach. Sie ahnt, dass es irgendetwas Illegales ist. Im Prinzip hat sie kein Problem damit. Sie tut ja selbst ständig Dinge, die nicht legal sind. Allerdings werden es andere sein als die Betätigungen, mit denen Bernd sich befasst. »Und was treibt Pablo?«

»Der wollte mit ein paar Kumpels los«, erklärt sie und hakt sich lächelnd bei Peggy ein. »Sollen die Männer ihr Ding machen. Wir machen jetzt unseres.«

Tatsächlich brauchen sie nicht lange auf eine Mitfahrgelegenheit zu warten. Es geht zwar nur bis Bad Godesberg, aber dafür bietet sich die Gelegenheit zu einem Abstecher auf die Burg. Einmal die Aussicht übers Rheintal und aufs Siebengebirge genießen, dann wieder runter. Der nächste Wagen, der sie mitnimmt, fährt in Richtung Koblenz. Im Fahrgastraum hocken auch zwei Welpen, die der freundliche Fahrer einem Bekannten abgekauft hat. Peggy und Mucki sind entzückt, sie während der Fahrt auf dem Schoß halten zu dürfen. Als sie Koblenz erreichen, mag sich Peggy kaum von den Tierchen trennen. Sie werden zum Abschied geherzt und geküsst. »Ich will auch einen Hund«, sagt Peggy, als sie wieder auf der Straße stehen. »So ein Tier, das ist das Treueste überhaupt.«

»Komm, lass uns gehen!« Mucki zieht die Freundin mit sich. Sie tippeln weiter, und wieder haben sie Glück: Ein Laster mit einer Fuhre Baumaterial will sie bis nach Brodenbach mitnehmen. Der Fahrer schätzt nette Gesellschaft, wie er behauptet, und mit Blick auf ihre Klampfe fordert er Mucki zum Spielen auf. Die schönen alten Landserlieder, ob sie die noch kennt? Oder eins von denen, die die Wandervögel immer gesungen haben? Normalerweise lässt Mucki sich nicht zweimal bitten, wenn's ums Singen geht. Doch bei Fremden weiß man nie, ob sie einen nicht hinterher verpfeifen.

»Ihr seid wohl zu jung für die ollen Kamellen«, interpretiert der Fahrer ihr Zögern und stimmt einen der aktuellen Gassenhauer an. »Davon geht die Welt nicht unter …« Er schmettert die Zeilen mit so viel Inbrunst, dass die Mädchen gar nicht anders können, als schunkelnd einzustimmen.

»Ich sag ja, beim Trampen erlebst du die dollsten Dinge«, verkündet Peggy zufrieden, nachdem der Fahrer sie abgesetzt hat. Nach kurzer Wegstrecke kehren sie in einem kleinen Gasthof ein, gönnen sich Kaffee und Kuchen. Die rotgesichtige Frau, die ihnen den Bienenstreusel serviert, will nicht einmal Marken sehen, und da sie zufällig auch zwei Betten frei hat, beschließen die Mädchen, in ihrem Haus zu übernachten.

Kein Luftalarm. Sie schlafen durch wie die Murmeltiere, fühlen sich am nächsten Morgen gleich doppelt ausgeruht. In aller Frühe geht es weiter, vorbei an Wiesen und Stoppelfeldern, durch schattige Wälder, in denen sich das Laub bereits herbstlich färbt, über zugige Höhen mit weitem Blick hin zur Burg. Wie oft ist Mucki früher mit den Eltern hier gewesen! Die Besuche gehören zu ihren glücklichsten Kindheitserinnerungen. Von überallher kamen die Bündischen damals. All die Menschen, die Lagerfeuer, der Gesang und die Tanzabende! Zwischendrin die Kinder, Horden von Kindern, unbeaufsichtigt und frei. Nie wieder hat ein Eintopf so gut geschmeckt wie hier. Das waren goldene Zeiten, sagt die Mutter. Jetzt glänzt nur das Herbstlaub golden. Jetzt köcheln die Braunen hier ihr Süppchen.

»Schau, da campiert jetzt der BDM.« Mucki deutet auf die in Reih und Glied angeordneten Zelte auf dem Burgplatz.

»Weißt du übrigens, was BDM bedeutet?« Peggy hat ein schalkhaftes Blitzen in den Augen.

»Bedarfsartikel deutscher Männer«, antwortet Mucki prompt. Sie kennt den Witz. Jeder kennt ihn.

»Sehr richtig. Damit fängt's an. Und wozu führt das Ganze?« Sie schaut Mucki erwartungsvoll an, doch die versteht die Frage nicht. »Bald deutsche Mutter«, prustet Peggy heraus. »Da fällt mir ein: Kennst du übrigens noch Lene?«

»Unsere Lene?«

»Ja, unser Li-la-lenchen. Gretchenkranz und Grütz in der Birne.« Peggy lacht kehlig. »Des Führers Liebchen. Zumindest wär sie das gern.«

»Was ist mit ihr?«

»Na, was wohl?«

»Du meinst, sie ist …?« Mucki steht vor Überraschung der Mund offen.

»Richtig geraten!«, freut sich Peggy. Sie scheint die Geschichte bestens zu amüsieren. »Da sieht man mal, wie sittsam es bei des Führers Jugend zugeht«, fügt sie mit beißendem Spott hinzu. »Bei denen kommen jetzt sogar die Jungfrauen zum Kinde.«

Mucki schüttelt ungläubig den Kopf. »Und uns unterstellen sie ein abartiges Lotterleben.«

»Was heißt unterstellen? Man will doch seinen Spaß haben, oder?« Wieder lacht Peggy schallend. »Nein, echt jetzt. Das ist alles nur Neid. Das gewöhnliche HJ-Volk will auch nicht immer nur die Arschbacken zusammenkneifen müssen. Die wollen sich auch amüsieren.« Sie schmatzt jetzt Küsschen in die Luft. »Aber weil sie's nicht zugeben dürfen, geilen sie sich an unseren Geschichten auf.«

»Könnte was dran sein«, überlegt Mucki laut. »Woher weißt du von ihr? Von Lene, meine ich.«

»Mmh. Ich hab so meine Kontakte.« Peggy wiegt den Kopf hin und her, will offenbar nicht mehr sagen, doch Mucki bleibt stur. »Also gut, wenn du's unbedingt wissen willst«, gibt Peggy nach und bleibt stehen, streift ihren Affen ab, sucht nach etwas. »Hier.« Sie hält Mucki einen BDM-Ausweis hin, ausgestellt auf den Namen Margret Borchert und mit ihrem Lichtbild versehen.

»Du bist bei der HJ?«

»Sind doch alle.« Peggy zuckt gleichgültig mit den Achseln. »Ist Pflicht heutzutage, falls das irgendwie an dir vorbeigegangen sein sollte. Und ich bin seeeehr pflichtbewusst.« Wieder dieses verschmitzte Grinsen.

»Ich dachte, du hasst den BDM?«

»Und wie! Aber das eine schließt das andere ja nicht aus, oder? Ich bin eben praktisch veranlagt. Ich tue, was am einfachsten ist. Also lass ich mich ab und zu bei denen blicken, wenn sich's nicht vermeiden lässt. Es passt denen natürlich nicht, dass ich so selten da bin und nicht zum Dienst antrete. Dafür kassier ich dann mal 'nen Tadel, hab aber ansonsten meine Ruhe. Ich kann tun, was ich will, verstehst du? Wenn einer kommt und mich nach meinen Papieren fragt, brauche ich nur diesen Wisch zu zücken.« Sie wedelt mit dem Ausweis durch die Luft. »Immer unterwegs für Führer und Vaterland!« Sie grinst wieder, beginnt erneut zu kramen. »Hier, ein Fahrtenberechtigungsschein. Hab ich mir ausstellen lassen von dieser BDM-Schlampe. Hab ihr gedroht, dass ich sie an ihre Mutter verpfeife.«

»Du hast was getan?« Mucki reißt die Augen auf.

»Herrje! Was kann ich dafür, dass sie's so schamlos mit 'nem

Typen vom Streifendienst treibt? Und nix da von wegen stilvoll im Hotel oder so. Nee, in 'ner miesen Schreberhütte, so 'nem Rattenloch.«

»Das ist nicht dein Ernst, oder?«

»Aber so was von!« Peggy grinst triumphierend, doch ihr entgeht Muckis zunehmende Beunruhigung nicht. »Hey, Muckelchen! Kriegst du jetzt etwa Angst vor mir?«

»Quatsch!«

»Na, na, Pinocchio! Schön vorsichtig, sonst stolperst du gleich über deinen Riechkolben! Nein, im Ernst: Du glaubst doch nicht etwa, ich renn gleich zur Gestapo, wenn du mal 'nen schlechten Witz machst, und erzähl denen, dass du schmutzige Lieder singst?« Sie bricht in schallendes Gelächter aus. »Bleib geschmeidig, Mädel!«

Mucki schluckt. Atmet tief durch. »Aber was ist jetzt mit Lene? Sie ist nicht etwa die, von der du gerade gesprochen hast, oder? Die mit dem Streifendienstler ...«

»Nee, ist sie nicht. Weil du beim BDM nämlich einen ganzen Haufen von denen antriffst. Die werden bloß nicht alle gleich schwanger. Da gibt's noch andere Methoden, du verstehst?« Sie zwinkert ihr zu.

»Aber warum hat meine Mutter noch nichts von der Sache erzählt?«, fragt Mucki sichtlich verunsichert. »Lenes Mutter ist ihre beste Freundin. Die erzählen sich alles.«

»Sie wird's ihren Eltern nicht auf die Nase gebunden haben. Ist doch logisch. Deine Mutter kann also gar nichts wissen.«

»Meine Mutter weiß alles«, widerspricht Mucki energisch, und nun müssen sie beide lachen.

»Tja, unser Leeenchen.« Peggy zieht den Namen absichtsvoll in die Länge. »Das war'n Sturmbannführer, wenn du mich fragst. Die lassen sich von den Mädels ja gern mit guten Sachen verwöhnen, und hinterher wollen sie dann noch Nachtisch. Wenn Lene Glück hat, läuft's auf eine flotte Hochzeit raus. Wenn nicht, will's wohl keiner gewesen sein. Aber Schluss damit. Mir tut die blöde Kuh nicht leid. Ich wollt's dir nur erzählt haben. Und jetzt sing mir ein Lied. Aber ein lustiges!«

Für den Moment ist Mucki das Lachen vergangen, doch das ändert sich schnell, als sie auf Irmi und Rieke treffen, zwei Mädel aus der Pfalz, die Mucki von früheren Fahrten her kennt. Auch Rieke hat eine Gitarre dabei, und so hocken sie bald alle beisammen und haben ihren Spaß.

Als sich Mucki und Peggy wieder auf den Heimweg machen, ist es bereits später Nachmittag. Zu spät fürs Trampen, wie sie bald feststellen müssen. Also doch das Bummelbähnchen, bis Koblenz zumindest. Auf dem Bahnsteig treffen sie Muckis alten Bekannten Motte. Er kommt von der Mosel und ist auf dem Heimweg nach Wuppertal, scheint es aber nicht eilig zu haben.

»Peggy, das ist Motte.«

»Oh, ein Nachtschmetterling!« Peggy schenkt ihm einen bewundernden Blick aus ihren blauen Augen. »Die fand ich schon immer interessant.«

Mucki runzelt verwundert die Stirn, doch Motte ist entzückt und ändert spontan seine Pläne.

»Was soll ich zu Hause? Da kennt mich doch jeder. Und das Wetter ist einfach zu herrlich, um mich bei Muttern hintern Tisch zu klemmen.«

Die drei beschließen, einen Abstecher zum Deutschen Eck zu unternehmen. Mit der Heimfahrt könnte es dann zwar knapp werden, aber man lebt schließlich nur einmal. Noch so ein Spruch von Motte.

Seinem Spitznamen macht er schnell alle Ehre: Er umschwirrt Peggy ohne Unterlass. Als sie die Aussicht auf Rhein und Mosel bewundern, schiebt er sich ganz dicht an sie heran und fragt sie so deutlich hörbar, dass auch Mucki es versteht: »Wie sieht's aus, Peggylein: Hab ich Chancen bei dir?« Mucki will ihn bremsen, doch Peggy legt nur neckisch den Kopf schrägt, zuckt mit den Schultern.

»Wer weiß?«

»Probieren wir's aus!« Motte tippt mit dem Zeigefinger gegen seine Wange, hält sie ihr hin. Peggy beugt sich vor, tut, als wollte sie ihn dort küssen, schwenkt dann im letzten Moment herum und drückt ihre Lippen fest auf seinen Mund. Der Überrumpelte reagiert schnell und schlingt seine Arme um sie. Wie aneinander festgeklebt sehen sie aus. Mucki mag kaum hinschauen und zieht eine Grimasse, als hätte sie Zahnschmerzen. Beschämt starrt sie aufs Wasser, dreht dann noch eine Runde über den Platz. Hofft, dass die Sache bald erledigt ist. Als sie zurückkehrt, bückt sich Peggy bereits nach ihrem Affen.

»Bist du so weit? Wir müssen los!« Sie schultert ihren Rucksack, dreht sich noch einmal zu Motte um. »Bye-bye, Süßer! War schön, dich kennengelernt zu haben!« Und schon marschiert sie los. Eine Weile laufen sie schweigend nebeneinanderher. »Was ist?« Sie schaut Mucki herausfordernd an. »Man wird doch mal naschen dürfen, oder? Der ist bald Soldat. Tschüssikowsky. Wär doch schade drum gewesen.«

»Und dein Bernd, was sagt der dazu?«

»Was soll er dazu sagen? Er ist ja nicht hier.«

»Und wenn er davon wüsste?«

Peggy bleibt stehen, schaut Mucki an wie ein begriffsstutziges Kind. »Dann würde er den süßen Bengel vermutlich im Rhein ertränken. Aber ich glaube nicht, dass du ihm das stecken wirst, oder?«

Um Himmels willen! Es wäre das Letzte, was Mucki einfallen würde. Sie wird schweigen wie ein Grab. Das verspricht sie.

»Na also!« Peggy legt ihr einen Arm um die Schulter und drückt sie kurz an sich. Leider haben sie durch das ungeplante Intermezzo ihren Zug verpasst. Jetzt müssen sie auf den nächsten warten, obwohl sie eigentlich gar nicht mehr hier sein dürften.

»Unterwegs für Volk und Vaterland.« Peggy steht stramm, deutet dann mit todernstem Blick auf ihren Rucksack. Ungefähr dorthin, wo sich ihr Ausweis befindet. Doch weder am Bahnhof noch während der anschließenden Zugfahrt werden sie kontrolliert. Als sie in Köln ankommen, ist es bereits nach eins. Auch dort kontrolliert sie niemand.

»Das hat sich mal gelohnt!« Peggys Abschiedsworte, mit denen sie sich trennen.

Mucki findet, die verdunkelte Stadt wirkt nicht so bedrohlich wie sonst. Über ihr steht ein klarer, weiter Sternenhimmel, wie in den Höhen des Hunsrücks.

Montag, 8. September 1940

Trotz des Schlafdefizits ist sie am nächsten Morgen guter Dinge. Es ist etwas anderes, sich die Nacht zum Spaß um die Ohren zu schlagen als wegen eines drohenden Bombenangriffs. Gerade hat sie sich auf den Weg in den Materialraum gemacht, um die Kiste mit Bastelscheren zu holen, da kommt ihr Hilde entgegen, einen Stapel Handtücher in Händen.

»Frau Seematter möchte dich sprechen«, richtet sie ihr aus und geht schnell weiter. Irgendetwas stimmt in den letzten Tagen nicht mit ihr. Mucki nimmt sich vor, bei Gelegenheit nachzuhorchen, und steuert das Büro der Leiterin an. Vermutlich gibt es Abstimmungsbedarf wegen des neuen Dienstplans.

»Kommen Sie herein!« Frau Seematter bittet sie mit einer einladenden Handbewegung, sich zu setzen. Dann schweigt sie einen Moment, greift nach ihrer Kette. Das Engelsglöckchen klimpert leise. Mucki überkommt ein ungutes Gefühl. »Fräulein Kühlem, Sie wissen, es sind schwierige Zeiten. Es ging lange gut, aber nun ist der Zeitpunkt gekommen. Wir müssen schließen. Die Nationalsozialistische Volkswohlfahrt wird unseren Kindergarten weiterführen. Und um es offen zu sagen: Sie werden Sie nicht übernehmen – was bedeutet, dass Sie Ihre Ausbildung hier nicht beenden können.« Frau Seematter hält inne und lässt Mucki einen Moment Zeit, das Gesagte zu verdauen. »Ich habe Sie damals eingestellt, weil … nun, ich wusste natürlich, wie es um Ihre Familie steht«, fährt sie schließlich fort. »Ich wusste auch von Ihrem Vater, aber für mich spielte das keine Rolle … Andere sehen das anders, wie Sie wissen. Ich habe versucht, etwas für Sie zu tun, aber es war zwecklos.«

Mucki nickt betroffen, presst die Lippen zusammen. Atmet geräuschvoll durch die Nase. »Was ist mit meinen Kolleginnen?«, wagt sie schließlich zu fragen.

»Die meisten können bleiben«, antwortet Frau Seematter matt. »Das wissen sie auch bereits. Es tut mir sehr leid, Fräulein Kühlem.« Sie hebt den Kopf, schaut ihr in die Augen. »Ich habe lange nachgedacht über Sie. Sie sind eine fähige junge Frau. Sie können es zu etwas bringen. Aber nicht hier. Überhaupt nicht in diesem Land, wenn Sie mich fragen. Nicht unter den herrschenden Bedingungen. Nun, ich werde zurück in die Schweiz gehen, meine Familie wartet schon lange darauf. Und ich möchte Ihnen anbieten, mich zu begleiten.« Sie legt eine neuerliche Pause ein, um Mucki Zeit zu geben, das Gesagte zu erfassen. »Ich würde versuchen, Ihnen zu helfen, und mich dafür einsetzen, dass Sie Ihre Ausbildung beenden können. Das ist mein Angebot.« Jetzt lächelt sie.

Mucki schluckt. Spürt ihr Herz bis zum Hals klopfen. Alles schießt durcheinander. Sie kann nicht mehr arbeiten! Die Rache des BDM. Dieser Frau Gnaus. Lenes womöglich. Oder die der Gestapo. Eine Katastrophe. Dagegen die Schweiz, das gelobte Land! Hinaus in die Welt, in die geliebten Berge! Dazu Arbeit, eine abgeschlossene Ausbildung. Die Gedanken wirbeln, ihr wird ganz schwindelig davon. Schreck, Freude, alles auf einmal.

»Ich habe Sie ziemlich überrumpelt«, stellt Frau Seematter fest. »Lassen Sie sich etwas Zeit mit der Entscheidung.«

Aber Mucki braucht keine Bedenkzeit. Sie hat sich schon entschieden.

Als sie nach Hause kommt, ist die Mutter nicht da. Seit sie ihre Arbeit in der Apotheke verloren hat, ist sie noch öfter unterwegs als früher. Das Leben wird immer anstrengender. Mucki schmiert sich einen Teller Brote und macht sich nach dem Essen auf zur Gaststätte Schmitz, wo sie lose mit den Freunden verabredet ist. Doch auch hier ist heute niemand. Keine Ellie, keine Kalinka, kein Bobby. Bobby. Sie hat ihn seit Tagen nicht gesehen. Ob er wieder Doppelschichten fährt? Mucki wartet. Zehn Minuten, fünfzehn, zwanzig. Niemand kommt. Noch ist sie nicht ernsthaft in Sorge. Heutzutage kommt jedem ständig irgendwas dazwischen, und seien es die Fliegeralarme. Aber es ärgert sie, dass nun die Zettel warten müssen. Sie überlegt. Die Freunde haben sich zwar in die Hand versprochen, niemals allein loszuziehen, doch es sind nur noch ein paar Blätter, übrig geblieben von der letzten Aktion. Sie wird kein unnötiges Risiko eingehen. Sich Zeit lassen. Nichts herbeizwingen wollen.

Unbemerkt holt sie die Flugzettel aus dem Versteck, deponiert sie in ihrer Umhängetasche. Die Tasche selbst ist unauffällig, alle jungen Leute tragen so etwas heutzutage. Auch der Inhalt ist unverdächtig: eine Blechdose für ihr Pausenbrot, eine Trinkflasche, zwei Stifte, dazu ein Hefter mit Ausbildungsunterlagen, zwischen die sie die Flugzettel geschoben hat. Im Kopf geht sie bereits die Ablagestellen durch, an denen sie die Blätter deponieren will. Eines oder zwei vielleicht an der Haltestelle Hahnentor. Das Rex am Ring wäre eine Möglichkeit, sofern nicht gerade eine Vorstellung beginnt, dito unter den Torbögen des Varietés Groß-Köln. Vermutlich zu gefährlich ohne Schmieresteher, genau wie der UFA-Filmpalast am Hohenzollernring. Aber vorbeischauen kann man ja mal.

Am Hahnentor hat sie kein Glück, zu viel Betrieb. Die nahe gelegene Parkbank eignet sich schon eher. Ohne Beleuchtung, dazu bei dem schneidenden Westwind, setzt sich hier keiner mehr. Ein Blatt, wie zufällig aus der Tasche gezogen, ein Stein zum Beschweren. Beim Weitergehen ein unangenehmes Kribbeln im Rücken, das sie schon kennt. Weiter in Richtung Friesenviertel. Am Bogengang vor dem Varieté kann sie tatsächlich zwei Blätter deponieren. Einfacher als gedacht. Es muss an dem ungemütlichen Wetter liegen, dass so wenig los ist, und natürlich daran, dass gerade keine Vorstellung ansteht.

Sie zwingt sich zur Langsamkeit, schlendert weiter zum Lichtspielhaus Rex, studiert scheinbar interessiert die Kinoplakate. Ohm Krüger läuft immer noch. Schon das Plakat gefällt Mucki nicht: Dieser hässliche alte Mann mit dem zauseligen Bart, dazu die bajonetttragenden Soldaten. Auch wenn alle Welt diesen Streifen bejubelt, ihren Geschmack trifft er nicht. Sie hat eine

Schwäche für Liebesfilme. Frauen sind die besseren Diplomaten, liest sie. Das könnte eher was für sie sein. Marika Röck muss einen feschen Rittmeister um den Finger wickeln, darum geht's ungefähr. Klingt schon mal nicht schlecht. Und die Frau kann wunderbar tanzen. Dazu ist es der allererste Film in Farbe. Bunte Bilder, das stellt Mucki sich fein vor. Sie wird Pablo zu einem Besuch überreden.

Aus den Augenwinkeln nimmt sie plötzlich eine Bewegung wahr. Woher kommt dieser Mann auf einmal? War er eben schon da? Ist er ihr womöglich gefolgt? Sie spürt die Anspannung bis in die Fingerspitzen. Wenn er sie beobachtet hat, ahnt er womöglich von ihrem Treiben – oder hat es gar schon durchschaut. Wieder schielt sie zu ihm hinüber. Er steht immer noch an derselben Stelle und studiert Onkel Krügers Filmplakat mit einem Interesse, als hinge es erst seit gestern dort. Genau, wie sie es eben getan hat. Unglaubwürdig.

Was soll sie jetzt tun? Einfach wegrennen? Damit würde sie sich umso verdächtiger machen. Angst fährt ihr in den Magen. Sie zwingt sich, langsam weiterzugehen. Widersteht der Versuchung, sich umzusehen. Wenn er es auf sie abgesehen hat, kann sie ihm ohnehin nicht mehr entkommen. Also nur die Ruhe bewahren. Sie verlangsamt nochmals ihr Tempo, bleibt stehen. Betrachtet das Schaufenster eines Hutladens, obwohl in der rasch einfallenden Dunkelheit kaum noch etwas zu erkennen ist. Entdeckt den Mann in der matten Spiegelung der Scheibe, schräg hinter ihr, auf der anderen Seite der Straße. Auch er ist jetzt stehen geblieben, kramt in seiner Manteltasche. Dann ein Lichtblitz, die Flamme eines Feuerzeugs. Er zündet sich eine Zigarette an, geht weiter. Sie rührt sich nicht, hält die Luft an. Jetzt ist er an ihr vorbei. Erleichtertes Aufatmen. Es war nur ein Zufall. Dieser Mensch will ihr nichts.

Sie wartet noch einen Moment, putzt sich die Nase, geht weiter. Andere Menschen kommen ihr entgegen. Nur ja keinem ins Gesicht sehen. Die Leute schauen einander nicht mehr an heutzutage. Blickkontakt ist verräterisch. Weiter die Straße hinunter. Nichts Verdächtiges mehr. Allmählich entspannt sie sich wieder.

Es passiert ungefähr auf Höhe von Päffgens Brauhaus. Ein Lieferwagen rollt mit röhrendem Auspuff an ihr vorbei, und just in diesem Moment fasst sie jemand beim Arm. Sie fährt erschrocken herum, steht nun einem älteren Mann gegenüber. Man erkennt ihn kaum, so tief hat er seine Schiebermütze ins Gesicht gezogen.

»Haste min Portemonnaie jefunden?«, fragt er sehr laut. Sie will sich empören, will ihn abschütteln, doch unter seiner Mütze hervor wirft er ihr einen so eindringlichen Blick zu, dass sie schweigt. »Los, lass uns luure jehn!« Er fasst sie noch fester beim Arm, setzt sich in Bewegung, zieht sie mit sich. Und plötzlich ist der andere wieder da. Der Mann vom Kino. Tritt auf sie zu. Zückt seinen Ausweis.

»Heil Hitler! Ihre Papiere, bitte!«

Eilig grüßt der Alte zurück, beginnt in seinen Taschen zu kramen. »Bitte sehr, Herr Untersturmführer.« Er hält ihm seinen Ausweis hin.

»Und was ist mir ihr?« Der Sicherheitsdienst-Spitzel deutet auf Mucki. »Du weißt, dass du dich nicht mehr allein auf der Straße aufhalten darfst?«

»Hören Se, et war so!«, mischt sich der Alte ein. »Meine Enkelin hier, die Annemie – sie is die Tochter von mein Sohn, der tapfer anne Front kämpft für Führer und Vaterland – jedenfalls hab ich mein Portemonnaie verloren, und da han ich die Annemie jerufen, dat se mit mir luren tät. Annemie, so war et doch?« Er schaut Mucki eindringlich an, und sie nickt heftig. »Also war et eijentlich meine Schuld, Herr Untersturmführer.«

»Du sahst mir nicht danach aus, als wärst du deinem Großvater beim Suchen behilflich.« Der Mann fixiert Mucki streng.

Sie spielt die Verlegene, schielt zu dem Alten rüber. »Ich dachte, er hätte es im Gasthaus gelassen«, bekennt sie leise. »Also hab ich mir ein bisschen die Füße vertreten.«

»Ja, jibbet denn so wat!«, schreit der Alte plötzlich und reckt seine Geldbörse hoch. »Da is et ja, dat Portemonnaie! Ich han et in der falschen Täsch jehabt!«

Der Mann vom Sicherheitsdienst verzieht unwillig das Gesicht, sagt dann streng: »Beim nächsten Mal kann ich das nicht durchgehen lassen.«

»Ich tu's bestimmt nicht wieder«, haucht Mucki und schaut zu Boden.

»Seh'n Se!« Der Alte nickt triumphierend. »Die Jeschicht kam auch nur zustande, weil die Erna – was meine Jattin is –, also die Erna wollt mir verbieten, dat ich –«

»Schon gut!«, würgt der Spitzel ihn ab. »Gehen Sie nach Hause, aber schnell.« Er wedelt knapp mit der Hand und setzt sich in Bewegung.

Der Alte zupft Mucki am Arm, zieht sie unauffällig in die Richtung, die der andere nicht einschlägt. Eine Weile laufen sie schweigend nebeneinanderher.

»Irjendwie küste mir bekannt vor.« Jetzt schaut er zu ihr herüber, kneift die Augen zusammen. »Biste nicht die kleen Krankenschwester vom Jertrud?«

Mucki nickt. Auch sie hat den Mann inzwischen erkannt. Er war einmal bei ihnen, vor vielen Jahren. Noch in der großen Wohnung. Die Mutter hat ihn damals zusammengeflickt. Ewald heißt er, soweit sie sich erinnern kann. Er drosselt sein Tempo, bleibt vor einem Hauseingang stehen, schließt die Tür auf. Schnell winkt er sie herein, schließt die Tür hinter ihr.

»Mach so'n Stuss nid widder«, mahnt er jetzt.

»Aber ich wollte doch gar nicht –«

»Verzäll mir nix, Kleen! So'n paar dumme Sprüch, so'n Fetzen Papier, glaubste, dat ändert irjendwat? Jar nix ändert dat. Null Komma nix. So, und jetzt jehste nach Haus.« Er öffnet die Tür wieder, drängt sie hinaus. »Grüß die Mudder von mir.« Schon will er sich an die Mütze tippen, hält jedoch in der Bewegung inne, winkt ab. »Nee, lass et lieber.« Die Tür fällt zu. Sie steht draußen.

Um ein Haar wäre die Sache schiefgegangen.

Um ein Haar.

GERTRUD

Montag, 8. September 1941

Mucki kam heute sehr aufgelöst heim. Mal wieder zu einer Zeit, zu der sie gar nicht mehr hätte draußen sein dürfen. Ich habe sie nicht gefragt, wo sie war und was los gewesen ist. Wenn sie mir etwas erzählen will, redet sie von allein. Oder eben nicht. Wie sollte ich es ihr verdenken? Ich erzähle ihr ja auch nicht alles. Es ist besser, seine Geheimnisse zu hüten. So gerät niemand in die Not, sie möglicherweise ausplaudern zu müssen. Aber um Geheimnisse geht es jetzt nicht, denn das Problem liegt ja auf der Hand: Der Montessori-Kindergarten muss schließen. Nun auch noch das. Aber keine Neuigkeit, die wirklich überrascht. Wir haben es ja lange befürchtet. Es verwundert auch nicht, dass Mucki gehen muss, weil die NSV sie nicht haben will. Sie kann ihre Ausbildung also nicht beenden. Das ist schlimm. Allerdings muss es nicht heißen, dass sie es nicht irgendwo anders tun könnte, wie ich ihr einzureden versuche. Wenn der Krieg vorbei ist. Wenn das alles einmal ein Ende hat. Aber nein, davon will sie nichts hören. Sie hat offenbar bessere Pläne, oder genauer: Die Montessori-Leiterin hat Pläne für sie. In die Schweiz will sie mein Kind mitnehmen. Nicht nach Bonn oder Düsseldorf oder meinetwegen Frankfurt, nein, in die Schweiz! Warum nicht gleich nach Afrika?

Das geht mir nun doch zu weit. Lasse ich Mucki nicht immer gewähren? Ich verbiete ihr nichts, rede ihr nicht ein, dass sie aufhören soll mit dem, was sie für richtig hält. Im Gegenteil, ich bestärke sie, wo ich kann. Wir müssen unseren Kampf weiterführen, jede auf ihre Weise. Mucki soll tun, was sie tun muss. Sie soll selbst über ihr Leben entscheiden. Aber dass sie nun in Erwägung zieht, sich einfach abzusetzen! Es ist nicht das, was wir ihr beigebracht haben, Peter und ich. Ich verstehe ja, sie muss sich schützen, für ihre Zukunft sorgen. Sie sagt, dort sei sie in Sicherheit und dass sie mir Geld schicken werde. Doch wer kann schon wissen, ob diese Schweizerin ihre großspurigen Versprechen hält? Die Schweiz ist neutral – und das heißt wohl auch gleichgültig. Warum sollte sie einem einfachen deutschen Mädchen den roten Teppich ausrollen?

Und wie sollte ich Peter die Sache erklären, wenn er plötzlich vor der Tür steht? Soll ich ihm sagen müssen, sein Liebelein habe uns im Stich gelassen und sich ins Ausland abgemacht? Nach all den Strapazen, die er auf sich genommen hat? Es würde ihm das Herz brechen. Nein, sie kann nicht gehen. Ich werde sie nicht ziehen lassen. Mucki bleibt hier.

Mittwoch, 17. September 1941

Seit Tagen herrscht dicke Luft bei uns im Hause Kühlem. Mucki ist sehr enttäuscht. Dazu bedrängt uns der Vermieter. Ich habe ihn gebeten, sich noch etwas zu gedulden. Wenn ich erst eine neue Arbeit gefunden habe … Doch seine Geduld sei erschöpft, sagte er mir, und dass er uns eine letzte Frist setze. Wenn das Geld bis Mitte Oktober nicht da ist, müssen wir raus.

In meinem monatlichen Brief an Peter habe ich nichts von alldem erwähnt, weder die Schweiz noch die Mietschulden. Ich will ihn nicht zusätzlich belasten. Und immer wieder muss ich mir vor Augen führen, dass es Menschen gibt, die schlimmer dran sind als wir. Die Kriegsgefangenen und Fremdarbeiter zum Beispiel, die in den Kölner Rüstungsbetrieben schuften müssen. Manchmal gehe ich zum Grüngürtel, wo viele von ihnen untergebracht sind, hinter Gittern eingepfercht wie Vieh. Blass und abgemagert sehen sie aus, mit stumpfen, tief liegenden Augen. Untermenschen, zu nicht mehr als ein paar einfachen Handgriffen fähig, das haben die Nazis den Leuten jahrelang eingebläut. Wer weiß, sonst käme manch einer womöglich auf die Idee, Mitgefühl zu zeigen; es nicht in Ordnung zu finden, dass diese Leute schlechter als Tiere behandelt werden.

Im Frauenlager sind meist Ukrainerinnen, doch heute sehe ich sie: eine Französin, von der Wehrmacht verschleppt aus der Heimat. Ich kann nicht sagen, woher ich gleich weiß, dass sie Französin ist. Ich spüre es einfach.

»Bonjour«, flüstere ich probeweise. Sie horcht auf, schiebt sich an den Zaun heran, so nahe es irgend geht. »Bonjour«, wiederhole ich.

»Vous-êtes française?« Sie sieht mich mit großen, erstaunten Augen an.

»Non. Je suis allemande«, sage ich. Alles andere wäre gelogen. Ich bin keine Französin, auch wenn man mich für eine hält. Ich bin Deutsche. Und schäme mich dafür. Vielleicht ist das der Grund, weshalb ich nun meine französische Mutter erwähne. Woher Maman stammt, will die Frau wissen. Wispernd, begierig.

»Aus Lion«, antworte ich ihr.

»Lion!« Ein verzücktes Lächeln. Sie sei aus Nancy. Ob ich es kenne? Nein, leider nicht. Aber ich hatte eine Großtante in Neufchâteau, bei der ich als Kind mal gewesen bin.

Neufchâteau. Sie spricht den Namen aus, als wäre es das Paradies. Ja, den Ort kennt sie. Plötzlich ist da ein bohrender Schmerz in mir, wie Heimweh. Wahrscheinlich spüre ich nur das, was sie gerade spürt. Ich schiebe ihr schnell meine mitgebrachten Zuckertütchen durch den Zaun. Kalorien. Kohlenhydrate. Seelentröster. Nur ein paar Tropfen auf den heißen Stein, ich weiß, aber vielleicht besser als nichts. Alles ist besser als nichts.

Auf dem Heimweg bin ich sehr aufgewühlt. Französinnen, Ukrainerinnen, Schweizerinnen … Wir sind drauf und dran, die ganze Welt zu knechten. Es ist irritierend. Und inmitten aller Verwirrung läuft mir dazu Elke über den Weg. Als wäre nicht schon alles deprimierend genug, hängt sie auch noch am Arm eines SS-Manns. Ein SS-Mann, ausgerechnet!

»Gertrud! So schnell sieht man sich wieder.« Sie lässt ihre getuschten Wimpern flattern. »Kläuschen, das ist Gertrud. Eine alte Freundin.« Der Mann streckt mir seine Hand entgegen, stellt sich als Klaus Wittmer vor. Vielleicht auch Witwer oder Widmer, es ist mir egal. Eine alte Freundin. Was Elke sich erlaubt! Alt an Jahren bin ich vielleicht, aber ganz sicher verbindet uns keine alte Freundschaft. Dazu könnte sie meine Tochter sein.

»Kläuschen und ich sind gerade auf dem Weg ins Kino.«

»Dann will ich euch mal nicht aufhalten«, sage ich, wünsche viel Spaß und ergreife die Flucht. Von dieser Frau sollte man sich fernhalten. Ihr ist wirklich nicht zu trauen.

MUCKI

Samstag, 20., bis Dienstag, 23. September 1941

Trotz des unbeständigen Wetters bricht Mucki am Vormittag zu einer Fahrt ins Bergische auf. Alles ist besser, als daheim zu sein, bei der launischen Mutter mit den strapazierten Nerven. Im kalten Luftschutzkeller. In überfüllten Bunkern.

Den Freunden ergeht es offenbar ähnlich, weshalb sich dieses Wochenende besonders viele von ihnen auf den Weg zum vereinbarten Treffpunkt machen. Aber sie sind nicht mehr so unbedarft wie früher. Sie lärmen nicht mehr, umarmen und küssen einander nicht mehr in der Öffentlichkeit, tragen keine Abzeichen. Sie unterlassen überhaupt alles, was den Streifendienst oder die Gestapo auf sie aufmerksam machen könnte, mit der inzwischen einige von ihnen Bekanntschaft gemacht haben. Um keine Razzia zu provozieren, brechen sie auch längst nicht mehr im großen Pulk auf.

Mucki steigt mit Ellie und Kalinka in die Bahn, Jonny und Sepp folgen. Pablo und Trisch stoßen später dazu. Bobby kommt allein, wie auch bald darauf Pietsch. Omar und Tünn warten bereits am einsamen Wegekreuz, das sie als Ausgangspunkt für ihre gemeinsame Wanderung gewählt haben. Ziel ist die Liesenberger Mühle, einer ihrer liebsten Treffpunkte. Kaum sind sie aufgebrochen, geraten sie in eine ausgelassene Stimmung, wie immer. Endlich raus aus dem Stadtmief!

Ellie und Mucki marschieren nebeneinanderher.

»Der Sepp ist ein richtiges Mannsbild geworden, das musst du zugeben.« Ellie wieder!

Mucki rollt die Augen. »Mit seinem komischen Dialekt kriegt der nie ein Fahrtenmädel, hast du vor nicht allzu langer Zeit noch behauptet.«

»Ach, Schnee von gestern!« Ellie winkt ab. »Wenn man sich erst dran gewöhnt hat, klingt's total süß. Und es hat so was Bestimmtes, Energisches, findest du nicht auch?«

»Eigentlich nicht«, gibt Mucki zur Antwort.

»Na ja, macht nichts. Dann kommst du wenigstens nicht auf dumme Gedanken«, scherzt Ellie. »Außerdem hast du ja deinen Pablo!« Sie spitzt die Lippen und schmatzt Küsschen in die Luft.

»Sprecht ihr von mir?« Pablo drängt sich in ihre Mitte und legt allen beiden einen Arm um die Schulter. »Was kann ich für euch tun, ihr Hübschen?«

»Frag Sepp, ob er sich auf Ellies Tanzkarte eintragen möchte«, spottet Mucki und grinst.

»Das ist nicht dein Ernst, Ellie, oder?« Pablo spielt den Empörten. »Der kann doch nur Schuhplattler!«

»Schuhplattler find ich so was von süß!« Ellie setzt eine schwärmerische Miene auf.

»Und was ist mit Omar? Ist der jetzt nicht mehr süß?«, erkundigt sich Pablo. »Neulich habt ihr noch romantische Mondscheinspaziergänge unternommen.«

»Der Mensch muss Erfahrungen sammeln«, kontert Ellie. »Ich glaub, ich fang gleich mal damit an!« Und lachend hüpft sie auf ein anderes Wandergrüppchen zu.

Sie albern herum, singen, pausieren. Wandern weiter, bergauf und bergab, genießen das Beisammensein. Am späten Nachmittag kommt ein scharfer Wind auf, Regen peitscht ihnen ins Gesicht. Mucki und Trisch suchen Schutz unter einer großen Eiche und warten, bis der Schauer nachlässt.

»Sag mal, woher kennst du dieses blonde Mädchen, diese Peggy?« Trisch hat einen eigentümlichen Ton angeschlagen.

»Wir waren früher befreundet«, erzählt Mucki. »Aber wir hatten uns lange nicht gesehen. Dann sind wir uns durch Zufall wieder über den Weg gelaufen. Warum fragst du?«

»Du solltest vorsichtig sein«, mahnt Trisch mit bedeutungsvoller Miene.

»Vorsichtig? Warum?«

»Die ist nicht ganz koscher.«

»Wie meinst du das?«

»Wie ich's gesagt hab.«

»Glaubst du, sie ist ein Spitzel?«

»Nein, das nicht.« Trisch schüttelt den Kopf. »Aber sie und ihr Freund und ein paar andere, die drehen krumme Dinger. Die leben gefährlich.«

Gefährlich lebe ich auch, denkt Mucki, sagt es aber nicht, sondern fragt: »Woher weißt du davon?«

»Ich habe einen Vetter in Ehrenfeld. Der kennt Bernd von klein auf. Und vor dem hat er sich damit gebrüstet.«

»Aha.«

»Ich sag dir das nur, damit du Bescheid weißt.«

»Danke, ich werd's mir merken.«

»Meine Füße sind patschnass!« Trisch blickt jetzt betrübt auf ihre Schuhe. Sie ist nicht die Einzige, die dieses Problem hat. Ein paar vernünftige neue Schuhe zu bekommen ist mittlerweile nahezu ein Ding der Unmöglichkeit.

Als der Regen nachlässt, setzen sie ihren Weg fort und erreichen nach einer Dreiviertelstunde die Mühle.

Mucki kann nicht zählen, wie oft sie schon hier gewesen ist. Früher mit den Eltern, im Kreis der Naturfreunde, dann mit ihren eigenen Freunden. Die Mühle – eigentlich eine Art Landjugendheim – ist für viele von ihnen fast so etwas wie eine zweite Heimat.

Beim Öffnen der Tür schlägt ihnen die Wärme mit einer so kompakten Wucht entgegen, als wäre sie etwas Fassbares. Der Ofen ist bereits angeheizt, und auch die Stimmung im großen Gemeinschaftsraum scheint es zu sein. Die Düsseldorfer sind schon da und auch ein paar Freunde aus Wuppertal. Von allen Seiten werden die Ankömmlinge mit lautem Hallo begrüßt.

»Lasst ihr euch auch mal wieder blicken!« Der Herbergswirt kommt hinter seinem Tresen hervor. »Ihr wollt über Nacht bleiben?«

»Nur, wenn's was Leckeres zu futtern gibt!«, scherzt Ellie.

»Wie wär's mit Döppekuchen?«

»O ja!« Sie seufzt begeistert. »Ein ganzes Blech voll, bitte!«

»Von mir aus kannst du zehn Bleche verputzen, aber das musst du mit deinen Fahrtenfreunden ausmachen«, erwidert der Wirt gleichmütig. »Ich schätze, die haben auch Kohldampf.«

»Das haben Sie ganz richtig erkannt, Herr Hüttenwirt«, mischt Jonny sich ein. »Sie scheinen über große Menschenkenntnis zu verfügen.«

»Sagen wir so: Ich verfüge über große Magenkenntnis«, kontert der Angesprochene und hat die Lacher auf seiner Seite.

Alle verstauen ihr Gepäck in den Schlafsälen und treffen sich dann wieder unten.

»Herrenabend!«, ruft der Hüttenwirt. »Wer von euch nicht Bescheid weiß: Die Herren decken die Tische für unsere Damen.«

»So ist's recht.« Ellie lehnt sich behaglich in ihrem Stuhl zurück und lässt sich bedienen. Das Essen ist gut, wie erwartet. In der Mühle kommen noch anständige Mahlzeiten auf den Tisch.

»Ene, mene, mu«, macht der Wirt und deutet auf die Wuppertaler. »Ihr erledigt heute den Abwasch.«

»Schon wieder Schwein gehabt«, stellt Ellie grinsend fest und schaut sich nach Sepp um. Der kramt gerade eine Spielesammlung hervor.

»Wer spielt eine Runde Halma?«

Ellie natürlich. Sie liebt Halma. Neuerdings ganz besonders. Mucki rückt ihren Stuhl nah ans Fenster, packt ihre Klampfe aus. Pablo kommt rüber, hockt sich neben sie und zündet seine Pfeife an. Jonny gesellt sich mit seinem Banjo dazu. Auch die Düsseldorfer haben Instrumente dabei, und so ist das Hauskonzert bald voll im Gange. Liedwünsche werden geäußert und erfüllt, die Kehlen mit Bier feucht gehalten. Irgendwann landen sie unweigerlich bei Junkers Kneipe. Ohne diesen Ohrwurm ist ein Liederabend kein Liederabend.

»In Junkers Kneipe, bei Bier und Pfeife, da saßen wir zusammen …« Omar hebt sein Glas, schmettert weiter. »Was kann das Leben uns Schön'res geben, wir wollen bündisch sein!«

Bobby, dem es gelungen ist, seine Schüchternheit mit einigen Gläsern Bier erfolgreich zu bekämpfen, stimmt fröhlich grölend mit ein. Kalinka stellt sich hinter seinen Stuhl, schlingt ihre Arme um seinen Hals, und Wange an Wange wiederholen sie gemeinsam den Refrain. »Was kann das Leben uns Schön'res geben, wir wollen glücklich sein!« Pietsch spendiert noch eine Runde.

»Zapfenstreich!«, tönt es bald darauf vom Tresen her. Alles stöhnt auf, doch der Wille des Wirts ist unanfechtbar. Noch einmal setzt ein großes Gedränge ein. Alles wird zusammengepackt, Gläser werden in die Küche getragen, Tische gewischt und gerückt. Anschließend steigen alle Gäste im Gänsemarsch die steile Treppe hoch. Jungen linke Tür, Mädchen rechte Tür, wie immer. Alles kriecht in die Schlafsäcke, die Gespräche verstummen allmählich. Mucki ist schon halb eingenickt, als Ellie neben ihr plötzlich hochfährt.

»Hört ihr das?«

»Was?«

»Dieses Motorbrummen. Da kommt jemand.« Sie lauschen angestrengt. Bemerken es nun auch.

»Ob wir abhauen sollen?« Ellie schaut angstvoll zu Mucki und Kalinka hinüber.

»Wo sollen wir denn hin, mitten in der Nacht?«, fragt Kalinka zurück.

»Vielleicht ist es nur ein später Gast«, versucht Mucki, sie zu beruhigen. »Oder ein Freund vom Herbergswirt.«

»Und wenn's die Gestapo ist?« Ellie schwingt die Beine aus dem Bett. Die Motorengeräusche nähern sich schnell. Alle sind jetzt wieder hellwach. Auch aus dem Schlafsaal der Jungen sind Stimmen zu hören. »Kommt, lasst uns abhauen!« Die Mädchen schlüpfen in ihre Kleider und packen eilig ihre Sachen zusammen. Mucki ist bereits angezogen, bindet ihre Schuhe.

»Nun los, Kalinka! Trisch, was ist mit dir?«

»Bin schon unterwegs!« Gemeinsam hasten sie hinaus auf den Flur, wo sie auf Sepp, Jonny, Pablo und Bobby treffen. Die Motorengeräusche werden immer lauter. Dem Lärm nach müssen es mehrere Fahrzeuge sein. Dann Bremsenquietschen. Direkt vor der Mühle.

»Raus, raus, raus!« Pablo scheucht die Mädchen vor sich her, die steile Stiege hinunter. Doch kaum sind sie unten angelangt, fliegt bereits die Tür auf. Razzia.

Ein Dutzend Männer stürmen herein, Sicherheitsdienst und Polizei. Geschrei und Gebrüll. Alles raus aus den Federn, rein in den Gruppenraum! Papiere, Papiere! Alle mitnehmen! Die ganze Saubande!

Bald finden die Freunde sich draußen wieder, wo man sie in die Mannschaftswagen drängt. Weiber hier rüber, Burschen da hin! Mucki schaut sich noch einmal nach Pablo um. Er steigt gerade in einen der hinteren Mannschaftswagen, gefolgt von Jonny, Bobby und Omar. Nur Pietsch steht ein wenig abseits, als wäre er außen vor. Warum Pietsch, fragt Mucki sich flüchtig, doch zum Nachdenken bleibt keine Zeit. Rein in den Wagen, zack, zack. Ellie, Kalinka, Trisch und sie hocken sich auf eine schmale Bank. Gegenüber sitzen drei Mädchen aus Wuppertal. Zum Schluss steigen zwei Polizisten hinzu. Schon werden die Motoren gestartet.

»Wo fahren wir hin?«, wagt Ellie zu fragen.

Keine Antwort. Doch sie ahnen bereits, wohin die Reise geht. Es ist dunkel und zugig im Wagen. Schnell beginnen sie zu frieren. Hände und Füße fühlen sich schon bald ganz taub an vor Kälte. Die Fahrt zieht sich. Niemand spricht. Durchs Seitenfenster irgendwann das Glitzern von Wasser, tief unter ihnen. Sie passieren die Rheinbrücke. Willkommen in der Heimatstadt. Wenig später heißt es dann: Willkommen im Braunen Haus. Runter in den Gestapo-Keller. Rein in die dunkle Zelle. Tür zu. Ellie weint. Kalinka auch. Trisch und Mucki schweigen. Die Nacht scheint scheint nicht enden zu wollen. Dann geht die Tür auf.

Mitkommen. Wieder nach oben, wieder werden Muckis Personalien aufgenommen. Zurück in die Zelle. Nichts zu essen, nichts zu trinken. Ein Eimer als Toilette. Die Tür geht erneut auf, Kalinka und Ellie sind zurück.

»Kühlem!« Jetzt ist sie dran.

»Was hast du gemacht, da oben im Scherfbachtal?«

»Ich bin gewandert. Ich gehe gern wandern, raus in die Natur. Besonders jetzt, wo ständig Bombenalarm ist.«

»Was wolltest du in der Mühle?«

»Übernachten. Nur übernachten.«

»Du warst mit deinen bündischen Freunden da. Solche Zusammenkünfte sind verboten! Ihr hattet keine Erlaubnis, euch zu treffen. Also, was habt ihr ausgeheckt?« Die Fragen prasseln nur so auf sie ein. Nein, sie haben nichts ausgeheckt, von solchen Plänen weiß sie nichts. Sie waren nur Wanderkameraden.

Zurück in die Zelle. Der Durst wird unerträglich. Der Boden ist kalt. Auch das bisschen Licht, das aus einem Fensterloch hoch oben dringt, erscheint kalt. Aber zumindest ist sie nicht allein. Ellie, Kalinka und Trisch sind noch da, und zwei von den Wuppertalerinnen. Friedel und Elfchen. Sie alle wissen nicht, was sie reden sollen vor Angst. Wissen nicht, ob jemand mithört. Wissen gar nichts.

Wieder muss Mucki nach oben. Dieses Mal führt eine andere Person das Verhör. Klein, gedrungen, in weiten Hosen und Stiefeln, darüber Hemd und Hosenträger. Stechende dunkle Augen, streng in der Mitte gescheiteltes dunkles Haar. Hoegen. Das muss Hoegen sein. Mucki stöhnt innerlich auf. Dieser Mann ist in ganz Köln verschrien. Er gilt als der Brutalste der Gestapomänner.

»Weißt du, wo du hier bist, Gertrud Kühlem?«, fragt er in hinterhältigem Ton, um sich gleich selbst die Antwort zu geben. »Bei der Geheimen Staatspolizei. Diese Räumlichkeiten bekommen nur die zu sehen, die sich gegen Volk und Staat gestellt haben. Verräter am eigenen Volk. Warum glaubst du also, dass du hier bist?«

»Ich weiß es nicht. Ich war wandern.«

»Warum bist du hier?«

Mucki presst die Lippen zusammen. »Ich war wandern.«

Der Schlag trifft sie urplötzlich. Sie taumelt. Kann sich gerade noch fangen.

»Versuchen wir es noch einmal: Mit wem warst du unterwegs?« Sie nennt die Namen der Mädchen, die wissen sie sowieso. Elisabeth statt Ellie. Käthe statt Kalinka, Trischs richtiger Name will ihr nicht einfallen, doch es spielt auch keine Rolle, denn Hoegen hat kein Interesse an den Mädchen. Er will die Jungen.

Omar, Bobby, Pablo, Jonny.

»Und wie richtig?«

Ich weiß nicht, ich weiß nicht, ich weiß nicht.

»Was treibst du mit denen?«

»Ich gehe gern wandern. Das ist alles.«

»Mit wem von denen treibst du's?«

»Ich verstehe nicht.«

»Also mit allen! Dreckspack! Alle miteinander!« Wieder ein Schlag ins Gesicht. Was hat er jetzt gefragt? Sie weiß es nicht mehr. Weiß nur, dass sie nichts sagen darf. Keine Namen. Keine Verbindungen. Niemals. Flugzettel? Sie hat nie welche zu Gesicht bekommen. Hat keine gelesen. Geschweige denn, dass sie etwas damit zu tun hat. Edelweißpiraten, das sagt ihr nichts. Sie geht gern wandern. In der freien Natur.

Märchenstunde! Patsch. »Nun sag endlich die Wahrheit.«

Sie sagt die Wahrheit. Sie ist wandern gegangen. In Gesellschaft. Wandern und singen. Die Bündische Jugend? Die gibt's doch längst nicht mehr, soweit sie weiß. Nein, sie ist auch keine Edelweißpiratin.

Dann ist es vorbei. Sie wird zurück in die Zelle geführt. Ellie ist dran. Mucki streckt die Hand aus, ihre Finger berühren sich. Als Ellie zurückkehrt, sagt sie kein Wort. Eine nach der anderen wird abgeholt und kehrt völlig verstört zurück. Der Tag verrinnt, es gibt nichts zu essen, zu trinken. Einmal geht dir Tür auf. Toilettengang. Eine Handvoll Wasser, zu schade, um sich damit zu waschen. Dann zurück in die Zelle. Eine weitere Nacht, ein neuer Tag. Wieder Hoegen. Wieder Schläge. Wieder kein Wasser, kein Brot. Der Gestank in der Zelle ist kaum noch auszuhalten. Und wieder bricht die Nacht herein, die nicht vergehen will, und dann vergeht sie doch, und was kommt, ist noch schlimmer. Hoegen. Frisch ausgeruht. Und noch zorniger.

»So schnell sieht man sich wieder. Also, Kühlem, warum bist du hier?«

»Ich weiß es nicht.«

»Dann müssen wir deinem Gedächtnis wohl auf die Sprünge helfen.« Er holt aus, verpasst ihr eine schallende Ohrfeige. Sie beißt sich auf die Zunge, schmeckt Blut.

»Du bist bei den Edelweißpiraten. Ihr habt Lieder gesungen. Wer sind eure Anführer?«

»Ich weiß es nicht. Ich bin keine Edelweißpiratin.«

»Wer sind deine Anführer?«

»Wir hatten keine Anführer, wir haben nur gefeiert.«

»Sozialdemokraten? Kommunisten?«

»Wir haben nur gefeiert.«

»Die Wahrheit! Die Wahrheit!« Hoegen zischt, Hoegen flüstert, Hoegen brüllt. Lässt eine Tirade von Schimpfwörtern auf sie los, alle tief unter der Gürtellinie.

Zurück in die Zelle. Wieder Hunger und Durst. Frieren und Schwitzen. Lahme Glieder. Abgestorbene Glieder. Angst, die sich zu Panik steigert. Ellie und Kalinka kehren nicht zurück. Und Trisch? Wo ist Trisch? Was ist mit den Freundinnen geschehen? Hat man sie laufen lassen? Wieder zum Verhör. Wieder Fragen. Fragen. Fragen. Eine andere Zelle, so überfüllt, dass man kaum atmen kann. Fremdarbeiterinnen. Keine spricht Deutsch. Eine Hand fasst nach ihr, greift nach ihrem Kopf, zieht ihn zu sich heran. So schläft man hier. Dicht an dicht beieinander. Ein Kopf ruht an der Schulter der nächsten. Zu mehr ist kein Platz.

Ein neuer Tag. Wieder Hunger und Durst. Und noch eine Befragung. Sie unterschreibt das Protokoll. Unterschreibt alles. Kann wieder gehen.

Ist wieder draußen.

Ist zu Hause.

GERTRUD

Mittwoch, 24. September 1941

Nun ist es also ausgestanden. Nach drei bangen Tagen und Nächten. Jeden Morgen bin ich ins Braune Haus gelaufen, wie früher. Und wie früher schon wollte man mir auch jetzt keine Auskunft geben. Dabei hielten sie Mucki bereits in ihren Fängen, erfahre ich jetzt. Wie damals Peter. Aber Mucki hatte Glück, sie ist mit einem blauen Auge davongekommen. Die Erleichterung ist grenzenlos.

Meine arme Tochter wirkt sehr mitgenommen, dazu dehydriert und ausgehungert. Ich brühe ihr Tee auf, schmiere Brote, koche eine Suppe. Bin so froh und glücklich, sie wieder bei mir zu haben, dass ich ihr auch noch Marzipankartoffeln mache, aus Grieß mit Zucker und ein paar Tropfen Bittermandelöl. Sie müssten eigentlich eine Weile trocknen, aber Mucki nascht sie auf der Stelle weg. Soll sie nur, sie muss wieder zu Kräften kommen. Iss auf, Kind. Iss sie alle.

Später gebe ich ihr etwas zur Beruhigung. Körper und Seele müssen sich erholen. Dann bringe ich sie wie ein Kleinkind zu Bett. Setze mich zu ihr und warte, bis sie eingeschlafen ist.

Mittwoch, 22. Oktober 1941

Es war ein denkwürdiger Tag. Ich habe Julio getroffen. Heimlich natürlich. In seinem Loch, das sich Wohnung nennt. Zu uns kann er ja nicht mehr kommen, nicht einmal das Bus- oder Bahnfahren ist ihm noch erlaubt. Dafür trägt er jetzt einen gelben Stern auf der Brust, die jüngste Schikane. »Immerhin muss er nicht mehr in der Kolonne schuften. Er ist jetzt ›Hilfskraft‹ für das Gemeindeamt«, erzähle ich meiner Tochter.

»In seiner ehemaligen Gemeinde scheint es also doch noch Menschen zu geben, die sich für ihn einsetzen«, erwidert Mucki.

»Ja, er muss Beschützer haben. Sonst befände er sich jetzt sicher auch auf dem Abtransport in irgendein Arbeitslager.«

»Abtransport? Was meinst du damit?« Mucki sieht mich fragend an, doch die Antwort fällt mir schwer.

»Julio hat erzählt, dass die jüdischen Gemeinden in Köln und der Region schon vor geraumer Zeit gezwungen wurden, Namenslisten ihrer Mitglieder zu erstellen, damit auch ja niemand vergessen wird. All die armen Menschen wurden aus ihren Wohnungen vertrieben und nach Fort V in Müngersdorf gebracht. Jetzt hausen sie dort in Baracken zusammengepfercht und warten darauf, in ostdeutsche Arbeitslager deportiert zu werden. Der Stichtag zum Abtransport ist heute, sagt Julio. So hat es in einem Brief gestanden, den die Betroffenen erhalten haben.«

Es ist so furchtbar, dass uns die Worte fehlen, und in bedrückter Stimmung gehen wir auseinander. Mucki hat noch Pläne für den Abend, und für mich wird es eigentlich Zeit, meinen monatlichen Brief an Peter zu schreiben. Aber es fällt mir immer schwerer. Ich kann ihm ja nicht von der Verhaftung unserer Tochter erzählen, von der Gestapo, von den Juden, die sie in Viehtransportern fortschaffen. Allerdings werde ich ihm nicht verschweigen können, dass wir bald umziehen müssen. Ich kann die Miete nicht mehr aufbringen. Nicht so schnell. Doch so ganz hat uns das Glück nicht verlassen: Unser alter Freund Ferdi hat mir eine kleine Wohnung in seinem Haus in der Boisseréestraße angeboten. Dort können Mucki und ich nächsten Monat einziehen. Ich soll zahlen, was ich kann. »Den Rest regeln wir dann, wenn dein Mann wieder da ist.« Diese ruhige Zuversicht, mit der Ferdi das sagte, hat mir ungeheuer gutgetan.

Also habe ich meinem lieben Mann doch etwas zu schreiben. Schön war meine Wanderung mit den Naturfreunden neulich. Naturfreundinnen wäre jetzt treffender, denn es sind kaum noch Männer dabei. Aber wir hatten viel Spaß. Auch das soll er wissen.

MUCKI

Samstag, 1. November 1941

Seit einem Monat arbeitet Mucki nun schon in der Kartonagenfabrik. Die Gestapo hatte ihr zur Auflage gemacht, unverzüglich ihren verpflichtenden Hilfsdienst in einem kriegswichtigen Betrieb aufzunehmen. An der Abschiedsfeier des Kindergartens konnte sie nicht mehr teilnehmen. So war das Kapitel Ausbildung mit ein paar netten Zeilen von Frau Seematter, in denen sie ihr alles Gute für den zukünftigen Lebensweg wünschte, nun zu Ende.

Noch immer empfindet sie Groll der Mutter gegenüber, die ihr die Ausreise nicht erlaubt hat. Aber vielleicht hat sie ja ganz richtig entschieden, und es gibt Schlimmeres als die Arbeit in der Kartonagenfabrik. Die Kartons lassen sich im Sitzen falten, und es bleibt Zeit für einen Plausch mit den anderen Pflichtdienstmädeln. Dazu kommt etwas Geld ins Haus. Sie können es dringend brauchen.

Nach Feierabend macht sie sich auf den Weg in Schmitz' Kneipe. Ellie ist schon da, und bald kommen auch Kalinka und Bobby. Wie immer hat der Wirt für die Volksgartenfreunde einen der hinteren Räume reserviert, allerdings hat sich dieses kleine Grüppchen schon vor dem offiziell verabredeten Zeitpunkt eingefunden. Es gibt etwas zu besprechen. Die vier bestellen Käsebrote, trinken Limonade und Bier. Ellie wirkt bedrückt. Sie hat ihnen etwas mitzuteilen. Bobby steht auf, prüft nochmals die Tür, kehrt an den Tisch zurück. Offenbar weiß er bereits Bescheid.

»Ich kann nicht mehr mitmachen bei unseren Flugzettelaktionen«, gesteht die Freundin peinlich berührt. »Das ist es, was ich euch sagen wollte. Meine Eltern … sie waren völlig außer sich wegen der Sache mit der Gestapo. Ich darf nicht mehr kommen. Darf euch nicht mehr sehen.« Sie bricht ab, Tränen glitzern in ihren Augen. »Es geht ja nicht nur um mich. Wenn das andere auch noch rauskommt …«, sie schaut sich suchend um, als könnte in jeder Ecke ein Spitzel lauern, »… ihr wisst schon, was. Dann ist meine Familie mit dran. Dann lassen sie's auch an denen aus. Das kann ich nicht zulassen.« Betretenes Schweigen macht sich breit.

»Es ist in Ordnung«, durchbricht Mucki die Stille. »Gräm dich nicht, Ellie.« Sie will noch etwas sagen, doch in diesem Moment schwingt die Tür auf. Ein halbe Stunde zu früh und lautstark miteinander debattierend fallen Pablo, Omar und Jonny ein.

»Nanu? So still hier. Habt ihr ein Schweigegelübde abgelegt?« Omar wirkt nicht sonderlich besorgt. Der Wirt bringt die schon vorab georderten Getränke, und sie stoßen miteinander an. Jonny packt sein Banjo aus, und bald ist alles wie immer. Sie singen, lärmen, reden durcheinander. Als Mucki zur Seite schaut, steht Pietsch neben ihr. Er muss gerade erst gekommen sein. Seit jener Nacht in der Liesenberger Mühle hat er sich nicht mehr blicken lassen.

»Was tust du hier?«, fragt sie in harschem Ton.

»Was ich hier tue?« Pietsch wirkt irritiert.

»Nun spiel mal nicht den Ahnungslosen!«

»Ich verstehe nicht, was du meinst.«

»So, das verstehst du nicht?« Mucki tritt einen Schritt auf ihn zu und gibt ihm einen kräftigen Schubs vor die Brust. Vor Überraschung gerät er ins Straucheln, kann sich aber fangen.

»Hey, lass den Quatsch!«

»Ein mieser Spitzel bist du! Ein elender Verräter!«

»Ich – ein Verräter? Wie kommst du denn darauf?«

»Du warst der Einzige, den sie nicht eingebuchtet haben. Ziehst deinen HJ-Ausweis aus der Tasche und bist fein raus!«

»Aber so war's doch gar nicht!«

»Ich hab gesehen, wie sie dich weggeschickt haben. ›Nein, diesen feinen Herrn hier lassen wir da. Der darf sich wieder ins Bett legen!‹« Mucki wird immer lauter.

»Lasst uns die Sache vernünftig besprechen«, schaltet Bobby sich ein. »Sonst haben wir gleich wieder die Gestapo auf dem Hals. Oder den Sicherheitsdienst.«

Pietsch nickt dankbar, senkt die Stimme. »Dieser Ausweis bedeutet doch nicht, dass ich einer von denen bin!«, versucht er zu erklären. »Ich habe dieses Ding aus einem einzigen Grund: Wenn's Ärger gibt, lassen sie mich in Ruhe. So kann ich mich frei bewegen. Dass es funktioniert, habt ihr ja gesehen.«

»Und die anderen sind dir wohl egal?« Mucki hat noch immer Mühe, sich zu beherrschen.

»Unsinn! Aber alle, die hier sind – jeder von uns Burschen –, wir alle hatten immer wieder mit der HJ zu tun. Die ist hinter uns her wie der Teufel hinter der armen Seele. Du kannst dich nicht dagegen wehren. Du hast keine Wahl. Also siehst du zu, wie du's am geschicktesten anstellst. Du spielst das Spiel mit, so weit du eben musst, und steigst aus, wann immer es geht. Und der Plan war gut. Was mich betrifft zumindest. Seit Krieg herrscht, scheinen sie mich völlig vergessen zu haben. Ich war nicht ein einziges Mal beim HJ-Dienst, aber es hat niemanden interessiert. Die kriegen's nicht mehr auf die Reihe. Die Mannschaftsführer rennen durch die Gegend und suchen verzweifelt ihre Leute, weil keiner mehr zum Dienst kommt.«

»Da tun sie mir aber leid!«, kommentiert Mucki zynisch.

»Nein, im Ernst, Mucki. Die haben auch keine Lust mehr auf die braune Scheiße. Wer will sich schon gern von Typen herumkommandieren und schikanieren lassen, die jünger sind als unsereins? Schau dir doch an, wie viele von denen jetzt im Volksgarten rumlungern. Oder vor den Bunkern. Und es werden immer mehr.«

»Spitzel!«, zischt Mucki, die noch immer nicht überzeugt ist. »Das sind alles Spitzel.«

»Nun beruhig dich mal wieder.« Pablo tritt zu ihr und legt ihr die Hand auf die Schulter.

»Sie haben ihn nicht geschnappt!«, faucht Mucki und sticht mit dem Finger in Pietschs Richtung. »Er durfte nach Hause gehen!«

»Da hat er Glück gehabt, würde ich meinen.« Pablo bleibt noch immer ruhig.

»Er hatte kein Glück, er steckt mit denen unter einer Decke. Er hat einen HJ-Ausweis.«

»Bitte, Mucki! Den haben wir doch alle irgendwo in der Tasche. Pietsch hat recht mit dem, was er erzählt. So ein Ausweis besagt gar nichts.«

»Dich haben sie unehrenhaft entlassen!«, widerspricht sie ihm und entzieht sich seiner Berührung. »Und außerdem – wo war er denn, als wir wieder draußen waren? Hat er einmal gefragt, wie es uns ergangen ist?«

»Ich war im Wehrertüchtigungslager«, erklärt Pietsch. »Bin erst gestern wieder nach Hause gekommen. Und ab nächster Woche bin ich Soldat. Du brauchst dich also nicht zu sorgen: Dann werde ich gar keine Gelegenheit mehr haben, euch anzuschwärzen.« Auch in seiner Stimme liegt nun Bitterkeit. Vielleicht sagt er die Wahrheit. Vielleicht tut sie ihm unrecht. Sie denkt an Margret – nein, Peggy –, die ganz ähnlich argumentiert hat. Vielleicht ist sie nur müde und überreizt. Es ist anstrengend, bei Luftalarm heimlich durch die Stadt zu laufen und Flugzettel zu verteilen. Anstrengend und gefährlich, in jeder Hinsicht. Ein Spitzel im Freundeskreis wäre das Letzte, was sie brauchen kann.

»Nun komm schon, Muckelchen. Wir sind doch hier, um uns zu amüsieren.« Wieder Pablo. Er legt seinen Arm um sie, zieht sie an sich. Die Berührung tut gut, sie muss es sich eingestehen. Aber liebt sie ihn noch? Ja, sie tut es. Zumindest glaubt sie das. Es hat sie nie gestört, dass er von politischen Aktionen nichts wissen will, und doch fällt es ihr immer schwerer, sie vor ihm geheim zu halten. Nein, nicht das Verheimlichen ist das Problem, sie kann gut den Mund halten. Was sie zunehmend stört, ist das begrenzte Vertrauen, das damit einhergeht. Sie muss immer auf der Hut sein. Zugleich macht Pablo es ihr leicht, genau das zu tun, und das ärgert sie wieder. Zunehmend kommt es ihr so vor, als hätte er gar kein Interesse daran, mehr über sie zu erfahren, sie wirklich kennenzulernen. Sicher, sie wünscht sich keinen Partner, der an ihr klebt und ihr ihre Geheimnisse abpressen will – allein die Vorstellung ist ihr unerträglich –, aber Pablos Zuwendung bleibt immer auf bestimmte Weise oberflächlicher Natur, und er scheint sich auch nichts anderes zu wünschen. Einmal darauf angesprochen, hat er dies bestritten und ihr vorgehalten, selbst ganz ähnlich gestrickt zu sein. Welcher andere junge Mann würde seiner Fahrtenfreundin wohl so viele Freiheiten gewähren, wie sie sie für sich in Anspruch nehme? Worüber also wolle sie sich beschweren? Mit seinen Einwänden lag er nicht ganz verkehrt, das musste sie zugeben, und noch immer ist er der großmütigste, liebenswerteste Kerl, den sie kennt. Nein, sie will ihn nicht aufgeben. Und schon gar nicht verlieren. Die bewundernden Blicke, die er neulich für Peggy übrighatte, haben ihr einen Stich versetzt. Keine Trübsal und keinen Zank mehr, sie wollen feiern. Mucki hebt den Kopf und gibt Pablo einen Kuss.

Bald scheint die die gute Stimmung wiederhergestellt, doch sie hält nicht lange an. Wieder gibt es Luftalarm. Alles raus aus dem Gebäude, rein in den nächsten Bunker.

GERTRUD

Sonntag, 31. Mai 1942

Es ist schwer, das Geschehene in Worte zu fassen, wenn nicht gar ein Ding der Unmöglichkeit. Doch ich will es versuchen. Zumindest ansatzweise.

Gegen zwölf Uhr nachts gehen die Sirenen, zum dreihundertdritten Mal seit Kriegsbeginn. Frau Hildenbrand, die Nachbarin von unten, hat mitgezählt. Ob's stimmt, weiß ich nicht, aber ungefähr wird's hinkommen. Mucki und ich also rein in die Klamotten und raus aus der Wohnung. Für den Bunker bleibt keine Zeit. Das Dröhnen der Flugzeuge ist schon sehr nah, und die Flak feuert ununterbrochen. Es ist ein Klingeln und Klirren in der Luft, völlig surreal: Granatsplitter regnen vom Himmel.

Während wir die Treppe hinunterhasten, streift uns der Widerschein eines Suchscheinwerfers. Am Fenster im Hausflur hat sich die Verdunkelung gelöst. Plötzlich grelle, taghelle Lichter. Tannenbäume, die vom Himmel schweben. Direkt auf uns herab. Wir wissen, was das bedeutet: Mit diesen sinkenden Lichtern markieren die Tommies ihre Angriffsziele. Eines davon sind nun wir.

Frau Knoll und Frau Hildenbrand sind bereits unten. Die Knoll liegt schon lang ausgestreckt auf ihrer Pritsche und sagt gerade, sie finde es gut, dass die Tommies am Wochenende kämen. Da könnten wir wenigstens morgen ausschlafen. Kaum hat sie's ausgesprochen, gibt es ein gewaltiges Beben, dann ein Brüllen wie aus dem Schlund der Hölle. Es kracht und knallt. Kracht und knallt. Die Erde zittert unter unseren Füßen, und wir zittern mit. Eine Welle folgt der nächsten. Immer schneller, immer heftiger werden die Bombeneinschläge, und bei jedem nahen Einschlag fährt ein Windstoß durch den Raum. Sand und Putz rieseln von der Decke, und wir beten, dass es dabei bleibt. Draußen ein Heulen und Toben, ein Dröhnen und Knallen, und es nimmt und nimmt kein Ende.

Im Keller herrscht Panik. Diese Angst, dass es einen im nächsten Moment erwischt, dass man gleich in Fetzen zerrissen wird oder von herabstürzenden Balken erschlagen, dass man womöglich langsam erstickt, begraben unter den Trümmern des Hauses – es gibt keine Worte dafür. Man verliert die Sprache, ist nur noch ein wimmerndes, zähneklapperndes Häuflein Elend, mit zitternden Händen und wild pumpendem Herzen. Wie ein Tier in der Falle.

Dann irgendwann Ruhe. Wird sie halten? Entwarnung. Wir atmen auf. Der Luftschutzwart öffnet die Tür, weist uns aber sofort an dazubleiben. Dann geht er wieder. Bange Minuten verstreichen. Bei seiner Rückkehr wirkt er betroffen. Köln brennt, teilt er uns mit. »Unser Kölle steht in Flammen.« Wir drängen nach draußen, können kaum glauben, dass wir noch leben. Können es noch weniger glauben, als wir mit eigenen Augen sehen, was draußen los ist. Der Himmel glüht rot. Und alles, was sich darunter befindet, glüht auch. Das Eckhaus brennt, aus dem Dachstuhl schießen die Flammen, das Nachbarhaus ist zerstört. Menschen rennen umher, tragen Betten, Wäsche, Schränke hinaus. Ein Herd, ein paar Stühle, alles steht jetzt auf der Straße. Ein Prasseln und Knistern liegt in der Luft, Funken sprühen in den Himmel wie Feuerwerksraketen. Es faucht und heult, Wände glühen weiß vor Hitze.

Wo man hinschaut, lecken die Flammen empor, und es gibt nichts, was ihnen Einhalt gebieten könnte: keine Löschwagen, keine Schläuche, kein Wasser. Wir rennen in unsere Wohnung, drehen die Hähne auf. Es tröpfelt nur. Wir steigen noch weiter nach oben, aufs Dach hinauf, wo Eimer mit Löschwasser stehen, schleppen sie nach unten, über die Straße, zu jenem Nachbarhaus, das vielleicht noch eine Chance hat. Das Atmen fällt schwer, die Lunge schmerzt vom allgegenwärtigen Rauch. Mucki knickt plötzlich zur Seite. Sie ist so wackelig auf den Beinen, dass ich sie stützen muss. Oder ist es umgekehrt?

Wir schleppen uns zurück in die Wohnung, ächzen die Treppe hoch, setzen uns aufs Bett. In Hut und Mantel. Es kann nicht wahr sein. Es kann einfach nicht wahr sein, was dort draußen passiert ist. Ich will schlafen. Sehne mich nach dem Schlaf des Vergessens. Doch niemand schläft in dieser Nacht.

Der nächste Tag beginnt mit heftigen Regenschauern, die den Bränden endlich den Garaus machen. Nur hier und da lecken noch die Flammen an den Ruinen. Der Regen ruiniert leider auch vieles von dem, was die Menschen auf die Straßen haben retten können: Matratzen, Federbetten, Möbel. Aber das ist nicht das Schlimmste, bei Weitem nicht. Das Schlimmste sind die Toten. Sie sind überall. Verbrannt, entstellt, erschlagen, zerquetscht. Sieh nicht hin! Ich hebe die Hand, um meine Tochter vor dem Grauen abzuschirmen. Aber es ist so allgegenwärtig, dass ich ihr die Augen verbinden müsste. Und selbst dann bliebe der Geruch. Es riecht nach verschmortem und versengtem Fleisch, und bald auch nach Verwesung.

Da ist eine Schar von HJ-Pimpfen, Kinder noch, vielleicht zwölf oder vierzehn Jahre alt, mit viel zu großen Schutzhelmen. Sie laufen herum und laden die Toten auf die Pritschenwagen. Oder das, was von ihnen übrig ist. Es ist grauenhaft. Es ist unbeschreiblich. Un-be-schreib-lich.

Dienstag, 2. Juni 1942

Erst allmählich wird das Ausmaß der Zerstörung sichtbar. Wir taumeln durch die Innenstadt, Mucki und ich. Alles in Schutt und Asche gelegt: Breite Straße, Schildergasse, Hohepforte, Neumarkt, Trierer Straße, Meister-Gerhard-Straße, Paulstraße. Die Kaufhäuser, alle in Trümmern: Tietz, Kaufhof, Krüger & Knoop, Dickhoff, Jacoby, Cord und wie sie alle heißen. Das Polizeipräsidium hat auch ordentlich was abbekommen, wie auch die schönen Gaststätten am Ring: Kaffee Königs, Kaffee Wien, Stapelhaus, Unionsbrauerei, alles kaputt. Der Salierring vom Barbarossaplatz bis Ulrepforte: weggebombt. Die schönen Villen am Rhein entlang der Mülheimer Schiffbrücke bis Bastei: alle zerstört. Auch die Vororte sind betroffen, wie wir hören: Mülheim, Deutz, Lindenthal, Nippes, Sülz, Ehrenfeld, Bayental, Zollstock.

Wir sehen brennende Gasflämmchen an Herden, die zwei Stockwerke in die Tiefe gestürzt sind. Hähne, aus denen das Wasser ins Nichts tröpfelt. Häuser, die aussehen wie Puppenstuben des Grauens. Man blickt mitten hinein, weil Wände fehlen. Blickt auf Tapeten, Türen, Wandregale. Irgendwo schlägt eine Kuckucksuhr.

Wir sehen Frauen, die auf den Resten ihrer Habe sitzen, auf der Straße, im Dreck. Weinende Frauen, apathische Frauen. Weinende Kinder, apathische Kinder. Alte Männer mit blutunterlaufenen Augen. Noch immer hängt der Brandgeruch in den Straßen, der beißende Gestank nach Versengtem und Verkohltem. Der Ruß legt sich wie ein Schleier über Kleidung, Haar und Haut. Man kann ihn gar nicht wegwaschen. Lautsprecherwagen fahren durch die Straßen und teilen mit, wo es etwas zu essen gibt, in welchen Turnhallen oder Gemeindesälen man unterkommen kann. Eine Pritsche im Gemeindesaal oder im nächsten Bunker. Das ist nun die neue Heimat für viele. Wir können froh sein, dass wir noch ein Dach überm Kopf haben.

MUCKI

Freitag, 23. Oktober 1942

Das Leben und Treiben, das früher im Volksgarten herrschte, spielt sich jetzt vor den Bunkern ab. Sehr zum Missfallen von Partei und Ordnungshütern, aber wie will man den jungen Leuten ihre Treffen verbieten, wo die Sirenen beinahe allabendlich heulen?

»Man kommt ja nicht mehr zur Ruhe«, beschwert sich Gerda, eine von Muckis jungen Kolleginnen. »Arsch kaum warm, Luftalarm.Und morgens wartet dann die Arbeit.«

»So sieht's aus«, erwidert Mucki und nimmt den nächsten Karton vom Band. Doch ein derart massiver Angriff wie am letzten Maitag hat sich nicht wiederholt, und allmählich fasst sie wieder Mut. Immer öfter kommt es vor, dass sie die Alarme ignoriert. Das ist natürlich streng verboten, aber die Luftschutzwarte können nicht überall sein. Und es gibt keine bessere Gelegenheit, sich unbemerkt in der Stadt zu bewegen.

Mit Kalinka ist sie lose am Beethovenbunker verabredet, es gibt noch Zettel zu verteilen. Neulich konnte Mucki sogar beobachten, wie ein Mann einen davon gelesen oder zumindest einen kurzen Blick darauf geworfen hat. Ihre Aktionen sind also nicht umsonst.

»Hey, Gertrud!« Die Stimme klingt vertraut. Als sie sich umdreht, steht Peggy vor ihr. »Bist du's also doch!« Peggy beäugt sie von oben bis unten. »Ich war mir nicht sicher – bei diesem Aufzug.« Sie deutet auf Muckis Arbeitsoverall, den diese immer noch trägt. »Steht dir extem gut, der blaue Anton!« Sie lacht.

»Was tust du denn hier?«

»Ich war bei euch in der neuen Wohnung und wollte dich auf ein Bier abholen. Deine Mutter sagte, dass du wahrscheinlich zum Bunker unterwegs wärst. Also bin ich dir nach – und hatte Glück, wie du siehst.« Sie lächelt jetzt. »Komm, wir gehen was trinken!«

»Das würde ich gern«, erklärt Mucki bedauernd. »Aber ich bin verabredet.«

»Macht nichts. Wir können ja alle zusammen gehen«, schlägt Peggy vor, doch Mucki reagiert nicht sofort.

»Oder ist es was Romantisches? Triffst du Pablo?« Peggy mustert sie prüfend. »Nee, der ist es nicht. Sonst würdest du nicht so gucken. Der große Unbekannte, was?« Sie lacht amüsiert.

»Nein, Peggy. Kein großer Unbekannter. Es ist nur –« Sie spricht den Satz nicht zu Ende, denn plötzlich heulen die Sirenen auf.

»Nicht schon wieder!« Peggy stöhnt. »Dann müssen wir unseren Plausch wohl im Bunker halten.«

Wieder zögert Mucki. »Ich geh nicht rein«, bekennt sie leise. Peggy hebt nur fragend die Augenbrauen. »Wie gesagt, ich hab noch was vor.«

Jetzt spitzt Peggy die Lippen, wiegt den Kopf hin und her. »Gut. Für Abenteuer bin ich immer zu haben, wie du weißt.«

»Nein, Peggy, es ist –«

»Egal!«, würgt Peggy sie ab. »Ich komm mit. Basta.« Sie fasst Mucki beim Arm. »Los, hauen wir ab!« Wie selbstverständlich bewegen sie sich in Richtung Innenstadt. Bald endet die Straße – oder das, was man noch als solche bezeichnen kann. Von hier an gibt es nur noch einen freigeschobenen Fußweg, der die Schuttberge teilt.

»Meine Güte! Hier sieht's ja noch doller aus als bei uns drüben.« Peggy schüttelt ungläubig den Kopf. »Nicht zu fassen. Man könnte –«

»Hör bitte zu!«, fällt Mucki ihr ins Wort. »Es ist wichtig, dass wir nicht erwischt werden. Ich darf in keine Kontrolle geraten.«

»Verstehe.« Peggy beobachtet interessiert, wie Mucki sich eine Schiebermütze aufsetzt und ihr langes Haar darunter verbirgt. »Fräulein Kühlem auf geheimer Mission!«, spottet sie.

»Bitte! Das ist kein Spaß.«

Endlich scheint Peggy den Ernst der Situation begriffen zu haben. »Wo willst du hin?«

»In Richtung Mauritiuskirche. Wir müssen so tun, als hätten wir's furchtbar eilig, in den nächsten Bunker zu kommen.«

»Na gut.«

Gemeinsam hasten sie weiter. Plötzlich eine Stimme hinter ihnen. »Sie da vorn! Wo wollen Sie hin?« Mucki verschärft ihr Tempo. »Da können Sie nicht weiter! Kehren Sie um!«

»Renn nicht so!«, zischt Peggy. »Wir fallen auf.« Sie bleibt stehen. »Meinen Sie uns?«, ruft sie dem Luftschutzwart entgegen.

»Kommen Sie zurück!« Plötzlich sind da noch mehr uniformierte Männer.

»Ich habe Flugzettel dabei«, zischt Mucki Peggy zu. »Wenn sie mich filzen, bin ich erledigt.«

»Himmel, Herrgott! Ich dachte, ich wäre die Spinnerin von uns beiden!«, gibt Peggy zur Antwort. »Dann nichts wie weg hier!« Sie stürzen los.

»Stehen bleiben!« Auch die Männer setzen sich jetzt in Bewegung, steigern ihr Tempo.

Sie rennen weiter, doch ihre Verfolger holen auf, sind ihnen jetzt dicht auf den Fersen. Und dann ist plötzlich Schluss. Ein gigantischer Schuttberg türmt sich vor ihnen auf. Er markiert das Ende der Straße und zugleich den Anfang der totalen Zerstörung. Ein Zurück gibt es nicht mehr. Sie sitzen in der Falle.

»Zurück!«

»Aber wir können nicht …«

Mucki stürmt bereits wieder los, ihren Verfolgern entgegen. Einige Meter weiter klafft eine Lücke in der Häuserzeile wie ein ausgebrochener Zahn. Auch das davor liegende Nachbarhaus steht nur noch zur Hälfte. Ein Teil der Vorderfront und die rechte Seitenwand sind weggerissen und geben den Blick auf die dahinterliegenden Räumlichkeiten frei. Eine lindgrüne Tapete, ein wuchtiger, rußgeschwärzter Schrank, ein umgekippter Sessel. Direkt daneben, nur durch eine dünne Wand getrennt, prangen ein Klosett mit hochgeklapptem Deckel, ein Waschtisch, ein zerbrochener Spiegel. Der Anblick hat etwas Obszönes, wie das heimliche Spähen durchs Schlüsselloch, allerdings entbehrt er nun jeder Heimlichkeit.

»Stehen bleiben!«

Sie stürmen auf das halb weggebombte Haus zu, schlüpfen

durch die aus den Angeln gehobene Eingangstür. Ein gleißender Streifen Licht schneidet durch den dunklen Flur. Er erinnert an die mit Phosporfarbe gemalten Pfeile, die zu den Bunkereingängen weisen. Nur dass er jetzt nicht nach unten führt, sondern hin zum Treppenaufgang.

»Da hoch!« Mucki hastet voran. Vor den Stufen zögern sie einen Augenblick. Es ist gefährlich, sich in derart zerstörten Gebäuden aufzuhalten. Wände, Dach oder Decken können unvermittelt einstürzen und alles unter sich begraben. Niemand darf diese Häuser betreten, nicht einmal die ehemaligen Bewohner. Doch Mucki bleibt keine Wahl. Sie will nicht auch noch im Arbeitslager enden. Oder am Galgen.

In dem Moment, in dem sie den ersten Stock erreichen, kracht unten die Tür auf.

»Ausschwärmen!« Hallende Schritte auf Zementfliesen, eine Tür fliegt auf, dann Gerumpel. »Wo sind sie?« – »Hier nicht!« – »Hier ist auch niemand!« – »Dann müssen sie nach oben gerannt sein!« Wieder polternde Schritte. »Ich geh da nicht rauf! Die Hütte kracht uns jeden Moment überm Kopf zusammen!« – »Nun mach schon!« – »Ich riskier doch nicht meinen Kopf für zwei Nutten!« – »Das sind Staatsfeinde!« Wieder Gepolter, treppaufwärts jetzt.

Peggy deutet stumm auf eine der beiden abgehenden Wohnungstüren, die einen Spaltbreit offen steht. Sie quetschen sich hindurch, können nicht verhindern, dass der Schutt unter ihren Füßen knirscht. Finden sich unvermittelt in einem fremden, finsteren Wohnungsflur wieder. Mucki schaut sich fieberhaft um. Peggys Gestalt ist kaum auszumachen, doch in ihren Augäpfeln bricht sich das Licht, das von weiter hinten einfällt. Die Schritte kommen immer näher. Jetzt haben ihre Verfolger den oberen Treppenabsatz erreicht. Sie schleichen weiter, bis ans Ende des Flurs, auf das Licht zu. Die Wohnung ist groß, offenbar haben hier wohlhabende Leute gelebt.

»Sie müssen da drin sein!«, hallt es von draußen. Die Wohnungstür wird aufgeschoben, schleift über den Boden, wird mit Gewalt aufgestoßen. Im selben Moment schlüpfen Peggy und

Mucki, dem Lichteinfall folgend, durch den Türrahmen – und stehen unmittelbar vor dem Klosett mit dem hochgeklappten Deckel. Daneben der Waschtisch, der schon halb im Freien hängt. Spiegelscherben, in denen sich das fahle Sonnenlicht bricht. Und dahinter der Abgrund.

Schritte, bereits sehr nah. In wenigen Sekunden wird man sie entdecken. In letzter Not flüchten sie hinter das halb aus den Angeln gehobene Türblatt, mit dem Rücken an der Wand. Einer der Männer betritt den Raum – oder das, was von ihm übrig ist. Er ist jetzt so nah, dass sie sein Atmen hören, halten die Luft an. Ein Schatten fällt über sie, für den Bruchteil von Sekunden erblickt Mucki das Gesicht des Mannes im seitlichen Profil – ein junges, glattes Allerweltsgesicht –, dann verschwindet es wieder. »Verfluchte Scheiße! Ich will hier nicht draufgehen!« – »Die können sich nicht in Luft aufgelöst haben!« – »Hier geht noch ein Raum ab!« Die Stimmen entfernen sich wieder. Aufatmend wagen sie sich einen Schritt nach vorn, spähen den Abgrund hinab. Dort unten auf dem Schotterberg stehen zwei Jungs, offenbar auf der Suche nach den begehrten Granatsplittern, und starren fasziniert zu ihnen herauf. Peggy legt einen Finger an die Lippen. Im Nachbarzimmer rumort es.

»Hey, ihr da!« Auch einer ihrer Verfolger hat jetzt die Jungen entdeckt. »Macht euch vom Acker, aber ein bisschen plötzlich! Es ist Luftalarm!« Dann eine andere Stimme: »Habt ihr hier oben welche gesehen?«

Der Größere der beiden Jungen deutet nach oben. Zielt direkt auf die beiden jungen Frauen.

»Da raus!« Peggy deutet zu dem kleinen Fenster hin, das sich zwischen Klosett und Waschtisch befindet. Angesichts der komplett weggerissenen Seitenwand wirkt es wie eine groteske architektonische Verfehlung. Jemand muss es geöffnet haben, bevor das Inferno losbrach. Gut möglich, dass dieser Jemand nicht mehr lebt.

Aber sie leben noch. Peggy schubst Mucki nach vorn. Diese steigt auf den Toilettendeckel, zwängt sich durch die Öffnung: Oberkörper, Unterkörper, eine halbe Drehung, dann die Beine voran. Ihre Füße finden auf einem breiten Mauersims Halt. Nebenan jetzt ein gewaltiges Poltern. Wüste Beschimpfungen. Sie presst ihren Rücken gegen die Mauer, hält wieder den Atem an. Wo bleibt Peggy? Just in diesem Moment windet sich die Freundin durch die Fensteröffnung, steht einen Augenblick später neben ihr. Und nun?

»Du musst springen!«

Mucki denkt nicht daran. Sie riskiert einen zweiten Blick nach unten, auf das Blechdach, vielleicht zwei Meter unter ihr. Zwei Meter sind viel. Zu viel. Und das Blech hält womöglich nicht. Sie will nicht. Sie kann nicht.

»Nun spring schon! Gleich haben sie uns!«

Peggy hat ihr den Vortritt gelassen. Hat riskiert, selbst nicht schnell genug draußen zu sein. Sie ist es ihr schuldig. Mucki geht mit zittrigen Knien in die Hocke, schließt die Augen – und springt.

Der Aufprall erfolgt schneller als gedacht. Ein dumpfes Scheppern – sie landet auf den Füßen, kann sich aber nicht halten, rutscht das Blechdach hinunter, dann im freien Fall abwärts. Ehe sie aufschreien kann, erfolgt bereits die harte Landung. Sie findet sich auf einem Komposthaufen wieder, inmitten zwischen Küchenabfällen und Pferdedung. Peggy schlägt neben ihr auf, erwischt sie noch mit dem Fuß an der Schulter. Der Schmerz lässt Mucki zusammenzucken, und doch registriert sie schnell, dass sie nicht ernsthaft verletzt ist. Auch Peggy rappelt sich auf, und sie hasten weiter. Im Garten üppige Rosenbeete, von einer dicken Staubschicht überzogen. Vom Haus her neuerliches Gebrüll. »Da sind sie!« – »Stehen bleiben!«

Zwischen den Rosen ein geschmiedetes Törchen, offen, als wollte es eine Einladung aussprechen. Sie stürzen hindurch, finden sich in einem ungepflasterten Gässchen wieder, das die Gärten der Wohlhabenden teilt. Weiter, nur weiter. Von Ferne das Wummern der Flak, das Brummen eines feindlichen Fluggeschwaders. Sie suchen Schutz hinter einer Mauer, bleiben stehen, völlig außer Atem. In diesem Moment verstummt die Flak. Die Flieger entfernen sich. Keine Bomben. Heute nicht. In ungläubigem Staunen lachen sie auf, umarmen einander. Wie auf ein Zeichen hin geben die Sirenen Entwarnung.

»Jetzt zeigst du mir aber, was du bei dir hast!« Peggy streckt fordernd die Hand aus. Mucki öffnet ihre Tasche, holt den alten Ordner mit den Ausbildungsunterlagen heraus, reicht ihr ein Blatt. »Weg mit den braunen Horden! Macht dem Krieg ein Ende!«, liest Peggy leise vor und sucht mit ungläubigem Erstaunen ihren Blick. »Ist das alles? Wegen dieser zwei Sätzchen haben wir gerade unser Leben riskiert?« Sie klingt eher amüsiert als entrüstet. »Dafür bist du mir ein Bier schuldig, Liebelein.«

Mucki ist noch immer ganz aufgewühlt, als sie in der Boisseréestraße eintrifft. Sie lässt ihre Tasche zu Boden fallen, hängt ihre Kappe an den Haken neben der Tür, fährt sich durchs Haar.

»Hallo, Mamm! Bist du gar nicht weg gewesen?«

Sie weiß es, noch ehe ein Wort gefallen ist. Die Mutter sitzt da, aschfahl, wie erstarrt. Die Hand, die das Schreiben hält, hängt schlaff herab. Sie schaut kurz auf, ohne Mucki wirklich anzusehen, senkt wieder den Blick. Mucki schlägt die Hände vor den Mund. Jetzt hebt die Mutter den Arm, um ihr den Brief zu reichen, doch die Bewegung gerät unvollständig. Wieder sinkt die Hand herab, als fehlte ihr die Kraft.

»Auf der Flucht erschossen«, sagt sie tonlos.

Mucki öffnet den Mund. Will schreien. Doch ihr kommt kein Laut über die Lippen.

GERTRUD

Mittwoch, 18. November 1942

Heute kam ein Päckchen mit seinen Sachen. Warum schicken sie sie zurück? Um einen Schein von Anstand zu wahren? Von Ordnung und Rechtmäßigkeit? Aus Respekt vor dem Leben, das einmal gewesen ist? Aus Respekt vor dem Tod? Oder vor den Angehörigen?

Sie haben vor gar nichts Respekt, das haben sie millionenfach bewiesen. Ist dieses Päckchen also als Strafe gedacht, als letzte Verhöhnung? Da hast du's! Mehr ist nicht übrig von diesem mickrigen Leben. Eine Mütze, ein Schal, eine Pfeife, ein Foto. Eine Geldbörse, ein Pfeifenstopfer, ein paar zerfledderte Briefe. Unsere.

Mir wird schlecht, wenn ich mir vorstelle, dass die Braunen diese Zeilen gelesen haben, das Foto in ihren schmutzigen Händen hielten, es achtlos in den Umschlag stopften, oder, weit schlimmer, sich noch ergötzten an dem Schmerz, für den es steht.

»Kein Grund zur Besorgnis, mein Täubchen«, höre ich dich sagen, in aller Deutlichkeit, als ständest du hier neben mir. Mein Liebster, nun haben die Sorgen ein Ende gefunden. Ich kann es nicht fassen.

MUCKI

Donnerstag, 19. November 1942

Tut mir leid mit deinem Vater.« Peggy sieht sie mitleidig an.

»Woher weißt du …?«

»Ich hab meine Quellen.«

Mucki schaut auf, sucht Peggys Blick. »Du hast es auch durchgemacht, damals.«

»Ja, hab ich.« Peggy seufzt.

»Für dich muss es noch schlimmer gewesen sein. Du warst ja noch ein Kind und hast nicht ahnen können, was passieren wird. Wir dagegen … wir mussten mit allem rechnen.«

»Warum das?«

»Weil schon seit Mai keine Briefe mehr kamen, kein Lebenszeichen. Nichts. Meine Mutter hat immer wieder nachgefragt, aber nie eine Antwort bekommen. Bis letzte Woche. ›Auf der Flucht erschossen‹, haben sie geschrieben.« Mucki knetet ihr Taschentuch, kämpft mit den Tränen. »Wir wissen natürlich, dass das nicht stimmt. Es ist nur die übliche Schutzbehauptung. Mein Vater ist nicht geflohen. Sie haben ihn umgebracht.« Sie wendet den Blick ab, presst die Lippen zusammen. Gemeinsam sitzen sie am alten Küchentisch in der Wohnung in der Boisseréestraße. Die Mutter ist nicht zu Hause. Sie ist zu Marianne gegangen.

Draußen dunkelt es allmählich. Mucki steht auf, zündet die Petroleumlampe an, verdunkelt das Fenster, dann setzt sie sich wieder. »Es war abzusehen, dass es so enden würde«, nimmt sie den Faden wieder auf. »Wir mussten mit dem Schlimmsten rechnen, seit die Briefe ausblieben. Aber wir wollten es nicht wahrhaben. Meine Mutter, sie … sie hat sich so sehr dagegen gesträubt. Er kommt wieder, hat sie immer gesagt. Briefe hin oder her, er kommt wieder, du wirst sehen. So hat sie geredet. Wir wollten die Hoffnung einfach nicht aufgeben.« Mucki schaut auf und fügt mit bitterem Spott hinzu: »Wie dumm von uns!«

»Sag so etwas nicht«, widerspricht Peggy sanft. »Es ist immer gut, Hoffnung zu haben. Sonst hältst du den Kopf nicht über Wasser. Ohne Hoffnung säufst du ab.« Sie greift nach Muckis Hand. »Du warst nicht dumm. Ihr beide wart es nicht.« Eine Weile sitzen sie schweigend da.

»War ganz schön knapp letztens.« Mucki richtet sich auf, wischt sich die Tränen fort.

»Das kannst du laut sagen!« In Peggy blauen Augen blitzt wieder der Schalk. Sie beugt sich vor, schaut Mucki prüfend ins Gesicht, sagt dann mit gesenkter Stimme: »Jetzt mal unter uns Betschwestern: Du riskierst deinen Arsch für ein paar Zettel, die sowieso kein Schwein liest?«

Mucki reagiert betroffen. »Es tut mir leid, dass ich dich in Schwierigkeiten gebracht habe, ehrlich.«

»Darum geht's nicht!«, winkt Peggy ab. »Aber was genau willst du damit erreichen?«

»Ich will, dass sie eins in die Fresse kriegen«, verkündet Mucki entschlossen. »Sie sollen wissen, dass da noch jemand ist, mit dem sie rechnen müssen.«

»Klingt nicht schlecht.« Peggy grinst. »Es stand nur nicht so genau drauf.« Beide müssen sie jetzt lachen, können gar nicht mehr aufhören. Es ist wie eine Befreiung.

»Also, Fräulein Kühlem, wie ist Ihr Plan?«

»Ich … ich weiß noch nicht.«

»Überlegen wir mal. Vor wem sollen sie sich fürchten?« Peggy stützt die Ellbogen auf die Tischplatte, lässt ihr Kinn auf ihren Händen ruhen und schaut Mucki erwartungsvoll an.

»Na, vor uns!«

»Und was sind wir?«

»Wir sind ihre Gegner.«

»Wir sind nicht einfach irgendwer. Wir sind Edelweißpiraten«, widerspricht Peggy.

Mucki runzelt unwillig die Stirn. »Edelweiß, ja. Aber Piraten? Das haben sich doch die Braunen ausgedacht.«

»Na, wenn schon! Da hatten sie mal 'nen guten Einfall! Damit haben sie uns nämlich ihre offene Flanke gezeigt. Sie haben Angst vor uns, und bei dieser Angst müssen wir sie packen!« Peggy lehnt sich in ihrem Stuhl zurück. Es ist was dran an dem, was sie sagt. »Schon mal was vom ›Klub der Edelweißpiraten‹ gehört?« Mucki verneint. »Die wollen was machen, was in diese Richtung geht.«

»Wer sind ›die‹?«

»Du kennst ein paar von ihnen!«

»Prima! Dann sollten wir uns vielleicht zusammenschließen«, schlägt Mucki vor, doch Peggy schüttelt den Kopf.

»Sie wollen keine Mädels. Sie glauben, wir wären nicht verschwiegen und mutig genug für große Aktionen.«

»Wer denkt das?«

»Erich zum Beispiel. Von dem weiß ich's. Aber die anderen wohl auch.«

»Keine Mädchen«, wiederholt Mucki nachdenklich, erklärt dann entschlossen: »Mir soll's recht sein. Ich will mich sowieso nicht vor den Karren anderer Leute spannen lassen.«

»So ist es!« Peggy klopft mit der flachen Hand auf die Tischplatte. »Sollen sie ihr Ding machen, und wir machen unseres. Hast du selbst mal gesagt. Und weißt du was: Wir sind sogar im Vorteil. Uns haben die Braunen nicht auf dem Schirm.«

»Na ja.« Mucki denkt an die Verfolgungsjagd, die um ein Haar böse geendet hätte.

»Du hattest deinen blauen Anton an!«, wendet Peggy ein, die ihre Gedanken offenbar gelesen hat. »Das war wirklich eine blöde Idee von dir! Die waren nur hinter uns her, weil sie dich für einen Kerl gehalten haben.«

»Glaubst du wirklich?«

»Und ob ich das glaube! Die Nazis sind ja nicht gerade bekannt dafür, dass sie Frauen viel zutrauen würden, oder?« Peggy verschränkt die Arme vor der Brust. »Wir brauchen einen besseren Plan.«

»Wir könnten Botschaften verschicken«, schlägt Mucki nach einigem Nachdenken vor. »Direkt an die, die gemeint sind.«

»Prima Idee! Überlassen wir die Arbeit dem Briefträger!« Peggy nickt zufrieden. »Und was wollen wir ihnen schreiben?«

»Uns wird schon was einfallen«, gibt sich Mucki überzeugt. »Im Grunde spielt es auch keine Rolle. Wir könnten den Namen unserer Katze draufschreiben, und sie würden Hochverrat wittern.« Sie lacht auf, gerät dann aber doch wieder ins Grübeln. »Wir müssen es nicht tun, Peggy. Du hast dein Leben. Die Fahrten, deinen Bernd.«

Peggys Blick geht ins Leere. »Ich liebe Bernd«, erklärt sie schließlich. »Er ist ein heißer Typ, ehrlich. Aber meine Mutter ... die hab ich noch mehr geliebt. Ich mach's für sie, klar?« Sie starrt jetzt Mucki an. »Also nicht ausschließlich«, schränkt sie gleich darauf ein, lacht dabei. »Ich meine, wenn wir schon unser Leben riskieren, wollen wir doch wenigstens Spaß dabei haben, oder seh ich das falsch?« Wieder dieses Lachen.

»Das siehst du ganz richtig.« Mucki greift nach ihrer Hand und drückt sie fest.

Samstag, 21. November 1942

Eine trübe, feuchtkalte Novembernacht. Stille liegt über der Stadt. Dann heulen die Sirenen. Wieder einmal. Voralarm.

Wie verabredet treffen sie sich am Rudolfplatz. Doch während alles in die nächstgelegenen Bunker eilt, tauchen sie ein in die Schwärze der verdunkelten, in Trümmern liegenden Stadt. Über die Breite Straße nach Westen, Ehrenstraße, Pfeilstraße, Mittelstraße. Von Ferne das Feuern der Flak.

»Dass du sie tatsächlich aufgetrieben hast!«, flüstert Peggy bewundernd.

»Profis arbeiten nicht mit Schulkreide«, gibt Mucki leise zurück und steigt über einen am Boden liegenden Balken. Am Postamt holt sie einen Stapel Briefe aus ihrer Tasche. Die Marken hat Peggy beschafft. Wahrscheinlich hat Bernd seine Finger im Spiel gehabt, aber Mucki hat auf Nachfragen verzichtet.

»Gute Reise«, murmelt sie, als sie die Briefe in den Kasten einwirft. Der Voralarm geht in den Vollalarm über. Die letzten

Nachzügler eilen vorbei, eine Familie, jedes Mitglied hat ein Kopfkissen unter den Arm geklemmt. Am Himmel das Dröhnen der Flugzeuge, die Suchscheinwerfer der Flak, die die nächtliche Dunkelheit zerschneiden. Sie eilen weiter zum Appellhofplatz, zur Zentrale der Gestapo. Ein letzter prüfender Blick. Die Luft scheint rein zu sein. Mucki öffnet die mitgebrachte Dose, taucht den Pinsel in die zähflüssige Ölfarbe, macht sich ans Werk.

EDELWEISSPIRATEN SIND TREU!

Weiße Lettern auf dem Braunen Haus. »Ein Kunstwerk!«, jubelt Peggy begeistert. »Das hält hundert Jahre. Deine Enkel werden's noch lesen können!« Sie rennen weiter zum Justizgebäude. Jetzt führt Peggy schwungvoll den Pinsel.

Ahoi, Caballero!

Sie hasten weiter, zurück in die Richtung, aus der sie gekommen sind, tauchen ein in die Schwärze der Nacht.

Freitag, 4. Dezember 1942

»Noch mal so richtig die Sau rauslassen!« Sepp hat das Motto des Abends treffend formuliert. Jonny, Bobby und er haben den Gestellungsbefehl erhalten und wollen Abschied feiern. »Singen, tanzen, trinken. Vor allem viel trinken!« So ungefähr stellen sie sich ihren Abschied vor.

Der Wirt hat ihnen wie üblich den kleinen Saal mit den Fenstern zum Park raus reserviert. Alle Freunde wissen Bescheid. Alle wollen kommen, ihre Gitarren, Banjos, Quetschen und Mundharmonikas mitbringen. Und sie halten Wort. Mucki freut sich sehr, als sie in dem Trubel auch Ellie und Kalinka erblickt.

»Auf Fahrt gehen mag ja verboten sein, und einiges andere auch. Aber Abschied feiern wird man wohl noch dürfen«, meint Ellie und zwinkert ihr zu. »Dann wollen wir's mal ordentlich krachen lassen!«

Zwei Kellnerinnen bringen Tabletts mit Getränken, kommen kaum hinterher mit dem Nachschub. Heute will niemand geizen, heute wollen sich alle amüsieren. Pablo schiebt sich durch die Menge, nimmt Mucki in den Arm, gibt ihr einen Kuss. »Hey, hier bin ich! Auf wen wartest du noch?«

»Peggy wollte vielleicht vorbeischauen.«

»Die blonde Granate?«

Mucki geht nicht auf ihn ein, blickt zur Tür, dann auf die Uhr. Es geht schon auf acht zu. Pablo zieht sie mit sich, reicht ihr ein Bier. Schon werden lauthals Lieder gesungen, kommen die Instrumente zum Einsatz. Inmitten des Trubels klettert Sepp auf einen Tisch und führt seinen berühmten Schuhplattler auf. Bald tobt der ganze Saal.

Niemand hört die Mannschaftswagen, die am Eifelplatz vorfahren. Niemand hört die gebellten Kommandos, die Stiefelschritte. Dann fliegt die Tür auf. Razzia.

Ein paar versuchen noch, durch die Fenster zu fliehen, aber die Gestapo hindert sie daran. Widerstand zwecklos.

Papiere! Papiere! Alle werden durchsucht. Auch die Mädchen. Ellie protestiert lauthals, Mucki lässt es stumm geschehen. Nur keine Aufmerksamkeit auf sich lenken, nur nicht zu sehr zittern. Doch es nützt nichts: Sie alle werden festgenommen, werden zum Braunen Haus gebracht. Der weiße Schriftzug an der Vorderfront ist weg. Von wegen hundert Jahre, wie Peggy gehofft hatte. Nicht einmal ein paar Tage hat er gehalten. Aber das weiß Mucki schon.

Wieder werden die Personalien aufgenommen. Wieder geht die Fragerei los. Politisch tätig? In einer Organisation aktiv? Was ist mit den Eltern?

»Mein Vater ist tot«, erklärt Mucki und schiebt trotzig hinterher: »Gestorben in Esterwegen.« Der Beamte schaut auf, tippt dann weiter. Sie wird aus dem Zimmer geführt. Draußen warten Ellie, Trisch und Kalinka. Zurück ins Parterre, hin zur Kellertreppe. Auf dem Treppenabsatz bleibt Ellie stehen.

»Weiter mit euch!«

»Ich geh da nicht runter!« Sie rührt sich nicht vom Fleck.

Mucki streckt die Hand aus, streicht ihr über die Schulter. Plötzlich trifft sie etwas mit Wucht im Rücken. Sie weiß nicht, wie ihr geschieht, fällt nach vorn, stürzt mit Kopf und Händen voran, die Treppe hinunter. Der Aufprall ist überaus schmerzhaft. Sie kann nicht mehr aufstehen, kommt nur mit Trischs Hilfe auf die Beine. Wieder landen sie in einer der Zellen, schmal wie die Kabine eines Bahnhofsklos, dazu restlos überfüllt. Mindestens zehn Frauen kauern dort bereits, auch sehr junge darunter. Mucki kennt einige von Fahrten. Sie sehen elend aus, schmutzig, verzweifelt. Die Luft ist zum Schneiden. Unwillkürlich atmet sie durch den Mund, um den Brechreiz zu unterdrücken. Kopf, Rücken, ihre rechte Hand: Alles schmerzt.

Wieder will die Nacht nicht enden. Am Morgen wird Ellie als Erste herausgerufen. Ein banger Blick zurück, und sie ist weg. Auch Kalinka wird irgendwann geholt, kehrt nicht wieder. Schließlich ist Mucki an der Reihe. Wieder ein Verhör, wieder Ohrfeigen. Zurück in den Keller. Warten, dass die Zeit vergeht. Dann geht erneut die Tür auf. Raus aus dem Keller, raus aus dem Gebäude, rein in den Hof. Hier steht ein Laster zur Abfahrt bereit.

TEIL III

GERTRUD

Samstag, 5. Dezember 1942

Und wieder hält die Gestapo meine Tochter in ihren Fängen. Als wäre nicht alles schon schlimm genug! Dabei wollte sie nur feiern, sich ablenken von ihrem trostlosen Alltag. Ein Abschiedsfest sollte es werden für die Freunde, die zum Militär müssen. Bei Schmitz am Eifelplatz, wo sie sich immer treffen. Und dort hat man sie dann alle geschnappt. Über zwanzig junge Leute.

Wieder renne ich zum Braunen Haus. »Wo ist meine Tochter? Wo ist mein Kind?« Die altgewohnten Fragen – und keine neuen Antworten. Angeblich wissen sie von nichts. Sollten sie etwas in Erfahrung bringen, würden sie mich selbstverständlich benachrichtigen, heuchelt der Beamte mir vor und empfiehlt ganz bürgernah, notfalls solle ich morgen noch einmal nachfragen. Diese Geduld bringe ich leider nicht auf, also fahre ich weiter zu den Genossen Frieder und Inge. Ihre Tochter Käthe, die von Mucki und ihren Freundinnen nur Kalinka genannt wird, weiß vielleicht Näheres. Tatsächlich ist Käthe ebenfalls unter den Festgenommenen, erfahre ich. Und nein, auch sie ist noch nicht zurück.

Frieder erzählt, in der letzten Nacht habe es mehrere Razzien gegeben. Über vierzig Menschen sollen inhaftiert worden sein. Die Information hat er von einem SA-Mann, dessen Sohn zum Bekanntenkreis der jungen Leute zählt, die sich Edelweißpiraten nennen. Von diesem Mann hat er auch erfahren, dass die Aktion auf einen Spitzel zurückgeht. Ein junger Postler hatte sich durch den Druck von Flugzetteln Vertrauen erschlichen. Die Zettel sollen an höchste Stellen verschickt worden sein, erzählt Frieder. Außerdem habe es Wandschmierereien an exponierten Gebäuden gegeben, sogar die Gestapo-Zentrale sei betroffen gewesen. Der SA-Mann habe selbst helfen müssen, die Farbe abzukratzen.

Mir wird angst und bange, wenn ich das höre. Ob Mucki diesen Postler kennt? Ob sie mit ihm gearbeitet hat? Bei allem Schrecken tut es zumindest gut, mit Frieder und Inge offen reden zu können. Zu wissen, dass sie im Herzen die alten Genossen geblieben sind. Und wir haben jetzt eine Quelle. Auch das ist viel wert. Außerdem verspricht mir Frieder, den Weltempfänger zu reparieren, den Peter damals aus Rotterdam mitgebracht hat. Das Ding hat bisher jeden Umzug mitgemacht und klemmt jetzt unter den Dielenbrettern im Flur. Allerdings ist er das Risiko nicht wert, wenn er nicht seinen Dienst tut. Frieder glaubt zu wissen, worin das Problem liegt. »Bring ihn mir später vorbei«, fordert er mich auf. »Vielleicht wissen wir dann auch schon mehr über unsere Kinder.« Zum Abschied nimmt er mich in den Arm. »Wir kriegen unsere Mädchen schon wieder«, tröstet er, und Inge steht mit rot geweinten Augen dabei. Ich ahne, was als Nächstes kommen wird, sehe sie schon nach Worten klauben. Nein. Ich will kein Beileid, kein Mitleid, keine kummervollen Seufzer. Ich will es ungeschehen machen. Will meinen Peter zurück – und mache mich eiligst aus dem Staub.

»Du musst durchhalten«, hat mir Marianne neulich befohlen. »Wozu«, habe ich sie gefragt. »Für deine Tochter«, war ihre Antwort. Als hätte sie geahnt, was kommen würde.

Ich fahre weiter, zu Muckis Freundin Ellie, die in jener Nacht ebenfalls dabei gewesen sein soll. Ihre Eltern sind außer sich vor Sorge. Auch Ellie ist noch nicht wieder zu Hause.

»Seit Wochen ist sie nicht mehr rausgegangen«, klagt ihre Mutter. »Hat nur ihre Arbeit gehabt und ihre häuslichen Pflichten. Allenfalls mal ein Kino- oder Cafébesuch. Was soll sie also angestellt haben?« Sie beäugt mich eigenartig, als hegte sie den heimlichen Verdacht, Mucki oder mich träfe eine Schuld an dem, was geschehen ist. »Meine Ellie ist ein braves Mädel«, erklärt sie aufgelöst. »Es muss sich um ein Missverständnis handeln, um eine Verwechslung.« Auch ich halte das für möglich und biete ihr an, nochmals zu versuchen, in der Gestapo-Zentrale Näheres in Erfahrung zu bringen. Doch ihr Mann widerspricht vehement. Er werde das selbst erledigen, sagt er, und es wird mehr als deutlich, dass der Name Kühlem nicht weiterhin mit dem seiner Tochter in Verbindung gebracht werden soll. Eine wirklich unangenehme Situation. Warum, zum Kuckuck, fühle ich mich auch noch schuldig?

MUCKI

Montag, 7. Dezember 1942

Kühlem. Mitkommen.« Mucki springt auf, stolpert fast. Die Beine sind taub geworden vom unbequemen Sitzen, der Rücken schmerzt noch immer vom Treppensturz. Der Wachmann führt sie den Gang entlang, die Stufen hinauf. Ein weiterer Gang, von dem Tür um Tür abgeht.

»Hier rein.« Sie wird in einen Verhörraum geführt. Am Tisch sitzt der Gestapo-Mann aus dem Braunen Haus. Was tut er hier?

»Willkommen in Brauweiler, dem Lager der Edelweißpiraten«, begrüßt er sie und steht hinter seinem Tisch auf. »Das haben wir hier extra für euch eingerichtet.« Er tritt nahe an sie heran, starrt ihr in die Augen. »Also, Kühlem, weißt du jetzt, warum du hier bist?«

»Nein. Ich weiß es nicht.«

»Das ist schade. Dann müssen wir deinem Gedächtnis wohl auf die Sprünge helfen.« Er holt aus, schlägt ihr mit der flachen Hand ins Gesicht. Ein scharfer Schmerz. Hitze. Blutgeschmack.

»Du bist bei den Edelweißpiraten. Wer sind eure Anführer?«

»Ich weiß es nicht. Ich bin keine Edelweißpiratin.«

»Wer sind eure Anführer?«

»Wir hatten keine Anführer, wir haben nur gefeiert.«

Wieder und wieder prasseln die Fragen auf sie ein, unterbrochen von Schlägen. Namen soll sie nennen. Namen, Namen, Namen. Sie kennt keine, allenfalls Spitznamen. Welche? Hatschi, Itze. Mikesch. Aber Elisabeth Krautner und Therese Mills kennt sie wohl? Ellie und Trisch. Ja, wir wollten zusammen feiern. Mit den Jungs aus unserer Wandergruppe. Ein Abschiedsfest, weil sie ihren Gestellungsbefehl erhalten haben.

»Schon mal was vom Klub der Edelweißpiraten gehört?«

»Klub der Edelweißpiraten? Nein. Nie.«

»Und das hier? Was ist das?« Er hält ihr ein Blatt vor die Nase.

Mit Schrecken erkennt sie das hellgraue Papier. Die Bündische Jugend lebt!

Sie schüttelt den Kopf. »Nie gesehen. Ich weiß nicht, was das ist. Ich weiß nicht, wer es geschrieben hat.«

Sie solle nicht glauben, dass sie mit dieser Masche durchkommen werde, muss sie sich sagen lassen, und damit endet die Fragerei. Aber nur für den Moment. Von nun an geht es ständig hin und her zwischen Einzelzelle und Verhör, hin und zurück, hin und zurück, zu jeder Tages- und Nachtzeit. Manchmal wird sie aus tiefstem Schlaf gerissen, taumelt in ihren Schlappen durch die hallenden Gänge. Zähneklappern vor Kälte. Dazu quälen sie Hunger und Durst. Ekel vor dem eigenen ungewaschenen Körper. Ein Albtraum. Immer noch und immer wieder. Und kein Entkommen. Keine Erlösung.

Nach ihrer ersten Verhaftung hat Mucki zu wissen geglaubt, was ihrem Vater widerfahren ist. Aber das war ein Irrtum. Sie weiß es erst jetzt. Eingesperrt in diese enge, dunkle Zelle. Über Stunden und Tage, Tage und Nächte, Wochen. Sind es Wochen? Sie verliert jedes Zeitgefühl. Fühlt sich entsetzlich allein. Niemand, mit dem sie ein Wort wechseln kann. Niemand, der ihr Schicksal teilt. Niemand, der sie davor hütet, den Verstand zu verlieren. Allein, allein, allein. Schmerz und noch größerer Schmerz.

»Wer sind die Männer, die hinter den Edelweißpiraten stehen? Sind es Sozialisten? Kommunisten? Du kennst doch eine Menge Kommunisten, eine Menge politisch Unzuverlässige. Bei deinem Elternhaus! Der Apfel fällt nicht weit vom Stamm. Und wir wissen, dass du auf Fahrten gehst, Männlein und Weiblein durcheinander, ohne Sitte und Anstand. Du wirst doch einen Fahrtenjungen haben? Nun sag schon, Mädel! Du kannst gehen, wenn du es ausspuckst: Wer sind die Männer dahinter? Wer von ihnen hat die Zettel verschickt?«

Sie weiß nichts, kennt niemanden, war nicht dabei, hat nie etwas gehört. Sie geht gern wandern. Raus in die Natur. Sie ist gern in Gesellschaft. Singt zur Gitarre. Mag das Leben unter freiem Himmel. So unbeschwert. Nein, sie kennt keine Edelweißpiraten.

Sie ist nur eine junge Frau. Mit Politik hat sie nichts am Hut. Die schlechten Erfahrungen ihrer Eltern haben sie eines Besseren belehrt. Bündische Jugend? Die gibt es doch längst nicht mehr. Naturfreunde sind sie. Naturfreunde. So nennen sie sich.

Zelle, Verhör, Zelle, Verhör. Und wieder die Zelle. Mit der Dunkelheit kommt die Angst. Wenn der Druck nur groß genug ist, wenn genug Zeit verstreicht, verliert sich der größte Stolz, bricht der härteste Wille. Sie fürchtet sich davor, dass nur noch ein kläglicher Haufen Unrat von ihr bleibt. Wie Unrat fühlt sie sich jetzt schon.

Dazu das Geheul der Sirenen. Es scheint sie aus der Stadt bis hierher zu verfolgen. Sie hört das Wummern der Flak, das Brummen der Flugzeuge, wie ein Schwarm aggressiver Bienen, hört die Detonationen der Bomben, spürt die Erschütterungen. Manchmal so nah, dass die Wände beben. Und niemand holt sie aus der Zelle. Gefangen wie ein Tier, eingekerkert zwischen Mauern, ohne Möglichkeit zur Flucht. Sie muss es ertragen. Manchmal ein angstvoller Aufschrei von irgendwoher. Das einzige Zeichen, dass man sie nicht ganz allein zurückgelassen hat. Was bleibt, sind das Trommeln ihres Herzens, die Atemnot, die Übelkeit.

Doch irgendwann vergeht auch das. Die Angst weicht einer stumpfen Lethargie. Da ist nur noch der Wunsch, ins Nichts zu sinken, in einen gnädigen Todesschlaf.

Hat sich ihr Leben nicht schon immer auf diesen Augenblick hinbewegt, in dem die Maske fällt und sie dem Grauen ins Gesicht blickt? Und doch, sie hängt an ihrem Leben! Es kann so wunderbar sein, so überreich und verschwenderisch. Es kann gnädig sein und gerecht. Es kann alles sein. Sie ist jung und stark. Sie hat Träume, Pläne, Ideale. Sie liebt und wird geliebt. All die Liebe, die sie erhalten, die sich wie ein schützender Mantel um sie gelegt hat. Sie muss dankbar sein dafür. Denn sie lebt ja noch. Atmet noch. Antwortet noch. Sie kennt keine Namen.

Pablo. Wo kommst du denn her? Er fasst sie bei den Schultern, zieht sie zu sich heran, drückt seine warmen, weichen Lippen auf ihren Mund. Sein süßer Atem. Ahoi, Caballero! Ellie dreht sich lachend im Kreis, und ihr Rock schwingt sich zu einer rosa Blüte auf. Auch Margret dreht sich immerzu, und das schöne Kleidchen, das ihr die Mutter genäht hat, dreht sich mit. Die kleine, blonde Margret. Mucki hat ihr Lachen im Ohr. Plötzlich hält Margret inne und sagt mit großem Ernst, sie heiße jetzt Peggy. Man darf ja wohl noch selbst entscheiden, wie man heißen will. Oder etwa nicht, Liebelein?

Liebelein. Auch der Vater sagt das immer zu ihr. Dort drüben steht er und wartet auf sie. In seinem Blick liegen all seine Güte und Kraft. Alle Freude, alle Großmut. Alle Liebe. Lächelnd streckt er die Hand nach ihr aus.

GERTRUD

Dienstag, 15. Dezember 1942

Ich weiß jetzt, wohin sie Mucki verschleppt haben. Nach Brauweiler, ungefähr eine halbe Stunde entfernt von hier. Dort gibt es ein Kloster, aus dem sie eine Art Gefängnis oder Erziehungslager gemacht haben. All das habe ich von Frieder erfahren. Er ist extra hergekommen, um es mir mitzuteilen. Seine Tochter ist allerdings nicht dort. Käthe ist bereits wieder zu Hause. Die Gestapo hat sie nach drei Tagen gehen lassen, auch Ellie.

Alle anderen wurden nach Brauweiler verfrachtet, hauptsächlich die jungen Männer, so Frieder. Der SA-Mann sagte ihm, gewöhnlich würden sie nach ein paar Wochen wieder laufen gelassen. Sofern sie kein Strafverfahren erwarte.

»Es besteht also Hoffnung«, macht Frieder mir Mut. Ich will ihm natürlich gern glauben. Aber wer kann schon wissen, ob die Information stimmt? Und ob sie Mucki nicht ein Strafverfahren anhängen?

Kaum hat Frieder die Wohnung verlassen, kaum habe ich mich mit den Lieblichsten Landschaften des Deutschen Reiches hingesetzt, klopft es schon wieder. Es ist die Nachbarin von unten. Fräulein Christel, so hat sie sich mir vorgestellt. Christel ist sehr blond und sehr jung, wohl kaum älter als Mucki. Eine merkwürdige Person. Einerseits wirkt sie schüchtern und fahrig, hat dann aber wieder eine sehr fordernde Art. Als wäre es eine Selbstverständlichkeit, dass man ihr behilflich ist.

Ein typischer Spitzel, dachte ich anfangs. Zumal sie gleich am zweiten Tag, nachdem Mucki inhaftiert worden war, hier auftauchte. Seitdem klopft sie wegen jeder Kleinigkeit an. Mal geht ihr das Petroleum aus, mal hat sie kein Streichfett, mal gibt es Probleme mit dem Türschloss oder mit der Verdunkelung. Diese Hartnäckigkeit irritiert mich, ich fühle mich regelrecht verfolgt. Sicher liegt es auch daran, dass Frieder mir wie versprochen den

Weltempfänger repariert hat. Zwar lege ich mich ins Bett und ziehe mir zwei Decken über den Kopf, wenn ich ihn abhöre, aber die Unsicherheit bleibt. Und gerade deshalb sehe ich mich zu noch größerem Entgegenkommen gezwungen. Diese Christel soll mir nichts vorzuwerfen haben, denn weiteren Ärger kann ich nun wirklich nicht brauchen. Ich darf keine Aufmerksamkeit auf mich lenken, wenn ich Mucki irgendwie helfen will. Also bitte schön, hier haben Sie eine Zwiebel. Eine Kerze. Streichhölzer. Schmieröl.

Diese Christel lebt mit ihrer Mutter zusammen. Beide teilen sich zwei kleine Zimmer. Die Mutter ist stark gehbehindert, weshalb sie selten vor die Tür kommt. Die ständigen Luftalarme müssen eine Qual für sie sein. Zwar besitzt sie einen Rollstuhl, aber zwischen unserem Haus und dem nächsten Bunker liegen mehrere Treppen.

Mir stellt sich natürlich die Frage, warum Christel ihre Dienste nicht besser verkauft, sofern sie wirklich ein Spitzel ist. Für eine Wohnung im Parterre beispielsweise. Aber wie viele hat's schon gegeben, die es für ihre Bürgerpflicht hielten, ihre Nächsten anzuschwärzen? Vielleicht bringt Christel auch kein großes Geschick auf. Sie scheint ohnehin nicht viel Talent zum Leben zu haben.

Heute ist es der Kunsthonig, der ihr ausgegangen ist. Zum Tausch reicht sie mir Marken dafür. Ein gutes Geschäft, denn mein Glas ist bereits halb leer. Ich frage, ob sie sonst noch etwas braucht. Sie öffnet den Mund, kommt aber nicht mehr dazu, etwas zu sagen, denn in diesem Augenblick heulen die Sirenen. Erschrocken reißt sie die Augen auf.

»Nicht schon wieder!« Sie sieht aus, als wollte sie gleich in Tränen ausbrechen. »Erst werfen sie Brandbomben, damit die Dachstühle brennen und alles zum Löschen raufrennt«, zetert sie. »Und beim Löschen schmeißen sie uns dann die richtigen Wuchtbrummen auf den Kopf. Das ist so gemein!« Sie hat recht. Die Angriffe werden immer heftiger, die Zerstörungskraft der Explosionen immer stärker. Haus für Haus, Viertel um Viertel wird unsere schöne Stadt dem Erdboden gleichgemacht.

»Ich will in den Bunker, aber da krieg ich die Mutter nicht

hin«, jammert Christel weiter. »Jetzt müssen wir wieder runter in den schrecklichen Keller. Ist doch nur eine Frage der Zeit, bis es uns da erwischt! Aber ich will nicht erst noch verschüttet werden. Dann lieber gleich tot!« Sie weint jetzt. Ich schlüpfe in Hut und Mantel, greife nach meinem Koffer, schließe die Tür hinter mir. Nun schnell. Christels Mutter wartet bereits. Zu zweit bekommen wir sie flinker die Treppe hinunter und in den bereitstehenden Rollstuhl. Die eine trägt die Koffer, die andere schiebt die Mutter. Auch die Treppen meistern wir gemeinsam. Doch alle Mühe ist vergebens, die Zeit reicht nicht. Als der Vollalarm losgeht, sind die Flugzeuge bereits über uns. Wir können uns gerade noch hinter ein Gebüsch werfen, da knallt es bereits. Die Wucht der Detonation lässt die Straße zittern. Es kracht und brüllt ohrenbetäubend. Ich kann nur eines denken: Gleich ist es so weit. Gleich reißt mich eine Bombe in Stücke. Gleich bricht mir eines der umherfliegenden Trümmer das Kreuz.

Dann ist plötzlich Schluss. Ungläubig heben wir die Köpfe. Auch von der Flak ist nichts mehr zu hören. Die Angreifer sind weg. Christel rappelt sich als Erste hoch.

»Mörder sind das!«, schreit sie in das Entwarnungsgeheul der Sirenen hinein. »Sie ermorden Frauen und Kinder, und die Alten dazu!« Auch ich komme wieder auf die Füße, gemeinsam helfen wir der Mutter auf. Wir sehen aus wie Verschüttete: von Kopf bis Fuß mit Zementstaub bedeckt. Doch glücklicherweise ist keine von uns verletzt. Wir klopfen uns notdürftig den Staub von den Kleidern, holen den Rollstuhl. Auch er ist Gott sei Dank heil geblieben. Dann gehen wir nach Hause, weichen Trümmerteilen aus, die überall herumliegen.

Nebenan steht der Dachstuhl in Flammen. Ein Stück weiter klafft ein mächtiger Krater im Boden. Aber unser Haus steht noch. Bis auf ein paar zersprungene Scheiben hat es nichts abbekommen.

MUCKI

Dienstag, 19. Januar 1943

Wer sind die?« Der Mann von der Gestapo hält ihr ein Foto hin. Es ist das Bild von der Scharade, das der Spaziergänger in Oberkassel gemacht hat. Pablo, Ellie, Bobby und die anderen. Die Jungs in den Kleidern der Mädchen, die Mädchen in kurzen Buxen.

»Ich weiß nicht.« Der Schlag trifft genau aufs Ohr. Es brennt und fühlt sich gleichzeitig taub an. Dazu ein lautes Fiepen, das nicht abklingen will. »Was ist mit dem hier?« Der Mann deutet auf Pablo. Pablo trägt Muckis Rock mit den breiten Trägern, dazu hat er sich Ellies Halstuch als Kopftuch umgebunden und altweibermäßig unterm Kinn verknotet. Man erkennt ihn kaum. »Das bist doch du in diesen kurzen Lederhosen.« Der Gestapo-Mann zeigt auf sie. »Schämst du dich nicht dafür?«

»Es war ein Spaß«, beteuert sie. »Nur ein Spaß für dieses Foto.«

»Wem gehört es?«

»Das weiß ich nicht.«

»Sehr merkwürdig. Wir haben's nämlich in deinen Sachen gefunden. Und erzähl mir jetzt nicht, es hätte dir jemand in die Tasche geschmuggelt! Also, wer sind die auf dem Bild?« Seine Fingerkuppe tippt energisch auf die Jungs. Auf einen nach dem anderen.

»Ich weiß nicht. Wir haben sie beim Wandern getroffen. Haben mit ihnen zusammengesessen, dort oben auf der Rabenlay.«

»Zusammengesessen, hört, hört! Und dann habt ihr euch die Kleider vom Leib gerissen? Einfach so? Oder steckten die Bengel schon in Weiberröcken, als ihr sie getroffen habt?«

Mucki schüttelt den Kopf. »Nein. Sie tragen unsere Kleider. Die von mir und meinen Freundinnen. Einer hatte die Idee. Fürs Foto, nur fürs Foto.«

»Wer sind die anderen?«

»Meine Wanderfreundinnen Elisabeth und Käthe. Die anderen kenne ich nicht.«

»Du kennst sie nicht? Dann will ich es dir sagen: Das hier ist Robert Schott.« Wieder dieses Fingertippen. Es stimmt. Auch im geblümten Sommerkleid ist Bobby noch Bobby.

»Ja, der war auch dabei«, gibt sie zu, weil ein Herausreden sinnlos wäre. »Wir hatten ihn am See getroffen, und er hat sich uns für diesen Spaziergang angeschlossen.«

»Und der, wer ist der?« Wieder Pablo. Der arme Pablo, der mit Politik nichts zu tun haben will!

»Ich weiß seinen Namen nicht. Sie haben ihn Ali gerufen, glaube ich.«

»Ali! Ein Muselmane also. Deswegen wohl die Weiberkleider.« Der Gestapo-Mann tut, als stellte ihn die Antwort zufrieden, brüllt dann plötzlich: »Das kannst du deiner Großmutter erzählen, Kühlem! Es ist schändlich, was ihr da getrieben habt! Abartige Schwuchteln sind diese Typen! Homos! Ihr schädigt die Volksgemeinschaft, ihr erniedrigt sie mit diesem Schweinkram!«

»Wir dachten, es wäre nur ein Spaß.«

»Spaß?

»Wer von denen hatte die Idee? Wer hat euch das eingeredet?«

»Das weiß ich nicht mehr.«

»Kühlem, gib's auf! Wir wissen, dass du diese Leute kennst. Dieser Ali da. Wir wissen, wer das ist. Und du weißt es auch. Wir haben euch schon einmal festgesetzt. Ihr seid Bündische!«

Mucki durchfährt ein heißer Schreck. »Ich wollt's nicht zugeben, weil wir doch nichts gemacht haben«, beeilt sie sich zu sagen. »Wir gehen nur gern zusammen wandern. Raus in die Natur. Wir –«

»Hör auf! Ich hab die Schnauze voll von dieser Leier! Also, wer sind die Kerle? Sind sie vom Edelweißpiratenklub? Haben die etwas mit den Schmierereien zu tun? Mit diesen Briefaktionen? Haben die euch Mädel mit in die Sache reingezogen?« Er beugt sich über sie, ist ihr jetzt so nah, dass sie seinen Schweiß riechen kann. »Wenn du es zugibst, kannst du gehen. Darauf hast du mein Wort.«

»Ich würd's ja sagen, wenn es so wäre!« Mucki ringt verzweifelt die Hände, weint jetzt. »Aber ich glaub nicht, dass die etwas mit diesen Sachen zu tun haben. Die haben mich auch in nichts reingezogen. Wir wollten nur wandern und ein bisschen Spaß haben.«

Ende der Befragung. Für den Moment zumindest. Mucki wird zurück in ihre Zelle geführt. Legt sich auf die Bretterpritsche. Versucht, ihren hechelnden Atem unter Kontrolle zu bekommen, nachzudenken. Die Welten von Mann und Frau sind grundverschieden. Ein Mannsbild braucht nie zu fürchten, dass ihm die Frau seine Stellung streitig macht. Was der Mann einsetzt an Heldenmut, setzt die Frau ein in ewig geduldiger Hingabe. So ungefähr hat sich Frau Gnaus damals ausgedrückt. So denken die Braunen.

Sie haben sie nicht auf dem Schirm, wie Peggy gesagt hat. Sie trauen den Frauen nichts zu. Und sie können ihr nichts nachweisen. Rein gar nichts. Sonst hätten sie es längst getan.

Am Morgen dann die Überraschung.

»Kühlem, du darfst dich nützlich machen. Ab heute Dienst in der Waschküche!« Mucki kennt die Wärterin nicht. Sie wird über den Gang geführt, durch eine Tür, auf den Hof hinaus. Sieht zum ersten Mal wieder die Sonne. Obwohl der Himmel leicht bedeckt ist, tut das Licht weh in den Augen. Unwillkürlich hebt sie die Hände zum Schutz. Dann hinein in das gegenüberliegende Gebäude, hinunter in den Keller, in die Waschküche. Inmitten wabernder Dunstwolken arbeiten hier mindestens zwanzig Frauen.

»Geh da rüber!«, weist die Wärterin sie an. Sie folgt der Aufforderung und stellt sich neben einen großen Kessel. Wartet. Frierend schlingt sie die Arme um sich. Sie hat nur ein paar dünne Latschen an den Füßen, und dicht am Boden zieht es hier fürchterlich.

»Dir wird schon noch warm werden«, spricht eine hagere Frau sie schließlich an. Sie hat eine Hakennase und scharf geschnittene Züge, die durch das eng anliegende, im Nacken geknotete Kopftuch noch betont werden. »Komm mit! Ich zeig dir, was du zu tun hast.« Die Hagere durchquert zügig den Raum und bleibt vor einem großen Herd stehen. »Zuerst wird das Ding hier angefeuert«, erklärt sie. »Das Holz dafür liegt draußen. Dann schleppst du Wasser ran, machst die Kupferkessel voll, Waschmittel rein und aufkochen lassen. In der Zwischenzeit Dreckwäsche sortieren. Wie du siehst, gibt's hier jede Menge davon: Unterwäsche, Anstaltskittel. Dann die Drillichanzüge von den Feldarbeitern. Das sind die schlimmsten. Da hinten die Waschwannen müssen auch befüllt werden. Da kommt dann Henko dazu. Steht hinten auf dem Regal. In den Wannen wird die Wäsche erst mal eingeweicht. Dann wieder raus und rein in die Kessel, Wasser noch mal aufkochen lassen. Dabei mit den langen Stielen ordentlich umrühren. Aufpassen, dass du keine Spritzer abkriegst, das gibt Brandblasen. Dann wieder alles raus aus dem Kessel und jedes beschissene Teil auf'm Waschbrett durchgerubbelt. Das geht in die Arme, sag ich dir. Dann zurück in den Kessel, danach zurück in die Wannen, noch mal klar durchspülen. Dann auswringen den ganzen Mist. Dafür gibt's wenigstens eine Maschine. Die funktioniert nur nicht immer, dann musst du's mit der Hand machen. Danach aufhängen und trocknen lassen. Abhängen und falten. Die Wärterwäsche bügeln. Und schon bist du fertig.« Die Hagere schafft es, nicht einmal mit den Mundwinkeln zu zucken. Mucki schafft es nicht. Sie muss an ihre frühere Kollegin Hilde denken. Die hatte sich beim Waschen Sorgen um die Zartheit ihrer Hände gemacht, falls ihr jemand zufällig einen Ehering würde anstecken wollen.

»Was grinst du so?«

Sie zuckt die Achseln. »Hört sich spaßig an.«

Die Hagere schnaubt. »Das ist es auch! Und wie!«

Mucki ist sich nicht sicher, ob sie alles verstanden hat. Aber sie wird sich schon einfinden. Eimer schleppen kann jede.

GERTRUD

Mittwoch, 10. Februar 1943

Wieder Luftalarm. Wieder Tote, Verletzte, Ausgebombte. Die Angriffe werden immer schlimmer. Wenn man nur einmal durchschlafen könnte! Ich mag schon kaum mehr in den Spiegel schauen aus Furcht, mich selbst nicht wiederzuerkennen.

Zwei Mal noch bin ich mit Christel und ihrer Mutter im Bunker gewesen. Jedes Mal war es knapp. Christel hat solche Angst vor dem Verschüttetwerden, dass sie ununterbrochen heulen muss. Sie hat schon ganz dunkle Schatten unter den Augen von all den durchwachten Nächten. Mich erinnert sie irgendwie an ein aus dem Nest gefallenes Küken, und auf eine verhuschte Art ist sie ganz hübsch. Schmal, mit dieser durchsichtigen Haut und dem feinem Haar. So fein, dass ihr Hahnenkamm meist leicht schief hängt, wie ein vergessener Lockenwickler. Das ist nicht im Sinne des Erfinders, gibt ihr aber etwas Rührendes. Die Mutter ist ganz anders. Sagt kaum einen Ton, hat auch nur selten ein freundliches Wort für die Tochter. Vielleicht hängt Christel sich deshalb so an mich.

Bald kann ich das Elend nicht länger mit ansehen. Habe auch keine Lust, mein eigenes Leben noch mehr als nötig aufs Spiel zu setzen. Also tue ich es. Gehe zu ihr runter. Sage, sie und ihre Mutter sollen sich fertig machen.

»Aber warum?«

»Tu es einfach«, antworte ich. Das »Fräulein« haben wir längst zu den Akten gelegt. Ich nenne sie Christel, sie bleibt bei Frau Kühlem.

Ihr fällt es nicht schwer zu tun, was ich sage. Im Gegenteil, sie ist ganz froh darüber, dass ihr jemand sagt, wo's langgeht. Also packen wir unseren Kram und steuern den Beethovenbunker an. Just in dem Moment, in dem wir dort ankommen, geht der Alarm los. Wir dürfen uns als Erste ein Plätzchen suchen, setzen uns nah an die Lüftungsanlage. Mit großen Augen schaut Christel mich an, als hätte ich ein Wunder vollbracht. Dort im Bunker verrät sie mir auch, dass sie einen Verlobten hat. Einen Soldaten. Und dass er bald auf Urlaub kommt.

»Wie schön«, sage ich und denke, dass dann zur Abwechslung mal jemand anders auf sie aufpassen kann. Ich weiß auch nicht, warum mich dieses farblose, nicht sonderlich helle Mädchen so beschäftigt.

Samstag, 27. Februar 1943

Wieder einmal steht Christel vor der Tür. Ihr Verlobter sollte längst Urlaub haben, aber er lässt offenbar auf sich warten. »Womit kann ich dir behilflich sein?«, frage ich sie, ehe sie auch nur den Mund aufgemacht hat, bin mir aber nicht sicher, ob sie die Ironie versteht. Nein, sie versteht sie nicht. Zumal sie heute ausnahmsweise nichts haben, sondern mir etwas geben will. Ein kleines Netz Kartoffeln. Sie riechen etwas muffig, sind aber noch genießbar.

»Weil Sie immer so freundlich sind, Frau Kühlem. Und morgen bringe ich ein paar Rübchen.«

»Was hast du angestellt, Christel? Den Kaiser von China bezirzt?« Sie kichert. »Komm einen Augenblick rein.« Ich biete ihr ein Glas Wasser an, und wir setzen uns.

»Wann kommt dein Verlobter?«, frage ich sie geradeheraus.

»In einer Woche. Endlich klappt es mit dem Urlaub!« Sie lächelt freudig.

»Weißt du, Christel. Kartoffeln habe ich noch. Ich brauche sie nicht unbedingt, falls ihr sie euch vom Mund absparen müsst. Aber du könntest mir einen anderen Gefallen tun.«

Christel zieht erschrocken den Kopf ein, wie eine Schildkröte, die sich dann langsam wieder aus der Deckung wagt.

»Was denn für einen Gefallen?«, fragt sie vorsichtig.

»Du weißt, du kannst dich auf mein Gespür verlassen«, hebe ich an. »Sonst wärt ihr vermutlich schon tot, deine Mutter und du. Oder verschüttet. Oder beides.«

Wieder zuckt sie zusammen. »Ja, und?«

»Es geht um deinen Verlobten. Ich muss ihn mir mal ausborgen, wenn er kommt.«

»Ausborgen? Soll er Ihnen irgendwas richten?«

»Nein. Er soll zu meiner Tochter fahren.«

»Zu Ihrer Tochter? Ja, aber – es wird doch nichts Verbotenes sein?«

»Wo denkst du hin?« Ich spiele die Empörte. »Nie würde ich etwas Verbotenes von euch verlangen!«

»Was ist mit Ihrer Tochter? Ich dachte, sie lebt irgendwo im Bergischen?«

»Nein. Ich habe dich angelogen. Meine Tochter Gertrud sitzt in der Haftanstalt Brauweiler.«

»Haftanstalt?« Christel zieht scharf die Luft ein. »Aber was soll denn mein Wieland …?«

»Er ist Soldat«, falle ich ihr ins Wort. »Für Volk und Vaterland, du weißt schon. Er könnte sich als Gertruds Verlobter ausgeben und einen Besuchsantrag stellen.«

»Aber er kennt sie doch gar nicht!« Christel missfällt die Idee sichtlich.

»Es ist nicht wichtig, ob er sie kennt«, wende ich ein. »Wichtig ist nur, dass er die Besuchserlaubnis bekommt.«

»Aber dann täte er ja doch etwas Unrechtes!«

»Christel! Was ist unrecht daran, jemanden in Haft zu besuchen?«

»Er kennt Ihre Tochter nicht!«, beharrt sie stur.

»Wenn er hingeht, lernt er sie kennen«, versuche ich es halb im Scherz. »Ich möchte nur wissen, ob es Gertrud gut geht. Aber man lässt mich nicht vor. Wieland ist Frontsoldat. Er möchte seine Verlobte sehen. Vielleicht zum letzten Mal. Das dürfen sie ihm nicht verwehren.«

Christel schließt die Augen, reibt sich mit dem Wasserglas über ihre Stirn. Ihre Oberlippe zuckt ein wenig.

»Bitte, versuche, ihn zu überzeugen«, rede ich ihr zu. »Ansonsten sitze ich hier bis zum Sanktnimmerleinstag und weiß nicht einmal, ob mein Kind noch lebt.«

Sie öffnet die Augen, starrt mich ängstlich an. Aber da ist auch Mitgefühl. Ich entscheide mich, noch eine Schippe draufzulegen.

»Du weißt, ich kann dich beschützen«, behaupte ich großspurig. »Ich schütze dein Leben und das deiner Mutter – und trage das Risiko ganz allein. Das muss nicht immer so sein.« Ob sie versteht, wovon ich spreche? Ja, das tut sie durchaus. Dass ich meine Informationen über bevorstehende Angriffe dem Abhören des Feindsenders zu verdanken habe, ist offenbar auch ihr längst aufgegangen.

»Ist das jetzt Erpressung?«, fragt sie unsicher.

»Erpressung? Aber nein! Ich bitte dich nur um einen Freundschaftsdienst. Eine Hand wäscht die andere, sozusagen.«

Christel nickt, zupft an ihrem Haar. »Ich werde darüber nachdenken«, verspricht sie und verabschiedet sich hastig.

Herr im Himmel! Einen Menschen wie sie hätte ich früher niemals ins Vertrauen gezogen. Aber so sind die Zeiten. Man muss sich arrangieren. Mit wem auch immer. Und kann nur hoffen, dass es gut geht.

Dienstag, 16. März 1943

Warum, frage ich mich, habe ich es jetzt eigentlich dauernd mit blutjungen Frauen zu tun, die ich nicht einmal sonderlich leiden kann? Sollen sie mir etwa einen Ersatz für meine eigene Tochter bieten? Nicht genug damit, dass ich Christel am Hals habe. Nein, es gibt ja noch Elke. Und zu allem Überfluss ist sie nicht allein, als ich sie treffe. Wieder hat sie ihren SS-Mann dabei.

»Gertrud! Wie schön, dass du noch lebst!«, begrüßt sie mich strahlend. »Nein, im Ernst. Man weiß ja nie heutzutage.« Mit breitem Grinsen reicht sie mir die Hand. Auch dieser Herr Wittmer oder Wilmer oder wie immer er heißt begrüßt mich mit einem Händedruck.

»Heute in Zivil?« Ich weiß nicht, was mich zu dieser Frechheit verleitet. Es muss mein Ärger über Elke sein.

»Gefällt er dir etwa nicht?«, tut sie empört. »Also ich finde ihn schnucklig, so in Hemdsärmeln.« Sie hängt sich an ihn wie eine Klette, und wir tauschen uns übers Wetter aus. Dann entschuldigt sich Wittmer. Ihn rufen dienstliche Verpflichtungen. Wahrscheinlich muss er ein paar Leute zusammenschlagen oder sie am nächsten Laternenpfahl aufknüpfen, denke ich bitter.

»Plaudert ihr zwei doch noch ein Weilchen.« So sagt er tatsächlich: Plaudert ihr zwei noch ein Weilchen. Das sind ja ganz neue Töne! Normalerweise heißt es doch immer: »Bitte gehen Sie auseinander!«, sobald ein Blinder und ein Tauber zusammenstehen. Aber vielleicht will sich Wittmer vor Elke nicht lächerlich machen. Vielleicht hält er mich alte Schachtel für unbedenklich. Er nickt mir noch einmal zu, gibt Elke einen flüchtigen Kuss und geht.

»Sei schön brav und fleißig, mein Süßer!«, ruft sie ihm lachend nach. »Ist er nicht ein fescher Kerl?« Sie kniept mir komplizenhaft zu, doch ich habe nicht die geringste Lust, auf dieses Geplänkel einzugehen.

»Hör mal, Elke! Du bist doch ein sehr direkter Mensch. Sagst geradeheraus, was du denkst. Ich hoffe also, du kannst es vertragen, wenn man dir auch so begegnet.«

»Das kommt ganz drauf an.« Wieder dieses Augenkniepen.

»Mir ist an unserer Bekanntschaft nicht gelegen«, gebe ich offen zu. »Ich will nichts mit Leuten zu tun haben, die sich mit der SS einlassen.«

»Aber Gertrud!« Sie runzelt die Brauen, schiebt die Lippen vor. »Jetzt glaub mir doch: Auch bei denen gibt's solche und solche. Du kannst sie nicht alle über einen Kamm scheren.«

»Das kann ich sehr wohl!«, gifte ich. »Mein Mann ist tot, Elke. Sie haben ihn umgebracht. Im Konzentrationslager. Und meine Tochter haben sie auch verschleppt. Sie sitzt in Brauweiler ein, wer weiß, wie lange noch!«

Elke wird blass. Selbst unter ihrer dicken Schminke. Erschrocken legt sie die Hand vor den Mund.

»Das tut mir leid, Gertrud. Ehrlich. Ich konnte es ja nicht ahnen.«

»Ach, wirklich? Ganz so abwegig war's nicht«, fauche ich. Das war es tatsächlich nicht. Ich muss es mir nun endlich eingestehen. Und der Vorwurf trifft eher mich selbst als sie.

»Mein Beileid, Gertrud. Und für deine Tochter die besten Wünsche. Aber glaub mir bitte: Klaus ist harmlos.«

Am liebsten würde ich sie ohrfeigen, aber ich muss mich beruhigen. Darf nicht so eskalieren auf offener Staße. Also tief durchatmen.

»Ich nehme es zur Kenntnis, Elke. Und jetzt muss ich weiter.«

»Wohnst du immer noch in der Görresstraße?«, erkundigt sie sich hastig.

»Nein.« Es geht sie nichts an, wo ich wohne. Sonst kommt sie womöglich noch auf die Idee, mir Besuche abzustatten. Ich will mich schon an ihr vorbeischieben, doch sie hält mich zurück.

»Warte mal.« Sie kramt in ihrer Handtasche, streckt mir etwas hin. Ein paar Strümpfe. Echte Strümpfe. »Hier, nimm!«

»Danke, ich brauche sie nicht.«

»Nun zick nicht rum! Muss doch nicht jeder mitkriegen.« Sie wedelt mit der Hand, und als ich noch immer nicht reagiere, stopft sie sie mir in die Manteltasche. »Eine Frau wie du sollte Strümpfe tragen«, sagt sie dazu und winkt mir zum Abschied. »Auf bald, Gertrud!« Selbst ein Gruß kann heutzutage eine Drohung sein.

Freitag, 19. März 1943

Es ist jetzt gut sechs Wochen her, dass die deutsche Armee in Stalingrad endgültig kapituliert hat. Spätestens seit diesem Zeitpunkt müsste allen klar sein, dass der Krieg nicht mehr zu gewinnen ist. Doch der Wahnsinn geht weiter, greift sogar noch um sich. Und auch das Leben mit ihm muss weitergehen. Sich irgendwie durchschlagen, heißt jetzt die Devise.

Beim Bäcker hing ein Zettel: Regierungsrat sucht geschulte Person für stundenweise Betreuung seiner Frau Mutter. Ich bin gleich vorstellig geworden und wurde auch sofort eingestellt. Das habe ich wohl dem Zeugnis des Apothekers zu verdanken. Regierungsrat Grohl, so heißt mein neuer Arbeitgeber. »Ich lege vor allem Wert darauf, dass meine schon etwas tüddelige Mutter ihre Pillen nimmt, und zwar in der richtigen Reihenfolge.« So drückte er sich aus. Nach Verabreichung der Medikamente bin ich angewiesen, ihr noch ein wenig Gesellschaft zu leisten. Doch Konversation liegt weder der alten Frau Grohl noch mir. Jeder Satz läuft ins Leere, jede Unterhaltung erstickt sie im Keim. Bald wird mir klar: Für die Grohl bin ich eine Enttäuschung auf ganzer Linie, was vor allem daran liegt, dass ich ihr ihren Melissengeist nicht besorgen kann. Von einer Apothekerin habe sie sich nun wirklich mehr erhofft, lässt sie mich wissen, zumal die hochgeistige Kräuteressenz ihrer Gesundheit sehr viel zuträglicher sei als alle Pillen, die ihr die Quacksalber je verordnet hätten. Ganz so schmählich will ich mich nicht vom Hof jagen lassen und schlage ihr eine einvernehmliche Lösung vor: Die Zeit, die ich bezahlt bekomme, um ihr Gesellschaft zu leisten, könnte ich fürs Schlangestehen und für Tauschgeschäfte aufwenden. Auf diese Weise ließe sich das Gewünschte beschaffen – oder zumindest ein adäquater Ersatz. Alles natürlich unter dem Siegel strengster Verschwiegenheit – insbesondere ihrem Sohn gegenüber. Wir sind uns einig geworden.

Im Viertel gibt es eine Tauschbörse, die ich nun nahezu täglich aufsuche. Wollstoff gegen Kochtopf, Kochtopf gegen Schuhe, Schuhe gegen Wintermantel, Wintermantel gegen Pelzjacke, Pelzjacke gegen Hochprozentiges. Die Prozedur lässt sich deutlich verkürzen, wenn Frau Grohl hin und wieder einen Teil ihres Silberbestecks rausrückt. Mal ein Dutzend Kuchengabeln, mal zwei Tortenheber oder sechs Fischmesser. Noch mehr Zeit spare ich ein, seit ich mich neuerdings auf eigene Likörherstellung verlegt habe. So arrangieren wir uns leidlich.

Ich mag die Grohls nicht besonders, und doch kann ich nicht sagen, dass ich mich in ihrem Haus unwohl fühlen würde. Wie Grohl morgens beim Frühstück sitzt, mit seinem Blümchenkaffee und der Zeitung, seinem Schinkenbrot und dem Frühstücksei, dazu die tickende Standuhr im Rücken, das hat so etwas Unverrückbares, Ewiggültiges, als gäbe es weder Krieg noch Not noch Elend.

Die Anstrengungen warten draußen vor der Haustür. Die Angst, die Zerstörungen, die schlaflosen Nächte. Die Tagesangriffe, die jetzt auch noch dazugekommen sind. Nie hätte man sich vorstellen können, wie mühselig es ist, das tägliche Überleben zu organisieren. Montags hat der Fleischer geschlossen. Am Dienstag der Bäcker. Lebensmittelläden am Mittwoch und die restlichen Geschäfte an unterschiedlichen Tagen. Man muss sich eine Tabelle anlegen zum Einkauf, sonst steht man vor verschlossenen Türen, was dennoch oft genug der Fall ist. Und trotz allen Aufwands reicht es vorne und hinten nicht. Deshalb fahre ich jetzt häufiger mit der Vorortbahn ins Bergische raus, was ich sonst Mucki überlassen habe. Schleiche dort in den Scheunen herum, in denen wir früher übernachtet haben, suche nach Rüben, Mais und Getreide. Es ist beschämend. Nur Kartoffeln gibt es noch reichlich. Pellkartoffeln, Salzkartoffeln, Kartoffelsalat, Kartoffelsuppe, Kartoffelschnitze, Kartoffelbrei, Kartoffelpuffer, Kartoffelgemüse. Meist entscheide ich mich für Gemüse. Kartoffelscheiben in Mehltunke, sauer angemacht, wenn noch Essiggurken da sind. Mucki hasst dieses Gericht. Sie legt sich die Kartoffelscheiben einfach auf die Herdplatte, bis sie kross sind. Dazu ein bisschen Salz – so schmecken sie ihr am besten. Meine Tochter! Wenn ich nur wüsste, wie es ihr geht. Ob sie überhaupt etwas zu essen bekommt, da, wo sie jetzt ist?

MUCKI

Dienstag, 23. März 1943

Sie ist gerade dabei, die Kessel für die Kochwäsche zu füllen, als die Hagere neben ihr auftaucht. Ihr Name ist Beate, das weiß sie inzwischen.

»Gut geschlafen?«

»Könnte nicht besser sein.«

»Dann kannst du ja ordentlich ranklotzen.«

»Ich freu mich schon drauf!« Die Ironie ist ein Spiel zwischen ihnen. Dann senkt Mucki die Stimme, fragt leise: »Wie lange geht das hier noch so? Wie lange sperren sie uns ein?«

Beate schaut sie nicht an, wirft nur einen prüfenden Blick in den Kessel. »Kommt drauf an, was du angestellt hast. Aber die meisten sind nach drei, vier Wochen draußen.«

»Vier Wochen?« So lange muss Mucki schon mindestens hier sein. Sie hat die Tage nicht gezählt, doch in den schattigen Ecken des Hofes kleben nur noch ein paar schmutzige Schneereste, und es ist nicht mehr so kalt wie anfangs. Wenn sie über den Hof geführt wird, liegt manchmal Vogelgezwitscher in der Luft.

»Freu dich nicht zu früh«, zischelt Beate. »Für manche geht's von hier aus direkt ins Konzentrationslager.« Sie greift ins Regal mit dem Waschpulver. »Nun glotz nicht so! Ich kann nichts dafür!« Dann, etwas milder: »Aber die's betrifft, sind eigentlich nie lange hier. Die sind immer schnell wieder weg.«

Mucki atmet erleichtert auf, schaut wieder Beate an. »Und du? Wie lange bist du schon hier?«

»Schon ein Weilchen. Aber ich werde bevorzugt behandelt, siehst du ja. Ich darf euch rumkommandieren und kriege bessere Verpflegung, wenn ich euch verpfeife. Und das tue ich auch.« Sie wirft Mucki einen herausfordernden Blick zu. »Ja, nun! Was erwartest du?« Scheinbar gleichgültig zuckt sie die Achseln. »Du hast mich nach ein paar Binden gefragt. Und ob ich nicht mal ein gutes Wort für dich einlegen kann, damit du Besuch kriegen darfst.« Mucki nickt. Das klingt nicht wirklich dramatisch. Jetzt beugt sich Beate ganz nah zu ihr herüber, flüstert: »Ich könnte auch andere Dinge über dich erzählen, also stell dich gut mit mir.« Sie tritt einen Schritt beiseite, sagt dann laut: »Das Wasser ist nicht heiß genug. Leg Holz nach.«

Mittwoch, 24. März 1943

Wieder ein Morgen. Einer wie jeder andere. Die Zellentür geht auf.

»Mitkommen zur Schönheitspflege!« Es ist die Dicke mit den kurzen Beinen. Mucki folgt ihr, den Gang entlang, zu den Waschräumen. Wundert sich. Katzenwäsche war heute schon. Sie darf duschen. Erhält sogar Seife, ein frisches Handtuch. Sie kämmt sich das Haar mit den Fingern glatt, schlüpft wieder in den Anstaltskittel. Dann zurück, die Treppe rauf, wieder einen Gang entlang, wieder links und rechts Türen. Doch in diesem Trakt ist sie noch nie gewesen. Die Wärterin bleibt stehen, sperrt eine Tür auf, winkt Mucki herein.

»Besuch für Sie. Ihr Verlobter.«

Ein Tisch, ein Stuhl, ein vergittertes Fenster, durch das streifiges Sonnenlicht fällt. Ein junger Mann in Uniform. Der Duft seines Rasierwassers erfüllt den ganzen Raum.

»Gertrud!« Er schiebt krachend den Stuhl zurück, springt auf. Kommt ihr mit ausgebreiteten Armen entgegen. »Das ist eine Überraschung, was? Nun komm schon zu mir, mein Schatz!« Sie tut, was er sagt, und er umarmt sie leidenschaftlich, wühlt sein Gesicht in ihr Haar. »Ihre Mutter schickt mich«, flüstert er ihr ins Ohr, hält sie dann ein Stück von sich, schaut ihr lächelnd ins Gesicht. »Was macht mein kleines Frauchen nur für Sachen!« Nett sieht er aus, sein Lächeln ist freundlich, und er duftet so gut. Sie weiß nicht, wie ihr geschieht. Auf einmal ist sie es, die ihn umarmt, sich fest an ihn schmiegt. Er lässt es geschehen, streicht ihr über den Rücken, flüstert: »Sie möchte wissen, wie es Ihnen geht.« Sein Schnurrbart kitzelt an ihrem Ohr. Es ist kaum auszuhalten und doch köstlich. Eine Umarmung. Ein Mensch, der sie wie einen Menschen behandelt. Der sich um sie sorgt. Ihr ist zum Heulen zumute. Zugleich könnte sie immer so stehen bleiben. Schließlich lösen sie sich voneinander, setzen sich an den Tisch. Die Dicke postiert sich neben der Tür.

»Hast du deinen Wieland vermisst?« Der junge Mann schaut Mucki an mit unschuldigem Hundeblick. An ihm ist ein Schauspieler verloren gegangen, denkt sie. Aber wer weiß, vielleicht ist er ja einer. Der Mutter ist alles zuzutrauen.

»Und wie, mein Liebster!«, flötet sie. »Mehr als alles andere! Wie ist es dir ergangen?« Er erzählt ihr von der Front, von heroischen Siegen, als wär's ein Sandkastenspiel. Fragen stellt er kaum, und sie sagt auch nicht viel. Aber sie ist hier, sie lebt, sie steht noch auf eigenen Füßen. Das wird er der Mutter berichten können.

»Und die Mutter?«, wagt sie dann doch zu fragen, in der Hoffnung, dass er die Anspielung verstehen wird.

»Deiner … Unsinn … meiner Mutter geht es gut. Sie lässt dich schön grüßen.« Er lächelt und nimmt ihre Hand. Zum Abschied noch eine Umarmung.

»Pass auf dich auf, Gertrud!«

»Und du erst!« Die Zeit ist um. Er muss gehen. Sie wird abgeführt.

GERTRUD

Mittwoch, 24. März 1943

Christel war eben da. Ihr Verlobter ist tatsächlich nach Brauweiler gefahren. Das sind wunderbare Neuigkeiten, sage ich und umarme sie sogar.

»Aber ich musste mich mächtig ins Zeug legen dafür!« Christel kichert. Ich fürchte schon irgendwelche Intimitäten, über die ich lieber nichts hören würde, doch es kommt anders.

»Stellen Sie sich vor, Frau Kühlem: Ich musste meinem Wieland versprechen, dass wir noch während seines Urlaubs heiraten!« Sie lächelt triumphierend, und ihr Hahnenkamm wippt dazu.

»Wunderbar, meinen Glückwunsch!« Schon bald darauf bekomme ich Gelegenheit, auch dem zukünftigen Bräutigam zu gratulieren. Dem aktuellen Verlobten meiner Tochter.

Mucki lebt. Es geht ihr den Umständen entsprechend gut. Sie arbeitet in der Anstaltswäscherei, wie mir dieser überaus höfliche junge Mann erzählt. Näheres könne er mir leider nicht berichten, entschuldigt er sich gleich darauf. Aber es ist ja schon mehr, als ich zu hoffen wagte. Ich darf wieder Hoffnung haben!

Er habe es gern getan, erwidert er auf meinen überschwänglichen Dank hin. Wieland Herberts. In Bonn geboren, wie er mir auf Nachfrage berichtet. Tatsächlich Bonn! Das ist merkwürdig. Ob er etwas mit Jochen Herberts zu tun hat, meinem Beinahe-Verlobten aus Jugendzeiten? Unsere Begegnung bei Puppenkönig vor Jahren. Ich hatte Mucki an der Hand, er war in Begleitung von Frau und Kind, hatte dazu ein Parteiabzeichen am Revers und eine Warnung für mich. Dieser Sohn. Vom Alter her würde es passen. Ob es also sein kann …? Aber Herberts ist kein sonderlich ausgefallener Name, die Übereinstimmung muss nichts bedeuten. Und wenn, wäre es ein netter Zufall, mehr nicht.

Christel würde gern mal wieder einen richtigen Stadtbummel machen, verkündet sie nun. Jetzt, wo die Hochzeit ansteht. Aber die Geschäfte, von denen sie träumt, sind alle in Schutt und Asche gelegt. Wo soll sie da ein Hochzeitskleid hernehmen? Ich will ihr schon das Rauchblaue anbieten, doch sie stellt klar, dass nur ein Traum in Weiß infrage kommt. Ich weise sie darauf hin, dass Vorhangstoff noch nicht rationiert ist und sich aus Gardinen die tollsten Roben zaubern lassen. »Du wirst aussehen wie eine Prinzessin«, verspreche ich ihr. Den Trick mit den Gardinen habe ich von Marianne. Deren Tochter Lene hat ihn erfolgreich angewendet.

»Unter wallendem Gardinenstoff lässt sich so einiges verbergen«, hat Marianne dazugesagt. Zugleich hat sie Zweifel daran gehegt, ob der arme Tropf, den Lene vor den Altar gezerrt hat, die baldige Vaterschaft zu verantworten habe. Aber das tut jetzt nun wirklich nichts zur Sache.

Gardinen also. Für ein Prinzessinnenkleid. Christel ist Feuer und Flamme.

Freitag, 26. März 1943

Es klopft, und ich rechne schon wieder mit Christel. Sie hat so viel zu erledigen vor ihrer Hochzeit und bekommt so wenig allein hin. Aber es ist nicht Christel.

»Elke!« Ich versuche, meine Überraschung zu überspielen. »Was kann ich für dich tun?«

»Mich reinlassen zum Beispiel.«

»Tut mir leid, ich bin auf Besuch nicht eingerichtet.«

»Nun komm schon, Gertrud! Du kennst mich doch.«

»Ja, und deshalb bin ich vorsichtig. Woher weißt du, wo ich jetzt wohne?«

»Ich hab dich neulich auf der Straße gesehen. Aber du hast die Flucht ergriffen.«

»Was habe ich?«

»Du bist abgehauen vor mir.«

»So ein Unsinn!«

»Schwamm drüber. Ich bin dir nachgegangen. Weil wir jetzt nämlich fast Nachbarn sind. Ich wohne gleich um die Ecke.«

Ich seufze. »Na schön, komm rein.« Diese schräge Unterhaltung will ich nicht auf dem Flur fortführen. Mit Elke weht eine Woge von Zigarettenrauch und Parfüm in den Raum. Wir setzen uns. Etwas zu trinken biete ich ihr nicht an. Ich will es ihr nicht zu gemütlich machen. Sie lehnt sich in ihrem Stuhl zurück, streckt die Beine von sich und lässt ihren Blick ungeniert durch den Raum schweifen.

»Bisschen eng hier.«

»Was genau willst du eigentlich, Elke?«

»Ich hatte frei und dachte, ich schau mal vorbei. Leiste dir Gesellschaft. Muss doch schrecklich sein, so allein. Dazu diese Ungewissheit … wegen deiner Tochter und so.«

»Sehr freundlich, Elke. Aber die Ungewissheit wird nicht weniger, wenn du hier sitzt.«

Sie spitzt die Lippen, denkt über meine Worte nach. »Du glaubst, ich würde dich bespitzeln, oder?«

»Aber wie sollte ich denn darauf kommen?«, rufe ich aus, und sie bemerkt den Sarkasmus.

»Nein, zum Kuckuck! So'n Scheiß mach ich nicht. Papa ist in Russland, verdammt! Was hat er da zu suchen?« Sie setzt sich aufrecht, kramt ihr Zigarettenetui hervor, zündet sich eine an und bläst mir den Rauch ins Gesicht. »Noch mal was von Mucki gehört?«

»Weiter nichts Neues.« Ich habe keine Lust, ihr die Geschichte vom Verlobtenbesuch auf die Nase zu binden.

»Hmm«, macht Elke. »Sie werden sie nicht ewig festhalten können.« Und ob sie das können, denke ich, sage aber nichts. »Schöne Grüße übrigens von Mutti.« Sie ascht auf die Untertasse, die ich ihr hinschiebe.

»Wie geht es Hedi?«

»Hat Heimweh. Aber sie will erst zurück, wenn der Krieg vorbei ist.«

»Wollen wir hoffen, dass es nicht mehr allzu lange dauert«, sage ich. »Was macht übrigens dein SS-Mann?«

»Danke, dem geht's gut.«

»Du triffst ihn also immer noch?«

»Er ist nicht so schlimm, wie du denkst.«

»Du weißt, wie ich darüber denke.«

»Ach, Gertrud!« Elke verdreht die Augen. »Nun fang nicht wieder damit an!« Sie klemmt ihre Zigarette zwischen die Lippen und kramt in ihrer Handtasche. »Scheiße, schon ganz weich geworden! Hoffentlich hat's mir nicht das Innenfutter versaut.« Jetzt schiebt sie mir ein in Fettpapier eingewickeltes Päckchen hin.

»Ist das etwa Butter?« Ich kann es nicht glauben. Wo bekommt man denn jetzt noch Butter her? Elke grinst nur, sagt aber nichts dazu. »Das kann ich nicht annehmen.«

»Nun hab dich nicht so! Ein bisschen was auf die Rippen wird dir nicht schaden.«

Ich zögere. »Also gut. Danke.«

»Bitt'schön, Gertrud.« Sie drückt ihre Zigarette aus und steht auf, streckt mir ihre Hand entgegen. Sie ist rau und rot, die Nägel abgebrochen, die Nagelhaut unschön eingerissen.

»Das sieht schmerzhaft aus.« Ich deute auf ihren lädierten Daumen.

»Die scheiß Fräserei.« Sie zieht eine angewiderte Grimasse. »Diese ganze scheiß Kriegsproduktion, die ruiniert einem alles! Dazu diese Ziege von Schichtführerin. Sagt auch noch, ich soll mich nicht so anstellen, die Kuh! Was kann ich dafür, dass ich nicht so verhornte Pranken hab wie die? Und stell dir vor: Gestern war ich in einer Drogerie und wollte eine Handcreme haben, aber die gab's natürlich nicht. Frag ich den Drogisten, was er mir sonst anbieten kann. Dabei denk ich natürlich an einen Gesichtspuder oder ein Duftwässerchen oder Zahnpasta oder so. Und was offeriert er mir? Mottenkugeln, Ameisenfresslack, Wühlmaustod und Rattengift. Ich hab ihn gefragt, ob er mich umbringen will, da hat er nur gelacht, der Kerl!«

»Warte, ich habe eine Salbe.« Ich hole eine Tube aus der Kommodenschublade, reiche sie ihr.

»Du bist ein Schatz, Gertrud!« Aus Elkes Stimme höre ich

plötzlich in aller Deutlichkeit die von Hedi heraus. Es klingt befremdlich und zugleich seltsam vertraut. Merkwürdig.

Am folgenden Tag findet die Hochzeit statt. Eine schlichte, schöne Feier. Christel sieht hübsch aus in ihrem weißen Spitzenkleid, das ihr Rüttlich in Rekordzeit geschneidert hat. Man muss schon genau hinschauen, um die Gardinen zu erkennen.

An der Kaffeetafel ist sogar Christels Mutter gnädig gestimmt. Vielleicht, weil sie weiß, dass Wieland in zwei Tagen wegmuss. Dann herrscht sie wieder allein über ihre Tochter.

MUCKI

Mittwoch, 31. März 1943

Kühlem?« Wieder hat die dicke Wachfrau Dienst. »Hoch mit dir! Frühstück fällt heute aus.«

Mucki tut sich schwer mit dem Aufstehen. Seit Tagen schon fiebert sie, und ihr Hals fühlt sich an wie zugeschnürt. Sie kann kaum noch schlucken. Langsam setzt sie sich auf, stellt die Füße auf den Boden. Wartet, bis der Schwindel nachlässt.

»Nicht so zaghaft, Kühlem! Du kannst gehen.« Mucki schaut auf, starrt die Frau ungläubig an. »Nun los doch, ich warte!« Die Dicke klimpert mit ihrem Schlüsselbund. Ist das nun wieder eine neue Art von Quälerei? Zutiefst irritiert rappelt Mucki sich hoch, tappt mit unsicheren Schritten zur Zellentür, trottet ergeben neben der Wärterin her. Die führt sie zur Kleiderkammer, wo sie tatsächlich ihre Sachen ausgehändigt bekommt. Steht kurz darauf da in Rock und Wintermantel. In den eigenen, festen Schuhen. Weiß nicht, wie ihr geschieht. Findet sich draußen wieder, vor den Toren der Anstalt. Auf offener Straße.

Am Himmel steht eine milchige Sonne. Ein Hauch von Frühling liegt in der Luft, und doch friert sie. Noch immer fühlt sie sich wie benommen. Bekommt es plötzlich mit der Angst zu tun. Was, wenn alles ein Irrtum ist? Wenn man sie reinlegen will? Auf der Flucht erschossen. Warum fällt ihr das jetzt ein? Sie setzt sich in Bewegung, versucht zu rennen, doch ihre Füße versagen ihr den Dienst. Ihr ganzer Körper fühlt sich steif und ungelenk an, alles schmerzt. Sie geht langsam weiter, muss trotzdem bald innehalten, fühlt sich völlig entkräftet. Aus Furcht, gleich wieder aufgegriffen zu werden, schleppt sie sich in ein nahes Wäldchen. Denkt an Beate, die sie seit Tagen nicht mehr gesehen hat. Ob auch sie entlassen worden ist?

Allmählich gelingt es ihr, ihre letzten Kräfte zu sammeln. Jetzt will sie nur noch nach Hause. Doch weil sie kein Geld hat, traut sie sich nicht, in die nächste Bahn zu steigen, und schleppt sich zu Fuß weiter. Bald kommen ihr Peggys Worte in den Sinn: Trampen ist die komfortabelste Art zu reisen – und die günstigste dazu. Peggy. Was aus ihr wohl geworden ist?

Mucki hat Glück. Ein Lastwagenfahrer hält an und nimmt sie mit. Sie sehe elend aus, sagt er und mustert sie mit besorgtem Blick.

»Ausgebombt«, krächzt sie, inzwischen vollkommen stimmlos.

»Herrschaftszeiten! Wer hätte sich so was vorstellen können.« Der Mann schüttelt den Kopf, fragt mitleidig, wo sie hinwolle.

»Mitte.« Mehr bekommt sie nicht heraus. Er fährt extra einen Umweg für sie, steuert an die Schuttberge nahe der Boisseréestraße heran. Die restlichen Meter schafft sie zu Fuß.

Zu ihrer Enttäuschung muss sie feststellen, dass die Mutter nicht da ist. Aber das Frühstücksgeschirr steht noch in der Spüle, sie kann also nicht verreist sein. Mucki macht sich ein Brot, bekommt es kaum herunter, kocht Tee. Mit dem Rest des heißen Wassers füllt sie Mutters Wärmflasche auf, kriecht ins Bett, zieht die Decke bis über den Kopf. Schläft fast augenblicklich ein.

Als sie die Augen wieder aufschlägt, sitzt die Mutter neben ihrem Bett.

»Du bist wach, mein Kind!« Sie beugt sich über sie, streicht ihr das Haar aus der Stirn, legt ihr die Hand an die Wange. »Wie bin ich froh, dich wieder bei mir zu haben!«

Ein Gefühl grenzenloser Erleichterung überkommt Mucki. Sie hat es geschafft. Sie lebt noch und ist wieder zu Hause. Die Tränen schießen ihr in die Augen. Sie weint. Kann nicht aufhören zu weinen. Kann einfach nicht aufhören, bis sie der Schlaf erneut übermannt.

Im April 1943

Zwischen Schlafen und Wachen treibt sie dahin, trinkt den Tee, den die Mutter ihr reicht, löffelt die Suppe, nimmt die Medizin. Wenn die Sirenen heulen, lässt sie sich von ihr in den Luftschutzkeller führen. Hockt in ihre Wolldecke gehüllt da, zittert, weint, gerät in Todesangst, beruhigt sich wieder. Nach den Alarmen will sie nur noch schlafen. Nichts denken, nichts fühlen. Kaum merklich kehren die Kräfte wieder. Die Bilder verblassen, ihre Sinne schärfen sich. Sie kann wieder aufstehen, am Tisch sitzen, ihre Gedanken zusammenhalten. Beginnt, in den alten Büchern von Rosa Luxemburg zu lesen. Wagt sich auf die Straße. Kann den erwachenden Frühling genießen. Schließlich schafft sie es bis in den Volksgarten, wo sie nach den alten Freunden Ausschau hält. Sie trifft zwar niemanden, geht aber trotzdem wieder hin. Am dritten Tag läuft Pablo ihr über den Weg. Ihr Herz tut einen Sprung. Vergessen sind ihre Vorbehalte, vergessen das Gefühl der Entfremdung, das sich in ihre Beziehung geschlichen hatte. Freudig überrascht fallen sie einander in die Arme. Auch Pablo hat in Brauweiler eingesessen, erfährt sie. Drei Wochen, dann hat man ihn laufen lassen. Er will nicht darüber reden, und sie mag auch nichts erzählen. Es ist fast, als schämten sie sich dafür.

»Am besten, man vergisst es«, sagt er nur. Viel über sich gesprochen hat er ja noch nie. Vergessen wird sie sicher nicht, aber sie will sich bemühen, beim Alten anzuknüpfen. Will wieder mit ihm zusammen sein.

Sie beschließen, bald ins Bergische zu fahren. Ganz wie früher. Sicher treffen sie da auch ein paar von den alten Weggefährten, sagt Pablo. Noch sind ja nicht alle im Krieg. Allerdings demnächst auch Omar und er. Ob sie das schon gewusst habe? Nein, Mucki wusste es nicht. Und wieder ist ihr nach Heulen zumute. Die guten alten Freunde, der tapfere Bobby! Nicht einmal verabschieden konnte sie sich von ihrem treuen Weggefährten. Wenn er nur heil wieder nach Hause kommt!

Im Mai 1943

Bereits vor zwei Wochen hat sie die Aufforderung erhalten, sich zum verpflichtenden Dienst in der Klöckner-Humboldt-Deutz AG einzufinden. Leider kann sie sich nun nicht mehr mit ihrer Erkrankung herausreden.

In der Vormittagsschicht enden die Nächte früh. Erst durch die halbe Stadt, dann auf die andere Rheinseite, nach Deutz. Zuspätkommen wird geahndet. Wenn mal wieder Bomben gefallen sind, fährt die Bahn nicht. Oder nur ein Stück weit. Dann muss sie die restliche Strecke zu Fuß gehen. Sofern ein Durchkommen ist. Aber dieses Schicksal trifft nicht nur sie, es trifft alle. Nach der Ankunft im Werk geht es in die Umkleidekabinen. Raus aus der Straßenkleidung, rein in den blauen Anton. Keine Ringe, kein Schmuck. Haare zusammenbinden, Kopftuch drüber. Dienst von sechs Uhr bis sechzehn Uhr oder von vier bis zehn. Für die Nachtschichten sind nur die Fremdarbeiterinnen vorgesehen: Russinnen, Polinnen, Französinnen auch. Kontaktaufnahme ist strengstens verboten.

Gemeinsam mit vielen anderen Frauen steht Mucki an einem Transportband in der Verpackungshalle. Hier werden Ersatzteile für Militärfahrzeuge für den Versand vorbereitet. Die Arbeitszeiten sind lang, die Arbeit selbst ist anstrengend und öde. Doch weitaus schwerer haben die Fremdarbeiterinnen zu schuften, die an einem anderen Band stehen. Verhärmt und abgemagert sehen sie aus. Tragen unter ihren Kitteln kaum Kleider am Leib, die man als solche bezeichnen könnte, auch keine Strümpfe, trotz der zugigen Hallen, und nur klobige Holzschuhe. In die Kantine dürfen sie nicht. Wer beim Resteklauen erwischt wird, hat mit härtesten Strafen zu rechnen. Überhaupt scheinen sie kaum etwas Essbares zu bekommen. Auch kein Bad oder medizinische Versorgung.

Dieses Elend mit anzusehen, fällt vielen Arbeiterinnen schwer. Selbst jenen, die fest an die Minderwertigkeit der Ostrassen glauben.

»Das sind doch auch Menschen«, flüstert eine ehemalige BDM-Führerin Mucki zu. »Unterlegenheit hin oder her, aber man sollte sie nicht schlechter behandeln als Hunde«, sagt diese Frau, und Mucki beobachtet sie dabei, wie sie scheinbar versehentlich ihr Butterbrot auf dem Transportband liegen lässt.

Doch es gibt auch andere, die vollkommen ungerührt sind. Die noch die Nase rümpfen und schimpfen, dass sie selbst so hart anpacken müssen, weil die Ostweiber zu nichts in der Lage wären. Diese Arbeitsmaiden sind es auch, die den Fremdarbeiterinnen sofort die Schuld in die Schuhe schieben, wenn mal was schiefgeht. Besonders eine der Vorarbeiterinnen sticht Mucki unangenehm ins Auge. Ihr Name ist Herz, nur hat sie keines. Ständig lässt sie ihre Aggressionen an diesen armen Menschen aus. Die Frauen zittern vor ihr.

Hin und wieder kommt es vor, dass die Bänder stillstehen, weil der Nachschub ausbleibt. Eine willkommene Pause für Mucki und die anderen deutschen Arbeiterinnen, die sie zum Plausch nutzen. Den Fremdarbeiterinnen ist das Sprechen verboten. Sie haben schweigend zu warten, bis das Förderband wieder anrollt. Einmal lehnt sich eins der russischen Mädchen, schmal wie ein Schulkind, gegen einen Pfeiler, setzt die Füße dabei ein Stück weit vor. Sofort ist die Herz da und schlägt ihr ins Gesicht. Einmal, zweimal. Alles erstarrt. Mucki kann die Schläge regelrecht spüren, kann nicht verhindern, dass ihr die Tränen in die Augen schießen. In diesen Sekunden glaubt sie sich wieder in Brauweiler. Beim Verhör. Hat die herrischen Stimmen im Ohr, fühlt die Angst. Ihre Wangen brennen, die Hände zittern, und doch kann sie nichts tun. Sie spürt die Scham der anderen. An diesem Tag werden bei Schichtende keine Scherze gemacht.

»Diese Menschen, die die schwere Arbeit machen müssen, auch nachts, die kaum etwas zu essen bekommen, nicht richtig schlafen können, die nichts am Leib haben, nicht einmal Schuhe, die frieren müssen und sich nicht austauschen dürfen. Die dann noch geschlagen werden, ohne Grund!«, entrüstet sie sich gegenüber der Mutter. »Es erfordert schon eine gehörige Portion Willenskraft, dieses Elend zu ignorieren. Nur Unmenschen bringen das fertig. Und die Unmenschen sind nicht die, die sie hierher verschleppt haben!«

Der Mutter kann viel ertragen, selbst die grausamen Bilder, die sich nach jedem Bombenangriff bieten. Aber als Mucki ihr erzählt, dass sie einer Französin ihr Pausenbrot zugeschoben hat, bricht sie urplötzlich in Tränen aus und will sich gar nicht beruhigen.

Der Mai neigt sich dem Ende zu, der Frühsommer naht. Mucki freut sich auf das Wochenende mit Pablo. Die Gitarre lässt sie zu Hause. Ihr steht nicht der Sinn danach. Sie fahren raus bis Engelskirchen, machen sich von dort auf den Weg nach Ründeroth, treffen unterwegs Sam und Manitu aus Düsseldorf, die noch zwei Mädchen dabeihaben.

Am Abend sitzt sie mit Pablo Hand in Hand am Feuer, sie tauschen Küsse, lachen und singen gemeinsam mit den Düsseldorfer Freunden. Es ist fast so schön wie früher, und doch fehlen Ellie und die anderen, es fehlt die alte Unbekümmertheit. Auch mit Pablo ist es anders als erhofft. Irgendetwas fehlt. In der Nacht erzählt er ihr, dass er sich freiwillig zum Militärdienst gemeldet hat. Die Bedingung, um aus Brauweiler wegzukommen. Und einem möglichen Strafverfahren wegen bündischer Betätigung zu entgehen. Während sie noch eingesessen hat, ist er bereits wieder mehrmals auf Fahrt gewesen – es versetzt ihr einen Stich, als er das erzählt –, und dabei ist er nochmals geschnappt worden. Dabei hatte er doch unterschrieben, das zu unterlassen. »Jetzt hab ich die Kacke am Hals. Da ist mir das Militär lieber. Demnächst ziehen sie mich sowieso, also kann ich auch gleich freiwillig gehen. Tünn und Jonny haben das auch gemacht. Und wenn ich Urlaub hab, ziehen wir zwei wieder zusammen los. Mit den anderen. Einem Soldaten kann ja keiner verbieten, sein Mädel auszuführen.« Er zwickt sie lachend in die Seite.

Als Paar fahren sie heim. Als Paar verabschieden sie sich. Aber Mucki wird das Gefühl nicht los, dass sie sich so bald nicht wiedersehen werden.

Am folgenden Wochenende begleitet Mucki die Mutter, die ihre Wanderungen mit den Naturfreunden wieder aufgenommen hat. Schon länger hatte Mucki ihr zugeredet, sich wieder mit den alten Freunden zu treffen. Wem nütze schon ihr Alleinsein? Auch die Mutter darf einmal für ein paar Stunden das Elend um sie her vergessen.

Aus der Wanderung wird bald eine Erntetour: Alles, was irgendeinen Nährwert hat, wird gepflückt und ausgerissen. Brennnesseln, Melde, Giersch, Mädesüß, Löwenzahn. »Alles essbares Wildgemüse«, erklärt die Mutter denen, die nicht Bescheid wissen. Die Frauen freuen sich schon auf die Pilzsaison, dann gibt's noch mal ein schmackhaftes Zubrot. Überhaupt wird viel vom Essen geredet. Neuerdings sind ja sogar die Kartoffeln knapp. Jetzt gibt's ständig Ermahnungen, sie nur ja dünn genug zu schälen. Und wer hätte gedacht, dass sich sogar aus den Schalen Schmackhaftes zaubern lässt? Zum Beispiel ein Brotaufstrich, desses Rezept Mutters Freundin Irmchen parat hat.

Noch am selben Abend probieren sie's aus: Schalen durch den Fleischwolf drehen, etwas Paniermehl dazu, und – der Clou – das Ganze mit Heringslake vermengen. Heringe gibt's noch auf Marken. Die Lake sogar ohne.

»Das schmeckt wie etwas, das eigentlich gar nicht zum Verzehr geeignet ist«, findet die Mutter und zieht dabei ein so angewidertes Gesicht, dass beide lauthals lachen müssen.

»Der Hunger treibt's rein«, findet Mucki. In Brauweiler war sie Schlimmeres gewohnt.

Sie hat es lange hinausgeschoben. Doch an den Folgetagen hat sie Frühschicht und damit Gelegenheit, nach den alten Freunden zu forschen. Ellie ist zum Kriegshilfsdienst in eine Munitionsfabrik im Süddeutschen berufen worden, erfährt sie von deren Eltern. Kalinka arbeitet nach wie vor in der Ford-Kantine, doch sie hat gerade ein paar Tage Urlaub und ist nach Bad Ems gereist. Den schwersten Gang hebt sie sich als letzten auf: Wo ist Peggy? Seit ihrer Verhaftung hat sie von ihr nichts mehr gesehen. Genau genommen schon Tage zuvor nicht. Ist sie bei einer der anderen

Gruppen gewesen, die verhaftet worden waren? Lässt sie sich einfach nicht mehr blicken, warum auch immer? Oder ist ihr etwas zugestoßen? Unweigerlich drängt sich ihr ein Bild auf: Die Leichenberge vor dem getroffenen Hochbunker. Viele bis zur Unkenntlichkeit verbrannt. Nein, nicht Peggy! Mucki fasst sich ein Herz und fährt zu Peggys Großeltern nach Deutz.

»Gertrud!« Oma Wiesner erkennt sie sofort. »Was für eine Überraschung! Eine richtige junge Dame bist du jetzt.« Sie selbst scheint steinalt geworden zu sein. Mucki wird hereingebeten, lässt sich ein Glas Wasser mit einem Schuss Johannisbeersaft vorsetzen. Erfährt, dass Opa Wiesner im Krankenhaus liegt. Es steht wohl nicht gut um ihn.

»Wo ist Peggy?«, wagt sie endlich zu fragen.

»Peggy?« Oma Wiesner scheint nicht zu begreifen. »Wer ist das?«

»Margret«, korrigiert sich Mucki. »Wo steckt Margret?«

Oma Wiesner antwortet nicht sofort. Sie schaut auf ihre knotigen Hände, die auf der Tischplatte ruhen, blickt dann zum Fenster hin, sagt schließlich mit flacher Stimme: »Ich weiß nicht, wo sie ist, Gertrud. Wir haben schon ewig nichts von ihr gehört.«

»Sie … sie wohnt nicht mehr hier?«, fragt Mucki irritiert.

Oma Wiesner schüttelt den Kopf. Margret sei immer seltener nach Hause gekommen und schließlich ganz weggeblieben. Mehr könne sie nicht sagen. Vielleicht will sie es auch nicht, denkt Mucki, doch sie spürt, dass sie nichts mehr erfahren wird. Sie trinkt ihren Saft aus, drückt der Alten zum Abschied die Hand. Wünscht Opa Wiesner gute Besserung und bittet darum, Grüße auszurichten, auch im Namen der Mutter.

Anschließend fährt sie nach Ehrenfeld, zum Alpener Platz, aber dort sind nur ein Haufen Kinder. Viel jünger jedenfalls als sie selbst. Die anderen treffen sich jetzt am Körnerbunker, doch auch dort gibt es keine Spur von Peggy. Aufgewühlt und traurig kehrt Mucki nach Hause zurück, wo sie die Mutter zu ihrer Überraschung in außergewöhnlich guter Stimmung antrifft.

»Ganz Deutschland macht Urlaub in diesem Sommer. Wir auch! Wir fahren an den Ammersee!«, verkündet sie freudestrahlend. »Jetzt rollen die Räder ausnahmsweise mal nicht für den Sieg. Jetzt rollen sie fürs Vergnügen. Irmchen hat schon alles in die Wege geleitet.«

Der Bahnhof ist so überfüllt mit Sommerfrischlern, dass man glauben könnte, es gäbe kein Morgen mehr. Aber vielleicht ist genau das der Grund für das allgemeine Reisefieber. Wer weiß, wann es noch möglich ist. Also rein in den nächsten Zug und ab ins Vergnügen. Sich einfach taub stellen, wenn es heißt, dass Privatfahrten einzuschränken sind. Man schränkt sich schließlich schon genug ein. Nicht einmal die vielen Luftalarme lassen die Menschen offenbar zurückschrecken. Luftalarm gibt es zu Hause schließlich auch.

Der Zug, der sie in den Süden bringen soll, ist so überfüllt, dass sie nur einen Stehplatz bekommen. Aber das macht Mucki nicht viel aus. Wieder einmal reisen zu können, die Aussicht auf Urlaub, auf Freiheit und Unbeschwertheit macht alle Unbequemlichkeiten wett.

GERTRUD

Dienstag, 6. Juli 1943

Schön war's am Ammersee. Mehr Worte braucht man nicht darüber zu verlieren. Auch Essen und Trinken gab es dort noch reichlich. Wir konnten uns wunderbar erholen.

Leider hält die Erholung nicht lange an, denn als wir nach Hause zurückkehren, liegt Köln in Schutt und Asche. Noch weit schlimmer als zuvor, selbst wenn das kaum vorstellbar ist. Am 29. Juni hat es einen infernalischen Angriff auf die Stadt gegeben. Tausende Tote sind zu beklagen. Noch immer herrscht Fassungslosigkeit.

Doch inmitten des Unglücks haben wir Glück: Das Haus in der Boisseréestraße ist nahezu unversehrt. Fast als einziges. Später gehe ich zu Grohls rüber. Ihr Haus ist nicht mehr da. Stattdessen nur eine verkohlte Ruine. Ich mag es kaum glauben. Sehe Grohl noch vor mir, mit Zeitung und Morgenkaffee. Ich höre das Papier rascheln, die Standuhr schlagen; höre, wie er den Zucker in seiner Tasse verrührt. Es kann nicht sein, denke ich. Es kann nicht sein, dass alles weg ist. Nebenan wühlt ein Mann in den Trümmern seines Hauses nach Habseligkeiten. Grohl ist tot, erfahre ich von ihm. Die Alte auch. Kein Likör mehr für sie. Und für mich keine Arbeit mehr. Dazu kaum noch etwas zu essen im Haus. Nicht mal Kartoffelschalen, nur Heringslake.

Mucki und ich ziehen gemeinsam los, um zu sehen, wo wir noch etwas auftreiben können. Der gleißend helle Sommertag lässt die Zerstörung unerträglich erscheinen. Doch nach einer Weile finden wir tatsächlich einen geöffneten Laden, gehen erwartungsvoll hinein. Ehe ich den Mund aufgemacht habe, sagt der Verkäufer: »Alles, was Sie wollen, gibt es nicht.«

Auf der Straße spricht Mucki einen alten Mann an. »Können Sie uns sagen, wo hier Brot zu bekommen ist?«

Der Alte mustert uns lange. »Haben Sie Mut?«, fragt er schließlich zurück. Wir schauen einander an, nicken zuversichtlich. »Kommen Sie mit! Ich zeig Ihnen was.« Der Alte humpelt voran, und wir folgen ihm. Er führt uns durch einen zerbombten Straßenzug. Je weiter wir gehen, desto schlimmer wird der Brandgeruch. Nichts ist hier unversehrt geblieben. Merkwürdig, wie schnell man vergisst, wie die Gegend zuvor aussah, muss ich denken. Ich bin mir nicht einmal sicher, wo genau wir sind. Doch, jetzt weiß ich es wieder. In der Parallelstraße hatte Dr. Schemel seine Praxis, der Arzt, bei dem ich früher in Behandlung war, bevor er fluchtartig das Land verlassen musste. »Dort an der Ecke, der Kolonialwarenladen.« Der Alte hebt den Arm, zeigt auf die rußgeschwärzte Ruine. Richtig, der Kolonialwarenladen. An den erinnere ich mich.

»Was soll da schon zu holen sein?«, fragt Mucki enttäuscht, doch wir gehen trotzdem hin.

»Sehen Sie nach! Unten, im Keller!« Der Alte deutet auf zwei Gitterfenster. Das Glas dahinter ist zerbrochen, die Eisenstangen des linken Fensters abgerissen. Ich trete ganz nah heran, bücke mich. Erkenne erst einmal gar nichts in der Düsternis, doch langsam nimmt das Dunkel Konturen an. Dort liegt etwas. Säcke vielleicht. »Ich vermute, es ist was Essbares«, sagt der Alte. »War mal das Warenlager da unten.« Falls dort etwas zu holen ist, will er natürlich seinen Anteil haben, wird mir jetzt klar. Allein schafft er es nicht mit seinem steifen Bein, also muss er wohl oder übel teilen. Wir haben zwei Beutel dabei und einen Korb. Er kramt zwei große Stofftüten aus seinen Manteltaschen. Mucki erklärt sich bereit, in den Keller einzusteigen.

»Sie wissen schon, dass es gefährlich ist, Fräulein?« Der Alte mustert sie skeptisch.

»Hungern ist auch gefährlich«, antwortet ihm Mucki, während sie die Fensteröffnung genauer unter die Lupe nimmt. Mir wird ganz mulmig zumute. Jeden Moment können die verkohlten Balken nachgeben, kann die Decke einstürzen. Wir schauen uns um, vergewissern uns, dass niemand in der Nähe ist. Dann zerre ich das Gitter nach oben, und Mucki schlüpft hindurch. Sie zwängt sich durch die Öffnung, Beine voran, lässt sich hinabgleiten. Ein Plumps, ein Scheppern. »Alles in Ordnung?«

»War nur eine Ölkanne.« Wir hören sie dort unten rumoren. »Mehl!«, ruft sie plötzlich herauf. »Es ist Mehl.« Volltreffer! Der Alte und ich schauen uns an, lachen beide vor Begeisterung. »Das andere … bah!« Ich höre sie ausspucken. »Ich glaube, das ist Muckefuck, aber ungemahlen. Malzkaffee.« Auch den können wir brauchen.

»Kriegst du die Säcke hochgehoben?«, erkundigt sich der Alte. Wieder ein Rumpeln.

»Mist! Einer ist gerissen. Hier ist alles ziemlich angekokelt.« Mucki erscheint unterhalb der Fensteröffnung, und wir reichen ihr die Tüten herunter.

Ich will sie fragen, ob sie etwas zu schaufeln hat, da knackt es plötzlich im Gebälk. Es klingt wie ein langes, rasselndes Ausatmen, als wollte das Haus nun endgültig sein Leben aushauchen. Mein Herz galoppiert. »Komm sofort raus, Mucki!«

Stille.

»Hier ist ein Blumentopf«, höre ich sie sagen. »Damit wird's gehen.«

»Beeil dich!« Ich kann nicht mehr ruhig bleiben, trete von einem Bein aufs andere, presse die Hände zusammen. Endlich reicht sie die erste Tüte heraus. Wieder knirscht es im Gebälk. Ein Schreckenslaut von unten.

»Was ist?«

»War nur Putz von der Decke.« Schaufelgeräusche. Endlich die nächste Tüte. Dann noch eine. Wieder ein Knarzen.

»Raus mit Ihnen!«, bellt der Alte.

»Aber hier ist noch –«

»Raus da, schnell!« Er brüllt jetzt fast. Muckis Gesicht erscheint wieder unterhalb des Fensters. Ich knie mich auf den Boden, strecke ihr die Hand hin. Sie hat Mühe, sich hochzustemmen. Ich habe Mühe, sie zu halten. Der Alte kommt mir zur Hilfe, beide zerren wir an Muckis Hand. Und keinen Moment zu früh. Sie ist noch nicht draußen, als ein Balken niederkracht und die Kellerdecke nachgibt. Es knirscht und prasselt. Mucki zwängt sich durch die Fensteröffnung, schafft es zurück auf die Straße. Eiligst bringen wir uns und die Säcke in Sicherheit.

Mucki ist ganz schwarz im Gesicht, und sie riecht penetrant nach Rauch. Alles riecht danach. Auch das Mehl hat einen beißenden Brandgeruch, scheint aber genießbar. Der Alte lacht vor Freude in sich hinein. Eine lohnende Ausbeute! Schwer bepackt gehen wir unserer Wege. Für ein Weilchen werden wir nun wieder über die Runden kommen.

Mittwoch, 21. Juli 1943

Mitten in der Nacht klopft es an der Tür. Gestapo, denke ich und schrecke hoch. Auch Mucki sitzt bereits hellwach im Bett.

Wieder klopft es, energisch, drängend, aber gleichzeitig verhalten. Christel ist es nicht, die ruft immer gleich mit dünnem Stimmchen. Wer da auch klopft, will die Nachbarschaft nicht wecken.

Ich taste nach den Schwefelhölzern auf dem Nachttischchen, lege schützend die Hand um die Flamme, bis der Kerzendocht Feuer gefangen hat. Bedeute meiner Tochter, leise zu sein. Stehe auf, werfe mir meinen Mantel über, gehe, um zu öffnen.

Vor der Tür steht Elke, in Nachthemd und Mantel. Völlig außer Atem.

»Elke!«, flüstere ich. »Was ist los?« Ohne mir zu antworten, schlüpft sie durch die Tür. Sie trägt einen kalten Lufthauch mit sich, geschwängert von Zigarettenrauch und dem Duft ihres Parfüms. Ich führe sie direkt ins hintere Schlafzimmer, weil man uns hier nicht so leicht hören kann.

»Bin den ganzen Weg gerannt, von der Weiherstraße bis hierher«, verkündet Elke schnaufend. »In diesen scheiß Pantoffeln!« Sie deutet vage auf ihre Füße, die in etwas Plüschigem stecken.

»Was ist denn passiert?«

»Ihr müsst weg! Sofort! Nehmt eure Luftschutzkoffer und haut ab!«

Ich sage erst einmal nichts, trete nur zu Mucki, die zitternd und mit hochgezogenen Knien im Bett hockt, lege ihr beruhigend die Hand auf die Schulter.

»Ihr müsst raus aus der Stadt! Euch bleibt keine Zeit!« Elke schlägt die Arme um sich, tritt unruhig auf der Stelle.

»Was ist denn? Warum –«

»Gertrud, es ist keine Zeit zum Reden«, unterbricht sie mich barsch. »Ihr steht auf der Liste, Mucki und du. Sie kommen euch holen.«

»Aber … woher weißt du …?«

»Von Klaus, zum Kuckuck, meinem SS-Mann! Er ist extra rumgekommen, um's mir zu sagen. Dass ich euch warnen soll. Aber jetzt macht hinne! Sie können jeden Moment hier sein.« Sie greift nach dem Pullover, der über der Stuhllehne hängt, wirft ihn Mucki zu. »Nun los doch, Mädchen! Zieh das an!« Sie lässt die Trikothose folgen. »Schnell, schnell! Rein in die Klamotten!«

Ich starre Elke an. Denke fieberhaft nach. Ist ihr zu trauen? Kann das eine Falle sein? Aber was sollte diese Person davon haben, uns in die Irre zu führen, wo sie sich doch gerade selbst in Gefahr bringt?

»Weshalb wollen sie uns verhaften?«, frage ich und zwinge mich, ruhig zu bleiben.

»Flugzettel. Es geht um irgendwelche Flugzettel. Ihr sollt da mit drinhängen, vor allem deine Tochter.« Ihr Blick fliegt zu Mucki hinüber. »Du bist doch eine von den Edelweißpiraten, oder? Ach, was frag ich überhaupt! Sie glauben, dass du's bist, und fertig.« Elke geht einen Schritt rückwärts, späht in Richtung Tür. Sie hat Angst, wirklich Angst, das ist ihr deutlich anzumerken. So habe ich sie noch nie gesehen. Mitgefangen, mitgehangen, wird es heißen, falls man uns erwischt. Da wird ihr auch ihr Klaus nichts nützen. Im Gegenteil: Wenn sie auffliegt, ist er womöglich mit dran.

»Wir müssen weg, Mama! Sofort!« Mucki lässt sich schneller überzeugen als ich.

Ich zögere immer noch, atme tief durch. »Also gut«, höre ich mich sagen. »Hauen wir ab!«

Während wir uns eilends fertig ankleiden – so ziemlich jedes Kleidungsstück, das wir noch besitzen, wird in Zwiebelschichten übereinandergezogen –, greift Elke sich einen Einkaufsbeutel vom Haken. Mit einem Armschwenk über den Waschtisch bugsiert sie sämtliche Hygieneartikel in die Tasche. Sie öffnet eine Schublade – die, aus der ich einmal die Salbe für ihre wunden Fingerkuppen genommen habe –, schaufelt mit beiden Händen den Inhalt in die Tüte, reißt eine weitere Schublade auf, zerrt Schlüpfer und Büstenhalter heraus.

»Los, los!«

Ich gehe zum Büfett, ziehe die Lieblichsten Landschaften Deutschlands hervor.

»Gertrud! Doch keine Bücher!« Elke klingt ehrlich entsetzt. Ich höre nicht auf sie, stecke den Wälzer ein. Dann schlüpfe ich in meine Schuhe, stülpe mir meinen Hut über.

»Fertig!«

»Seht zu, dass ihr euch bis Kalscheuren durchschlagt. Von da gehen Güterzüge in Richtung Süden.« Elke ist schon auf dem Sprung zur Tür.

»Elke … ich … ich weiß nicht, was ich sagen soll.«

»Lass gut sein!« Sie kniept mir noch einmal zu, drückt uns mit beiden Händen die Daumen – und weg ist sie. Wenige Sekunden später folgen wir ihr. Finden uns auf der Straße wieder. Mitten in der Nacht. Haben nun keine Wohnung mehr. Keine Heimat. Nichts.

Doch es bleibt keine Zeit zu trauern, dazu sind wir ohnehin viel zu aufgeregt. Ich fahre erschrocken zusammen, als in der Nähe ein Hund anschlägt. Vor ein paar Augenblicken hat er schon einmal gebellt. Das galt wohl Elke. Vielleicht aber auch dem Mond, der majestätisch über der Stadt steht, so klar und erhaben, dass der Mensch sich nur schämen kann über die Wüstenei, die er hier unten anrichtet.

MUCKI

Im Juli 1943

Bis nach Kalscheuren sind es mindestens acht Kilometer. Bald werden Mucki die Arme schwer. Sie konnten zwar nicht viel mitnehmen, doch auch das Wenige wiegt, wenn man es die ganze Zeit tragen muss. Dazu schwitzen sie in ihren Sachen. Beide atmen erleichtert auf, als sie ihr Ziel noch vor Tagesanbruch erreichen. Was nun? Nach einigem Zögern entscheiden sie sich für einen der Waggons auf den hinteren Gleisen.

Sie sind gerade dabei, ihr Gepäck in das Bremshäuschen zu schaffen, als wieder ein Hund anschlägt. Einen Wimpernschlag später schneidet ein scharfer Lichtstrahl durch das Gelände. Nur schnell wieder die Leiter herunter. Die Mutter lässt ihre Tasche fallen, stürzt um ein Haar hinterher, kann sich gerade noch fangen, erreicht den Boden. Nun springt auch Mucki.

»Steh'n jeblieben!« Knirschende Schritte auf dem Schotterbett, dazu Hundehecheln. Sie stehen da wie erstarrt. Die Schritte sind jetzt fast bei ihnen, der Hund knurrt gefährlich. Ein Schwenk, und der Lichtstrahl trifft ihre Gesichter. Blendet sie so sehr, dass sie die Arme hochreißen. »Keine Bewejung, sonst lass ich den Köter los!« Die Stimme klingt alt und brüchig, aber entschlossen. »Is' da noch wer außer euch zwei?«

»Nein, nur wir beide!«, beeilt die Mutter sich zu sagen. »Bitte! Wir haben nichts verbrochen. Wir sind ausgebombt und wollen raus aus der Stadt.«

»Aus, Hasso! Sitz!«

Der Hund verstummt. Die Lampe senkt sich ein wenig, und die Person dahinter wird sichtbar. Ein Bahnwärter. Nur ein Bahnwärter mit seinem Schäferhund, versucht Mucki sich zu beruhigen, obwohl die Gefahr nicht gebannt ist. Im Gegenteil.

»Ausjebombt, und ihr schleicht euch fott wie Jesindel?« Sein Ton lässt keinen Zweifel daran, dass er ihnen nicht glaubt.

»Wir sind kein Gesindel, aber wir müssen weg aus Köln«, erklärt die Mutter scheinbar gefasst. Der andere schweigt einen Moment, scheint mit sich zu ringen.

»Na jut. Ich hab nix jeseh'n. Aber nehmt den da drüben!« Er deutet auf ein anderes Gleis. »Der Zoch jeht als erster 'rus.« Wieder beginnt der Hund zu knurren. »Aus, Hasso!«

Von Dank will der Mann nichts hören, lässt sie einfach stehen und stapft davon. Sie können nur hoffen, dass er Wort hält. Wieder zurück, über die Gleise, hin zu den anderen Waggons. Wieder wählen sie einen, der ein Bremshäuschen hat, klettern eilig hinauf. Als sie ihr Gepäck verstaut haben, bleibt für sie selbst kaum noch Platz. Dann heißt es warten. Und tatsächlich: Im ersten zaghaften Morgenlicht rollt der Zug an. Der Bahnwärter hat sie nicht belogen.

Sie fahren durch Eifel und Hunsrück, dann weiter in Richtung Süden. Stunde um Stunde vergeht. Vor Erschöpfung schlafen sie immer wieder ein, schrecken auf, versuchen vergebens, eine bequemere Position zu finden. Irgendwann quält der Hunger.

»Unser schönes Räuchermehl!«, klagt Mucki. »Da haben wir uns so abgemüht, und jetzt ist alles für die Katz.«

Die Mutter kramt den Proviant hervor, den sie noch schnell eingepackt hat: einen Kanten Brot, ein Stück Hartwurst, Kunsthonig, der ihnen die Hände verklebt, kalten Tee. Sie essen und trinken schweigend.

»Was machen wir mit unseren Papieren?«, fragt sie schließlich.

»Sind den Bomben zum Opfer gefallen«, antwortet Mucki trocken.

»Du meinst …?«

»Genau. Wir vernichten sie. Am besten jetzt gleich. Eine bessere Gelegenheit werden wir nicht finden.« Sie kramen ihre Papiere hervor, zerreißen sie in kleinste Fetzen und lassen sie vom Fahrtwind wegtragen. Auch das wäre erledigt. Die zwei Gertruds gibt es nicht mehr.

Einmal bleibt der Zug mitten auf der Strecke stehen. Bombenalarm. Es ist bereits später Nachmittag, als er in einen Bahnhof einrollt. Sie beschließen, sofort auszusteigen, ehe man sie erwischt. Hieven eilig ihr Gepäck herunter, marschieren mit steifen Gliedern auf das rote Bahnhofsgebäude zu. Riedlingen, lesen sie. Vorn bei der Lokomotive stehen einige Bahnbedienstete beisammen, nehmen jedoch keine Notiz von ihnen. Auch die drei Reisenden, die in der gegenüberliegenden Fahrtrichtung auf ihren Anschluss warten, scheinen sie nicht zu bemerken.

Der Grund für das Desinteresse bleibt ihnen nicht lange verborgen: In diesem Ort tummeln sich bereits jede Menge Evakuierte und Kriegsflüchtlinge. Ein Mann weist ihnen den Weg zum Bürgermeisteramt, wo sie den Verlust ihrer Papiere melden. Man könne ihnen vorläufige Ersatzpapiere ausstellen, erfahren sie. Sie sollen morgen wiederkommen. Übernachten könnten sie in einer Scheune am Ortsrand, erklärt ihnen der zuständige Beamte.

Die Scheune ist voll. Hier liegt alles neben- und durcheinander. Wasser gibt es nur an einem Hahn im Hof. NSV-Frauen verteilen Suppe in Blechtellern, gießen aus großen Kannen Früchtetee in Emaillebecher. Hauptsächlich Frauen und Kinder sind hier, ein paar alte Leute auch, viele aus dem Ruhrgebiet.

»So viele Menschen«, sagt die Mutter wie in Gedanken, und dann sagt sie es noch einmal.

Am nächsten Morgen gehen sie wieder zum Bürgermeisteramt, bekommen tatsächlich vorläufige Ausweise ausgestellt. Echte Papiere für erfundene Identitäten. Ein merkwürdiges Gefühl, plötzlich nicht mehr man selbst zu sein, findet Mucki. Die Mutter heißt jetzt Mathilde, weil das auch ein französischer Vorname ist und ihren Akzent erklärt. Als Gegengewicht hat sie sich den Nachnamen Schmitz ausgedacht. Mit dem kann man nichts falsch machen, glaubt sie. Mucki hatte mit dem Gedanken gespielt, sich den Namen Peggy zu geben, die Idee aber dann verworfen. Zu gewagt. Schließlich hat sie sich auf Margret verlegt. Margret Schmitz. Davon gibt es sicher Tausende.

Sie kehren in die Scheune zurück, doch zwischen all dem Gewusel, Geheul und Gelärme halten sie es nicht lange aus. »Lass uns einen Spaziergang machen«, schlägt die Mutter vor, und Mucki erklärt sich einverstanden. Es gibt ohnehin nichts zu tun.

Sie steuern die Richtung an, aus der sie eben gekommen sind, doch irgendwann biegt die Mutter in eine Seitenstraße ein und schwenkt dann nach links, als hätte sie ein Ziel. Sie folgen einem Pfad, der zwischen zwei Häusern aufs freie Feld hinausgeht. Dort brennt ein kleines Feuer. Weit und breit ist niemand zu sehen. Die Mutter steuert auf das Feuer zu, schaut sich nochmals prüfend um. Dann zieht sie etwas Sperriges unter ihrem Mantel hervor und wirft es in die Flammen. Es sind die Lieblichsten Landschaften des Deutschen Reiches, wie Mucki in diesem Moment aufgeht.

»Was tust du da?«, fragt sie erschrocken, doch die Mutter bückt sich nur stumm nach einem Ast, schiebt damit die Glut zusammen. Sieht schweigend zu, wie ihre über Jahre zusammengetragenen Gedanken in Rauch aufgehen. »Aber warum?« Mucki ist zum Heulen zumute. Sie sieht die Mutter vor sich, im Schein der Petroleumlampe sitzend. Erst in der großen Wohnung in der Görresstraße, dann in dem Zimmerchen unterm Dach, schließlich in der Boisseréestraße. Das Schreiben war untrennbar mit ihrem Leben verbunden, mit dem der Familie Kühlem.

»Es muss sein«, erklärt die Mutter seufzend. »Diese Hefte sind brandgefährlich.«

Wie recht sie damit hatte, wird bereits am nächsten Morgen deutlich. Polizeikontrolle. Zwar begegnet man ihnen halbwegs zuvorkommend, aber beiden ist klar, dass es auch anders hätte laufen können. Hätte man ihr Gepäck durchsucht, wären sie dran gewesen.

»Hier wird mir das Pflaster zu heiß«, sagt die Mutter. »In diesem Ort tummeln sich einfach zu viele Leute.« Sie beschließen, noch am selben Tag weiterzuziehen, fahren mit einem Bummelzug nach Sigmaringen.

»Was für eine schöne Stadt!«, lobt die Mutter voller Bewunderung. Und dann sagt sie, dass sie nicht mehr kann. Sie hat sich Blasen gelaufen auf dem Weg nach Kalscheuren, die inzwischen auch noch aufgegangen sind. Sie pausieren auf einer Bank, und die Mutter verpflastert ihre Wunden. Mucki schaut sich unterdessen in der Gegend um und entdeckt in einem Innenhof zwei

Leiterwagen. So einen könnten sie jetzt brauchen. Kurz entschlossen klopft sie an der Haustür. Eine junge Frau öffnet ihr, nur wenig älter als sie selbst. Kurz darauf zieht Mucki das Leiterwägelchen vom Hof, im Tausch gegen Mutters Rauchblaues. Ihr wäre es lieber gewesen, etwas von sich herzugeben, aber die junge Frau hatte nur das Rauchblaue gewollt.

»Man muss loslassen können«, meint die Mutter achselzuckend. »Noch so eine Lektion fürs Leben.«

Auch in dieser Stadt ist schwer unterzukommen, wie sie bald bemerken müssen. Alles belegt, teilt man ihnen an der zuständigen Stelle im Rathaus mit. Die Mutter droht, das Büro nicht mehr zu verlassen und gleich hier unter seinem Schreibtisch zu kampieren, worauf der Beamte höchst widerwillig eine Adresse herausrückt. Bei der sollten sie es versuchen. »Können Sie zahlen?«, erkundigt er sich säuerlich.

»Selbstverständlich.« Die Mutter reckt das Kinn in die Höhe. Noch immer strahlt sie diese Würde aus, bemerkt Mucki bewundernd.

Es ist nicht einfach, die angegebene Adresse zu finden, die Erklärung war verwirrend. Immerhin macht sich das Wägelchen bezahlt. Nach einer halbstündigen Suche stehen sie vor einem gepflegten Haus mit üppig bepflanzten Blumenkästen. Man scheint sie bereits zu erwarten, denn sofort geht die Tür auf, und eine Frau ruft ihnen zu: »Hier könnt's ned bleibe! Mir hebbet scho zwei Familie. Die eine isch heut erscht ankumme.« Die Tür fliegt zu. Mucki und die Mutter schauen einander ratlos an. Was nun? Enttäuscht machen sie kehrt. Ein Mann, der gerade aus dem Nachbarhaus getreten ist, hat die Szene beobachtet.

»Hier rüber!«, ruft er ihnen zu und deutet auf seinen Pritschenwagen. »Ich nehm euch mit!« Überrascht und dankbar folgen sie der Einladung. Er ist ihnen beim Aufladen des Leiterwägelchens behilflich, dann klettern sie selbst auf die Ladefläche.

»Vielleicht können wir bei ihm unterkommen«, hofft Mucki, als der Wagen losrumpelt. Sie malt sich aus, in einem dieser schönen Häuser zu wohnen, mit Blumen vor den Fenstern und viel Platz darin.

»Wir werden sehen.« Die Mutter scheint sich ihren Optimismus abgewöhnt zu haben. Sie rollen aus der Stadt, an der Donau entlang, dann lassen sie das Flusstal hinter sich. Es geht bergauf. In einem winzigen Weiler endet die Fahrt.

»Da wären wir.« Der Fahrer öffnet die Ladeklappe und ist der Mutter beim Aussteigen behilflich. Gemeinsam mit Mucki hebt er den Leiterwagen herunter. Neugierig schaut sie sich um: Schreinerei Kienzle. Das Schild prangt auf dem großen Holztor, vor dem sie stehen. Auch hier sieht alles geputzt und vollkommen unversehrt aus. Als gäbe es keinen Krieg.

Der Mann führt sie ein Stück die Straße herunter. Mucki erwartet mit Spannung, welches der wenigen noch verbleibenden Häuser es wohl sein wird, doch bald haben sie auch das letzte hinter sich gelassen, und er hat auf keines gedeutet. Die Straße führt nun durch freies Feld, hinter dem sich ein Waldgebiet den Berg hinaufzieht. Der Mann bleibt stehen, deutet nach oben, auf eine Wiese hoch oberhalb des Waldes.

»Da müsst's ihr 'nauf! Durch den Wald und denn rechts halten, immer dem Weg nach. Irgendwann seht's ihr dann schon den Hof. Da könnt ihr's versuchen.«

Die Mutter schaut Mucki an. In ihrem Blick liegt beinahe so etwas wie grimmiger Triumph. Man soll sich eben nicht zu früh freuen, scheint er zu sagen.

Unter anderen Umständen würde sie die Entfernung nicht schrecken, die sie zurückzulegen haben. Die Landschaft ist wunderschön. Aber sie sind erschöpft und hungrig, ihre Füße wund gelaufen. Wem ist da schon nach einer Wanderung zumute? Trotzdem bedanken sie sich höflich und ziehen los. Was bleibt ihnen auch anderes übrig?

Der Weg ist noch steiler als gedacht. Zwischendurch geht der Mutter die Puste aus.

»Setz dich auf den Wagen!«, fordert Mucki sie auf. »Ich zieh dich ein Stück.«

»Bin ich etwa ein Kleinkind?«, protestiert die Mutter, aber dann setzt sie sich doch. »Lass uns einen Moment verschnaufen.«

Mucki will nicht verschnaufen, sie will endlich wissen, wo sie unterkommen können. Entschlossen zieht sie den Leiterwagen an, und sie rumpeln weiter. Der Weg scheint nicht enden zu wollen. Doch irgendwann lichtet sich der Wald, sie durchqueren jetzt hügeliges, saftig grünes Wiesengelände. »Das muss der Hof sein.« Sie deutet nach vorn. »Einen anderen seh ich hier nicht.«

Wenig später rollt ihr Wägelchen unter dem ausladenden Geäst eines Walnussbaums hindurch. Breitbeinig, mit verschränkten Armen, steht der Bauer im Hof. Er muss sie bereits von Weitem bemerkt haben. Jetzt nickt er ihnen zu und mustert sie kritisch.

»Wollen Sie rüber in die Schweiz?«, fragt er mit gerunzelten Brauen. »Das brauchen Sie gar nicht erst zu versuchen.«

»In die Schweiz? Nein.« Die Mutter schüttelt den Kopf.

»Wir suchen eine Unterkunft«, beeilt sich Mucki zu sagen. »Dafür zahlen wir auch.«

»Bezahlen?« Der Bauer klingt amüsiert. »Das ist kein Hotel hier.«

»Bitte! Wir können nicht weiter. Nur für eine Nacht.«

»Na, dann kommen Sie.« Er führt sie ins Haus und gleich in die Küche. Eine alte Frau mit mausgrauem Gretchenzopf steht dort am Herd. Sie schaut überrascht auf, kommt herüber, reicht ihnen die Hand. Der Bauer stellt sie als Klärle vor, die Magd. Bald darauf sitzen sie alle gemeinsam bei Tisch, essen Brot, Käse, Schinken. Sogar echte Butter gibt es, wohl heimlich geschlagen. Selbst das Buttermachen ist ja inzwischen verboten, aber hier oben kümmert das offenbar niemanden. Sie trinken heiße, fette Milch mit einem Schuss Muckefuck, dann stellt der Bauer einen Selbstgebrannten auf den Tisch. Jeder bekommt ein Gläschen. Der Alkohol brennt im Hals und wärmt wohlig den Magen. Urplötzlich werden Mucki die Glieder schwer. Der Bauer stellt ihnen nicht viele Fragen. Erzählt nur, dass er den Hof gemeinsam mit seinem Sohn bewirtschaftet, der jetzt Soldat ist. Dass es schwierig sei, die Arbeit allein zu bewältigen, aber mit Jammern sei ja nichts erledigt. Das Vieh müsse eben versorgt werden.

Nach dem Essen führt er sie über den Hof und eine hölzerne Stiege hinauf. Über dem Kuhstall befindet sich eine Kammer, in der einmal der Knecht gewohnt hat. Dort könnten sie die Nacht über bleiben. Der Lokus sei unten im Kuhstall, teilt er ihnen noch mit, dann geht er wieder.

In der Kammer ist es warm. Sie liegt nach Süden hin und hat über den Tag die Sonne eingefangen. Unter der Schräge stehen Tisch und Stuhl. Daneben ein Waschtisch mit Rasierspiegel. Gegenüber ein Bett. Das Bett teilen sie sich.

Kaum haben sie sich hingelegt, fordert die Erschöpfung ihren Tribut. Sie schlafen tief und traumlos, trotz der Enge. Als sie sich am nächsten Morgen ins Wohnhaus vorwagen, ist der Bauer längst bei der Arbeit. In der Küche steht ein Frühstück für sie bereit: Brot, Butter, Marmelade. Klärle schlurft heran und bringt Muckefuck.

»Aber nein!«, wehrt die Mutter ab. »Bedienen lassen wir uns nicht. Wir können schon selbst laufen.« Nach dem Essen tragen sie das Geschirr ab, bieten an, den Abwasch zu machen, doch nun ist es Klärle, die das nicht zulassen kann. Sie sagt noch etwas, das sie nicht richtig verstehen, was sowohl am fremden Dialekt liegt als auch daran, dass sie kaum noch Zähne im Mund hat. Aber gemeint hat sie wohl, dass der Bauer draußen Hilfe brauchen kann. Und so ist es auch.

Nach ein paar Tagen winkt er Mucki und die Mutter auf den Dachboden. Gemeinsam wuchten sie eine schier zentnerschwere Matratze die Treppen hinunter, über den Hof und wieder hinauf in die Kammer. Auch einen zweiten Stuhl bringt er ihnen. Von da an ist klar, dass sie bleiben können.

Herbst 1943 bis Frühjahr 1945

Füttern, misten, melken, die Tiere hinaus auf die Wiesen treiben und wieder zurück in den Stall: Die Arbeit ist anstrengend und ungewohnt, doch sie geht ihnen mit jedem Tag besser von der Hand. Abends fallen sie todmüde ins Bett, aber es ist eine angenehme Art von Müdigkeit, eine, die Erholung auch zulässt. Der gleichbleibende Rhythmus von Schlafen und Wachen, Arbeit und freier Zeit tut ihnen gut. Und vor allem das Ausbleiben der Luftalarme. Keine Angriffe, keine Bomben. Hier ließe sich denken, der Krieg wäre vorbei. Oder er hätte nie angefangen.

Längst haben sie sich mit dem wortkargen Bauern arrangiert, den sie unter sich den Almöhi nennen, haben sich mit der halb blinden Klärle angefreundet, die froh über die Hilfe ist, obwohl sie sich erst daran gewöhnen musste.

Abends hocken sie manchmal alle in der guten Stube zusammen. Die Mutter stopft Strümpfe oder flickt Hemden, Mucki strickt dem Bauern einen Schal. Klärle legt die Hände in den Schoß und sieht dabei aus, als wäre das schon eine besondere Aufgabe für sie.

Der Bauer spricht Mucki und die Mutter mit Margret und Mathilde an, sie hingegen vermeiden jede direkte Ansprache, was ihm jedoch nicht aufzufallen scheint. Allmählich wird ihnen der Dialekt vertrauter, die Unterhaltungen bekommen etwas Ungezwungenes. Wenn ein Brief vom Sohn eintrifft, dem Soldaten, warten auch Mucki und die Mutter gespannt darauf, was er wohl schreibt, obwohl sie ihn nie kennengelernt haben. Die Mutter findet Spaß an der Landwirtschaft, nur die Kühe sind ihr nicht geheuer. Mucki auch nicht. Sie mag die Ziegen lieber und kümmert sich gern um die Tiere, doch sie hat auch oft Sehnsucht nach der Stadt, nach der Heimat. Der Winter will nicht enden.

Einmal kauft sie der Mutter in Sigmaringen ein Schulheft. »Damit du wieder schreiben kannst«, sagt sie dazu. Sie findet es noch immer traurig, dass die Mutter all ihre Aufzeichnungen verbrennen musste. Für sie fühlt es sich ein wenig wie Verrat an. Als wäre mit den Kladden auch ihr altes Leben in Flammen aufgegangen, die Erinnerungen an den Vater. Sie sprechen nicht oft über ihn. Der Schmerz sitzt zu tief, bei beiden.

Die Mutter bedankt sich zwar für das Heft, doch es dauert Wochen, ehe sie zum Stift greift. Draußen liegt immer noch Schnee, die Nächte sind nach wie vor lang. Da bleibt viel Zeit.

»Was soll ich aufschreiben hier oben?«, fragt sie Mucki. »Soll ich notieren, wie viel Liter Milch die Kühe gegeben haben? Oder dass Klärle mir einen alten Pullover zum Aufribbeln gegeben hat, damit ich mir einen neuen stricken kann?«

»Ich fand es immer schön, dich dasitzen und schreiben zu sehen«, erklärt Mucki wehmütig. »Vielleicht fällt dir ja bald etwas Schönes ein.«

»Möglicherweise hast du recht.« Die Mutter lächelt milde. »Es ist leichter, sein Leid zu klagen, als für das Gute dankbar zu sein. Wir sind untergekommen, wir haben Arbeit und Brot. Ich sollte vielleicht eine Gewichtstabelle anlegen und notieren, wie viel wir zugelegt haben.« Beide müssen sie lachen.

GERTRUD

Samstag, 21. April 1945

Der Bauer kommt sehr aufgebracht aus Sigmaringen zurück, wo er seinen Käse ausgeliefert hat. Dort geht das Gerücht, die Franzosen seien im Anmarsch auf die Stadt.

»Aber sie sind doch schon da«, widerspreche ich. Nach der Landung der Alliierten in der Normandie mussten die Braunen handeln und die Vichy-Regierung um General Pétain ins deutsche Exil verfrachten. Seitdem hausen sie im Sigmaringer Schloss; in Saus und Braus, wie man hört.

»Jetzt auch noch die von der anderen Sorte«, murrt der Bauer und stapft an mir vorbei ins Haus.

»Die Franzosen? Im Anmarsch auf die Stadt?« Mein Herz klopft plötzlich wie wild. Wenn sie es schaffen, Sigmaringen einzunehmen, ist es vorüber. Dann ist der Krieg für uns beendet. Wir wären wieder frei!

Doch ich weiß, dass der Bauer eine andere Sicht der Dinge hat. Bislang hat er sich nie mit Naziparolen hervorgetan, im Gegenteil. Auch er ist heilfroh, wenn der Krieg vorbei ist, zumal er immer noch um seinen Sohn bangen muss. Ich bin mir sogar sicher, dass er weiß, warum es Mucki und mich hierherverschlagen hat – oder es zumindest ahnt. Aber den Franzosen kann er nichts abgewinnen.

»Ich hab für mein Lebtag genug von denen!«, schmetterte er mir einmal in einem seiner seltenen Gefühlsausbrüche entgegen, im letzten September, als die Trikolore plötzlich vom Dach des Hohenzollernschlosses wehte. »Ich habe im Ersten Weltkrieg gekämpft und ihren Hass zu spüren bekommen!«, poltert er. »Dann der Versailler Vertrag, eine Zumutung! Bei euch da oben im Ruhrgebiet hatten die sich doch auch breitgemacht! Und jetzt hocken sie hier in unserem schönen Schloss, fressen sich fett und führen sich auf wie die Operettenkasper! Allein schon die Weiber, die sie mitgeschleppt haben: wie in den Tuschkasten gefallen!«

Für ihn besteht kein Unterschied zwischen den Speichelleckern der Vichy-Regierung und dem anderen Frankreich. Ein Franzos ist und bleibt ein Franzos. Der Erbfeind. Dass ich auch französisches Blut habe, vergisst der Bauer dabei, oder er blendet es aus.

Ich laufe ihm hinterher, schlage vor, zur Sicherheit einiges auf die Seite zu schaffen – Käseräder, Butter, Wertgegenstände. Auf die Idee ist er wohl auch schon gekommen, denn er macht sich sofort ans Packen. Bald haben wir alles von Wert auf einen Karren geladen und ziehen ihn zum alten Ziegenschuppen hinter dem Obstgarten. Wir schichten Heu und Stroh darüber, lagern zur Tarnung ein paar Gerätschaften davor, schließen die halbhohe Tür. Dann eilen wir zurück zum Haus, wo Mucki sich bemüht, die aufgeregte Klärle zu beruhigen. Doch der Tag vergeht, und es geschieht nichts. Falscher Alarm, wie es scheint. Der Bauer ist erleichtert. Ich bin mir nicht ganz im Klaren darüber, ob ich es auch sein sollte.

Sonntag, 22. April 1945

Beim Stallausmisten höre ich Motorengeräusche und eile nach draußen. Erblicke unten im Tal Militärfahrzeuge, die sich in schneller Fahrt nähern.

Ich rufe den Bauern, rufe nach meiner Tochter. Sage ihr, dass sie sich im Ziegenschuppen verstecken soll. Sie will nicht, doch ich bleibe hart. Sicher ist sicher. Kaum ist sie weg, hält ein Militärfahrzeug mit quietschenden Bremsen im Hof. Franzosen. Keine Nazi-Marionetten, richtige Franzosen!

»Vive la france!«, rufe ich ihnen entgegen. Nein, ich rufe nicht, ich brülle es heraus. »Vive la france! Vive la france!«

Zwei Soldaten springen aus dem Wagen, richten ihre Waffen auf uns. »Hände oben lassen!«, flüstere ich dem Bauern zu.

»Bloß die Hände oben lassen!« Sie treiben uns vor sich her, drängen uns gegen die Wand. Zwei oder drei weitere Männer beginnen den Hof zu durchkämmen. Ich ahne, dass sie nach versprengten Soldaten suchen, nach möglichen Heckenschützen. »Hier sind nur wir«, sage ich auf Französisch. »Sie werden sonst niemanden finden.« Der Soldat, der mich zurückgedrängt hat, ein schmaler, dunkler – Algerier vielleicht –, packt mich bei der Schulter, zieht mich zu sich herum. Ich wiederhole, dass sie außer uns niemanden finden werden. Nur die alte Magd in der Küche.

»Vous-êtes française?« Er starrt mir ins Gesicht.

»Oui, oui!«, antworte ich schnell. Heute bin ich Französin. »Vive la france!«

Sie wollen mich auf der Stelle mitnehmen. Ich kann gerade noch ein paar Sachen zusammenraffen. Für Abschiede bleibt keine Zeit.

»Ich komme wieder!«, rufe ich dem Bauern zu, dann rumpeln wir auch schon los. Geduld ist nicht die Stärke der Franzosen.

In schneller Fahrt geht es talwärts, weiter nach Sigmaringen. Als wir in der Stadt eintreffen, rasseln Panzer durch die Straßen, fallen Schüsse. Weiße Betttücher hängen vor den Fenstern der geputzten Häuser, die Kirchenglocken läuten. Auf dem Dach des Rathauses weht bereits die Trikolore.

Kaum angekommen, werde ich zügig ins Büro des Bürgermeisters geführt. Hinter dem Eichentisch thront jetzt ein Franzose – napoleonische Nase, hohe, fliehende Stirn –, das leibhaftige Klischee. Er steht auf, um mich zu begrüßen, stellt sich als Colonel Montigny vor, bittet mich höflich, Platz zu nehmen. Dann fragt er mich nach meinem Namen, und schon wird es kompliziert. Doch Montigny scheint mehr Geduld als seine Untergebenen zu besitzen. Er hört aufmerksam zu und lässt mich ausreden. Fragt nur hin und wieder nach, wenn ihm etwas unklar ist. Und so erzähle ich ihm von unserer Familie, von der Verfolgung durch die Nazis, vom Tod meines Mannes im KZ, von Muckis Internierung in Brauweiler, von unserer Flucht aus Köln. Von unserem Untertauchen unter Annahme falscher Identitäten. »Beweisen kann ich das alles nicht«, schließe ich. »Heute und hier zumindest nicht. Aber ich schwöre, es ist die Wahrheit.«

Darauf sieht er mich lange an. »Gut«, sagt er dann. »Ab heute sind Sie Bürgermeisterin.« Ab heute bin ich also Bürgermeisterin.

Montag, 23. April 1945

Meine erste Amtshandlung ist, mir einen anderen Stuhl zu besorgen. Ich mag nicht auf einem gedrechselten Thron sitzen, schon gar nicht, wenn ich die Füße nicht auf den Boden aufsetzen kann. Doch zum Sitzen bekomme ich vorläufig kaum Gelegenheit. Vom frühen Morgen bis in den Abend hinein bin ich unterwegs, es geht hierhin und dorthin und wieder zurück. Mir bleibt kaum eine Minute zum Durchatmen. Alles, alles muss geregelt werden: Unterkünfte, Verpflegung – nicht nur die der Besatzer, sondern auch die der Einheimischen und der Vertriebenen und Geflüchteten –, dazu der Umgang mit der Bevölkerung. Wer ist als Feind und Täter zur betrachten, wer hat sich zurückgehalten? Wer war NSDAP-Mitglied? Wer hat sich als solches besonders engagiert? Wen kann man außen vor lassen – wem ansatzweise vertrauen? Meine Rolle ist hauptsächlich die der Übersetzerin und Vermittlerin, wobei das Vermitteln der weitaus schwierigere Part ist.

Doch das Leben als kommissarische Bürgermeisterin hat auch seine Vorteile. Dank Colonel Montigny sind wir im besten Gasthaus der Stadt untergebracht. Die Zimmer sind sauber und freundlich, mit weichen Matratzen und richtigen Federbetten. Ich hatte schon fast vergessen, dass es so etwas gibt. Die Mahlzeiten nehmen wir unten in der Gaststube ein, wobei uns der Colonel oft Gesellschaft leistet. Zwar lässt er sich zum Essen stets Baguette von einem französischen Bäcker servieren, lobt die Küche des Hauses aber immer ausgiebig. Wir sind uns einig, dass die Köchin ihr Handwerk versteht. Nur für die Brezenknödel können wir uns beide nicht erwärmen.

»Das macht Ihr französisches Blut«, scherzt der Colonel.

Dienstag, 8. Mai 1945

Nun ist der Krieg also offiziell zu Ende. Sechs Jahre, nachdem wir ihn begonnen haben. Sechs lange Jahre!

Deutschland hat heute restlos kapituliert. Es dürfte selbst für die größten Fanatiker keine Überraschung mehr gewesen sein.

Am 30. April hat Hitler Selbstmord begangen, Goebbels einen Tag darauf. Die Nachricht war mir das Papier nicht wert, sie festzuhalten. Viel lieber wäre mir gewesen, die Herren hätten sich für ihre Taten verantworten müssen.

Aber der heutige Tag ist ein Freudentag. Wir dürfen uns wieder frei fühlen. Am Abend bringt der Colonel Champagner.

»Liberté, égalité, fraternité!« Es ist für uns alle ein großer Moment.

Sonntag, 10. Juni 1945

Die Zeit fliegt nur so dahin angesichts all der Arbeit, die hier in Sigmaringen auf mich wartet. Die Übersetzertätigkeiten übernimmt mehr und mehr ein frankophiler Lehrer aus Tübingen, Gondel mit Namen, sodass ich mich anderen Aufgaben widmen kann. Die Bürgermeisterstube, in der ich jetzt tagtäglich sitze, ist längst zur Beschwerdestelle geworden. Franzosen beklagen sich über die unwillige, unkooperative Bevölkerung, Sigmaringer beschweren sich über die anmaßenden Franzosen. Dazu fürchten sich viele vor ihnen.

»Die rücken hier an mit ihren Kolonialtruppen: Marokkaner, Tunesier, Algerier. All diese Fremdvölker! Wenn die hier in die Weinkeller einfallen –« Die Frauen ringen die Hände, weinen nicht selten. Von Vergewaltigungen und Misshandlungen ist die Rede, von Plünderungen auch. Ich verstehe ihre Sorgen. Auch ich hätte sie, wären Mucki und ich nicht ausnahmsweise einmal unter den Begünstigten. Wir stehen unter dem Schutz des Colonels. Uns krümmt man kein Haar.

Für böses Blut sorgen ferner die Einquartierungen.

»Die fallen ein in unsere Häuser, bis an die Zähne bewaffnet, mit ihren finsteren Mienen. Dazu diese stinkenden Maisblattzigaretten, die ihnen ständig im Mundwinkel klemmen. Als wäre ihr Gequassel nicht schon schwer genug zu verstehen. Und die Nase immer so hoch oben.« Die Frau, die das sagt, fährt sich mit dem Zeigefinger unter die eigene Nase.

»Wir wurden einfach rausgeschmissen«, klagt eine andere. »Wären wir nicht bei der Verwandschaft untergekommen, müssten wir jetzt auf der Straße leben!«

»Wir hausen jetzt in der Scheune, während die französischen Herrschaften sich in unseren Betten suhlen. Und was für Wünsche die haben!«

»Jeden Hasen, jedes Huhn, jede Gans und jede Ente haben die abgeschlachtet, als ob alle Tage Sonntag wär.«

»Wie die Vandalen wüten die in unseren schönen Stuben, brechen die Schränke und Schubladen auf, obwohl wir extra die Schlüssel stecken lassen haben.«

»Das kostbare Porzellan zerschlagen, die Fußböden ruiniert. Dazu erst der Dreck! Haben die denn bei sich zu Hause keine Kinderstube genossen?«

»Diese fürchterliche Marotte von denen, alle Zäune blau-weiß-rot zu streichen. Unser Haus ist doch kein Kindergarten!«

Einige sagen, sie könnten ja verstehen, dass jetzt allerhand requiriert werde. Man habe die Franzosen ja vorher auch ausgeplündert. Aber dass sie all die teuren Radios, die Fotoapparate, die Feldstecher einsammelten und dann einfach kaputt machten – wo liege denn da der Sinn? Dazu die Beschlagnahmungen: Wie solle man denn klarkommen ohne Kleidung, Bettwäsche, Handtücher?

Aber es sind nicht nur die Franzosen, die den Sigmaringern Sorgen bereiten. Es sind auch die vielen Flüchtlinge und Vertriebenen. Die müssten ja nun zusätzlich durchgefüttert werden, diese Bombenweiber mit ihrem losen Mundwerk und den eigenartigen Sitten. Von nichts eine Ahnung, aber auf alles spucken! Das wiederum wollen die »Bombenweiber« nicht klaglos zur Kenntnis nehmen. Wie Abschaum würden sie behandelt, erzählt mir eine junge Frau unter Tränen und hat dabei zwei kleine Kinder auf dem Schoß. Die Witwe, bei der sie untergebracht sei, schikaniere sie von morgens bis abends. Zweimal am Tag müsse sie den Gehweg vor dem Haus kehren, anschließend harken. Dauernd stehe die Wirtin unangemeldet im Zimmer. Ob sie daheim auch so hause, müsse sie sich fragen lassen. Im Haus dürfe sie nur Pantoffeln tragen. Aber wo solle sie die nun bitte schön hernehmen? Sie habe ja nicht einmal Strümpfe! …

Die Menschen beschweren sich übereinander und über alles und jeden, nur über sich selbst beschweren sie sich nicht. Und wenn sie fertig sind mit dem Beschweren, lehnen sie sich mit vor der Brust verschränkten Armen in ihrem Stuhl zurück, schauen mich giftig an und nehmen übel. Was will man von einer wie mir schon erwarten? Bin ja auch nur ein Bombenweib, dazu stecke ich mit den Franzmännern unter einer Decke.

Besonders unangenehm war mir der Besuch des braunen Bürgermeisters. Ich müsse ein gutes Wort für ihn einlegen, forderte er. Er habe uns ja nie so genau auf die Finger geschaut, in voller Absicht nicht. Damit habe er uns größte Unannehmlichkeiten erspart …

So geht es tagaus, tagein. Ich weiß selbst nicht, warum ich all das notiere. Vielleicht, weil mir der Kopf platzt, wenn ich es nicht irgendwo loswerde.

Der Colonel hat nur begrenztes Verständnis für die Nöte der Deutschen. Sie hätten sich früher überlegen sollen, dass es zu Unannehmlichkeiten führen könne, wenn man mit der ganzen Welt Krieg anzettele, sagt er. Zumal es ja nicht der erste gewesen sei. Auch er wäre lieber daheim bei Frau und Kindern. Was für seine Landsleute im Übrigen ebenfalls gelte.

Donnerstag, 30. August 1945

Die Tage sind so ausgefüllt, dass ich kaum Zeit zum Schreiben finde. Meist fehlt mir auch die Lust. Hier in Sigmaringen spielen sich die Dinge allmählich ein. Die Franzosen benehmen sich, die Sigmaringer gewöhnen sich. Einige der Besatzer zahlen jetzt sogar für Kost und Logis. Die ersten Tunesier und Marokkaner wurden an Familientafeln gesichtet. Manch ein Algerier, der irgendwo bei einer Familie untergekommen ist, trägt inzwischen entscheidend zu deren Überleben bei, indem er Brot und Fleisch ins Haus bringt.

Sogar Franzosen werden hin und wieder ins Herz geschlossen. Besonders die, die irgendwo vom Land kommen, die schüchternen, höflichen, hilfsbereiten.

Allmählich verlagern sich die Sorgen der Sigmaringer. Manch eine Mutter, die sich um die Sicherheit ihrer Töchter ängstigte, fürchtet jetzt, dass diese es mit der Völkerverständigung zu weit treiben könnten. Ganz von der Hand zu weisen sind die Befürchtungen nicht: Wenn ich aus dem Fenster schaue, sehe ich die hübschen badischen Mädchen um den Brunnen stehen und mit den schmucken französischen Sergents poussieren.

Auch die ausgedienten Hitlerjungen haben sich inzwischen neue Betätigungsfelder erschlossen und einen regen Schwarzhandel aufgezogen. Nicht selten muss ich den Eltern ins Gewissen reden, die dann so tun, als fielen sie aus allen Wolken.

Wie dem auch sei, die Arbeit wird nicht weniger. Viele Menschen sind tief getroffen und verbittert. Viele warten noch auf ein Lebenszeichen ihrer Ehemänner, Väter, Söhne. Viele haben viel verloren. Manche alles, sogar die Heimat.

MUCKI

Im Juni 1946

Nun sind sie schon fast zwei Jahre hier. Mucki hält es kaum noch aus vor Heimweh. Dazu langweilt sie sich.

Die Mutter genießt es, etwas Besonderes zu sein. Hier ist sie wer, zumindest in den Augen der Franzosen. Und immer hat sie alle Hände voll zu tun. Oft vergisst sie Mucki schlichtweg, und es scheint ihr nicht einmal aufzufallen. Dazu gefällt ihr die Landschaft. Wunderschön, sagt sie immer, und dass auch der Colonel dieser Meinung sei. Der Donaudurchbruch mit seinen weißen Kalksteinfelsen erinnere ihn an die Flusslandschaften seiner Heimat.

Mucki hat schon alles gesehen: Den Fürstlichen Park Inzigkofen mit Amalienfelsen und Teufelsbrücke, Burg Wildenstein, die Grotten, den Knopfmacherfelsen, Kloster Beuron. Selten hat die Mutter Zeit gefunden, sie zu begleiten. Sie findet auch nur selten Zeit, gemeinsam mit ihr den Bauern zu besuchen. Deshalb ist Mucki oft allein oben auf dem Hof und greift Klärle unter die Arme. Eine große Freude gab es dort auch: Der Sohn des Bauern ist wohlbehalten zurückgekehrt.

Ihr kommt es vor, als ruckelte sich das Leben für alle allmählich zurecht, nur für sie selbst nicht. Vor einigen Wochen hat sie an Ellie geschrieben. Nicht an die Kölner Adresse – nach allem, was man hört, würde Post dort vielleicht gar nicht ankommen. Auf gut Glück hat sie den Brief an Ellies Tante in der Eifel adressiert, bei der sie früher einmal eine gemeinsame Ferienwoche verbracht haben. Der Einfall hat sich als goldrichtig erwiesen. Nach einigen Wochen bekommt sie Antwort.

Ahoi, Caballero!

Mir fällt ein Stein vom Herzen, von Dir zu hören, Muckilein! Tatsächlich hast Du einen guten Riecher gehabt – seit wir aus-

gebombt wurden, leben wir bei Tante Trude. Ich glaube, langsam hat sie die Nase voll von uns, aber sie hält sich tapfer. Ich halte mich auch tapfer, doch ich zähle die Tage, bis ich wieder nach Kölle zurückkann! Die gute Landluft ist nun doch nichts für alle Tage.
Du fragtest nach Kalinka: Sie wird bald Mutter und hat ihren Jürgen geheiratet, einen Lokführer. Sie hat ihn zu der Zeit kennengelernt, als Du das Weite gesucht hast. Dir wollte sie auch eine Hochzeitskarte schicken, hatte aber keine Adresse. Jetzt wohnt sie in Poll bei Jürgens Eltern und schreibt mir immer fleißig. Ich soll Dich recht schön grüßen.
Du fragtest auch, wie's den anderen so geht: Mein Sepp ist in britischer Gefangenschaft, ebenso Tünn. Pietsch ist wieder daheim in Köln. Pablo auch. Omar wird noch vermisst. Bobby und Jonny – ich muss es Dir leider sagen, und wundere Dich nicht über die Flecken auf dem Papier, es sind Tränen –, sie sind beide gefallen. Im letzten Jahr, kurz vor Kriegsende. Es ist ganz furchtbar. Ich darf gar nicht weiter darüber nachdenken, sonst muss ich alles neu schreiben wegen der verschmierten Tinte.
Von Deiner Peggy weiß ich nichts. Aber das will nichts heißen, ich war ja nicht so eng befreundet mit ihr. Von vielen Leuten hört und sieht man nichts mehr, und dann stehen sie plötzlich vor einem. Ja, unser liebes Kölle. Es sieht schrecklich aus. Wenn Du zurückkommst, mach Dich auf das Schlimmste gefasst. Besser noch auf das Allerschlimmste. Aber Steine sind eben nur Steine, sage ich. Unsere Heimat, die ist ja trotzdem noch da.
Ich vermisse Dich und hoffe, Du kommst recht bald zurück. Dann klettern wir auf den Kilimandscharo und paddeln den Amazonas runter. Aber fürs Erste komm wieder.
Ach, ich möcht zo Foß nach Kölle jon! Geh Du auch schon mal los, dann treffen wir uns.

Es grüßt Dich von Herzen
Deine Ellie

PS: Schreib mir unbedingt zurück!!! Das ist ein Befehl!!!

Der Brief macht alles noch schlimmer. Sie weint bittere Tränen um Jonny und Bobby. Weint um ihren schüchternen, tapferen Weggefährten, der nun niemals in einem Alfa Romeo mit zweihundert Stundenkilometern über die Straßen brettern wird. Sie weint vor Heimweh und Sehnsucht. Weint um Pablo, ihren lieben Pablo. Wie konnte es passieren, dass sie einander so aus den Augen verloren haben? Sie weint um all die Freunde, weint um den Vater, weint um sich selbst. Als der Tränenstrom versiegt ist, fasst sie sich ein Herz.

Es ist ein schöner Abend, die Mutter und sie sitzen draußen vor dem Gasthaus. Vor einer halben Stunde hat es einen Regenguss gegeben, jetzt duftet alles wie frisch gewaschen. Von der Markise fallen dicke Tropfen, in der Ferne wetterleuchtet es noch.

»Was möchtest du mit mir besprechen, Kind?«

»Ich möchte nach Hause, Mama. Zur Not auch allein.«

Die Mutter sagt lange nichts. »Hier sind wir versorgt«, wendet sie schließlich ein. »Wir haben ein Auskommen – ein Dach überm Kopf. Essen. Kleidung. Dazu genießen wir Schutz.«

All das ist nicht von der Hand zu weisen, aber es kann das Heimweh nicht schmälern. Das sieht auch die Mutter ein. »Ich habe dich zu sehr aus den Augen verloren«, merkt sie selbstkritisch an und schweigt wieder lange. »Ich weiß, wie enttäuscht du warst, als ich dich nicht in die Schweiz habe gehen lassen«, sagt sie dann. »Es war ein schlimmer Fehler von mir. Hätte ich es dir erlaubt, wäre dir vielleicht viel Leid erspart geblieben. Dein Leben wäre anders verlaufen. Umso höher rechne ich dir an, dass du weiter zu mir gehalten hast. Aber ich kann nicht länger über dich bestimmen. Du bist inzwischen erwachsen. Wenn du gehen willst, geh. Doch wenn der Colonel mich lässt, würde ich gern mitkommen, falls es dir recht ist.«

»Natürlich ist es mir recht!«, ruft Mucki aus. »Es wäre mein größter Wunsch.« Sie greift nach der Hand der Mutter.

»Also gut, ich werde mit ihm reden.«

Die Mutter hält Wort. Gleich am folgenden Abend, als der Colonel sich zum Essen einfindet, spricht sie ihn darauf an.

»Cologne?« Er wirkt höchst erstaunt und gibt ihnen zu verstehen, dass die Stadt praktisch nicht mehr existiere.

»Aber Sigmaringen ist genauso wenig unsere Heimat wie Ihre«, wendet die Mutter ein. »Wir werden hier nicht geschätzt, Sie verstehen?« Ja, das versteht er sehr gut. »Sie brauchen mich hier nicht mehr so dringend. Herr Gondel erledigt die Aufgaben zuverlässig, sogar besser als ich. Er weiß die Leute hier zu nehmen, er kommt ja von hier.«

Der Colonel will über den Vorschlag nachdenken, verspricht er. Und er ist kein Mann, der die Dinge auf die lange Bank schiebt, das hat er inzwischen vielfach bewiesen.

Drei Tage später haben sie Gewissheit. Herr Gondel hat sich bereit erklärt, die Pflichten der Mutter zu übernehmen. Sie können abreisen.

Heimwärts! Mucki könnte unentwegt tanzen vor Freude. Ein letztes Mal besucht sie gemeinsam mit der Mutter den Bauern, um sich zu bedanken und Abschied zu nehmen. Der Bauer gibt sich wortkarg wie immer, drückt ihnen jedoch lange die Hand. Klärle weint bittere Tränen. Auch Mucki und die Mutter kommen nicht ohne Taschentücher aus.

Gleich am folgenden Morgen brechen sie auf. Ein Militärkonvoi nimmt sie mit bis Tübingen. Leider endet hier die französische Zone und damit der Einflussbereich des Colonels. Das Reisen wird von jetzt an beschwerlich. Einige Tage sind sie zu Fuß unterwegs, dann geht es in einem Güterzug weiter. In Stuttgart können sie einen Lastwagenfahrer überreden, sie bis Mannheim mitzunehmen. Dort stehen sie stundenlang für einen Teller Suppe an und übernachten in einer Turnhalle unter schmuddligen Decken. Die Läuse haben neue Opfer gefunden. In Frankfurt ergattern sie zwei Plätze in einem Personenzug nach Köln. Jetzt kann es nicht mehr lange dauern, und tatsächlich: Bald grüßt sie der Rhein. Die Nervosität steigt, je näher sie der Heimatstadt kommen. Was werden sie tun, wo unterkriechen?

Sei auf das Schlimmste gefasst, hatte Ellie gewarnt. Mucki wappnet sich innerlich. Erblickt von ferne bereits die Spitzen des

Doms. Er steht also noch. Aber die Stadt! Wo ist die Stadt geblieben? Weit und breit nur Ruinen. Die Hohenzollernbrücke ragt aus dem Wasser wie ein gestrandeter Wal. Mucki kämpft mit den Tränen, und auch die Mutter bekommt feuchte Augen. So viel Zerstörung! Da hilft alles Gewappnetsein nicht.

Der Zug hält an. Sie sind da. Ein wenig ratlos verlassen sie die Bahnhofsstation, wandern in Richtung Flussufer. Wie auf die andere Rheinseite gelangen, ohne Brücken?

Vor der Ruine eines Wohnhauses bleiben sie stehen, lesen die mit Kreide geschriebenen Botschaften. Familie Meier, jetzt Tempelstraße 26; Fam. Diefenbach, jetzt Reischplatz 3, Keller. Daneben, in einer anderen Handschrift: Ein Volk, ein Reich, ein Trümmerhaufen.

Langsam gehen sie weiter. Auf einem Mauerrest entdeckt Mucki eine weitere Inschrift, die sich gerade noch entziffern lässt.

Rio de Janeiro ahoi Caballero
Edelweißpiraten sind treu!

Lächelnd schaut sie auf. Trotz all der Zerstörung ein Funken Hoffnung.

ENDE

NACHWORT

Die vorliegende Geschichte ist Fiktion. Dennoch habe ich versucht, der Lebenswelt der Edelweißpiraten nachzuspüren, und die Auseinandersetzung mit ihnen war eine überaus gewinnbringende Erfahrung für mich. Unangepasstes Verhalten und Widerstand im Dritten Reich bekamen ein klareres Gesicht: Diese jungen Menschen hatten vieles, was ich unmittelbar nachvollziehen und nachempfinden konnte. Jugendlicher Freiheitsdrang, Lebensdurst und Selbstbewusstsein waren die Triebfedern, die ihr Handeln bestimmten.

Wer sich mit den Edelweißpiraten befasst, stößt unweigerlich auf Gertrud »Mucki« Koch (1924–2016), die einzige Frau, die in diesem Zusammenhang einen gewissen Bekanntheitsgrad erlangt und sich der Öffentlichkeit gestellt hat. Nicht nur ihre eigene Biografie, sondern auch die ihrer Eltern hat mich sofort fasziniert: Kommunisten, Freidenker, Naturfreunde, Akademikerin und Arbeiter – ein höchst ungewöhnliches Paar, das für seine Überzeugungen viel in Kauf nahm. Peter Kühlem hat schließlich mit seinem Leben dafür bezahlt. Viel bekannt ist nicht über die beiden, weshalb ich, inspiriert von Berichten von Menschen in ähnlicher Lage, meine Fantasie bemühen musste. Gleichwohl habe ich versucht, Mucki Kochs Lebensweg und den ihrer Mutter Gertrud Kühlem in groben Zügen nachzuzeichnen.

Beschäftigt hat mich bei Letzterer insbesondere, wie ein Individuum sich fühlt, wenn ein Großteil der Gesellschaft ihm massiv ablehnend gegenübersteht, wenn ihm und seinen nächsten Angehörigen sogar nach dem Leben getrachtet wird. Auch dies war ja die durchlittene Realität vieler Tausend Menschen im Dritten Reich. Die Arbeits- und Konzentrationslager waren voll von ihnen.

Mich interessierte ferner die Frage nach dem Ursprung der persönlichen Haltung. Was begünstigt ein Sich-Widersetzen?

Woher kommt die Kraft dazu? Ist es der Charakter, die Erziehung, die Erfahrung? Im Hause Kühlem glaube ich, die Tochter Mucki betreffend, alle drei Bedingungen vorgefunden zu haben, und das machte diese Familie in meinen Augen so besonders.

Wer Mucki Kochs Biografie Edelweiß kennt, wird allerdings bemerken, dass ich ihr nicht in allen Aspekten gefolgt bin, weil die Quellenlage in meinen Augen zu widersprüchlich und uneindeutig war und einiges nicht mehr nachvollziehbar ist.

Die Namen ihrer Freunde habe ich bis auf Ellie frei erfunden. Ihre Charaktere fußen teilweise auf Mucki Kochs Schilderungen, teils auf denen anderer Edelweißpiraten, die sich untereinander gekannt haben. Einige Charaktere entsprangen allein meiner Fantasie, wie die junge Frau Margret/Peggy, die ich Mucki Koch an die Seite gestellt habe. Diese hatte sie nur als Mädchen Margret erwähnt.

Die Person Mucki symbolisiert einen Aspekt des Geschehens, den Mucki Koch selbst gar nicht so herausgestellt hat, der mir allerdings höchst wichtig war. Überaus imponierend fand ich ihr unerschütterliches Selbstbewusstsein und das Selbstverständnis, mit dem sie emanzipatorische Freiheiten und ein selbstbestimmtes Leben einforderte – zu einer Zeit, in der Frauen ausschließlich dem tradierten Rollenbild der fürsorgenden Gattin und Mutter zu entsprechen hatten und jede Abweichung unterdrückt und streng geahndet wurde. Mucki Koch und die anderen Edelweißpiratinnen lebten somit im offenen Widerspruch zu dem Mädchen- und Frauenbild des Nationalsozialismus. Dies erforderte Willenskraft, Kampfgeist und Seelenstärke.

Wann und wo Flugblattaktionen und ähnliche Aktivitäten initiiert wurden, ist heute weitgehend nicht mehr nachzuvollziehen. Im September und November 1942 tauchten in Köln jedoch nachweislich Flugzettel in großer Zahl auf, wie auch Beschriftungen an exponierten Gebäuden, unter anderem der Gestapo-Zentrale. Die Urheber wurden im Umfeld des »Klubs der Edelweißpiraten« – ein reines Jungenbündnis – vermutet. Die November-Aktion habe ich Mucki Koch zugeschrieben, was nicht belegt ist, allerdings passte sie meiner Ansicht nach sehr gut zu ihrem

Charakter und ihrer Chuzpe. Die Razzien sowohl in der Liesenberger Mühle als auch im Gasthaus Schmitz haben tatsächlich stattgefunden. Beide Male war Mucki Koch unter den Verhafteten. Belegt ist auch, dass eine große Anzahl von Edelweißpiraten, die von der Gestapo verhaftet worden waren, ins Arbeits- und Erziehungslager Brauweiler verfrachtet wurden.

Jenseits des Leids, das diese jungen Menschen erdulden mussten, hat mich ihr freies, unabhängiges Leben fasziniert. Sie kämpften entschieden für diese Freiheit und haben sie auch in vollen Zügen genossen – inmitten stärkster Repression. Man vergleiche nur ihre »Fahrten« mit dem streng reglementierten und beaufsichtigten Leben unserer heutigen Jugend.

Inspiration war für mich auch das recht umfangreiche Fotomaterial über dieses Fahrtenleben, welches das NS-Dokumentationszentrum Köln dankenswerterweise zusammengetragen hat. Diese Bilder verraten viel über Geist und Stimmung jener jungen Menschen. Gleichzeitig belegen sie eindrucksvoll, wie frei und ungezwungen die Geschlechter miteinander umgingen. So lässt sich beispielsweise die von mir beschriebene Scharade, der Kleidertausch, mehrfach auf diesen Bildern finden.

Bei genauerer Betrachtung der unangepassten Jugendszene im Dritten Reich stellt sich allerdings heraus, dass es »die Edelweißpiraten« im Grunde nicht gab. Es handelte sich vielmehr um verschiedene, teils lose zusammenhängende, teils – auch in ihren Wirkungszeiträumen – voneinander abgekoppelte Gruppierungen. Zunächst war da die »Navajo«-Szene der Vorkriegszeit, die sich offen gegen die Hitlerjugend stellte und schließlich brutal zerschlagen wurde. Dann folgten die Edelweißpiraten der frühen Kriegsjahre, wie sie im Roman geschildert werden, und schließlich die Edelweiß-Szene der späten Kriegsjahre inmitten der »Zusammenbruchgesellschaft« (Rüther 2015, S. 152).

Allen gemeinsam war jedoch ein von Romantik geprägtes Freiheitsbestreben, ein Aufbegehren gegen die engen Rollenzuschreibungen der NS-Diktatur. Diese Bewegung gewann im Verlauf des Krieges für sehr viele junge Menschen eine ungeheure Attraktivität, Martin Rüther nennt sie gar ein »Massenphänomen« (Rüther

2015, S. 154). Nicht alle Beteiligten verfolgten politische Motive und leisteten Widerstand im engeren Sinne, doch mit Rüther gesprochen, möchte ich abschließend festhalten, »dass diese Jugendlichen allein durch ihr selbstbewusstes Auftreten nicht nur dauerhaft zeigten, dass es Alternativen im Verhalten zum NS-Regime gab, sondern auch, dass sie weitaus mehr wagten, als der größte Teil der erwachsenen Bevölkerung es in den Jahren zwischen 1933 und 1945 jemals tat.« (Rüther 2015, S. 154)

Mucki Koch blieb ihrer Heimatstadt Köln zeitlebens treu. In der Nachkriegszeit lernte sie ihren geliebten Mann Willi kennen, mit dem sie einen Sohn bekam. Sie arbeitete als Straßenbahnschaffnerin und engagierte sich in späteren Jahren in der Drogenhilfe. Eine Würdigung als Edelweißpiratin blieb ihr – wie den anderen Edelweißpiraten auch – jedoch jahrzehntelang versagt. Sie engagierte sich gegen das Vergessen der nationalsozialistischen Zeit, wofür sie 2007 vom Landschaftsverband Rheinland mit dem Rheinlandtaler, 2008 mit der Heine-Büste des »Freundeskreises Heinrich Heine« und 2011 mit dem Bundesverdienstkreuz am Bande ausgezeichnet wurde. Mucki Koch starb hochbetagt am 21. Juni 2016.

QUELLEN (AUSZUG):

Fritz Bilz, Ulrich Eumann: Der Fall Spangenberg-Winterberg und der Kampf um die Deutungshoheit. In: Jahrbuch des Kölnischen Geschichtsvereins 79/2008. S. 139–175.

Peter Crome (Hrsg.): Köln im Krieg. Kölner Bürger erinnern sich. Wienand 1998.

Margarete Dörr: Durchkommen und Überleben – Frauenerfahrungen in der Kriegs- und Nachkriegszeit. Bechtermünz 2000.

Frank Grube, Gerhard Richter: Alltag im Dritten Reich. Hoffmann und Campe 1982.

Lina Haag: Eine Hand voll Staub. Widerstand einer Frau 1933 bis 1945. Silberburg-Verlag 2004.

Arno Klönne: Jugend im Dritten Reich. Deutscher Taschenbuch Verlag 1990.

Gertrud Koch: Edelweiß. Meine Jugend als Widerstandskämpferin. Rowohlt Verlag GmbH 2006.

Kurt Piehl: Latscher, Pimpfe und Gestapo. Die Geschichte eines Edelweißpiraten. Brandes & Apsel 1988.

Martin Rüther: Senkrecht stehen bleiben. Wolfgang Ritzer und die Edelweißpiraten. Emons 2015.

Fritz Theilen: Edelweißpiraten. Fischer Taschenbuch Verlag 1984.

Weitere Quellen:

Hermann Rheindorf: Köln im Dritten Reich. DVD-Edition.

http://www.eg.nsdok.de/ (Zuletzt abgerufen am 11.05. 2021.)

Die Kinderlandverschickung im Zweiten Weltkrieg – eine Irrfahrt durch die Wirren des Nazi-Terrors

MICHAELA KÜPPER

DER KINDERZUG

ROMAN

Das Ruhrgebiet im Sommer 1943. Die junge Lehrerin Barbara soll eine Gruppe Mädchen im Rahmen der sogenannten Kinderlandverschickung begleiten. Angst, aber auch gespannte Unruhe beherrschen die Gedanken der Kinder, die nicht wissen, was sie erwartet. Das Heim auf der Insel Usedom, das ihr zeitweiliges Zuhause werden soll, erweist sich zunächst als angenehme Überraschung, doch dann muss dieses geräumt werden. Es beginnt eine Odyssee, die nicht nur die Kinder, sondern auch Barbara an ihre Grenzen führt, denn mehr und mehr wird sie, die sich bisher aus der Politik herauszuhalten versucht hat, mit der Realität und den grausamen Methoden der Nationalsozialisten konfrontiert. Als schließlich ein Mädchen verschwindet und ein polnischer Zwangsarbeiter verdächtigt wird, kommt für die Lehrerin die Stunde der Entscheidung.

DROEMER

»Ein spannendes und überzeugendes Porträt der Nachkriegszeit.« Bücher Magazin

MICHAELA KÜPPER

KALTENBRUCH

ROMAN

Eine vorlaute Bemerkung über die braune Vergangenheit seines Chefs bereitet den Karriereträumen von Kommissar Peter Hoffmann im Frühsommer 1954 ein jähes Ende. Stattdessen wird er in die rheinische Provinz versetzt. Da geschieht in dem abgeschiedenen Dorf Kaltenbruch ein Mord, der die Gemüter der Menschen bewegt. Gemeinsam mit seiner Mitarbeiterin Lisbeth Pfau macht sich Hoffmann auf die Suche nach dem Täter – und stellt fest, dass der Krieg gerade auch der jüngeren Generation Wunden geschlagen hat, die noch lange nicht verheilt sind. Hoffmann und Pfau machen eine erschütternde Entdeckung.

CHARLOTTE VON FEYERABEND

SELMA LAGERLÖF

SIE LEBTE DIE FREIHEIT UND ERFAND NILS HOLGERSSON

ROMAN

Eine wunderbare Reise durch Schweden und der Roman über das bewegte Leben von Selma Lagerlöf, die der Welt Nils Holgersson schenkte

Eine glückliche Kindheit ist das, was Selma Lagerlöf mit im Gepäck hat, als sie in Stockholm eine Ausbildung zur Lehrerin antritt: der einzige Weg für eine unverheiratete Frau, finanziell unabhängig zu sein. Heiraten wollte sie nie, dafür aber Schriftstellerin werden! Doch der Weg dorthin ist lang und schwer. Selmas Zuhause, das Bauerngut Mårbacka, muss wegen Schulden verkauft werden, doch sie verliert nie das Wichtigste aus den Augen: den Glauben an sich selbst. Sie bricht mit ihren Erzählungen literarische Konventionen, stößt gegen gesellschaftliche Grenzen, bringt die Männerwelt gegen sich auf. Als erste Frau bekommt sie den Literaturnobelpreis verliehen und entfacht mit Nils Holgersson in der ganzen Welt die Sehnsucht nach Schweden. Sie liebt das Reisen und führt eine Dreiecksbeziehung mit Höhen und Tiefen. In ihrem Roman begibt sich Charlotte von Feyerabend auf die Spuren von Selma Lagerlöf, die direkt aus der Seele Schwedens schrieb.

DROEMER

© Chris Zeilfelder

Michaela Küpper wurde im niederrheinischen Alpen geboren und ist in Bonn aufgewachsen. In Marburg studierte sie Soziologie, Psychologie, Politik und Pädagogik. Dann zog es sie zurück ins Rheinland, wo sie nach einem Volontariat viele Jahre lang als Projektmanagerin in einem Verlag tätig war. Heute arbeitet sie als freie Schriftstellerin. Ihre Romane *Kaltenbruch* und *Der Kinderzug* wurden vom Publikum und von der Kritik gleichermaßen begeistert aufgenommen.

Die Geschichte der Gertrud Kühlem und ihrer Tochter Mucki, die beide aktiv gegen die Nationalsozialisten kämpften, hat sie von Anfang an fasziniert.

Covergestaltung: ZERO Werbeagentur, München
Coverabbildungen: © NS-Dokumentationszentrum der Stadt Köln und akg-images